Los crímenes de Chopin

Blue Jeans

Los crímenes de Chopin

Planeta

Avda. Diagonal, 662-664, 08034 Barcelona (España)
www.planetadelibros.com

Adaptación de la cubierta: Booket / Área Editorial Grupo Planeta
Fotografía de la cubierta: © Ildiko Neer / Trevillion
Plano del interior: © Salomart
Primera edición en Colección Booket: mayo de 2023
Primera edición en esta presentación: mayo de 2025

Depósito legal: B. 7209-2025
ISBN: 978-84-08-30325-1
Impreso en Italia

Biografía

Blue Jeans, seudónimo de Francisco de Paula Fernández, nació en Sevilla y vivió hasta los dieciocho años en Carmona. Licenciado en Periodismo, es autor de las series Canciones para Paula (*Canciones para Paula*, *¿Sabes que te quiero?* y *Cállame con un beso*), El Club de los Incomprendidos (*¡Buenos días, princesa!*, *No sonrías, que me enamoro*, *¿Puedo soñar contigo?* y *Tengo un secreto: el diario de Meri*) y Algo tan sencillo (*Algo tan sencillo como tuitear te quiero*, *Algo tan sencillo como darte un beso* y *Algo tan sencillo como estar contigo*). Con *La chica invisible* inició una serie de thriller juvenil de enorme éxito, a la que le siguieron *El puzle de cristal* y *La promesa de Julia*. Con *El campamento*, *Los crímenes de Chopin*, *La última melodía de Chopin* y *Una influencer muerta en París*, thrillers repletos de intriga y acción, ha vuelto a cautivar a sus lectores. Traducidas a varios idiomas, sus novelas cuentan ya con más de dos millones de seguidores y varias adaptaciones audiovisuales: *El Club de los Incomprendidos*, que llenó las salas de cine; *La chica invisible*, protagonista de un gran lanzamiento en Disney+, y *El campamento*, cuyos derechos ha adquirido la productora inglesa Good Chaos. Su trayectoria ha sido reconocida con el prestigioso Premio Cervantes Chico 2013 y el Premio de la Feria del Libro de Sevilla 2015, y el Auditorio de la Juventud de Carmona lleva su nombre.

Esta novela va para los que no se rinden, se esfuerzan, mantienen viva la ilusión y nos sirven de ejemplo a los demás.

No hay nada más estimulante que un caso en el que todo va en tu contra.

Sir Arthur Conan Doyle

PLANO DE SEVILLA

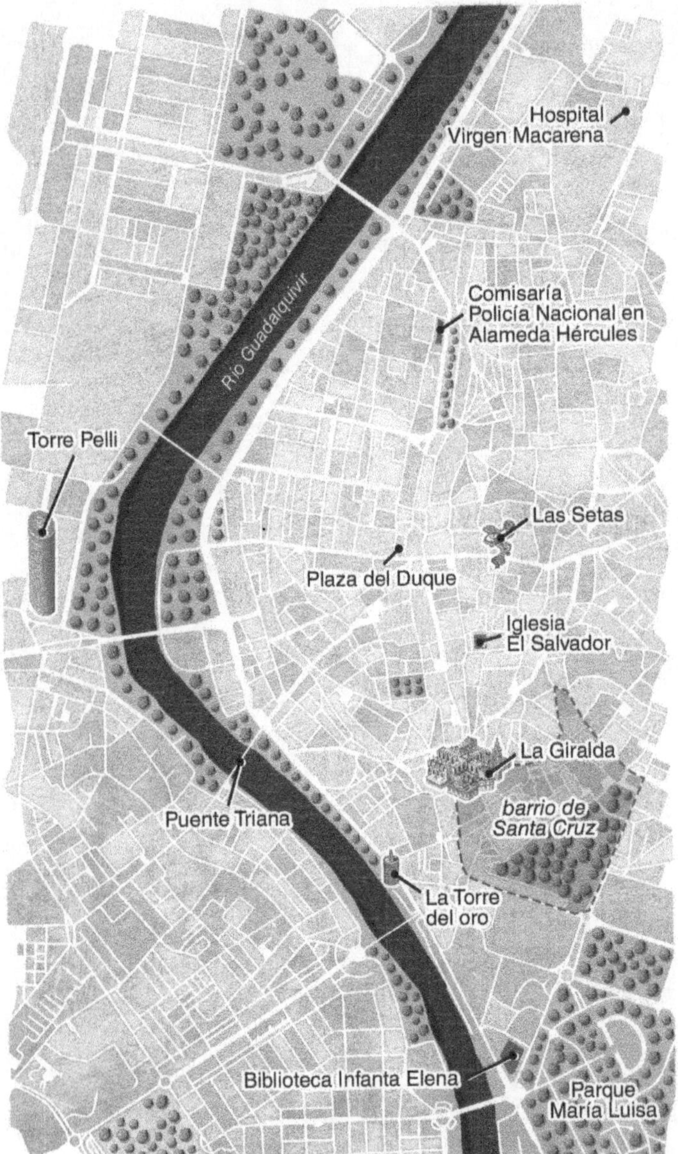

LISTA DE PERSONAJES

Agustín Pérez: hermano de Lydia, exnovia de Niko.
Ángela Diosdado: inspectora de la Policía Nacional.
Arturo Gaviria: comisario de la Policía Nacional.
Blanca Sanz: periodista de *El Guadalquivir.*
Blas Hernández: periodista de *El Guadalquivir.*
Brenda Osuna: amiga de Triana.
Cayetano Aguilar: novio de Triana.
Celia Mayo: detective privado y escritora, madre de Triana.
Dariusz Olejnik: abuelo de Niko.
Débora Coronado: pareja de Enrique Mesa, de nacionalidad peruana.
Enrique Mesa: propietario de una tienda de muebles en Sevilla.
Evaristo *Risto* Cuevas: vendedor ambulante ciego amigo de Niko y de Dariusz.
Ezequiel Mesa: sobrino de Enrique Mesa.
Salvador Díaz: cura de la iglesia El Salvador.
Gerardo Muriel: subinspector de la Policía Nacional.
Javier Montesorín: inspector jefe de la Policía Nacional.
Juan Luis Flores: conocido delincuente sevillano.
Letizia Costas: inspectora de la Policía Nacional.

Luna González: periodista de El Guadalquivir TV.
Lydia Pérez: exnovia de Niko.
Manuel *Lolo* Velázquez: policía nacional, padre de Triana.
Martos: exnovio de Brenda y amigo de Triana.
Mercedes Reinoso: directora del periódico *El Guadalquivir.*
Nikolai *Niko* Olejnik: protagonista de esta historia.
Nina Esparza: secretaria de *El Guadalquivir.*
Norberto Mesa: hermano de Enrique Mesa.
Santiago de Gomar: alcalde de Sevilla (ficción).
Sasaki: amigo de Agustín Pérez.
Triana Velázquez: protagonista de esta historia.

PRÓLOGO

¿Qué se siente después de haber matado a alguien?

En ese momento, cierta indiferencia. No conocía de nada a aquel tipo. Simplemente tuvo que seguirlo un par de días y esperó el momento.

Bum. Disparo en la cabeza y a otra cosa. Algunos sienten remordimientos. Otros juran que no lo van a hacer más. Él, a sus veintitantos años, ya lleva cuatro cadáveres a sus espaldas. Casi cinco, porque una de sus víctimas está en coma.

Es nuevo en el barrio, y necesita un lugar donde desfogarse. Una de las normas que se ha impuesto es no quedarse demasiado tiempo en el mismo sitio. Te creas enemigos, empiezan a preguntar por ti y después te toca salir por piernas cuando algo se tuerce. Ya lo vivió una vez siendo un chaval. No le pasará más.

—Hay un gimnasio bastante *apañao* aquí al lado —le dice la prostituta con la que se ha acostado—. El Guerrillero, se llama.

No necesita gastar dinero para tener sexo, pero también se ha acostumbrado a no complicarse en ese tema. Paga por adelantado, polvo y se acabó. Le gustan las chicas latinas y sus acentos. Algún día formará una familia y su mujer será caribeña.

—¿Tienen *ring* de boxeo?

—Sí, mi amor. ¿Te gusta dar hostias?

—Después de follar, es lo que más.

Un segundo polvo con aquella mulata insinuante no habría estado nada mal. Sin embargo, prefiere gastar energías haciendo un poco de ejercicio.

Pues sí, El Guerrillero está a la vuelta de la esquina. Nada más entrar, se le ponen los vellos como escarpias. Huele a linimento y a sudor. También a un perfume bastante cantoso. Alguien se ha echado demasiada colonia, de esas que apestan, aunque el que la usa piensa que nadie lo nota. Enseguida descubre que el aroma lo desprende el gafitas enclenque que está tras el mostrador.

—Quiero apuntarme. ¿Cuánto es?

—Sesenta euros la inscripción, ciento diez euros al mes. El bono anual te lo dejo en ochocientos pavos.

—¡Coño! ¿Te incluyen masajes de recuperación?

—No. Solo el uso de las instalaciones.

—El *ring* está en el precio, ¿verdad?

—Sí, también. ¿Te tomo los datos?

Después del trabajo completado, lleva dinero en la cartera, aunque nunca sabe hasta cuándo le va a durar. Lo va invirtiendo y gastando. La última vez lo perdió todo en menos de un mes.

El *ring* con el que se encuentra es una maravilla. Se nota que a la gente que va a ese gimnasio le gusta el boxeo. Está muy cuidado y limpio; parece casi nuevo. No es el típico cuadrilátero sacado de las películas de Rocky que se pusieron de moda en los ochenta. Arriba ve boxear a dos tipos. Uno es fuerte y calvo; el otro, bajito y muy feo. Le huele que terminará mal. Efectivamente. El fuerte le arrea un puñetazo al feo, que lo tira al suelo, descoyuntándolo. Se lo ha quitado de en medio como si fuese un mosquito.

—Venga, joder. Me cago en mi vida. ¿Es que nadie sabe pelear en esta ciudad?

¿Y si se atreve? Está en forma desde hace tiempo. Además, es más joven y seguro que más rápido que el tipo ese. Si le da una paliza, se hará respetar en el gimnasio y quién sabe si también en el barrio. Será un buen comienzo.

—¡Yo me animo!

—¿Tú? ¿Eres nuevo?

—Sí. ¿Y tú?

—Llevo viniendo toda la vida —comenta el fortachón con arrogancia—. Dadle unos guantes y un casco.

—No, mejor sin casco. ¿Te parece?

Sabe que no está permitido boxear sin casco, pero ¿quién se lo va a impedir? Oye que alguien vitorea al tipo con el que se va a pegar. Lo llaman Orangután. Bonito apodo. Igual es porque tiene cara de simio.

Orangután acepta el combate sin casco.

La pelea empieza con los dos tanteándose. Ninguno lanza manos ni se atreve a dar un paso adelante. Eso no le gusta. Está quedando como un cobarde. Así que se acerca a su contrincante y suelta un uno dos que ni le roza. Vaya, tiene buen *dribbling*. No solo es una mole de músculos y testosterona. Ahí va otro intento. El directo viaja hasta el hígado de Orangután, que ni se inmuta. En cambio...

La mano izquierda de su oponente acaba en su mentón. Después la derecha. Y cuando intenta agacharse para esquivar el siguiente golpe, recibe la hostia de su vida. Como si le hubiesen dado con un bate de béisbol en la mandíbula.

Tumbado en el suelo, sangra por la nariz, por la boca y hasta por los oídos.

Nada hacía presagiar entonces que aquello solo sería el principio de una amistad repleta de golpes y sangre.

CAPÍTULO 1

—

NIKO

Sevilla, viernes 4 de octubre de 2019

—¿Ya está? ¿Esto es todo?

—Sí. Es todo. Lo siento.

Sus ojos llorosos negros no le harán cambiar de opinión. Hace tiempo que no siente nada por ella. Tal vez, nunca estuvo enamorado de Lydia. Eso ya no importa.

—Pues vete a la mierda, Niko.

—No quiero que te enfades.

—¿Que no me enfade? Me acabas de dejar. ¿Cómo pretendes que me comporte?

—Como adultos.

—¿Me estás hablando en serio?

El joven se encoge de hombros e intenta darle un beso en la mejilla. Lydia se aparta y se sienta en la cama de su habitación.

—Me marcho. Ya te llamaré un día de estos.

—Prefiero que no lo hagas. Olvídate de mí. Borra mi número y no vuelvas a escribirme ni llamarme nunca más.

—¿Estás segura?

La chica no responde. Se tapa la cara con las manos y

se echa a llorar. A Niko le da algo de pena, pero allí ya no tiene nada más que hacer. Abre la puerta y sale del cuarto. Oye que la madre y el padre de su ya exnovia hablan en el salón. ¿Se debería despedir de ellos? Nunca lo han soportado, y a él tampoco es que le caigan muy bien. Así que prefiere no decirles nada. Se mira en el espejo del recibidor y se sopla el flequillo. No tiene aspecto de alguien que acaba de romper una relación. Ni ojeras, ni la nariz roja. No ha derramado ni una lágrima. Tira un poco del pendiente de aro que lleva en la oreja derecha y avanza hacia la salida del piso.

—¡Te odio, gilipollas! ¡Te odio!

Los gritos agónicos de Lydia son como el último aleteo del pez que acaba de ser capturado. Debe salir de esa casa inmediatamente o aparecerán los padres y se liará de verdad. Aunque sería peor que el que acudiera al rescate fuera el hermano mayor. Agustín mide más de metro noventa y ha sido detenido varias veces por desórdenes públicos y violencia callejera. Fuerza bruta y pocas neuronas. Un pieza. Él, en cambio, es todo lo contrario. Si por algo se caracteriza es por actuar de manera minuciosa y sutil. Un fino estilista.

Pese a estar en octubre, hace calor. ¡Veinticinco grados! Es una temperatura habitual en Sevilla, y a Niko le encanta. De pequeño pasó tanto frío en su Polonia natal que agradece el clima cálido de la ciudad que lo acogió. En septiembre se cumplieron siete años de su llegada a la capital andaluza. No echa de menos su país, pero alguna que otra vez ha pensado en regresar. Sobre todo, desde que falleció su abuelo.

—Niko, no me queda mucho. Espero que, pese a todo, me recuerdes con cariño.

—No te vas a morir, abuelo.

—Es ley de vida. Nadie es inmortal. Aunque yo durante un tiempo me lo creí. ¿Escribirás mi biografía, como me prometiste?

—No hables más. Descansa.

—La podrías titular *Dariusz Olejnik, aventuras y desventuras de un ladrón incomparable.*

—Un poco largo, ¿no? Ocuparía casi toda la portada.

—Tienes razón. Nunca se me han dado bien los libros. En eso no nos parecemos.

Mientras que Dariusz apenas había leído un par de novelas en toda su vida, Niko se había convertido en un ávido lector. De hecho, gran parte de su vocabulario en español es gracias a la literatura. Además, le gusta escribir.

El centro de la ciudad está repleto de gente. Le encanta el aroma a café recién hecho que desprenden los bares de aquella zona. Se queda embobado mirando el escaparate de la confitería La Campana. Podría entrar a por un ramea-do, una palmera de chocolate o una cuña de crema. Le apasiona comer y, por supuesto, los dulces. En Sevilla ha probado la mejor repostería del mundo. Pero la tentación se desvanece cuando una voz poco amable ruge a su espalda:

—¡Eh, tú! ¡Polaco de mierda!

Cuando se gira ve a Agustín, que no parece muy contento. No está solo. Lo acompaña un tipo grueso, con los ojos achinados, unos veinte centímetros más bajo que su amigo, con la misma cara de mala leche.

—¿Qué coño le has hecho a mi hermana? No deja de llorar.

—No le he hecho nada —responde firme Niko. Ese mastodonte no va a intimidarle—. Simplemente hemos roto.

—¿Le has puesto los cuernos?

—No, claro que no.

—¿Entonces?

—Nada. Se acabó el amor. ¿No os ha pasado nunca?

No, seguro que no les ha pasado nunca. No cree que esos dos tíos hayan sentido por alguien algo semejante al amor.

Agustín mira a su colega y este niega con la cabeza. De inmediato, como si estuviesen sincronizados, dan un par de pasos hacia adelante al mismo tiempo y se acercan a Niko, que no los pierde de vista.

—Eres un mierda, polaco. No me has gustado nunca.

—Tú a mí, en cambio, siempre me has caído bien, Agus —miente Niko, que sabe que el hermano de Lydia no va a captar la ironía—. Chicos, me tengo que ir. Ha sido un placer charlar con vosotros.

—Espera un momento —dice el otro muchacho, al que recuerda que llaman Sasaki—. Lydia es como si fuera de mi familia. Lo que le has hecho no te va a salir gratis.

—Os repito que no le he hecho nada. Enseguida encontrará a otro. O a otra. Quién sabe.

—¿Qué insinúas, desgraciado, que mi hermana es bollera?

¿Cómo le explica a esos dos neandertales que viven en el siglo XXI y que no todas las relaciones son heteronormativas? No hay tiempo. De repente, el puño de Sasaki viaja directo hacia su estómago. Niko se echa hacia atrás y esquiva el golpe. Sus reflejos también le permiten que el hermano de su exnovia solo le roce la rodilla en un intento de patada. Aquello se está poniendo feo.

—No te irás de rositas —dice Agustín, que respira agitado—. Te mereces dos buenas hostias.

—Pues vais a tener que correr mucho para dármelas.

Niko logra eludir un par de puñetazos más de sus adversarios y escapa a toda velocidad, abriéndose paso entre la gente. Sus dos agresores van tras él, pero no son tan rápidos. La persecución no dura mucho. Los pierde enseguida, aunque no las tiene todas consigo. Ve la iglesia Colegial del Divino Salvador abierta y se esconde en ella. Se persigna y se sienta en la última banca a recuperar el aliento. Por suerte, no saben dónde vive. A Lydia jamás la llevó a su casa ni le reveló su dirección. Ni a ella ni a nadie. Ahora se alegra de ser tan precavido y desconfiado. De todas maneras, tendrá que andarse con cuidado con esos dos. Sevilla no es tan grande como para que no vuelvan a coincidir y desde ahora es un objetivo para esos tipejos.

—¿Puedo ayudarte en algo? —le pregunta un hombre de cabello canoso que se aproxima hasta él.

Viste con una sotana negra y un alzacuellos blanco. Camina despacio, dando pasitos cortos. Niko calcula que debe de rondar los ochenta años.

—¿Necesitas confesarte? —insiste el cura con un tono de voz pausado.

—No, gracias. Ya me iba.

—¿Has entrado solo para ver nuestra iglesia? El Salvador es de las que tiene más historia de toda Sevilla. Es una maravilla.

—Sí, es preciosa —responde el joven, que examina asombrado el interior del templo. Su mirada se detiene en la zona iluminada de la derecha—. ¿Ese órgano funciona?

—Perfectamente.

—¿Puedo tocarlo?

Al cura le sorprende la petición de Niko. Duda en lo que contestarle, aunque al final da su aprobación. El chico se levanta y se dirige raudo hacia el órgano. Se sienta en la banqueta que ve frente al instrumento y estira los dedos. Cierra los ojos y se concentra unos segundos. Sus dedos comienzan a danzar sobre las teclas. Suena una melodía que el hombre del cabello blanco no tarda en reconocer.

—¿Chopin?

Niko no dice nada. No le gusta hablar mientras toca. Siempre lo hace en silencio, desde niño, cuando su madre lo sentaba en el piano. Se pasaba un sinfín de horas cada día interpretando las partituras compuestas por los grandes genios de la historia de la música. Era tanta su devoción y dedicación por aquel instrumento que no tenía amigos. No los necesitaba. Tocaba, tocaba y tocaba. Un pequeño virtuoso que prometía convertirse en uno de los mejores pianistas de Polonia. Hasta que un accidente lo truncó todo y su vida cambió de forma radical.

—Eres muy bueno. ¿Por qué no vienes algún domingo a deleitarnos? —le dice el cura cuando Niko finaliza aquel nocturno.

—¿A misa?

—Sí. A tocar.

—No, gracias. No me gustan las ceremonias religiosas.

—¿No eres cristiano?

El joven esboza media sonrisa y le da las gracias al hombre. Se despide de él y sale de la iglesia, no sin antes comprobar si Agustín y Sasaki andan por allí. Buenas noticias: no hay rastro de ellos.

Mientras camina, piensa en lo bien que le ha caído aquel cura. No todos le habrían permitido tocar el órgano de su iglesia. Además, ha acertado al decir que interpretaba una melodía de Chopin, su gran referente e ídolo. Quizá podría pasarse algún domingo, aunque no sea creyente ni le gusten las religiones. La música está por encima de todo.

Anochece, y tendría que coger el bus para regresar a casa, pero le apetece pasear un rato por el centro. Una de sus grandes aficiones es perderse por las calles de la judería. Su abuelo le decía que nunca llegas a conocer del todo el barrio de Santa Cruz. Está lleno de callejones y recovecos que tienes la impresión de que nunca has visto. En una de sus esquinas, Niko encuentra una papelería que todavía está abierta. Ante el pequeño escaparate, se fija en los tres libros que ocupan el espacio detrás del cristal, todos de la misma escritora. No la conoce, pero la dueña del establecimiento, que está a punto de cerrar el local, enseguida le ofrece información:

—La autora es amiga mía, aunque no es famosa. Ha escrito una trilogía maravillosa. De lo mejorcito que he leído en los últimos años. ¿Te interesa?

—No llevo dinero encima.

—¿No? Qué pena. Son unas extraordinarias novelas de misterio. ¡Seguro que no averiguas quién es el asesino hasta el final! Yo no lo logré. Y eso que conozco muy bien a la autora.

El muchacho sonríe. Siente curiosidad. Puede que algún día regrese y compre alguno de esos libros.

—¿Me ayudas un momento con el expositor de los periódicos? Normalmente lo hace mi hijo, pero hoy no sé dónde se ha metido. Esta juventud cada vez está más descarriada.

—Claro. Encantado.

Entre los dos agarran el expositor y lo meten en el interior de la papelería. Casi no queda prensa de ese viernes, pero el titular de un periódico local llama la atención de Niko, al que se le hiela la sangre:

Un crimen al ritmo de Chopin

CAPÍTULO 2

CELIA

Sábado, 5 de octubre de 2019

La página en blanco es el principal enemigo del escritor. Pero ¿puede ella denominarse a sí misma *escritora*? Ha publicado tres novelas, a cada cual con menos ventas. Nadie la conoce. O casi. Sin embargo, Celia no piensa tirar la toalla. Algún día sus libros se convertirán en *best seller* y las librerías le pedirán que firme ejemplares en la Feria de Madrid o en Sant Jordi, donde tendrá colas infinitas de lectores deseosos de su dedicatoria.

Dicen que soñar es gratis. Pero las facturas y la cesta de la compra no. Por eso tiene que compaginar su pasión con el trabajo.

Celia se pone de pie y se distancia un par de metros del ordenador. Lo observa de reojo y niega con la cabeza. En ese instante, el divorcio entre ella y la historia que tiene entre manos es total. Solo lleva cuatro páginas, no ha terminado ni el prólogo. Suelta un insulto en voz baja y apoya las dos manos en la mesa en la que reposa el portátil. Resopla desesperada.

—Maldita inspiración —murmura, aunque nunca creyó demasiado en las musas.

El ruido del teléfono le ofrece la excusa perfecta para bajar la pantalla y tomarse un respiro. Después de dos horas sin ser capaz de escribir ni una palabra, empezaba a sentirse agobiada.

—¿Sí?

—¿Agencia Mayo? —La voz es masculina, y han ocultado el número.

—Sí, aquí es. Soy la detective Celia Mayo. ¿En qué puedo ayudarle?

—Me gustaría hablar con usted personalmente. ¿Podría ser dentro de media hora?

—Claro. Abrimos los sábados por la mañana.

—¿Está en el despacho de la calle Pimienta?

—Exacto. ¿Me podría decir su...?

A Celia no le da tiempo de formular la pregunta completa. Su interlocutor ha colgado. La mujer, confusa, se queda mirando el teléfono. No está segura de que no se trate de una broma. No sería ni la primera ni la segunda vez.

—¿Otro que quiere investigar a su mujer? —le pregunta una joven que entra en el despacho mordisqueando una galleta de coco.

—No lo sé. Pero ya sabes que no atiendo ese tipo de casos.

—Eres una detective muy especial, mamá. ¿No era un cliente el que ha llamado?

Triana da otro mordisco a la galleta y se sienta en la silla con ruedas que usa su madre para escribir. Pone los zapatos encima de la mesa hasta que se da cuenta de la mirada inquisidora de Celia.

—Lo vas a llenar todo de migas.

—¿Desde cuándo te importa tanto la limpieza? Las dos somos un desastre. Es algo que he heredado de ti.

—El despacho debe estar siempre limpio. Además, estoy esperando a un cliente.

—¿El que ha llamado?

—Sí. Aunque no me ha dejado claro qué quería. Ha colgado antes de decirme su nombre.

—Seguro que quiere saber si su mujer le engaña con otro. Un clásico.

—Entonces deberá buscarse a otra detective.

La joven asiente con la cabeza. Su madre es una mujer de palabra. Es verdad que los ingresos en casa son muy bajos, pero cuando se hizo detective privado se prometió que no cogería determinados asuntos. Entrar en la vida personal de una pareja y seguir a uno de los dos en busca de amantes o líos pasajeros no forma parte de su ética.

Triana entonces mira hacia la pared donde cuelga un calendario. Su expresión cambia de repente. Celia se da cuenta y acaricia el cabello largo y rubio de su hija.

—¿Estás pensando en él?

—Es inevitable. Mañana se cumplen cinco años.

—El tiempo pasa muy deprisa. Parece que fue ayer —dice la mujer mientras deja de acariciar a Triana—. Hace días que no duermo bien.

—A mí se me aparece en sueños.

—¿Sí? ¿Desde cuándo?

—Desde que murió, mamá.

Triana tenía trece años cuando su madre le pidió envuelta en lágrimas que se sentaran en el salón. Tenía que contarle algo: su padre, el policía nacional Manuel Velázquez, Lolo para los amigos, había aparecido muerto en las aguas del río Guadalquivir. Cinco años después siguen sin saber qué sucedió realmente. El juez dio por cerrado el caso y lo archivó a falta de pruebas de que fuese un homicidio.

—¿Quieres que mañana vayamos al cementerio?

—No lo había pensado. ¿Tú quieres ir?

Celia no responde. Ella sí que se lo había planteado. Su plan era visitar la tumba de su marido y después repasar una vez más el informe de su muerte. Seguro que entre todos esos papeles hay algo que se les escapa. Aunque cada vez tiene menos esperanzas de encontrar una clave oculta que le dé una pista de quién asesinó a Lolo. Porque de eso está segura: alguien acabó con la vida de su marido.

—Bueno. Podemos desayunar juntas en algún sitio y después visitar a papá.

—¿Chocolate con churros?

—Por mí, perfecto, ya lo sabes.

Era el desayuno preferido de Manuel. Muchos domingos se levantaban pronto e iban a comer *calentitos*, como ellos los llamaban, a alguna cafetería del centro de Sevilla. Daba igual que hiciera diez o cuarenta grados.

—He quedado para comer con Cayetano —dice Triana al tiempo que da el último mordisco a su galleta de coco—. A ver si arreglamos lo nuestro.

—¿Tan mal estáis?

—No lo sé. Desde que empecé la universidad, todo es diferente.

—¿Ya no te gusta?

—¡Cómo no va a gustarme! ¡Me encanta! Sigue estando buenísimo. Pero...

—¿Pero...?

—Estoy estancada. O así me siento.

—¿Has conocido a alguien que te atraiga en la universidad?

—No, mamá. No he conocido a nadie.

—¿Estás segura?

La chica no le responde. Se levanta y le da un beso en la mejilla a su madre. Le dice que va a cambiarse de ropa y sale del despacho. Celia la observa. Su pequeña se ha hecho mayor. Es cierto que Triana maduró muy rápido como consecuencia de la muerte de su padre, pero desde hace unos meses la nota distinta. No sabría cómo explicarlo. Es algo que una madre percibe. La conoce bien, más de lo que imaginaba.

De nuevo se hace el silencio en el despacho. Solo oye el ruido del agua que cae en cascada por una fuentecilla de interior que compró en la Alfalfa. Mira el reloj del móvil; si la llamada anterior no ha sido una broma, dentro de poco tendrá un nuevo cliente. Ojalá no le pida que espíe a su pareja ni nada por el estilo. Ganarse la vida de esa forma nunca estuvo en sus planes. Sin embargo, después de investigar por su cuenta la muerte de su marido, decidió ponerse a estudiar y a prepararse para ser detective. Cuando recibió el certificado del Ministerio del Interior que la acreditaba como investigadora privada hasta se le escaparon lágrimas de alegría y enseguida supo que había acertado. Vendió la pequeña cafetería heredada de sus padres, que había regentado hasta entonces, y en su casita del barrio de Santa Cruz montó un despacho en una habitación que servía de almacén. Aquel espacio lo usaba para atender a los escasos clientes que requerían sus servicios y, en sus numerosos ratos libres, para escribir novelas de misterio autopublicadas, con las que no había tenido éxito en cuanto a ventas.

—No debes rendirte, cariño. Ya has conseguido lo más difícil: terminar el libro.

—Creo que será más complicado que una editorial importante me haga caso. ¿Quién querría publicar la novela de una camarera desconocida?

—Eres mucho más que eso.

—Bueno, soy la dueña de la cafetería.

—Y la escritora más inteligente y con las ideas más ingeniosas de toda Sevilla.

—Eso lo dices porque me quieres.

—Si no fuera verdad, no te lo repetiría tantas veces. Soy un pesado. Pero, créeme, eres muy buena, Celia Mayo.

Las palabras de su marido siempre le daban ánimo y la ayudaban a seguir intentándolo. Dios, cuánto lo echa de menos. Por eso continúa escribiendo. Por él. Meses antes de su muerte autopublicó *Sangre en la biblioteca,* la primera novela de una trilogía. En 2017, la segunda parte, *Un cadáver en la cocina,* y el año pasado, *Dos balas en el jardín,* el tercer y último libro de la historia del detective Adrián Majestic. Lolo habría estado orgulloso de ella, a pesar de que sus lectores eran pocos. Mañana se cumplirán cinco años desde que se marchó para siempre sin despedirse. Cinco años del peor día de su vida.

Celia se seca los ojos húmedos con un pañuelo de papel y abre el portátil. Debe hacer un esfuerzo. Necesita despejar la mente para escribir. Después de autopublicar el tercer libro de la trilogía, una pequeña editorial andaluza se fijó en ella. No es gran cosa, pero puede resultar una buena oportunidad para ganar lectores y dar un paso adelante. El plazo de entrega lo tiene a comienzos del año que viene, aunque casi no lleva nada escrito. No para de dar vueltas a la trama: un crimen en una habitación cerrada, en la que parece que no ha entrado nadie. Siete sospechosos y un culpable, que ya ha elegido. Sin embargo, le faltan piezas, y no tiene nada claro cómo empezar la historia. Se le ha atragantado y no es capaz de salir de las primeras líneas de la novela.

Veinte minutos después, sin que haya logrado escribir ni una sola palabra, suena el timbre de la casa. ¿Será el tipo que la ha llamado antes? Es puntual. Eso le gusta. Se levanta y, sigilosamente, mira a través de la persiana. No fue nada estratégico ni lo pensó cuando eligió esa habitación como despacho, pero está junto a la entrada y desde ahí puede ver a los visitantes.

—¡Mamá! ¡La puerta! —grita Triana desde el interior de la vivienda, después de que hayan tocado el timbre por segunda vez.

La mujer no responde, y se fija en la persona que está frente a la casa. Es un chico muy joven, alto y con el pelo rubio. Puede ver sus ojos claros y su expresión seria y tensa. ¿Es él quien ha llamado antes?

—¿Abres o qué? —le pregunta su hija desde la puerta del despacho.

—Creo que no es el cliente que estaba esperando. Abre tú.

—Joder, mamá.

La tercera vez que suena el timbre impacienta a Triana, que acude hasta la puerta de entrada. Celia va detrás con cierta curiosidad. No, ese chaval no puede ser. ¿Qué querría un chico de esa edad de una detective privado como ella?

La respuesta la obtendría de inmediato. Lo que nunca sospechó es que esa visita cambiaría su vida para siempre.

CAPÍTULO 3

BLANCA

Sevilla, sábado 5 de octubre de 2019

Acaba de hablar por teléfono con un periodista inglés que le ha preguntado por la noticia que publicó hace dos días. Últimamente no existe otro tema de conversación a su alrededor. Blanca se quita las gafas y se frota los ojos. No puede negar que está cansada, y le duele la cabeza. ¿Cuánto tiempo lleva sin dormir tres horas seguidas? Se vuelve a poner las lentes y se levanta. Camina hasta la máquina de café y se sirve uno solo. Por lo general lo toma con leche, pero hoy necesita algo más fuerte. Cafeína pura en vena. Se lo bebe de un trago, aún caliente, sin azúcar, y mira a su alrededor. En la redacción no hay casi nadie. Un par de compañeros se ríen de algo que ven en el móvil. Será algún *reels* tonto de Instagram o TikTok. No le interesa. Regresa a su mesa sin decirles nada y se queda mirando la pantalla del ordenador.

¿CUÁNDO REGRESARÁ CHOPIN?

Ese es el titular que le ha puesto a su próximo artículo, todavía por escribir. Es un poco sensacionalista, pero de momento no se le ocurre nada mejor. Su fuente no la ha vuelto a llamar. Hace tres semanas, ella fue la que destapó e hizo público lo que hacía ese tipo: robaba en casas y dejaba una partitura como firma. Pero el jueves por la mañana apareció una persona muerta en la vivienda que habían atracado. Aquel delincuente había dado un paso más. Hasta ese momento solo se habían producido robos. Ahora se había cometido un asesinato.

—Blanca, ¿no ibas a ir al cementerio?

La joven levanta la cabeza y se encuentra delante con Blas. Aunque no son de la misma generación —se llevan veinte años—, es su mejor amigo en el periódico y de los pocos que sabe que no la va a traicionar ni a clavar un cuchillo por la espalda. *A priori*. La vida le ha enseñado que uno no se puede fiar de nadie al cien por cien.

—¿Qué hora es?

—Las doce menos cinco.

—¿Ya? ¡El puto entierro es a las doce y media! ¿A cuánto estamos?

—A una media hora en coche.

—Mierda. Tendré que pedir un taxi.

—¿Quieres que te lleve? He terminado con lo que tenía que hacer.

La chica accede. A sus veintidós años recién cumplidos todavía no se ha sacado el carné de conducir. Ni piensa hacerlo. Por la ciudad suele moverse en bus y andando. Pero en ocasiones como esa echa de menos tener un vehículo propio.

Blanca recoge sus cosas a toda prisa y se dirige al garaje

con Blas. Entra en el Kia Stonic azul de su compañero y se abrocha el cinturón mientras resopla. No le apetece nada ir a un entierro, pero el muerto es el hombre al que asesinaron la madrugada del miércoles al jueves. Sabe que en el cementerio quizá encuentre información útil para su artículo. ¿Estará Chopin entre los presentes?

—No tienes muy buena cara —le dice Blas cuando salen del garaje—. ¿Estás muy estresada?

—Bastante. Ya sabes que este caso me tiene consumida. Además, duermo muy poco.

—Eso no está bien. Necesitas descansar. Intenta que el periodismo no te quite el sueño ni gastes más energía de la que debes. Te lo digo por experiencia.

No es la primera vez que su compañero le advierte sobre ese asunto. Desde que recibió aquella llamada en la que le contaron que los robos que se estaban produciendo en Sevilla desde hacía dos meses estaban relacionados, le ha dado muchas vueltas al asunto. ¿Por qué la habían elegido a ella? Una periodista recién salida de la facultad que acababa de llegar a la redacción del periódico.

—Jefa —así es como Blanca llama a Mercedes Reinoso, la directora de *El Guadalquivir*, el nuevo y rutilante medio de comunicación sevillano que publica en papel y digital, con radio y televisión propias—, me ha llegado esto.

—¿De qué se trata?

—Alguien ha robado dinero y objetos de valor en casas de lujo de Sevilla. En cada una ha dejado una partitura de Chopin como firma. Ya van tres.

Después llegó una cuarta. Blanca temía que su jefa se

lo pasara a otro compañero con más experiencia. Sin embargo, Mercedes Reinoso no cambió el caso de manos. En el fondo, la fuente le había dado la exclusiva a ella. Un regalo periodístico de doble filo. Sobre todo ahora, que había un crimen de por medio.

—Sé que los periodistas no entendemos de horarios y que siempre estamos trabajando. Pero hay que desconectar —prosigue Blas, que detiene el Kia Stonic en un semáforo en rojo—. Yo, cuando llego a casa, me dedico plenamente a mi mujer y a mis dos hijos. No quiero saber nada de *El Guadalquivir* ni de la madre que lo parió.

—Yo no tengo hijos ni pareja.

—¡Pues ponte a ver Netflix o Disney +! ¡O hazte un perfil en Tinder! Seguro que encuentras a alguien con quien pasar el rato.

¿Tinder? ¿En serio? Blanca esboza media sonrisa y niega con la cabeza. Lo que menos necesita en ese momento es buscarse un rollo a través de una aplicación en la que la gente va a lo que va. ¿Cuándo fue la última vez que echó un polvo? Hace más de dos años. ¡Más de dos años! En una fiesta de la universidad de la que apenas se acuerda. Fue con una compañera de clase que la atraía mucho con la que ya ni habla.

—¿Por qué no te vienes esta noche a cenar con mi mujer y mis hijos? Los críos son dos trastos indomables, pero lo pasarás bien.

—Gracias por la invitación. Pero creo que lo que necesito es dormir doce horas seguidas.

—¡Pues hazlo, joder! Hazlo.

Blanca asiente sin convencimiento y mira por la ventanilla del coche. El cielo está despejado. Es un día bonito para caminar por su querida Sevilla, la ciudad que tan bien la adoptó cuando decidió trasladarse allí. A lo mejor después del entierro se da una vuelta por el centro y por unas horas intenta olvidarse del caso Chopin.

—¿Quieres que ponga música? Así te animas un poco —le pregunta Blas tras un par de minutos en silencio.

El periodista conecta su *smartphone* al USB del coche y selecciona una lista de Spotify. Elige la segunda canción. Al instante, a Blanca se le dibuja una sonrisa cuando suena *Cruel Summer* de Taylor Swift, su artista favorita.

—Me encanta este tema.

—Lo sé. No paras de tararearlo en la redacción.

—¿Sí? No me había dado cuenta. ¿Te gusta Taylor?

—Soy más de El Barrio y Sergio Contreras.

Blanca arquea las cejas y vuelve a sonreír. Tienen gustos musicales muy diferentes. Agradece el detalle y que le haya puesto esa canción. Blas es un buen tipo. Jamás ha intentado tirarle los tejos y siempre se muestra amable con ella. La adaptación al periódico ha sido más fácil gracias a él.

—¿De verdad que no quieres venir a cenar esta noche con mi mujer y mis hijos? —insiste el hombre cuando termina *Cruel Summer* y empieza a sonar *Lover*.

—No, de verdad. En otra ocasión.

—Bien. La invitación la tienes sobre la mesa para cuando quieras. Solo has de avisarme para poner un cubierto más.

La chica le da las gracias de nuevo, aunque se siente algo incómoda por volver a negarse a ir a su casa. No está para cenas ni para reuniones. Su cabeza se halla en otra parte, y se siente mentalmente agotada. Pero aún le queda aquel maldito entierro por delante.

Mientras siguen sonando canciones de Taylor Swift en el Kia Stonic, Blanca revisa en el móvil la información de la que dispone sobre el fallecido. Se trata de Enrique Mesa Toranzo, de cuarenta y ocho años y nacionalidad española. Vivía de alquiler en una casa independiente de la calle Pedro del Toro, en el centro de Sevilla. No tenía hijos ni estaba casado, aunque salía con una mujer desde hacía año y medio. Ella fue la que lo encontró tirado en el suelo del salón con un golpe en la cabeza que había provocado un gran charco de sangre. Encima de la mesa junto a la que se halló el cadáver había una partitura de Chopin. En concreto, la primera página del *Nocturno en mi bemol mayor*, opus 9, n.º 2, una de las piezas más conocidas del músico polaco. El objeto con el que lo mataron no había aparecido, y tampoco había rastro de su móvil.

—¿Estás mirando otra vez los datos del muerto? —interviene Blas al parar en otro semáforo en rojo.

—Sí. Es todo muy raro.

—¿El qué?

—Que un ladrón que hasta ese día solo había robado joyas, dinero y algún que otro objeto de valor asesinara a ese hombre.

—No tiene nada de extraño. Tuvo la mala suerte de llegar a casa cuando ese tipo todavía andaba por allí. Lo sorprendió con las manos en la masa, forcejearon y el ladrón le atizó con algo contundente que acabó con su vida. Quizá ni siquiera quería matarlo.

—Eso es lo que se desprende del informe policial.

—Entonces no le des más vueltas. Eso fue lo que ocurrió.

Blanca, en cambio, no las tiene todas consigo. No ha trascendido si aparecieron huellas o algún rastro sospechoso en el lugar del crimen, ni si el papel de la partitura era el mismo que el de las otras ocasiones. La policía tampoco ha informado de si las cámaras de seguridad de la zona captaron a alguien entrando en la vivienda de Pedro del Toro o de si algún testigo vio u oyó algo que pudiera ayudar a identificar al agresor.

—Hazte un favor, Blanca. Cuando salgas del entierro, vete a casa. Olvídate de Chopin hasta el lunes por lo menos —le dice Blas mientras estaciona el coche frente al cementerio—. No te obsesiones con esto. No eres policía ni trabajas en Homicidios. No trates de resolver el caso, ¿de acuerdo?

—Haré lo que pueda. Adiós. Gracias por traerme.

Aquel tono paternalista de su compañero le molesta. La chica se baja del vehículo y acelera el paso hasta la puerta del camposanto. Un grupo de unas cincuenta personas se arremolina en torno a un coche fúnebre. Aunque ha llegado un poco tarde, parece que el entierro acaba de empezar. Rápidamente reconoce a una mujer morena con el pelo largo y rizado, toda vestida de negro. Es Débora Coronado, la novia de Enrique Mesa. A su lado va una señora mayor, bajita y encorvada, y un hombre alto de unos cincuenta años con gafas de sol y camisa negra. Con disimulo, Blanca saca el móvil y les hace una foto. Luego otra a un grupito de cuatro jóvenes que tiene delante, a unos diez metros. Hablan en voz baja; tres de ellos fuman. La periodista intenta escuchar lo que dicen y deduce que son familiares del fallecido. Puede que sobrinos.

—Esto no podía acabar de otra manera —comenta uno de ellos, un tipo fornido de más de metro ochenta, con el pelo de punta y rapado por los laterales de la cabeza—. Tarde o temprano...

—Cállate, gilipollas —le susurra la única chica del grupo.

No debe de pasar de los veinte años y va vestida con ropa negra muy ceñida. Tiene unos llamativos ojos azules que destacan en un rostro que a Blanca le parece muy bonito.

—¿Crees que los que están aquí no sabían que el tío...?

—Que te calles, imbécil.

La joven alza un poco la voz y varios asistentes se giran hacia ellos. La muchacha tira el cigarro al suelo y se aleja del resto con cara de pocos amigos.

Blanca observa la escena con atención y sigue los pasos de la chica de ojos claros, que se coloca junto al coche fúnebre. Al mismo tiempo, una mujer se le acerca y le sonríe. Es de las pocas que no van de negro. Lleva el pelo castaño recogido en una coleta y es bastante alta. Le resulta muy atractiva, a pesar de que sus facciones tal vez sean demasiado marcadas. Eso sí: no recuerda haberla visto nunca.

—Sabía que vendrías —le dice con familiaridad, para sorpresa de la periodista.

—Perdona, ¿nos conocemos?

—Claro. ¿No te suena mi voz? —pregunta la mujer sin dejar de sonreír—. Blanca, soy tu fuente del caso Chopin. Me gustaría hablar contigo.

CAPÍTULO 4

—

NIKO

Sevilla, sábado 5 de octubre de 2019

¿Es una buena idea? No está muy seguro, pero ya no hay marcha atrás. Niko ha sido muy puntual. Ha pasado media hora exacta desde que habló con la detective, como habían acordado. Llama al timbre y espera a que le abran. No aparece nadie. Impaciente y extrañado, insiste en una segunda ocasión. Esta vez oye la voz de una chica en el interior de la vivienda, pero siguen sin abrirle. Mira de nuevo el número de la casa y comprueba que no haya ningún error. Además, lo pone muy claro en la plaquita de la pared: AGENCIA MAYO, DETECTIVE PRIVADO.

El joven llama una tercera vez. Oye que alguien corre hacia la entrada. Ha buscado información sobre aquella mujer en Internet y sabe qué aspecto tiene. Sin embargo, la persona que le abre la puerta no es Celia Mayo.

—Hola, ¿qué desea?

Quien lo recibe es una chica de cabello largo, ondulado y rubio, vestida con un pantalón de chándal y una sudadera ancha. Le sorprende que le hable de usted cuando tienen más o menos la misma edad.

—Hola, vengo a ver a la detective Mayo.

—¿Eres el que ha llamado hace un rato? —pregunta la muchacha, que rápidamente decide tutearle. Eso le hace sentir algo más cómodo.

—Sí. He sido yo.

—No vendrás por algo relacionado con tu novia o tu novio, ¿verdad? Mi madre no acepta casos de tipos celosos que quieren saberlo todo de su pareja. No atiende casos de posibles infidelidades ni de cuernos.

Sorprendido, Niko abre mucho los ojos al escuchar las palabras de aquella joven. No sabe si reír o sentirse molesto. Seguro que a alguien con más edad no le habría tratado de esa forma ni habría sido tan descarada. Opta por tomárselo bien, porque la chica le gusta.

—No. Vengo por algo más serio. Necesito hablar de un tema muy importante con tu madre. ¿Puedo pasar?

—Mmm. Está bien. Adelante.

Niko entra en aquella casa del barrio de Santa Cruz bastante tenso. De inmediato, la chica le señala una habitación que tiene a la izquierda, justo al lado de la entrada, y se marcha. El joven mira hacia el interior del despacho y ve a una mujer que también se le queda mirando. Ahora sí que reconoce a la escritora que había visto en la fotografía de la solapa del libro y a la que había investigado por Internet. Celia sale a su encuentro muy sorprendida. Estrechan la mano y el chico se presenta:

—Buenos días, mi nombre es Nikolai Olejnik, Niko. Encantado.

—Igualmente, Niko. Un placer. ¿Nos sentamos?

La mujer indica hacia dos sillas y una mesa, en la que

reposan un ordenador y varios montones de papeles. Celia aguarda que el chico tome asiento y después lo hace ella.

—No esperaba a una persona tan joven. ¿Qué edad tienes? Si me permites preguntártelo...

—Diecinueve. Cumplo veinte en febrero.

—Un año más que Triana —comenta Celia mientras alcanza una libreta de una esquina de la mesa—. Triana es la chica que te ha abierto. Mi hija.

Niko ya sospechaba que serían más o menos de la misma edad. Si no fuera porque está muy nervioso y ha ido por un asunto tan importante, tal vez intentaría saber más de aquella joven. Pero no es el momento.

—Bueno, dime, ¿a qué has venido?

—Tengo un problema. Uno grande. Pero antes de contárselo necesito que me asegure que todo lo que le diga no saldrá de aquí.

—Por supuesto. La confidencialidad de mis clientes está por encima de todo.

—Gracias. Es muy importante que me dé esa seguridad y que me jure que lo que voy a explicarle quedará entre usted y yo. Mi vida está en juego.

Las plegarias de Niko llaman la atención de Celia. La mujer coge un bolígrafo y escribe algo en la libreta. El chico la contempla con curiosidad. ¿Qué ha apuntado? La detective se lo muestra.

—Antes de que hablemos de lo que te ocurre, estos son mis honorarios. También debes saber que no acepto casos de presuntas infidelidades. No voy a seguir ni a espiar a nadie que creas que te ha engañado o a alguna expareja. ¿De acuerdo?

—Ya me lo ha dicho su hija. No he venido por nada de

eso. Y, por supuesto, acepto pagarle lo que me pida por su trabajo.

—¿Te parece bien esta cantidad?

El chico vuelve a asentir con la cabeza. Ya había leído en Internet que más o menos le iba a pedir eso. Ahora mismo no dispone de tanto dinero como le gustaría, pero tiene el suficiente para contratar a Celia Mayo.

—No sé por dónde comenzar. Es un asunto muy complicado.

—Las historias se entienden mejor cuando se cuentan desde el principio —le dice la detective con una sonrisa para tratar de tranquilizarlo—. Por tu apellido diría que eres polaco. ¿Me equivoco?

—No, lo ha adivinado. Nací en Polonia, en la ciudad de Plock, pero hace unos siete años me mudé a España con mi abuelo.

—¿Tu abuelo sabe que has venido a verme?

—Él murió. Ahora vivo solo —dice Niko, al que se le apaga un poco la voz.

—Lo siento. Debería haber tenido más tacto.

—No pasa nada. Ya hace tiempo que ocurrió. Estoy bien.

No tenía intención de hablar de esa parte de su vida, pero tampoco quiere esquivar las primeras preguntas de Celia. Recordar a su abuelo le provoca diferentes sensaciones: añoranza, rabia, melancolía, frustración... e incluso un extraño sentimiento de libertad. Tras su muerte, durante unos meses estuvo bastante perdido. En cambio ahora hace lo que quiere y no depende de nadie. Aquel hombre le enseñó a ser lo que es, a sobrevivir, y también le pidió perdón por no guiarle por el buen camino.

—De alguna manera, mi abuelo es el culpable de que

necesite su ayuda —reconoce Niko después de una pausa en la que ha estado eligiendo cómo hablar del problema que le ha llevado hasta aquel despacho—. Si él hubiese sido de otra manera, seguramente mi vida habría resultado menos... complicada.

—No entiendo muy bien a lo que te refieres. ¿Puedes explicármelo mejor?

El chico respira hondo y toma aire. Por un instante se arrepiente de estar sentado en esa habitación; nada menos que en el despacho de una detective privado. Alguien que se supone que colabora con la Justicia y que podría delatarle. Una mujer que podría convertirse en su enemiga y que no sería de extrañar que lo entregase.

—No sé. Estoy algo aturdido. Se me ha hecho un nudo en la garganta.

—¿Quieres un vaso de agua?

—Por favor. Gracias.

La mujer se levanta y le dedica otra sonrisa antes de salir de la habitación. Cuando pasan unos segundos, Niko también se pone de pie. Tal vez lo mejor sea huir de allí y dejar que los acontecimientos sigan su curso. Él sabe lo que ha hecho y lo que no. ¿Qué pinta una detective en su vida?

Está a punto de marcharse del despacho cuando casi tropieza con la chica que le ha abierto la puerta.

—¿Qué haces? ¿Te vas? —le pregunta Triana al tiempo que se coloca delante de él.

—Sí. Venir no ha sido una buena idea.

—¿De verdad? ¿Te da miedo mi madre o qué?

—No es eso —responde el muchacho mientras da pequeños tirones al aro que lleva en la oreja derecha—. Me he equivocado.

—Si tienes un problema, no te has equivocado. Mi madre es la persona adecuada para ayudarte. No sé lo que te pasa, pero dale una oportunidad. Es muy buena. Fíjate si es lista que me ha advertido que te vigilara porque sabía que te ibas a ir.

Aquella revelación coge a Niko desprevenido. ¿Tanto se le veían las intenciones? ¿O la detective es tan perspicaz como dice su hija? En cualquier caso, debe calmarse y recordar por qué ha ido hasta allí. Necesita ayuda, y tal vez esa mujer sea la única que pueda ofrecérsela.

—Anda, siéntate y espera a mi madre. Es la mejor, te lo aseguro.

Triana, en un acto instintivo, coloca una mano sobre el hombro de Niko y lo aprieta con suavidad. Ese gesto de confianza de alguien a quien acaba de conocer no pasa inadvertido para ninguno de los dos. La chica retira rápido el brazo y se sonroja. Ahora es él quien sonríe y regresa a la silla con tranquilidad.

—Gracias. Te voy a hacer caso. Espero que tengas razón.

La joven asiente con la cabeza y se va. Niko suspira y se cruza de brazos pensativo. Solo por el hecho de haber conocido a esa chica, la visita ha merecido la pena. Es simpática y parece inteligente, como su madre. Y no puede negar que también le ha gustado físicamente. Si tiene que ir más veces a ver a la detective Mayo, le encantaría volver a charlar con ella.

—Aquí tienes. Agua de Sevilla, que dicen que es la mejor del mundo —comenta Celia cuando entra en la habitación y le da el vaso al chico—. Aunque los madrileños opinan otra cosa. Y los de Granada.

Niko se lo bebe de golpe mientras observa a la mujer.

Su hija y ella se parecen bastante. Tienen el mismo color de piel, la misma mirada y se ríen igual. Aparenta menos edad de la que tiene, a pesar de que empieza a lucir algunas arrugas en el rostro y en la frente.

—¿Te encuentras mejor?

—Sí, muchas gracias. Me he puesto algo nervioso.

—Eso es porque lo que me vas a contar es muy importante para ti, ¿verdad?

—Mucho. No he dormido esta noche pensando en lo que podía hacer —admite el chico, que acerca un poco más la silla a la mesa. Pone los dedos sobre la madera y los mueve como si estuviera tocando el piano—. Ayer estaba paseando cerca de aquí y encontré una papelería donde estaban sus libros en el escaparate.

—¿Estuviste con Gertrudis? ¡Es una buena amiga!

—Sí. Me habló de usted. Me dijo que era una escritora fantástica y una gran detective. Fue ella la que me dio la dirección de la agencia. Fue como una señal, porque me acababa de enterar de algo que... que puede poner en riesgo mi vida.

—No lo alargues más, Niko. Dime qué te está pasando.

Los dos se miran a los ojos. Es como si Celia intentara leerle la mente. El chico sigue moviendo los dedos sobre la mesa, como si interpretara una partitura. Al final, Niko se decide a contarle su secreto:

—Seguro que ha oído hablar de los robos que han ocurrido en Sevilla en las últimas semanas. Bien, yo soy el autor. Me hago llamar Chopin y estoy metido en un buen lío.

CAPÍTULO 5

—

TRIANA

Sevilla, sábado 5 de octubre de 2019

¿Qué? ¿Él es el de los robos? ¡Imposible!

A Triana casi se le escapa un grito al oír la confesión de Niko. No podía esperar a que su madre le contara qué quería ese chico rubio tan mono, y se ha quedado espiando junto al despacho. Le ha favorecido que la puerta se haya quedado entornada. Por ese hueco presencia la conversación.

—Espera, ¿me estás diciendo que tú eres el que tiene en jaque a media ciudad y completamente despistada a la policía de Sevilla? —pregunta Celia desconcertada.

—Bueno, exagera un poco. No creo que sea para tanto. Pero sí, yo soy el que ha robado en esas casas.

Triana está a punto de chillar, pero se contiene. ¿Estará diciendo la verdad? ¡Si solo es un chaval de su edad! ¡Casi un adolescente que parece que no haya roto un plato en su vida! ¿Cómo es posible que haya conseguido robar en todos esos lugares y que no lo hayan pillado?

La chica escucha atónita los detalles que Niko le da a su madre, que tampoco da la impresión de estar convencida de que no le esté mintiendo. El primer robo fue en la calle Juan de Zoyas, en el barrio de Nervión. Los propietarios son un matrimonio de abogados a los que sustrajo una buena cantidad de dinero y joyas. Sucedió el veintisiete de julio. El segundo robo lo llevó a cabo en la calle López de Gomara, en Triana, tres semanas más tarde. Aquella vivienda es enorme y en ella vive un actor retirado. Aprovechó uno de sus viajes para entrar y apropiarse de una colección de sellos y otra de monedas, y de bastante dinero que guardaba en una caja fuerte oculta en un armario, pero que ni siquiera tenía cerrada. El tercer atraco fue en la calle Panamá, en la zona de Heliópolis, el domingo uno de septiembre. De aquella casa, perteneciente a una familia dedicada a la tauromaquia, se llevó una colección de figuritas de plata de ley, un par de portátiles y joyas que todavía no ha logrado vender en el mercado negro. El cuarto y último robo tuvo lugar hace apenas quince días en una casa inmensa de la calle Teodosio, en el centro de la ciudad. Allí vive una pareja de personas mayores con su hija. Aquel fin de semana habían ido a la playa y Niko aprovechó para hurtar todas las pulseras, anillos y collares de la mujer, que parecían muy valiosos. En la caja fuerte, que estaba cerrada y le costó más abrir, encontró casi dos mil euros.

—¿Todo eso lo has hecho tú solo?

—Sí, no tengo cómplices ni nadie que me ayude.

—Pero... ¿cómo has conseguido que no te hayan pillado?

—No ha sido muy difícil. Todo me lo enseñó mi abuelo Dariusz —reconoce Niko, que no sabe si Celia está impresionada o abrumada por lo que le está contando—.

Durante unos días estudio y analizo muy bien la casa que voy a robar y a las personas que viven en ella. No siempre he conseguido entrar en la que pretendía porque no se ha dado la ocasión o no he encontrado la fórmula para hacerlo. Pero en esas cuatro viviendas no me costó demasiado. Se dieron las condiciones idóneas para realizar los atracos.

Triana está completamente sobrepasada por lo que está oyendo. ¡En su casa está el famoso Chopin! ¡El ladrón más buscado por la Justicia! ¿Qué hará su madre con toda esa información?

—¿Y lo de la partitura? Porque no es un invento de la prensa, ¿verdad?

—No, no lo es. En las cuatro casas que he robado he dejado la partitura de una pieza de Chopin.

—¿Por qué lo haces? ¡Corres el riesgo de que te descubran!

—El riesgo es mínimo, por no decir cero. Los folios en los que las imprimo están limpios de huellas. Sé cómo hacerlo. También me lo enseñó mi abuelo. Él sí que fue un gran ladrón. El mejor.

Triana escucha ensimismada lo que Niko le explica a Celia respecto al motivo de la firma que deja en sus atracos. Dariusz le dijo una vez que, igual que los músicos o los pintores firman sus creaciones, algunos ladrones también lo hacen. Con eso consiguen que se hable de ellos y que sus obras pasen a la historia. Eso sí, debía tener cuidado con la manera de proceder porque un simple fallo le pondría en peligro de ser identificado.

—Es también una cuestión de ego —dice el joven, que se muestra más tranquilo después de soltarlo todo—. Nunca había dejado mi firma hasta que empecé a robar casas en Sevilla. Es cierto que esto es lo más grande que he hecho hasta ahora. Me lo planteé con el robo en la casa de Nervión y al final lo hice.

Triana ve a su madre con el rostro desencajado. Para ella seguro que también es una sorpresa lo que está oyendo.

—¿Por qué usas partituras de Chopin?

—Es mi músico y pianista preferido. Era polaco, como yo. De niño me llevaron varias veces a Żelazowa Wola, la aldeíta donde nació. No hay ni un solo día de mi vida que no escuche alguna de sus perfectas melodías.

Niko también le explica a Celia su pasión por el piano y lo que le entusiasma tocarlo desde pequeño. Firmar sus robos con las partituras de Chopin es su manera de tenerlo siempre presente y rendirle su particular homenaje.

—¿Por qué robas? ¿No te dan pena las personas a las que les arrebatas dinero o joyas?

—Es con lo que he vivido siempre, desde que murieron mis padres en un accidente de tráfico en Polonia y mi abuelo me adoptó. Es mi manera de subsistir. Lo que sé hacer. La gente a la que robo tiene mucho dinero y la vida resuelta. No me da lástima. No robo a pobres o a personas que necesitan ese dinero. El mundo está muy mal repartido.

Aunque no está de acuerdo con lo que hace, Triana siente cierta admiración y empatía por Niko. Muestra mucha seguridad en lo que dice y convence con sus motivos. Es verdad que se mueve fuera de lo legal y que robar es un delito, eso es indiscutible. Pero ese muchacho es un ladrón de guante blanco. Una especie de Robin Hood que se ha criado con alguien que le ha enseñado a vivir de esa forma.

—Entiendo —dice Celia, que se pone de pie y va hasta la ventana del despacho que da a la calle. Baja la persiana y regresa a la mesa. En esta ocasión no se sienta. Mira al muchacho fijamente, que se está acariciando el aro que lleva en la oreja—. Has venido por la persona que apareció muerta en la última casa que robaste, ¿no es así?

—Yo no he robado en esa casa. Ni he matado a nadie. No soy un asesino —responde Niko, que vuelve a mostrarse más nervioso—. Alguien se ha hecho pasar por mí.

—¿No estaba esa casa entre tus posibles atracos?

—No. Me enteré de lo que había ocurrido por la prensa, en la papelería de su amiga. El periódico culpaba a Chopin del asesinato de un hombre. Pero debe creerme: jamás mataría a nadie.

—La prensa dice que había una partitura como las que tú dejas en los robos.

—No fui yo.

—¿No entraste en esa casa a robar, te sorprendió aquel hombre antes de que acabaras y le golpeaste con algo en la cabeza, y eso lo mató?

—Le juro que no, Celia. El miércoles estaba en mi casa y no salí en toda la noche.

—¿Tienes testigos?

—No. Vivo solo. Ese día cené bastante tarde y me quedé leyendo hasta las tres de la madrugada. No podía dormir.

Triana le cree. Conoce a ese muchacho desde hace solo unos minutos, pero está contando la verdad. Lo percibe en la forma de hablar. Niko no ha asesinado a ese hombre. Está segura, y espera que su madre piense lo mismo.

—Exactamente, ¿qué quieres que haga? —pregunta la detective, que toma asiento de nuevo—. ¿Cómo puedo ayudarte?

—Descubriendo al asesino que se está haciendo pasar por mí. Yo no he matado a nadie, y temo que la policía termine descubriendo quién soy y acusándome de esto.

—Tenemos un gran problema, Niko. Yo no puedo investigar casos en los que haya delitos de sangre. Esos son de ámbito público y solo se ocupan de ellos los cuerpos generales del Estado.

—¿En serio?

—Sí. La labor del detective privado es bastante compleja en este país. Y a pesar de lo que puedas leer en novelas policiacas o ver en series de televisión, nosotros no tenemos autorización para investigar ciertos delitos. Los asesinatos están fuera de nuestro alcance.

—¿Y no puede hacer una excepción? Se lo he contado todo. Usted ya sabe lo de los robos. Está al tanto de que soy Chopin.

Celia resopla y mira a ambos lados de la habitación, como buscando una respuesta para ese joven desesperado. Cuando se gira hacia la izquierda ve a su hija de refilón. Triana lo ha oído todo. Entiende la postura de su madre. La ley es la ley. Pero Niko le da muchísima pena. Conoce a la policía y sabe que muchas veces necesitan un culpable. Él tiene todas las papeletas para que le carguen ese crimen que no ha cometido.

—Si me pillaran investigando la muerte de ese hombre, me retirarían la licencia y no podría seguir ejerciendo.

—Le pagaré. Le pagaré lo que me pida.

—¿Con el dinero que has obtenido de los robos?

El joven baja la cabeza. Acaba de hundirle. Triana tiene la tentación de entrar en el despacho de su madre y darle un abrazo a Niko. No le gusta que haya cometido los robos, que se gane la vida de esa forma. Pero por algún motivo siente compasión por él. Nota su miedo.

En ese instante, su móvil, al que le había quitado el sonido y había puesto en modo vibración, se agita dentro del bolsillo de la sudadera. Lo saca y contempla en la pantalla que la llama Cayetano. Sigilosamente, se aleja y va hacia su habitación. Cierra la puerta y responde:

—Dime —dice carraspeando.

Se da cuenta de que tiene una especie de nudo en la garganta.

—Hola, ¿estás ya preparada?

—¿Ya? Es muy pronto. Ni me he arreglado aún.

—Estoy ya por Santa Cruz. ¿Quieres que nos veamos antes?

La chica se aparta el móvil de la boca y suspira. Ni tiene hambre ni le apetece quedar con su novio.

—Oye, no me encuentro muy bien. ¿Te apetece quedar mejor por la tarde? Vamos a algún sitio de tortitas y luego damos una vuelta.

—¿Estás enferma?

—No, no es eso. Cansancio. No he dormido bien esta noche —miente Triana, que no encuentra mejor excusa—. Siento que hayas venido hasta aquí y darte plantón.

Cayetano no habla durante unos segundos. La chica se imagina que no le habrá sentado bien lo que le ha explicado.

—Yo ya no sé qué hacer para que todo vuelva a ser

como antes —dice por fin el joven en tono muy serio—. Me voy a casa, Triana. Ya hablaremos.

Y sin más, Cayetano cuelga. En otro momento le habría fastidiado aquella reacción y lo habría vuelto a llamar al instante. En cambio esta vez no le ha dolido. Al contrario, no le apetece discutir ni empezar a hablar de lo que no está funcionando entre ellos. Su mente está ocupada en otra cuestión.

Deja el móvil sobre la cama y de nuevo se dirige al despacho de su madre. Cuando llega, Celia está en la puerta de la entrada. Su expresión indica que algo no ha ido bien.

—¿Y Niko?

—Se ha marchado.

—¿Ya? ¿Qué ha sucedido?

—Le he dicho que no podía ocuparme de su caso y se ha ido.

—Joder, mamá.

—Lo has escuchado todo, ¿no?

Triana asiente con la cabeza. Tiene la necesidad de salir corriendo e ir a buscarlo. Sin embargo, no lo hace. No es una buena idea. No lo conoce. A pesar de su convencimiento, puede que aquel chico haya matado a una persona.

—¿Qué vas a hacer? ¿Delatarlo a la policía?

—No. Aunque es lo que debería. Pero le di mi palabra de que lo que habláramos no saldría de este despacho. Y tú tampoco dirás nada a nadie.

—No pensaba hacerlo, mamá.

—Lo sé, hija, lo sé —dice Celia mientras acaricia el cabello de Triana—. Toca rezar por él y esperar que la policía encuentre al verdadero culpable. No podemos hacer más.

CAPÍTULO 6

—

BLANCA

Sevilla, sábado 5 de octubre de 2019

Al entierro de Enrique Mesa no solo asisten familiares y conocidos del fallecido. Hay varios medios de comunicación cubriendo la noticia. Blanca también ve a algunos policías entre los presentes. ¿Estarán esperando a que aparezca Chopin? ¿Sabrán ya quién es?

En todo momento, la periodista ha estado acompañada por la mujer que dice que es su fuente en aquel caso. No le ha revelado su nombre, pero le ha confesado que pertenece a la Policía Nacional. Después del sepelio, las dos caminan hacia la puerta del cementerio.

—¿Buscamos algún sitio tranquilo y hablamos? ¿Tienes tiempo?

—Sí, no voy a volver a la redacción. Me tomaré la tarde libre.

—Bien. Deja que mire en Google si hay alguna cafetería cerca. No suelo venir por esta zona de Sevilla.

Blanca tampoco. De hecho, es la primera vez que entra en el cementerio de San Fernando. Tiene mucha curiosidad por saber qué quiere contarle esa mujer. Cuando hace un rato se ha presentado, el coche fúnebre se puso en movimiento y no han tenido la oportunidad de hablar.

—Bar Goma. Está aquí al lado. En las críticas alguien ha escrito que sirven las mejores tostadas de manteca *colorá* del mundo. ¿Te hace?

La periodista se encoge de hombros y acepta. No le entra nada de comer, y menos algo tan contundente. Aunque una cervecita sin alcohol sí se tomaría con ella. Se siente extraña al no saber siquiera el nombre de esta mujer, pero le ha caído bien. Además, se muere porque le siga contando más del asunto.

—¡Ey! ¡Esperad un momento!

Blanca y su acompañante se giran al escuchar que gritan a su espalda. La periodista reconoce enseguida a los cuatro jóvenes que estaban cerca de ella antes del entierro. Son los sobrinos de Enrique Mesa, y no parecen muy contentos.

—Me suena mucho tu cara. ¿Eres periodista? —le pregunta la chica del grupo directamente a Blanca.

La joven no sabe qué responder. ¿La han visto en la televisión de *El Guadalquivir* hablando de Chopin? Aunque se dedica a escribir para el periódico en papel y en formato digital, ha tenido un par de intervenciones en la televisión del medio. ¿La han reconocido?

—Sí, soy periodista —responde Blanca con timidez.

—Mi primo dice que nos has estado grabando con el móvil —comenta la chica con un tono poco amable—. ¿No te habrás atrevido?

—Yo... no. Solo hacía fotos de... todo el mundo. No era concretamente a vosotros. Pero...

Blanca tartamudea y empieza a ponerse bastante nerviosa. Mientras habla, mira de reojo a la policía que observa fijamente a los cuatro chicos que tiene delante. Eso la alivia un poco. Si tuviera algún problema, ella lo solucionaría. O eso espera.

—Enséñame tu teléfono —le ordena con brusquedad uno de los primos, un chaval bajito y grueso que se ha dejado crecer una perilla poco agraciada—. Déjamelo.

—No voy a dártelo. Es privado.

—Te he dicho que me lo des. Si nos has grabado o nos has hecho fotos, vas a borrarlo todo ahora mismo.

Blanca se arrima a la policía. La mujer continúa observando sin pestañear a los cuatro sobrinos de Enrique, pero de momento no actúa ni dice nada.

—Podemos hacerlo por las buenas —interviene de nuevo la chica dando un paso adelante—. Pero si no tendremos que quitarte el móvil por las malas. ¿Qué prefieres?

—Lo único que vais a hacer es marcharos y dejarnos tranquilas. Por las buenas o por las malas —dice por fin la policía, que saca una placa del bolsillo de la chaqueta y la muestra—. Y no volváis a molestarla o no seré tan amable con vosotros.

Los chicos ven la identificación que les enseña la mujer y retroceden. Incluso uno, el que parece más jovencito, corre despavorido hacia el interior del cementerio.

—Espero que no uses para el beneficio de tu puto periódico lo que has grabado en el móvil o tendrás noticias de nuestro abogado —dice la chica alzando el dedo corazón.

Se da la vuelta y, con los otros dos, entran de nuevo en el camposanto.

Blanca respira hondo y le da las gracias a la mujer. Por un momento ha temido que alguno de esos tipos se abalanzara sobre ella para quitarle el teléfono.

—Estos niñatos ladran mucho, pero muerden poco. Son inofensivos.

—A mí no me han parecido tan inofensivos.

—Apariencia nada más. El peligroso era el tío.

—¿El muerto?

—Sí. Ese era un buen pieza. Con una cerveza te lo cuento. Tengo la garganta seca.

La periodista y la policía no tardan en llegar al bar. Encuentran una mesa libre en una de las esquinas del local, separada del resto. Se sientan allí y piden dos cervezas, ambas sin alcohol.

—Bueno, como vamos a pasar un rato juntas y no quiero que te sientas incómoda sin saber cómo dirigirte a mí, me puedes llamar Ángela.

—¿Es tu verdadero nombre?

—Es mi nombre para ti.

—¿Por qué tanto secretismo?

—Son órdenes de arriba —dice Ángela, que deja su móvil sobre la mesa y lo pone en silencio—. Ni siquiera debería estar aquí contigo. Pero creo que debo aclararte algunos puntos.

El camarero aparece en ese instante con dos botellines de Cruzcampo sin alcohol y los deja encima de la mesa. Les pregunta si van a querer algo más y Ángela pide una tapa de carne con tomate, que también recomendaban en la crítica de Internet. Blanca prefiere no comer nada. Chocan sus botellines y ambas beben.

—Me gusta cómo escribes —dice la policía cuando

suelta la cerveza—. He leído todo lo que has ido publicando sobre el caso Chopin.

—¿He sido muy sensacionalista?

—Lo justo. No me ha molestado nada de lo que has contado.

—¿Y a tus jefes?

—Mis jefes son unos capullos, con perdón. ¿Hay algo que no le moleste a un hombre blanco policía? —dice Ángela sonriendo antes de dar otro sorbo a la Cruzcampo—. Eres una buena periodista. Por eso creo que te eligieron.

—¿No fuiste tú?

—No. Claro que no. Yo solo soy una intermediaria.

—¿Y quién dio la orden para que me filtraras lo de Chopin?

—Amiga, poco a poco. Aunque hay cosas que no puedo revelarte. Nada de nombres.

Blanca asiente disconforme. No le hace gracia que le oculte datos o que se ande con tanto misterio. Pero debe jugar bien sus cartas. Estar sentada con esa mujer ya es un premio para cualquier periodista. Necesita elegir bien las preguntas.

—Me has dicho que Enrique Mesa era un buen elemento. ¿No tenía una tienda de muebles en el centro?

—Sí, eso también. Vendía unos sofás magníficos.

—¿Y que más hacía?

Ángela no responde enseguida porque aparece el camarero con un platito rebosante de carne con tomate y patatas fritas. La mujer limpia el tenedor con una servilleta de papel y sopla para que la comida se enfríe. A Blanca le da la impresión de que no tiene prisa. Ella, por el contrario, se impacienta ante tanta parsimonia. Así que vuelve a insistirle:

—¿Enrique Mesa está fichado? ¿Tiene antecedentes?

—Algunos: posesión de drogas, robos con fuerza, falsificación de documentos, extorsión, destrozo del mobiliario urbano... y otros más.

—¿Y no ha estado en la cárcel?

—No. Desde hace años ni siquiera ha pisado la comisaría —señala Ángela al tiempo que se limpia la comisura de los labios con otra servilleta de papel—. Se hizo legalmente con la tienda de muebles, y desde entonces no se le conoce delito alguno.

—¿Enemigos?

—Muchísimos.

—¿Alguno tan enfadado con él como para asesinarlo?

—¿Y dejar una partitura en la casa? —dice la policía, que llama después al camarero y le pide pan—. Mis jefes tienen claro quién es el culpable.

—Chopin.

—Exacto. Tú misma lo pusiste en tu artículo.

—Porque tú me lo contaste. Me dijiste que ese tipo había usado la fuerza en su nuevo robo y que golpeó a Enrique en la cabeza cuando lo sorprendió robando.

—¿Y crees que alguien es tan tonto como para firmar una muerte y acusarse a sí mismo de un asesinato?

Blanca ya había pensado en eso. Quizá Chopin no sabía que Enrique estaba tan grave. O tal vez le pudo el ego. A lo mejor ya estaba entre sus planes empezar a utilizar la violencia si hiciera falta. En cualquier caso, ella empieza a verlo también de otra forma. Le da la impresión de que hay otra persona implicada en aquella historia.

—¿Crees que han querido culpar a Chopin de un delito que no ha cometido?

—Lo que yo piense da igual. Pero está claro, ¿no?

—¿Entonces? ¿Por qué me filtraste la información de esa manera?

—Porque cumplo órdenes, Blanca. Ya te digo que solo soy una intermediaria. Las altas esferas mandan y tienen todo el poder y el contenido real de los casos. Lo que yo crea es irrelevante.

—Pero me lo cuentas. Me dices que hay alternativas a la versión oficial.

—Eso es una interpretación tuya. Yo no te he dicho nada. No puedo hacerlo.

Ángela parte en dos una rebanada de pan y la moja en el tomate. Cierra los ojos y lo mastica con ganas. Blanca la observa incrédula. ¿Cómo puede comer con esa pasión al tiempo que le cuenta algo tan importante? ¡Le está diciendo que piensa que el asesino no es Chopin!

—Tenían razón en esa crítica. Esto está para chuparse los dedos. Algún día vendré a probar la manteca *colorá.*

—¿Crees que sus sobrinos o algún otro familiar pudo asesinar a Enrique?

—No lo sé. Esos muchachos son bastante estúpidos. Mis compañeros ya hablaron con ellos y no pudieron rascar mucho. Su novia, Débora, no tiene antecedentes, pero por lo que hemos podido saber la relación estaba en un momento complicado. Alguna vez discutieron en medio de la calle y Enrique usó expresiones bastante duras contra ella.

—¿Qué expresiones?

—Imagínate. Aunque la gente haga parecer que ha

cambiado, no es verdad. Y Enrique tiene episodios muy turbios en su vida.

—¿Y el hombre que acompañaba todo el tiempo a Débora en el cementerio?

—Es uno de los hermanos de Enrique, Norberto. Es el padre de la chica y del chaval del peinado raro, aunque está divorciado desde hace tiempo. Los Mesa tienen otra hermana, Alejandra, pero no la he visto en el entierro. Es la madre de los otros dos muchachos del grupo que nos ha asaltado. La mujer mayor que acompañaba a Débora es la madre de Enrique. No sé si se ha enterado mucho de lo que ha pasado porque tiene alzhéimer.

—Pobre señora —dice Blanca con tristeza, recordando que uno de sus abuelos también padeció esa terrible enfermedad—. ¿Y los familiares de Débora? ¿No han estado presentes?

—No. Viven en Latinoamérica. Ella es peruana y no se sabe que tenga familiares residiendo en España.

Ninguna de esas personas tiene pinta de haber sido el asesino de Enrique Mesa. La periodista bebe de su cerveza mientras se fija en Ángela. Sigue pareciéndole muy atractiva, a pesar de mancharse continuamente la boca de tomate. Ha calculado que debe de medir cerca de uno ochenta y que no debe de llegar a los treinta y cinco años.

—¿Tienes algo más que contarme que sea interesante?

—Claro. Pero necesito hacer varias comprobaciones antes de revelarte la información.

—¿Sobre qué es?

—No puedo hablar más, Blanca. Además, me tengo que ir.

—¿Cuándo volveremos a vernos?

—No lo sé. Pero tengo la sensación de que Chopin no tardará en actuar.

—¿Cómo lo sabes?

—Es un presentimiento —responde la policía, que deja un billete de diez euros sobre la mesa—. Cuídate mucho, por favor. Estamos jugando con fuego.

Ángela sonríe y se despide de Blanca alzando la mano. La chica permanece sentada en el bar Goma unos minutos más. Si antes estaba confusa, ahora su caos se ha multiplicado por dos. ¿No es Chopin el que ha matado a Enrique Mesa? Y si ha sido él, ¿quién demonios está detrás de aquel ladrón y ahora también asesino?

CAPÍTULO 7

—

NIKO

Sevilla, domingo 6 de octubre de 2019

Desde que Niko salió del despacho de Celia Mayo no quiso saber nada del mundo. Se pasó el resto del sábado metido en casa, asustado. Tenía la impresión de que en cualquier momento aparecería la policía y lo detendrían por la muerte de aquel hombre. Esa misma mañana se había enterado de que la víctima se llamaba Enrique Mesa y que fue enterrado el día anterior en el cementerio de San Fernando. Es curioso, pero el nombre le suena, aunque no recuerda de qué.

Son las nueve y media y tiene hambre, ya que en todo el sábado no comió. Va hacia la nevera y no encuentra nada que le apetezca. En realidad, el frigorífico está casi vacío. Le toca hacer la compra, por lo menos de lo básico. ¡Es que ni siquiera hay una caja de leche!

Mira por la ventana y ve que luce un sol radiante y que el cielo está despejado. Hace un precioso día de otoño en Sevilla. Podría salir a desayunar y andar un poco por la ciudad para desconectar. Le vendría bien tanto lo uno como lo otro.

Decidido. Se viste rápidamente con unos vaqueros, una camiseta negra, unas botas y una chaqueta que no se abrocha. Delante del espejo, se peina el cabello rubio y se atusa el flequillo. Sale del piso y baja las escaleras con celeridad. Vive en un cuarto abuhardillado sin ascensor, en un edificio antiguo de las afueras, cerca del río. Lo mejor del apartamento es que cuenta con más de doscientos metros cuadrados para él solo y que su abuelo lo dejó todo pagado antes de morir. Así que no debe preocuparse por el alquiler. Eso sí, para ir al centro necesita coger el trasporte público o darse una buena caminata. Esa mañana el autobús no aparece según el horario previsto. Aguarda otros diez minutos en la parada, pero se cansa de esperar. Detiene al primer taxi que aparece y se sube en él.

—A la plaza del Duque, por favor —le indica al taxista, un hombre con poco pelo que lleva gafas de sol y una camisa blanca desabrochada a la altura del pecho.

—Vamos para allá. A esta hora, y en domingo, apenas hay tráfico. No tardaremos mucho.

El chico sabe que los conductores sevillanos hablan por los codos, y a él ahora mismo no le apetece conversar. Se pone los auriculares y busca en su móvil una lista en Spotify para el camino. Por lo general, elige música clásica. En cambio, esta vez opta por otro estilo. Coldplay es de sus grupos preferidos. Selecciona «Hymn for the Weekend» del álbum *A Head Full of Dreams* y sube el volumen. Ya no oye si el taxista le habla o no. Se centra en el paisaje que contempla por la ventanilla mientras escucha a la banda liderada por Chris Martin. También se fija en la pequeña Virgen del Rocío colgada en el espejo retrovisor del interior del coche, que se balancea de un lado a otro. Eso le hace pensar en la iglesia en la que entró el viernes por la tarde, cuando huía de Agustín y Sasaki. ¿A qué hora será la próxima misa? Lo busca en Internet y encuentra que los domingos hay eucaristía a las doce, a la una y a las siete. Le apetece hacer una visita al cura que le dejó tocar el órgano. Tiene tiempo de desayunar y luego ir a verlo antes de la primera homilía.

Cuando llega a la plaza del Duque, paga al taxista y empieza a caminar en dirección a la calle Jesús del Gran Poder. Enseguida da con una cafetería en la que encuentra mesas libres. Las tripas le rugen al ver los pasteles del mostrador, detrás de una cristalera. Se sienta y pide un café con leche y un palo de nata, que devora al instante. Sin embargo, su apetito no se ha saciado.

—¿Me puede traer una tostada con tomate y aceite, por favor? Y otro café, gracias.

Seguro que la camarera piensa que lleva días sin comer, por la cara que ha puesto. Le da lo mismo. La segunda parte del desayuno le sabe igual de bien que la primera. Todo va como la seda hasta que se da cuenta de lo que están hablando en la televisión del local. Tienen puesto El Guadalquivir TV, el nuevo medio de comunicación sevillano. Fueron los que hablaron por primera vez de Chopin y de los robos que se estaban cometiendo en la ciudad. La que aparece en pantalla es Mercedes Reinoso, la directora del periódico en papel. Es en diferido. Tal vez aquel programa sea un debate grabado de la noche anterior.

—Nosotros dimos la primicia —comenta vehemente la mujer, que se dirige a otros tres compañeros de mesa—. Les contamos a nuestros lectores que los robos de la calle Juan de Zoyas, López de Gomara y el de la calle Panamá estaban relacionados, y que los había llevado a cabo la misma persona.

—Y también anunciasteis en el periódico lo de las partituras —recuerda un tipo vestido con chaqueta y pantalón beis y corbata negra que parece el presentador del programa—. Las partituras de las composiciones de Chopin que ese delincuente había dejado en las casas de los robos.

—Exacto. Fuimos los primeros. Nuestras fuentes son muy fiables.

—¿Y podemos asegurar también que fue Chopin el causante del robo y asesinato de la calle Pedro del Toro?

—Sin duda —responde Mercedes a la pregunta del presentador—. La policía encontró una partitura similar en esa casa, como en los cuatro robos anteriores. La de un nocturno de Chopin.

—¿Piensa que el ladrón se vio sorprendido y por eso golpeó a ese hombre?

—Eso es lo que la policía cree. Y yo, sinceramente, también.

Niko no se encuentra bien después de escuchar a la directora del periódico *El Guadalquivir*. Habla como si hubiese estado en la escena del crimen. ¡La prensa también se ha dejado engañar!

¿Y si va a comisaría y les explica que él es Chopin, pero que no ha matado a nadie? Seguramente no le creerían y terminarían encasquetándole el crimen de Enrique Mesa. Además, en el mejor de los casos, aunque lo admitieran, lo detendrían por los robos anteriores, y no tiene ganas de pasar una temporada en la cárcel.

De repente, echa de menos a su abuelo. Él también

pasó por una situación complicada en Polonia. Fue el origen de su traslado a España.

—Niko, nos vamos de Varsovia —le dice Dariusz, al que nunca había visto tan nervioso.

—¿Por qué, abuelo? ¿Qué ha pasado?

—Me he metido en un lío.

—¿Qué lío?

—Ya te lo contaré cuando llegue el momento. Haz la maleta, pero no te lleves demasiadas cosas. Salimos en dos horas.

El problema fue con un compinche al que no le entregó la parte que le correspondía de un trabajo que habían hecho juntos: el atraco a uno de los palacetes más lujosos de Varsovia. Se enteró por un tercero de que aquel hombre lo buscaba a él y a su nieto para partirles las piernas. Sería su manera de vengarse por el dinero que no había recibido después de que Dariusz canjease los enseres robados por eslotis, la moneda polaca. Aquel tipo era realmente peligroso y sabía que estaba dispuesto a cumplir su amenaza. Nikolai tenía doce años y consideró el viaje a España como una gran aventura.

—Hoy ha sido el entierro de Enrique Mesa —dice ahora el presentador del debate de El Guadalquivir TV mirando a cámara—. Hemos estado allí, aunque ninguno de sus familiares ha hecho declaraciones.

Niko contempla con atención el vídeo en el que se muestran las imágenes del entierro de aquel hombre. La cámara se detiene en la que era su pareja, una mujer de cabello negro y rizado. También hay un primer plano de la madre de Enrique y de un hombre del que dicen que es su hermano. Al joven se le revuelve el estómago. Pobre gente. Él jamás arrebataría la vida a alguien ni sería capaz de provocar tanto dolor en las personas. Solo roba a quien le sobra. ¿Qué puede hacer? Que la detective Mayo no estuviera dispuesta a ayudarle fue un jarro de agua fría. Eso significa que está solo. Y hay algo que parece claro: alguien quiere aprovecharse de su firma. Se están haciendo pasar por él. ¿Conocen su identidad? Esa idea le da que pensar.

En los siete años que lleva en Sevilla, cinco y medio los pasó al lado de su abuelo aprendiendo el oficio. Conoció a mucha gente de todo tipo gracias a él. A lo mejor una de esas personas había descubierto su secreto y reconocido su marca. Y, en lugar de ir a la policía y denunciarlo, se había hecho pasar por Chopin para esconder su identidad y asesinar a aquel hombre.

Quizá no ha sido todo lo prudente que su abuelo le pidió que fuera. Tendría que haber usado algo menos evidente como firma. ¿Cuántos delincuentes de Sevilla utilizarían como seña de identidad las partituras de un músico polaco? ¡Ninguno! Muchos de ellos, al enterarse, recordarían a su abuelo. Y al haber fallecido..., a él.

Niko está muy inquieto. Demasiadas ideas preconcebidas y demasiadas vueltas a la cabeza. Seguramente nada de lo que ha pensado tiene sentido. En cualquier caso, necesita hacer algo. Le pide un bolígrafo a la camarera y coge una servilleta de papel. Luego se pone los cascos y retoma la lista de canciones de Coldplay. Suena *Everglow* mientras escribe:

¿Quién es el asesino de Enrique Mesa?

Durante más de media hora, el joven hace una lista de candidatos. No le salen más de cuatro personas que pudieran haberse hecho pasar por él a propósito, es decir, gente que habría reconocido su marca y quisiera perjudicarle o aprovecharse de la situación. Repasa los nombres, que lee en voz baja:

Antonio Ramírez, alias Rami.
Juan Luis Flores Heredia.
Maca Ruiz, alias la Remolino.
Eusebio Garza, alias el Pato.

Son los únicos cuatro que, de momento, le vienen a la mente. Todos son delincuentes reconocidos en Sevilla y han pisado la cárcel por unos motivos u otros. Los cuatro, además, tuvieron algún tipo de trato con su abuelo. Aunque los conflictos con ellos no fueron tan graves como el que les hizo marcharse de Varsovia, a lo largo de aquellos años discutieron con él alguna vez.

—¿Quieres algo más o te traigo la nota? —le pregunta la camarera, que se ha acercado a la mesa sin que se diera cuenta.

Estaba tan ensimismado en su tarea que tampoco se ha percatado de que ya no suena música en los auriculares.

—La nota, gracias.

El chico ve alejarse a aquella muchacha que lo ha atendido y mira el reloj. La misa empezará dentro de poco, pero tiene que ver a alguien antes de visitar a su amigo el cura. A lo mejor Risto tiene las respuestas que le aclaren algunas dudas.

CAPÍTULO 8

—

CELIA

Sevilla, domingo 6 de octubre de 2019

Ese día se cumplen cinco años desde que murió Lolo. En la madrugada del lunes seis al martes siete de octubre de 2014, el cuerpo del inspector de la Policía Nacional Manuel Velázquez apareció sin vida en una de las márgenes del río Guadalquivir.

Celia recuerda la llamada del compañero y amigo de su marido como si se acabase de producir. El también inspector, ahora inspector jefe, Javier Montesorín, le comunicaba por teléfono la fatídica noticia. Cayó de rodillas y empezó a llorar desconsolada. Ya intuía que algo iba mal porque Lolo no había regresado a casa por la noche ni cogía el móvil. Los peores presagios se cumplieron.

—Encontraremos al responsable, Celia. No te quepa duda.

Fueron las últimas palabras de Montesorín antes de colgar. Sin embargo, el caso se archivó sin ninguna prueba de que aquello hubiera sido un crimen, y tampoco investigaron a nadie como presunto culpable.

—¿Estás bien, mamá? —le pregunta Triana, que camina a su lado.

—Sí, más o menos.

Madre e hija han ido primero al cementerio a llevar flores a la tumba de Manuel. Luego han comido chocolate con churros en una cafetería de la Alameda de Hércules, el desayuno favorito de Lolo. Ahora pasean por la calle Sierpes, en dirección a plaza Nueva. Hace poco han abierto unos puestos en los que venden artesanía. Celia lleva un rato en silencio. Los recuerdos se le amontonan y no puede evitar pensar en lo felices que serían los tres juntos, como hace cinco años.

—¿Quieres que regresemos a casa?

—No, no. Tengo ganas de comprarme un collar bonito —responde la mujer, que resopla e intenta cambiar de tema—. ¿Te ha vuelto a llamar Cayetano?

—No. Solo me ha enviado un wasap para darme el pésame por lo de papá.

—¿Qué vas a hacer?

—Nada. De momento, dejarlo así. No me apetece quedar con él. No pienso discutir por teléfono y menos en una fecha tan señalada.

Triana no tuvo más noticias de su novio después de la charla que mantuvieron la mañana anterior. Celia la ve tristona, pero no demasiado afectada por ese asunto. De lo que más han hablado durante el fin de semana ha sido del aniversario de la muerte de Lolo, y de Niko, del que tampoco han vuelto a saber nada.

—Son cosas que pasan, ¿no?

—Sí, hija. Son cosas que pasan.

Las dos llegan a plaza Nueva, en la que hay un montón

de puestecitos. Venden juguetes de madera, acuarelas pintadas sobre la marcha o la más completa colección de bisutería artesanal. Dentro de un par de meses esas casetas se llenarán de objetos navideños fabricados a mano. Y en mayo acogerán la Feria del Libro de Sevilla, a la que Triana suele ir con asiduidad.

Tardan en elegir el collar para Celia. Finalmente, la mujer se decanta por uno de ámbar algo más grande de lo que le hubiera gustado. Pero es muy bonito, y no se ha podido resistir.

—Te va a dar suerte, preciosa —le dice la mujer que se lo ha vendido mientras se lo cobra.

Es una señora mayor, con la piel de la cara agrietada y curtida, que viste de negro. Se ha recogido el pelo en un moño muy apretado y casi no tiene dientes. Hay algo más que llama mucho la atención de la detective: se ha fijado en que le falta el dedo pulgar de la mano derecha.

—¿Sí? Pues eso sería una novedad.

—¿No estás pasando por una buena racha?

Celia no responde; se limita a mirar a su hija, que le ha echado el ojo a unos pendientes que llevan una pluma azul en el puestecillo de al lado.

—Se nota que sois madre e hija. Ha salido a ti.

—También tiene cosas del padre.

—¿Dónde está él?

—¿Él? Bueno... Murió. Hace cinco años —responde nerviosa Celia, que traga saliva y se guarda el collar de ámbar en el bolso.

La anciana entonces estira el brazo y agarra el de la detective, que se queda muy sorprendida. No entiende qué pretende hasta que, con suavidad, le acaricia la palma de la mano derecha.

—Es verdad. Una muerte dolorosa. Lo veo con claridad. Sufriste mucho.

—¿Qué está diciendo?

—Veo claramente el dolor en tu mano, querida. Pero también veo felicidad. Posiblemente sea por ella.

La mujer señala con la mirada a Triana, que no se ha percatado de lo que está ocurriendo. Ha dejado los pendientes de las plumas encima del mostrador y ahora examina con atención otros en forma de aro.

—Tu hija es tu mayor felicidad. Porque no te has vuelto a enamorar. Todo lo centras en ella y en tu trabajo..., un trabajo que no es sencillo. Sí, lo veo. Lo veo con mucha claridad. Tu trabajo también te hace sufrir.

Celia está a punto de apartarse y pedirle a la anciana que no siga hablando. Pero no lo hace. Se siente intrigada por lo que aquella mujer pueda leer en su mano. Aunque también tiene miedo.

—El collar que has comprado, querida, es de ámbar, una piedra sanadora. Inconscientemente, quieres sanarte. Curar las heridas que existen dentro de ti, que no han cicatrizado. Tal vez esa herida esté relacionada con la muerte de tu marido. O quizá sea por otra cuestión. Pero veo con meridiana claridad que ese sufrimiento que hay en tu interior no desaparecerá hasta que... Espera.

La anciana frunce el ceño de repente. Acaricia otra vez su mano y recorre con delicadeza y parsimonia una de las líneas que se trazan en la palma. Celia la observa desconcertada. Le entra un escalofrío y prefiere no escuchar más.

—Muchas gracias, señora. No es necesario que continúe. ¿Cuánto le debo?

—Espera, querida. Hay algo importante que tienes que saber.

—Insisto. No hace falta que siga. ¿Cinco euros está bien?

—El final de tu sufrimiento está muy cerca si tomas las decisiones adecuadas, pero si te equivocas las consecuencias pueden ser terribles —indica la anciana, que no le hace caso y continúa hablando, cada vez con más intensidad—. Hace poco ha aparecido alguien en tu vida. Una persona a la que debes escuchar y ayudar. Tienes que ayudar a esa persona. Te supondrá un gran beneficio. Será tu curación. Tu ámbar. Esa persona puede tener la solución que llevas tanto tiempo buscando. ¡Ayúdale!

Celia aparta la mano bruscamente. Temblorosa, saca la cartera del bolso y arroja un billete de cinco euros sobre el mostrador. No se atreve a mirar a los ojos a aquella mujer que continúa diciéndole que le haga caso: tiene que ayudar a esa persona que se lo está pidiendo.

La detective se marcha y va al encuentro de Triana, que está en un puestecillo de la hilera de enfrente hablando con un chico que hace retratos.

—Mira, mamá. Este es Rubén. Es compañero de clase. Dibuja de fábula.

—Encantada —se limita a decir Celia, todavía en *shock* por lo que acaba de presenciar.

—¿Le has comprado algo más a esa mujer?

—No, solo el collar de ámbar... Necesito sentarme un rato.

—¿Te has mareado?

—Un poco, pero no es nada. No te preocupes. Quédate con Rubén. Ahora nos vemos.

Celia sonríe para tranquilizarla y le da un beso en la mejilla. Se aleja sola de los puestos y camina hasta uno de los banquitos de plaza Nueva. Sigue alterada. No debería haber permitido que aquella mujer le dijera todo eso. Nunca ha creído en videntes ni en gente que leyera las cartas o las manos. Son fraudes, juegan con la inocencia de las personas.

Agacha la cabeza y se masajea las sienes con los dedos. ¿Sufrimiento en su interior? Desde ese mismo día de hace cinco años. El dolor jamás se ha ido. Ni siquiera con las buenas noticias que ha recibido durante ese tiempo. El recuerdo de la muerte de Lolo está ahí. Siempre está ahí.

—Perdona, querida. No he querido asustarte.

Celia levanta la mirada y ve delante de ella a la anciana que le ha vendido el collar de ámbar y le ha leído la mano. La mujer pide permiso para sentarse a su lado y Celia se lo da.

—No he debido hablar sin que me lo pidieras —dice la señora mostrándole el billete de cinco euros—. Toma, no me corresponde. No me sobra el dinero, pero no acepto lo que no es mío.

—Quédeselo.

—No. De verdad. Este billete es tuyo.

—El collar era muy barato. Hubiera pagado cinco euros más.

La anciana reflexiona un instante y vuelve a guardarse el dinero en el bolsillo del vestido negro.

—Muchas gracias.

—¿Para qué ha venido otra vez? —pregunta Celia, que no quiere volver a oírla hablar de su vida.

—Tenía que disculparme. A veces me excedo. Me puede la pasión. Solo deseo ayudar a los demás.

—A mí no me ha ayudado mucho.

—Lo sé. Te he asustado. He visto el pánico en tu cara. Por eso estoy aquí.

—¿Es vidente o algo así?

—No me gustan las etiquetas. Solo sé que soy una mujer mayor de ochenta y tres años. Vivo en Sevilla desde que nací. Trianera, de la calle Ruiseñor.

—¿Puedo preguntarle qué le pasó en el dedo?

—Claro —responde sonriente la anciana mostrando todos los huecos libres de su maltrecha dentadura—. Me lo cortaron. A un tipo no le gustó lo que le dije. Ya ni me acuerdo qué fue. Ocurrió en los setenta. Me he acostumbrado a tener uno menos. Mis hermanas me llaman María Nuevededos.

María suelta una inesperada carcajada acompañada de una tos bastante escandalosa. Celia la mira con cierta simpatía. No parece una mala mujer, y sus disculpas le han parecido sinceras.

—Siento lo de su dedo —dice la detective cuando la anciana deja de toser.

—Y yo lo de tu marido. Pero eres una mujer fuerte que ha sabido seguir adelante y criar a una hija sola. Tienes mucho valor. Da igual lo que diga tu mano. Estoy segura de que la vida volverá a sonreírte. Eres una buena persona. Eso se ve en los ojos.

Las palabras de María emocionan a Celia, a la que se le saltan las lágrimas. Le da las gracias y se levanta del banco. No quiere echarse a llorar delante de ella. Necesita una botella de agua y quitarse ese nudo que se le ha formado en la garganta. Va hasta un quiosco cercano a por la bebida y entonces se fija en algo que enseguida le llama la atención. Es el titular del periódico *El Guadalquivir.* En el centro de la portada, en letras grandes, sobre la fotografía de una partitura, dice:

¿VOLVERÁ A MATAR CHOPIN?

CAPÍTULO 9

—

BLANCA

Sevilla, domingo 6 de octubre de 2019

Como viene siendo habitual, Blanca apenas ha pegado ojo en toda la noche. Cada vez que lo intentaba le venían a la mente imágenes del entierro de Enrique Mesa y de la conversación posterior con Ángela, su fuente en el caso Chopin. Se desvelaba. No lograba dormir ni con música relajante ni siguiendo las instrucciones de un pódcast para conciliar el sueño. No había manera. Sobre las cuatro de la madrugada se levantó y se preparó una infusión. Por lo menos, eso la ayudó a echarse una cabezada de un par de horas. Aunque desde casi las seis está en pie.

Son las diez de la mañana del primer domingo de octubre y la periodista se prepara el segundo café del día. Se lo toma con leche, sin nada más. Se ha comido un par de magdalenas con el anterior, que le han quitado el hambre. Tras recoger la cocina, se viste con lo primero que encuentra y no tarda en salir del piso. Camina hasta la parada y coge el autobús para ir al periódico. Hoy no le toca trabajar en la oficina, es su día libre. Si hubiese tenido que entregar algo urgente, lo podría haber enviado desde casa. En cambio, prefiere darse una vuelta por la redacción y sentarse a su mesa a escribir del caso que le obsesiona.

En el trayecto en bus, recibe un wasap de su compañero Blas:

BLAS

Imagino que ni se te habrá pasado por la cabeza ir hoy a la redacción. Espero que fuera bien en el entierro y que después descansaras. Ya me contarás. Te llamé ayer por la tarde, pero desistí cuando no me lo cogiste a la primera. Por cierto, bonito titular el que hemos sacado hoy. Disfruta del domingo y nos vemos mañana.

La chica busca enseguida en el móvil la portada de *El Guadalquivir.* Casi ocupando toda la primera página se ve la fotografía de una partitura. Encima de la imagen se extiende un enorme titular con la pregunta:

¿VOLVERÁ A MATAR CHOPIN?

No le gusta. Se parece un poco a como ella iba a titular su siguiente artículo y que tenía intención de cambiar antes de entregarlo. Este es más sensacionalista porque usa la palabra *matar,* algo que le resulta fuera de lugar en ese contexto. Además, lo suyo era un interior, no la portada del periódico. Ya no le gustó el titular que usaron el viernes para hablar de lo que había ocurrido en la calle Pedro del Toro: UN CRIMEN AL RITMO DE CHOPIN. Era atrayente, literario, pero también morboso. Eso no es lo que le enseñaron en la facultad de Ciencias de la Información. Sin embargo, tenía que acatarlo porque era la nueva y su opinión no era vinculante.

BLANCA

Perdona, desconecté del móvil por la tarde. Te iba a devolver la llamada hoy. No te preocupes, me pasaré el día en el sofá viendo películas de lágrima fácil. El titular es..., ponle la palabra que quieras. Ya te contaré lo del entierro. Hasta mañana.

La joven responde el wasap de Blas y después lee todo lo que su periódico en formato digital ha publicado sobre el caso Chopin durante las últimas horas. Al principio, solo ella tenía autorización para escribir sobre aquel asunto. Sin embargo, desde que se produjo el cuarto robo y después del crimen, ya no es la única que puede hacerlo. Ese domingo hay un editorial de la directora Mercedes Reinoso que acusa del asesinato de Enrique Mesa al ladrón de los famosos robos en Sevilla. Blanca ve normal que otros participen. Es una cuestión de relevancia nacional y ellos, un medio local de reciente nacimiento, han conseguido varias exclusivas. Su jefa y el resto de los periodistas con pedigrí de *El Guadalquivir* quieren ser protagonistas y mostrar su opinión al respecto. Aunque la fuente solo se haya puesto en contacto con la chica más joven y la última en entrar en la redacción. Eso la hace muy feliz y al mismo tiempo la carga de responsabilidad.

Cuando el autobús está a punto de llegar a su parada, le suena el móvil. Blanca comprueba que quien la llama es su madre. No le apetece responder, pero opta por hacerlo. No quiere preocuparla, ya que lleva unos días bastante ausente.

—Dime, mamá. ¿Qué tal?

—Hola, hija. Menos mal que te escucho. No sabemos nada de ti desde el jueves. ¿Va todo bien?

—Sí, sí. Lo que pasa es que estoy muy liada con el trabajo.

—El trabajo, siempre el trabajo. Te importan más las noticias que pasan en el mundo que nosotros. Con lo contenta que estaba yo cuando te graduaste como periodista.

—No es eso. ¡Y lo sabes! Estoy empezando en este mundillo y tengo que esforzarme más que el resto. Hay mucha competencia.

—Ya. Será eso.

—Es eso. Poco a poco todo se irá calmando.

—Entonces, ¿no vienes hoy a casa a comer? Tu padre quiere preparar una carrillada en salsa y ya sabes lo bien que le sale. Así comes algo de verdad, que seguro que no te estás alimentando bien.

Blanca se rasca la frente nerviosa. No entraba en sus planes de aquel domingo una visita familiar. Sus padres viven en El Viso del Alcor, a unos treinta kilómetros de distancia. Decidió mudarse a la capital cuando comenzó el tercer curso de Periodismo. Al principio compartía piso con dos chicas, pero al acabar la carrera se fue sola a un pequeño apartamento situado en el Polígono San Pablo.

—No creo que pueda ir. Voy camino del periódico.

—¿Qué? ¿Pero no tienes libres los domingos?

La chica no sabe qué responderle. Es verdad que no es la primera vez que se queja de lo poco que va a verlos y tiene razón. En especial, en las últimas semanas. Casi ni habla con ellos por teléfono, solo manda algún que otro mensaje de vez en cuando.

—Mamá, tengo que colgarte. Voy a bajar del autobús.

—Vale, no vienes.

—No, no puedo.

—Bien. Se lo diré a tu padre, que se va a llevar un disgusto de los grandes.

—Mamá, no seas así. Prometo que la semana que viene os haré una visita y os pondré al día de todo —dice Blanca, que se siente culpable. En realidad, no está segura de si cumplirá con su promesa—. Dale un beso a papá de mi parte.

—Venga. Cuídate y no te metas en líos, que tu hermano dice que estás jugando con fuego a los detectives.

Su hermano es un pesado. Ya se lo ha repetido varias veces por WhatsApp. Lo peor es que asusta a sus padres. Aunque el caso Chopin es muy complicado y se ha puesto todavía más difícil con la muerte de Enrique Mesa, no siente que corra peligro. Solo es una periodista que informa de lo que sucede, como hacen miles por todo el mundo.

—Hasta luego, mamá. Te llamo mañana.

Blanca concluye la llamada antes de que su madre le insista en lo mal que se está comportando como hija y lo abandonados que los tiene. Además, justo en ese instante el bus se detiene en su parada. Se despide del conductor y se baja. Ha llegado al destino donde ese domingo se supone que no debería estar.

Si el sábado había poca gente en la redacción, esa mañana todavía hay menos. La mayoría de sus compañeros tiene permiso para trabajar desde casa o se ha cogido el día libre. Hay un equipo de guardia y algunos redactores que se dedican especialmente a la página web. También están los de Deportes, que los fines de semana no descansan.

La joven saluda con frialdad a los que se cruza, todos bastante mayores que ella. Se sienta a su mesa y enciende el ordenador. Bosteza mientras saca del bolso una botellita de agua y una libreta. No puede disimularlo. Sigue cansada, a pesar de los cafés y de sus nulos intentos por dormir.

Lo primero que hace es borrar el titular con el que iniciaba su siguiente publicación, que saldrá mañana en el digital y el martes en el periódico en papel: un resumen de lo acontecido hasta el momento y lo que podría ocurrir en un futuro cercano. «¿Cuándo regresará Chopin?» era un titular que nunca terminó de convencerla. ¿Y ahora? Se lo piensa hasta que da el siguiente paso. Durante unos minutos apunta la conversación que tuvo con su fuente después del entierro. Conforme escribe, se da cuenta de que va tomando partido por otra idea. Se le ocurre algo distinto. Otro enfoque. Tiene hasta el titular decidido: «¿Y si no fue Chopin?».

—¡Hola, Blanca! ¿Qué haces aquí?

La persona que aparece delante de su mesa es la mismísima Mercedes Reinoso, la directora del periódico. Está tan metida en su artículo que ni siquiera la ha visto llegar.

—Ah, hola, jefa. No sabía que estabas en la redacción.

—Yo tampoco sabía que habías venido. ¿No es tu día libre?

—Sí, pero me aburría en casa y he decidido adelantar trabajo. Así mañana no iré tan apurada con el artículo.

—¿Cómo lo llevas?

La chica le muestra la pantalla a Mercedes, que lee con atención. Apenas son dos párrafos y el nuevo titular.

—¿Qué significa esto? —pregunta la directora con las manos en la cintura y cara de pocos amigos.

—¿El qué? ¿No está bien?

—No es lo que te pedí.

—Me pediste un artículo en el que realizara un balance del caso Chopin y estableciera las probabilidades de una nueva actuación de ese ladrón.

—Ladrón, no. Asesino, Blanca.

—Bueno, a lo mejor él no...

—¿Que no ha cometido el crimen de Enrique Mesa? —dice Mercedes interrumpiendo a la periodista—. ¿Viste el debate de anoche en El Guadalquivir TV en el que participé? ¿Y el titular con el que hemos salido en el periódico de hoy? Este medio ha tomado una decisión firme. Una línea que seguir. Todos debemos remar en la misma dirección.

—Entiendo. Pero...

—Pero tienes que borrar eso y empezar el artículo de otra manera. Sobre todo cambia ese estúpido titular —insiste la mujer, cada vez más molesta—. No voy a publicar nada que vaya en una línea distinta. Mientras la policía o un juez no diga lo contrario, para todos nosotros Chopin es el autor de los cuatro robos y del asesinato de Enrique Mesa. Absolutamente todas nuestras noticias, opiniones y columnas irán encaminadas en ese sentido. ¿Lo has entendido?

Blanca no responde de inmediato. Es su primera bronca como periodista. Se siente dolida porque ni siquiera la ha escuchado. Ella habló ayer con su fuente en la policía, que ponía en duda que Chopin fuera el responsable de la muerte de aquel hombre.

—No estoy diciendo que ese ladrón no sea el asesino de Mesa. Solo planteaba otra posibilidad en el artículo que va firmado con mi nombre. No hablo en nombre del medio —se atreve a decir la chica, a la que se le han encendido las mejillas por el sofocón.

—En el momento en que escribes para *El Guadalquivir*, tus artículos hablan en nombre del periódico. Tú no eres nadie para dudar de nada. Trabajas aquí y debes hacer lo que tus jefes te digan. Así funciona esto. Tienes solo veintidós años y acabas de empezar. Siéntete afortunada de que no te quitara el caso cuando la fuente se puso en contacto contigo. Se lo podría haber dado a Blas o a otro de tus compañeros con más experiencia. Y lo sabes, Blanca. Pero respeté los códigos y te autoricé para que siguieras al frente. No hagas que me arrepienta.

La dureza de las palabras de Mercedes abruma a la chica, que mira absorta la pantalla del ordenador. No se esperaba una conversación de ese tipo. Si hasta el momento solo tenía buenas palabras para su jefa, la opinión sobre ella acaba de cambiar. Está siendo muy cruel.

—Borra todo lo que has escrito y dale el enfoque adecuado. Cuando termines, pásamelo.

—Entendido.

—Siento ser tan dura contigo, pero un periódico es un trabajo en equipo en el que muchos estamos implicados. Si los que están al frente eligen un camino, nadie puede ir por su cuenta en otra dirección.

—Comprendo.

—Me alegro. Ahora es mejor que te vayas a casa y descanses. Tienes un aspecto horrible. No quiero mártires en mi redacción. Solo periodistas capacitados y con sentido común. ¿De acuerdo?

CAPÍTULO 10

—

NIKO

Sevilla, domingo 6 de octubre de 2019

A Niko le apasiona andar por las calles de Sevilla. No es que haya recorrido mucho mundo, pero su ciudad de adopción, en la que lleva viviendo desde hace siete años, le parece maravillosa. Se ha enamorado de ella.

Antes de hacer una visita al cura de El Salvador, tiene que ir a ver a alguien. Gira hacia la calle Viriato y luego entra en la calle Madre María de la Purísima. Continúa por San Juan de la Palma, donde observa que unos niños juegan en los toboganes y columpios instalados en un parque delante del bar La Plazoleta. Hace un día precioso para estar de paseo con la familia y acabar tomando una tapa en cualquier velador. A veces echa de menos haber tenido algo así. La vida le quitó muy pronto la felicidad de la infancia, y a sus padres.

El chico avanza por la calle Gerona, hasta que llega a la calle Doña María Coronel. A lo lejos, unos metros antes de llegar al convento de Santa Inés, ve a la persona que anda buscando. Suele estar en ese lugar con un labrador negro haciéndole compañía, de lunes a domingo. Haga sol o truene. Niko se acerca a él y lo saluda con afecto:

—Hola, Risto. ¿Te acuerdas de mí?

El hombre, del que nadie sabe su edad y se desconoce su procedencia, se vuelve hacia el joven. Le toca el brazo y sonríe.

—¡Joder! ¡Eres el polaco pequeño! ¡Qué alegría verte!

—¡No me digas que has recuperado la vista! —bromea Niko, que sabe que a Risto no le molestan esa clase de bromas—. ¡Eso sí que sería un notición!

—¿Estás de coña? Veo menos que nunca.

Los dos sueltan una carcajada y se dan un abrazo. En realidad, Evaristo Cuevas Morcillo, Risto para los amigos y clientes, es ciego de nacimiento. Se dedica a vender pipas, garrapiñadas o paloduces en aquella calle del centro. Siempre va con su cesta de mimbre a cuestas, una silla plegable y un perro guía que se pasa durmiendo la mayor parte del tiempo. No se le conoce familia y muy pocos saben dónde vive.

—¿Qué tal va todo, polaquito? ¿Estás bien sin el abuelo?

—Bueno, sobrevivo, que no es poco.

—Fue un duro golpe. Puta vida. Echo de menos al viejo polaco cascarrabias.

Cuando llegó a España, Risto fue de las primeras personas que Dariusz conoció, y pronto se hicieron amigos. No es que quedaran para ir de copas o cenaran juntos en Navidad. Colaboraban. Aquel ciego era la mayor central de datos de toda Sevilla. No sabían cómo, pero se enteraba de todo. Eso lo aprovechó el abuelo de Niko, que le hacía buenos regalos a cambio de información.

—Me han llegado rumores, polaquito —dice el hombre, que baja un poco la voz mientras acaricia la cabeza de su perro—. Alguien va diciendo cosas de ti. Y no muy buenas.

—Lo imaginaba.

—¿Entonces es verdad?

—Nada es del todo verdad.

—Lo sé, lo sé. Qué me vas a contar a mí, que llevo aquí cuarenta años oyendo de todo. La mitad es verdad, la mitad es mentira. Al final, depende de la versión de cada uno y de lo que te quieras creer.

Todos los trapicheos, ajustes de cuentas y movimientos delictivos de mayor o menor índole pasan por los oídos de Risto. Hay poco que se le escape a aquel hombre.

—Aquí ningún chorizo es tan sofisticado —continúa diciendo el ciego al tiempo que le ofrece a Niko un paquete de pipas que este rechaza—. ¿Una partitura de Chopin? ¿En serio, polaquito? ¿Qué pretendías con eso?

—No voy a hablar de ese tema.

—Haces bien, muchacho. Ni desmientas ni confirmes. Pero hay gente que cree intuir quién está detrás de esos robos y del crimen de Enrique Mesa. Porque lo meten en el mismo saco, ¿sabes?

—Me da igual.

—No subestimes a nadie, Niko. Sé que tú no eres capaz de matar ni a una mosca. Eres como tu abuelo. Lleváis puestos los guantes blancos. Y Mesa, aunque aparentemente estaba fuera de toda esta mierda desde hace un tiempo, era un sujeto muy peligroso. Más de lo que te puedas imaginar. Tenía un buen puñado de enemigos y detractores.

Ahora entiende por qué le sonaba el nombre cuando lo escuchó. Enrique Mesa era otro delincuente sevillano. ¿Habría tenido contacto con su abuelo en alguna ocasión?

—¿Sabes quién lo mató?

—Si lo supiera, iría a la policía.

—Tú no irías a la policía ni aunque te pagaran con gambas y langostinos.

El hombre suelta una carcajada y niega con la cabeza. Niko no quiere que se le note, pero se ha puesto muy nervioso. Era previsible que alguien reconociera su firma. Como le ha dicho Risto, en Sevilla los delincuentes habituales no son tan sofisticados. ¡Ha sido demasiado estúpido! Tarde o temprano, también lo sabrá la policía.

—Bueno, cuéntame, ¿a qué se debe tu visita? Imagino que no has venido a comprarme garrapiñadas.

—Luego te compraré una bolsita —dice el joven, que se mete una mano en el bolsillo del pantalón. Saca un billete de cincuenta euros y se lo entrega a Risto—. Necesito información. ¿Es suficiente?

El ciego palpa el billete y sonríe. Lo guarda en un monedero pequeño que tiene dentro de la cesta de mimbre y se agarra al brazo de Niko.

—¿Qué quieres saber?

—¿Qué me puedes contar de Antonio Ramírez, alias Rami, Juan Luis Flores Heredia, Maca Ruiz, alías la Remolino, y de Eusebio Garza, alias el Pato?

—Coño. Eso son otras cincuenta virutas por lo menos.

—Solo tengo veinte euros más. Si quieres, voy a un cajero y saco lo que falta.

—Déjalo. Dame solo los veinte. Te haré una oferta especial por ser tú —dice Risto, que coge el billete que Niko le ofrece y lo guarda también en el monedero—. ¿Me puedes repetir la lista?

El chico le da otra vez el nombre de las cuatro personas que, según él, podrían estar detrás de la muerte de Enrique Mesa. Todos habían tenido algún conflicto con su abuelo en el pasado, y quizá quisieran vengarse endosándole el crimen.

—Del Pato no sé nada desde hace años —comienza a relatar Risto—. Era un tío muy poco legal. Un ladronzuelo estúpido que al final terminó atracando alguna sucursal bancaria. Desapareció de Sevilla. Posiblemente ande por otra ciudad dando golpes sin relevancia. Odiaba a tu abuelo.

—Lo sé.

—Ahora que lo dices, todos estos nombres son de gente que no se llevaba bien con Dariusz.

—Como siempre, has dado en el clavo.

—Esto se pone divertido. Pero también peligroso. ¿A qué juegas, polaquito?

—A nada, Risto. Solo quiero información —responde el chico, que, nervioso, se pellizca la oreja en la que lleva el aro—. ¿Y los otros tres?

—Tú sabrás... La Remolino viene a visitarme de vez en cuando. Es una tía estupenda, aunque he perdido la cuenta de las veces que la han detenido. Maca no es muy lista, y siempre acaban pillándola con la perica. Con tu abuelo tuvo una relación de amor odio algo tóxica. Por eso acabaron tan mal.

Tan mal como que Dariusz le ordenó que no se acercarse más ni a él ni a su nieto o lo pagaría caro. Es lo que tiene el amor cuando se desvanece. La violencia entre ambos solo fue verbal, pero pudo acabar en tragedia en un par de grescas fuertes.

—Flores es el más chungo de los que me has nombrado. Él y su familia, aunque es Juan Luis quien manda y parte el bacalao. Se ha apropiado de una zona cercana al parque del Alamillo, en el Polígono Norte, y nadie le planta cara. Ni los maderos. Tu abuelo fue de los pocos que se atrevieron.

—¿Lo crees capaz de todo?

—Sí. A este sí. Yo no me llevo con él, y mejor que no aparezca por aquí.

Niko recuerda bien a aquel sujeto. Alto, de piel bronceada y pelo engominado echado hacia atrás. Hablaba con una voz ronca y desagradable. Olía a tabaco y llevaba joyas por todas partes. Las veces que fue a hablar con su abuelo no le dio buena espina. Su mera presencia le daba pavor.

—Aunque te digo una cosa: Flores no sería capaz de cometer un crimen como el de la calle Pedro del Toro y no dejar ni una huella.

—Yo no te he dicho que crea que alguno de ellos sea el asesino de Mesa.

—Ya. Es verdad. Tú no me has dicho nada —comenta Risto, que vuelve a mover la cabeza en señal de negación—. Me queda solo hablarte de mi amigo Rami. Un fenómeno. Bético acérrimo y delincuente las veinticuatro horas del día. No sé qué le pasó con el polaco. Nunca me lo contaron ninguno de los dos. Pero Antonio me soltó alguna vez que ojalá volvierais a vuestro país o algún día se iba a cargar a Dariusz.

—¿Te dijo eso?

—Varias veces. Pero no tiene huevos para hacer algo así. Rami es más inocente que Jazz, que se pasa todo el puto día durmiendo y quitándome las bolsas de garrapiñadas, el perro cabrón. ¡Mira que los labradores son listos, y me tiene que tocar el más holgazán y *arrastrao* del mundo!

—¿Sigue viviendo en Sevilla?

—Sí. En los Pajaritos. Niko, no creo que Ramírez sea tu hombre.

El chico asiente y se queda pensativo. Parece que de los cuatro de la lista ninguno da la impresión de haber cometido el asesinato que la policía y la prensa achacan a Chopin. Tendrá que seguir pensando en más nombres, aunque puede que la solución a aquel enigma vaya por otro lado.

—¿Quieres un consejo? —le pregunta Risto al tiempo que le pone una mano en el hombro de forma paternal.

—No sé si estoy dispuesto a oírlo.

—No te queda más remedio que escucharme. Hazme caso, polaquito. Te tengo gran aprecio, igual que se lo tenía a tu abuelo. Vete una temporada de Sevilla. Vuelve a Polonia o lárgate a otro país. Aquí ahora no estás seguro.

—Te agradezco el consejo, amigo. Pero no me voy a marchar. Esta es mi casa.

—Lo comprendo. Como en Sevilla no se está en ninguna parte. Es nuestro hogar. Tanto para los que somos de aquí como para los que venís de fuera y os quedáis. Pero te has arriesgado mucho con esos robos. Hay un tipo por ahí que ha matado nada menos que a Enrique Mesa y que ha puesto una partitura de Chopin en la escena del crimen.

—¿Piensas que esa persona o la familia Mesa pueden ir a por mí en venganza de lo que le ha sucedido a Enrique?

—No tengo ni idea, Niko. Es probable que en algún momento suceda. Y si no son ellos, terminará pillándote la poli. Ya sabes cómo funciona esto. Necesitan a alguien a quien colgar en la plaza del pueblo. Tú has comprado muchas papeletas para salir *premiao.*

Niko se pone más nervioso todavía. Lo peor es la incertidumbre y el no saber qué tiene que hacer. Si averiguara quién es el culpable de la muerte de Mesa, por lo menos sabría a lo que se enfrenta. Risto tampoco le ha dado ninguna pista de quién podría andar detrás de todo aquello.

—Gracias por tus consejos. Haré lo que pueda.

—Ten mucho cuidado.

—Descuida, lo tendré.

—Bien. Espero que no te pase nada. Ya se nos marchó un polaco, no quiero perder a otro. Además, soy un gran fan de la música de Chopin.

CAPÍTULO 11

—

TRIANA

Sevilla, domingo 6 de octubre de 2019

Mientras charla con Rubén, su compañero de universidad que vende retratos en uno de los puestecillos, Triana recibe un wasap de su amiga Brenda, en el que le dice que está cerca de plaza Nueva. Quedan en verse a la altura del ayuntamiento en cinco minutos. Pero antes llama por teléfono a su madre, que se ha ido algo mareada y no ha vuelto a saber de ella. La detective responde enseguida, para su alivio:

—¿Sí?

—Mamá, ¿estás bien?

—Sí, tranquila. Me he recuperado. Estoy comprando el periódico en el quiosco de la plaza. ¿Nos vamos ya?

—Vete tú. Brenda anda por aquí y he quedado con ella.

—¿Comes conmigo?

—Por supuesto. En un rato voy.

—Vale. Te espero en casa entonces. Hasta luego.

La chica cuelga y camina hacia el ayuntamiento. Como hace un día tan bueno, mucha gente pasea por la calle.

Piensa entonces en su padre. ¡Cuántas mañanas de domingo disfrutaron los tres en familia recorriendo Sevilla! Le encantaba ir con ellos a la Giralda y al patio de los naranjos. Otro de sus lugares preferidos era la plaza del Cabildo, donde se reúnen los coleccionistas de sellos y monedas. Recuerda el penetrante olor a metal de aquel sitio y los corrillos que se formaban. Esos paseos siempre terminaban en algún convento, en el que compraban dulces recién hechos a las monjas.

—¡Hola! ¡Qué guapa te has puesto! —le grita Brenda, que aparece risueña y dando saltitos, hasta que se fija en sus ojos—. ¿Estás llorando?

Triana se seca las lágrimas con los dedos y fuerza una sonrisa. Su amiga le da un abrazo y le susurra al oído:

—Es por lo de tu padre, ¿no? Puedes llorar lo que te haga falta. Siento mucho lo que sucedió hace cinco años.

—No te preocupes. Estoy bien. Solo ha sido un momento de bajón.

—Te entiendo. Es lógico.

Brenda le da un beso en la mejilla. Se pone las gafas de sol que lleva sobre la cabeza y que usaba como diadema. Son amigas prácticamente desde que nacieron. Juntas han vivido de todo. Incluso hubo una etapa en la que algunos sospechaban que estaban liadas. Nunca sucedió, pero a ellas les divertía que la gente lo pensara. Luego Triana comenzó a salir con Cayetano y se acabaron las especulaciones.

—¿Damos una vuelta? Me apetece andar un rato. Así charlamos y me cuentas mejor lo que te ha pasado con tu querido novio.

Triana acepta la propuesta de su amiga. Mientras caminan, le explica lo sucedido con Cayetano últimamente. Es casi una copia de lo que le ha estado escribiendo por WhatsApp en las últimas veinticuatro horas.

—Estáis en un punto complicado —le dice Brenda cuando Triana finaliza—. No voy a decirte qué tienes que hacer, porque nunca lo hago, aunque creo que tú ya lo sabes.

—Yo no sé nada.

—¡Claro que sí! Desde que empezamos la universidad, estás rara con él. Lo hemos hablado varias veces.

—Eso es verdad. No entiendo por qué. Seguimos siendo los mismos. Solo que...

—Ya no estás tan enamorada como hace dos años.

Triana baja la cabeza y reflexiona sobre lo que opina su amiga. ¿Ya no está enamorada de él? Es la pregunta que se repite desde que terminó el verano y que nunca ha querido responderse. Es posible que Brenda tenga razón.

—¿Y qué hago?

—Uf. No me metas en ese marrón.

—¿Lo dejo?

—Triana, yo estoy aquí para que te desahogues, para que me cuentes lo que sientes, no para decirte cómo debes actuar.

Entre ellas siempre ha sido así. Se lo han contado todo, pero nunca han intervenido directamente en lo que ha hecho la otra. Es una ley ni escrita ni pactada que las dos establecieron sin necesidad de firmarla en un documento. Se conocen muy bien, y son conscientes de hasta dónde pueden llegar.

—Tendré que ir a hablar con él.

—Te apoyaré en lo que hagas. Para eso estoy —le

asegura Brenda, que se quita las gafas de sol y vuelve a colocárselas en la cabeza—. ¿Qué tal lleva el día tu madre?

—Más o menos. Como yo. Está siendo complicado. Hemos ido al cementerio y luego a desayunar juntas chocolate con churros, que le encantaban a mi padre.

—¡Y a mí! Tengo que llevarte un día a una cafetería que hay cerca de donde vivo, que están buenísimos.

—Te tomo la palabra —responde Triana, que de nuevo siente algo de angustia por los recuerdos de su padre—. Hoy la noto solo regular. Desde hace un tiempo está muy preocupada. No entra mucho trabajo en la agencia y vamos justas de dinero.

—¿No le llega trabajo? Pues no será porque la gente no tenga problemas...

—Ya sabes que no acepta casos de presuntas infidelidades o temas de ese tipo. Aunque si la cosa sigue así no le va a quedar más remedio que hacerlo.

—Celia no es la que le pone los cuernos al cliente.

—Pero su ética le impide espiar y perseguir a la pareja de alguien que cree que le están engañando. Las personas se obsesionan con estos asuntos, y a pesar de lo que mi madre les asegurase, seguirían afirmando que les están siendo infieles. Conoce casos de compañeros de profesión que no fueron capaces de convencer a sus clientes de que no había cuernos de por medio. Luego vienen las broncas, los insultos y los reproches. Y el típico «Le pago mucho dinero para que haga bien su trabajo».

—Capullos. Seguro que la mayoría son hombres.

—Un tanto por ciento muy alto. Aunque también hay mujeres insatisfechas.

—¡Ni que lo jures! —exclama Brenda, que le cambia el sentido a la frase—. ¡Aquí tienes a una!

Triana le ríe la ocurrencia a su amiga. Gracias a ella se siente un poco mejor y ha dejado a un lado el mal rato de antes. En cambio, hay algo que no sabe si contarle. Si Brenda se entera de los pajaritos que han empezado a volar por su cabeza durante las últimas horas, seguro que lo exagera al máximo. ¡Pero no puede aguantarse más!

—Ayer conocí a un chico —dice de repente Triana, y se pone colorada.

Brenda se detiene en medio de la calle y se queda mirando fijamente a su amiga, con la boca abierta y las cejas levantadas.

—¿Cómo que has conocido a un chico? ¿En qué sentido?

—En el sentido de que vino a ver a mi madre y estuve charlando con él.

—¿Cuánto tiempo duró esa charla?

—No sé. ¿Un minuto?

—¿Un minuto? ¿Solo?

—Fue un minuto intenso. ¡Era un cliente de mi madre!

—Pero ¿qué edad tiene?

—Diecinueve.

—¡Nuestra edad! ¿Y a qué fue a ver a tu madre un chaval tan joven? ¿No querrá que vigile a su novia?

—No sé si tiene pareja. Vino por otro asunto —responde Triana, que empieza a arrepentirse de aquello—. Olvídate de lo que te he contado. Solo es un chico mono que vino a visitar a mi madre por un tema complicado. Nada más. Casi seguro que no lo vuelvo a ver.

—No, no, no. ¡No me vas a dejar así!

Brenda agarra a su amiga de la mano y la arrastra hasta un banco, en el que la obliga a sentarse. Se coloca a su lado y espera a que continúe hablando.

—¿Qué quieres que te diga? Si apenas charlamos.

—Pero fue muy intenso, ¿no? ¡Tú has sacado el tema! Eso es porque ese chico te ha gustado.

—Tengo novio, Cayetano, ¿recuerdas?

—Al que quieres dejar y del que ya no estás enamorada.

—Esto es una locura. He sido muy tonta hablándote de esta historia. ¡A Niko no lo conozco de nada!

—¿Niko? ¡Se llama Niko!

Triana se da una palmada en la frente y luego ríe nerviosa. Niega con la cabeza y suspira. Aunque desde ayer haya pensado más de la cuenta en aquel chico, su madre no aceptó el trabajo que le propuso, por lo que es previsible que no vuelva a saber de él. Es más, la mayor probabilidad de verlo de nuevo es en televisión, detenido por los robos que ha cometido en Sevilla.

—Parecemos dos preadolescentes de doce años.

—Eso tú. Yo no me he enamorado de un tío con el que he hablado un minuto.

—No estoy enamorada de él. Solo te he dicho que es un chico mono.

—Si no te hubiera gustado mucho, no lo habrías mencionado.

—Te repito que ha sido un error. ¡Hasta que arregle o no lo de Cayetano, no quiero pensar en nadie más!

Brenda suelta una carcajada y vuelve a besar a su amiga en la mejilla. Triana susurra un par de insultos dirigidos a ella y se pone las manos en la cabeza.

—¿Cómo es?

—¿Quién?

—¿Quién va a ser? ¡Niko!

—¿Físicamente? No sé. No me fijé mucho. Rubito, con flequillo. Ojos claros y enigmáticos, algo tristes. Es guapo. Bastante alto, aunque no de esos de metro noventa. Tampoco creo que vaya al gimnasio, pero tiene buen cuerpo. Lleva un arito en la oreja y viste muy *casual.* Y su voz es bonita.

—¡Menos mal que no te fijaste!

—Todo lo que te he dicho es muy superficial.

—Ya. ¿Cuándo me lo presentas?

Triana resopla una vez más. Le da un manotazo en la pierna a Brenda y se pone de pie. Se ha hecho un poco tarde, y su madre la espera para comer.

—¿Tienes su móvil?

—No. Llamó desde un número oculto.

—Pero tu madre es detective, puede averiguarlo.

—En una serie o en una película tal vez. En la vida real, no está autorizada. Además, ¿para qué quiero yo su teléfono?

—Para llamarlo, escuchar su bonita voz, quedar...

Y pedirle que no siga robando y busque un trabajo normal y decente. Triana no le habla a Brenda de ese detalle. Si siguen más tiempo juntas, se lo acabará revelando y es algo que prefiere no contarle. Así que opta por despedirse de su amiga con la excusa de que la espera su madre para comer.

En el camino de vuelta, solo piensa en Niko. ¿Habrá encontrado a alguien que le ayude? Ojalá sea así y resuelva pronto su gran problema.

Triana no es consciente de que el joven polaco está a escasos metros de la calle por donde ella camina y que en ese instante tiene otro gran problema que resolver.

CAPÍTULO 12

—

CELIA

Sevilla, domingo 6 de octubre de 2019

Después de colgar el teléfono a su hija, Celia compra *El Guadalquivir* para leer con mayor atención lo que ese periódico dice sobre Chopin y el crimen de la calle Pedro del Toro. El titular lo deja bien claro. Dan por hecho que el autor de los robos y el asesino de Enrique Mesa es la misma persona. Niko está en un verdadero apuro.

La detective se fija en la partitura que aparece en la portada. ¿Será la auténtica? Por lo que ve, se trata de la primera página de un nocturno de Chopin. Saca el móvil y lo busca en Spotify. La reconoce enseguida. Ha escuchado muchas veces aquella pieza. Le transmite calma, aunque ahora la recordará por otro motivo.

La calle Pedro del Toro no está muy lejos de plaza Nueva. A unos diez minutos andando. ¿Y si se acerca a investigar? No puede. Ese caso no es suyo, ni debe inmiscuirse en un asunto que ya está en manos de la Policía Nacional y el juez de instrucción. Pero como persona curiosa y cotilla que es, puede echar un vistazo. No está prohibido pasear por la calle, aunque sea el lugar en el que se ha cometido un crimen.

> Nadie sabe todavía quién está detrás de la misteriosa figura de Chopin. Lo que sí podemos asegurar es que la policía trabaja día y noche para averiguarlo. Es su gran prioridad en estos momentos. Ya no solo persiguen a un ladrón que ha robado en varias casas de nuestra ciudad. Ahora van a un por un asesino. Un tipo capaz de matar y de llegar al último extremo para conseguir su propósito. Sevilla está en peligro.

El editorial de *El Guadalquivir* es toda una declaración de intenciones. Lo lee mientras camina. A Celia le indigna que afirmen algo de manera tan categórica sin tener pruebas. Ella sabe que, si Niko no le ha mentido y no ha hecho el papel de su vida, el autor de los robos y el asesino de Mesa son personas diferentes.

La calle en la que se cometió el crimen está tranquila. Junto al portal de la vivienda en la que encontraron a ese hombre muerto todavía queda algún resto de las cintas que puso la policía para acordonar la zona. Es la casa que hace esquina. Celia la observa con atención. Tiene un balconcito en la primera planta y dos ventanales más arriba, en forma de arco, que deben corresponder a una segunda planta. El portón de la entrada es de madera y dispone de telefonillo. Enfrente hay un enorme edificio de pisos en el que se entra por Bailén. ¿Nadie vio ni escuchó nada? Es extraño, porque esas calles son muy estrechas y todas las viviendas están muy próximas. Es verdad que, aunque no han facilitado la hora de la muerte, se sabe que sucedió a lo largo de la madrugada del miércoles al jueves, cuando la mayoría de los vecinos dormían.

—¿Es usted policía?

Celia escucha una voz que proviene del edificio que está enfrente de la casa en la que se cometió el crimen. Mira hacia arriba y en un balcón de la segunda planta descubre a una señora mayor con el pelo recogido y una bata fucsia. Lleva unas gafas gigantescas y los pies cubiertos con calcetines rojos y unas pantuflas muy viejas.

—No, no soy policía.

—Entonces es otra cotilla más. Desde que murió el tipo ese no para de venir gente. Con lo tranquilos que vivíamos antes.

—Lo siento, señora. Solo pasaba por aquí y caí en que esta era la calle en la que el otro día asesinaron a un hombre. ¿Lo conocía usted?

—¿Al de los muebles? De hola y adiós. No me daba buena espina.

—¿No? ¿Y eso?

—Pegaba muchas voces cuando se enfadaba con la novia, que tampoco era de mi agrado. Aunque, en realidad, ninguno de los dos me hizo nada. Pero no me gustaban ni un pelo.

—¿No vio a nadie entrar en esta casa la noche que lo asesinaron?

—No, hija. Ya se lo dije a la policía el otro día. Nos interrogaron a medio barrio, pero no sé si sirvió de algo. Yo a las diez ya estoy durmiendo.

—Entiendo.

—La tele dice que fue el Mozart ese. Entró a robar,

llegó el Enrique y le sorprendió. Forcejearon y de un mal golpe lo mató.

A Celia le hace gracia que haya confundido a Chopin con Mozart, pero aguanta la risa para no ofender a la señora. Esa versión es justo la que está dando por buena la prensa, quizá filtrada por la propia policía.

Mientras la mujer de la bata y las pantuflas sigue explicando lo que ha visto en las noticias de la televisión respecto al caso, suena el móvil de Celia. Pide disculpas a la señora y se aleja unos metros antes de responder.

—¿Sí?

—Hola, Celia. ¿Cómo estás?

Conoce la voz, pero el número no lo tiene guardado en su agenda de contactos. Hacía bastante tiempo que no hablaba con el inspector jefe Montesorín, compañero de su marido y uno de sus mejores amigos en el cuerpo.

—Hola, Javier. ¿Has cambiado de teléfono?

—Sí, hace varios meses. ¿No lo tenías? Creí haberte mandado un wasap con el nuevo contacto.

—No lo recuerdo, pero es posible. Tengo la cabeza a las tres de la tarde, como siempre.

—No te preocupes. Guárdatelo. ¿Qué tal llevas el día?

—Regular. He ido al cementerio con Triana a llevar flores a su tumba. No está siendo una mañana fácil.

—Normal, Celia. Aunque hayan pasado cinco años, Lolo sigue muy presente. Lo echo de menos y me acuerdo mucho de él.

—Es duro.

—No te haces idea. La vida es una mierda.

Javier y Manuel prácticamente entraron juntos en la Policía Nacional. Ambos sevillanos, compartían comisaría en el distrito de Sevilla Centro, situada en la Alameda de Hércules. Se hicieron muy amigos y sus familias también se llevaban bien. De hecho, la exmujer de Montesorín, de la que se separó en 2016, fue un apoyo muy importante para Celia cuando su marido falleció.

—¿Tú qué tal estás? —pregunta la detective, que no tiene fuerzas para abordar otra vez el tema de la muerte de Lolo.

—Liado. Mucho trabajo. Pero, bueno, lo llevo bien. No me puedo quejar.

—¿Estás en la investigación del crimen del otro día? —se atreve a preguntarle Celia, que continúa caminando por la calle Pedro del Toro, recorriéndola por el lado de los números impares.

—Ya sabes que no puedo hablar de esos temas. Es confidencial.

—Lo sé, lo sé. Era simple curiosidad. Al haberse producido en el centro, imagino que te ha tocado dirigir la operación.

El silencio en la línea evidencia que Montesorín no quiere hablar sobre ese tema. Pero tiene una pregunta más. No quiere quedarse sin intentarlo.

—Perdona que te moleste con este asunto, Javier. Hoy he comprado *El Guadalquivir*. La prensa me saca de quicio y no puedo remediar enfadarme con algunos artículos. ¿Tan claro tenéis que el tipo de los robos y el asesino de Enrique Mesa es la misma persona?

—Ya sabes cómo son los periodistas. Escarban hasta debajo de las piedras y no tienen escrúpulos para vender periódicos o ganar clics en los artículos que suben a sus webs. Pero no puedo decirte nada. Conoces el protocolo.

—Siento la insistencia, Javier —se disculpa la detective, que sabe que no va a sacar nada en claro de esa conversación—. Gracias por llamar para interesarte por mí. Has sido muy amable.

—De nada. Es lo menos que puedo hacer. Cada seis de octubre se me revuelve el estómago y se me forma un nudo en la garganta. No imagino cómo debes sentirte tú.

A Celia se le humedecen los ojos. Javier es un buen tipo. Un policía intachable, honrado y muy currante. Le dolió la muerte de Lolo como si se tratase de un familiar. Le tocó llamarla esa noche. Él estaba de permiso pasando unos días en Sanlúcar de Barrameda, donde solía acudir con su mujer. Su superior en aquel momento le dio la noticia y, dada la buena relación que tenía con ella, le pidió que fuese él quien la avisara de lo que había pasado. Luego pelearon juntos para que no archivaran el caso, pero no lo lograron. No había pruebas ni indicios determinantes de que alguien asesinara a Manuel.

—Tenemos que quedar un día —le dice Javier después de que Celia se mantenga unos segundos callada—. Comer, cenar, desayunar..., lo que prefieras.

—Vale. Ahora que tengo tu nuevo número te daré un toque cuando pueda.

—Bien. Hazlo, por favor. Me encantará volver a verte. Así me cuentas qué tal va tu trabajo como detective privado.

La mujer se frota los ojos y mira hacia el edificio en el que la señora de la bata y las pantuflas continúa asomada al balcón. No es la única a la que ve. En el tercero, un hombre más o menos de la misma edad y vestido de una manera parecida dialoga con su vecina.

—Te prometo que te avisaré para que quedemos un día. Gracias de nuevo por llamarme. Cuídate.

—Y tú, Celia. Dale un beso a Triana de mi parte. Adiós.

La mujer se despide del policía y se dirige de nuevo al inicio de la calle. Observa con curiosidad al hombre del tercero. ¿Se habrá comprado la bata en la misma tienda que su vecina? También lleva unas zapatillas viejas de estar por casa y calcetines de punto.

—¿Esta es la poli? —pregunta el señor, que habla con una voz muy aguda.

—No es poli, Germán. Solo ha venido a husmear. Como todo el mundo.

—Ya le dije a la policía lo que pensaba del crimen. Esa idea no me la quita ni el Cristo de la Salud, del que soy devoto desde que nací.

—No estás bien de la cabeza, Germán. Chocheas.

—Soy más joven que tú, Alfonsina. ¡Tres años me sacas nada menos! Así que no me trates como si fuera un viejo.

—¡Desde que te conozco, siempre has parecido mucho mayor que yo! Asúmelo.

A Celia le divierte la discusión entre los dos, aunque le gustaría saber qué cree aquel hombre y por qué lo defiende con tanta pasión.

—Señor, perdone mi indiscreción, ¿qué le contó a la policía? ¿Se puede saber?

—Por supuesto. No me importa decir la verdad. Soy muy sincero —afirma Germán satisfecho de que aquella extraña se interese por su opinión—. Pongo la mano en el fuego y a mi Cristo de San Bernardo por delante convencido de que estoy en posesión de la razón. A ese tipo lo mató su novia. La latinoamericana.

—Eres un racista.

—No soy ningún racista, Alfonsina. Tengo muchos amigos ecuatorianos y colombianos. ¡Y negros! ¿Tú no has escuchado las broncas que tenían? ¡Si hasta se amenazaban de muerte!

—¿Tan agresivos eran discutiendo?

—Mucho. Y a cualquier hora del día. Yo ya sabía que eso no acabaría bien —insiste el hombre cada vez más exaltado—. ¡Fue ella! ¡Segurísimo! ¡La latinoamericana!

—¿Por qué está tan seguro? —pregunta Celia, a la que le interesa mucho lo que le está contando, a pesar de que se le nota cierto tufo xenófobo—. ¿Tiene pruebas?

—La vi.

—¿A quién? ¿A la novia?

—Sí. Esa misma noche. Pero como estoy algo perjudicado de la vista, la policía no me hizo ni caso.

—¿Y está seguro de que era ella?

—¡Por supuesto! Yo estaba asomado al balcón fumándome un cigarro, porque mi mujer no me deja fumar dentro, y la oí gritar el nombre del muerto. A lo mejor no veo del todo bien, pero el sonotone que uso funciona perfecto. Reconocí su voz. Era la de esa mujer latinoamericana. No tengo ninguna duda. Ella es la asesina del hombre que vendía muebles.

CAPÍTULO 13

NIKO

Sevilla, domingo 6 de octubre de 2019

No consigue llegar a la iglesia de El Salvador antes de las doce: la misa ya ha comenzado. Desde el fondo del templo, Niko observa como el cura que tan bien lo trató el viernes oficia la homilía. El chico duda entre quedarse o volver dentro de un rato. Nunca le han gustado las ceremonias religiosas, y eso que sus padres eran cristianos practicantes, como el noventa por ciento de sus compatriotas polacos. A él lo educaron en las creencias católicas, pero con la edad se fue distanciando de la Iglesia y de Jesucristo. Buena parte de culpa la tuvo su abuelo, que solo creía en él mismo.

—Mi único Dios es el que no existe —decía Dariusz convencido cuando alguien le hablaba del tema—. Todos los santos, dioses y mesías son inventos del hombre. A alguien un día se le ocurrió esa idea y otros le siguieron el cuento. Yo no tengo que rendir cuentas a ningún dios, y espero que tú tampoco, querido nieto.

El joven decide quedarse. Se sienta en la última banca de la hilera de la izquierda, la única que está vacía, y escucha las palabras del cura. Habla de un milagro que hizo Jesús. No lo entiende muy bien, pero le parece oír algo relacionado con una conversión de agua en vino en una boda. Sus padres, en ocasiones, le leían la Biblia en voz alta, pero él nunca les prestó atención. Era muy pequeño y solo le interesaba la música. Chopin sí que era un verdadero mesías, y sus composiciones rozaban lo celestial. Cómo una persona era capaz de transmitir tanto y llegarle al corazón de una forma tan mágica... Sí, lo que Frédéric hizo fue magia.

Niko suelta algún bostezo durante el sermón. Se siente fuera de lugar, sobre todo cuando cantan. No se sabe ninguno de los cánticos de la ceremonia y eso le frustra. Sus ojos, cuando no están mirando al cura, se dirigen al órgano. Le encantaría tocarlo ahora mismo y que todas esas personas se quedasen con la boca abierta escuchando música de verdad. La mayoría de la gente no tiene ni idea de clásica y no sabría reconocer si una composición es de Beethoven, Schubert, Liszt o Chopin. Quizá eso también le impulsó a firmar sus robos con las partituras de su ídolo. En varios medios de comunicación, de rebote, habían empezado a hablar de música clásica, algo inaudito. Si lo atrapaban, al menos, habría conseguido esa hazaña.

—Podéis ir en paz. Demos gracias al Señor.

Son las últimas palabras que dedica el cura a su concurrida audiencia. En unos veinte minutos comenzará la siguiente misa. Varios fieles van a saludarlo después de la eucaristía. El hombre se muestra amable y sonriente con todos, hasta que se da cuenta de la presencia de Niko. Se despide rápidamente de las dos últimas mujeres con las que hablaba y camina hasta el joven.

—Has venido —le dice muy risueño.

—Sí, pasaba por aquí y he entrado a saludarle. No esperaba que hubiera tanta gente.

—A pesar de lo que parece, muchas personas continúan creyendo en Dios y viniendo a orarle los domingos. ¿Has escuchado la misa entera?

—No, una parte —admite el chico—. Sigo pensando que esto no es lo mío.

—Nadie te va a obligar a venir. Eso pertenece al pasado. El que acude a la iglesia es porque quiere. Por cierto, creo que el otro día no nos presentamos. Mi nombre es Salvador, como el templo en el que estamos.

—¿Se llama igual que la iglesia?

—Exacto. Casualidades de la vida. O puede que estuviera predestinado a formar parte de esta iglesia. Vete tú a saber.

—Esa es otra cuestión complicada en la que tampoco creo demasiado. Yo me llamo Niko.

El chico estrecha la mano de Salvador y se queda mirando hacia la zona en la que se encuentra el órgano. El cura echa un vistazo a su alrededor y observa que todavía no ha entrado nadie para la siguiente ceremonia.

—¿Quieres volver a tocarlo?

—Me encantaría. ¿Puedo?

El hombre asiente y acompaña a Niko hasta el instrumento. El joven se sienta en la banqueta y estira los dedos mientras piensa en lo que va a interpretar. Siente un cosquilleo, como siempre que tiene un teclado delante. No tarda en decidirse.

—Voy a tocar un preludio que compuso Chopin en Mallorca. Por aquella época estaba muy mal de salud, y se trasladó con su mujer y los niños a las islas Baleares, donde pasó un tiempo. Allí se enteró de que se había contagiado de tuberculosis.

—Pobre hombre.

—Siempre tuvo una salud muy delicada. Aunque no murió hasta unos años más tarde.

—¿Te sabes de memoria todo lo que compuso Chopin?

—No, todo no. Pero este preludio, del opus 28, sí. Me gusta mucho. Lo he practicado infinidad de veces.

Niko suspira y pone las manos en las teclas. Antes de comenzar, observa que una pareja entra en la iglesia y se acomoda en la segunda fila. Lo miran con curiosidad. Teme que, ahora que tienen público, el cura le pida que no toque. Sin embargo, el hombre le invita a seguir adelante.

Durante más de tres minutos, Niko se deja llevar. Toca sin prestar atención a nada más. Ni siquiera es consciente de que El Salvador se está llenando de gente que viene a la misa de una. La música de Chopin le traslada a su Polonia natal. A su ciudad, Plock, donde aprendió a tocar en una casa a orillas del río Vístula. Se acuerda de sus padres y de sus profesores de piano. También de las personas que lo vitoreaban cuando, de niño, asistían a aquellos conciertos que organizaba su familia en pequeñas salas o cafeterías de Varsovia. Todo está impregnado en su mente. Pequeñas historias que le hacen feliz o le cubren de angustia. Es un pasado que ya no volverá y del que posee ciertas lagunas fruto del dolor y el miedo. Tardes en las que se consideraba el chico más afortunado del mundo por entender el secreto que guardaban todas esas teclas blancas y negras.

—Eres un genio —le susurra Salvador cuando acaba.

Niko ahora se percata de que ha entrado bastante gente y de que la iglesia está más o menos a la mitad de su aforo. Algunas personas se ponen de pie y aplauden al joven pianista, que se sopla el flequillo y se agarra el pendiente de la oreja. Hacía mucho tiempo que no tenía esa sensación. Saluda con la cabeza y busca un lugar en el que resguardarse. Salvador lo guía hasta la parte trasera del altar, donde los asistentes no pueden verlo.

—Tienes que venir más. ¿Cuánto cobras por tocar? —le pregunta ansioso el cura agarrándolo por los hombros.

—Nunca he cobrado por tocar el piano.

—¿No? ¡Podrías ganar mucho dinero! Eres muy bueno, Niko.

Alguna vez se le ha pasado por la cabeza, pero siempre lo ha descartado. Es un alma libre, y tendría que adaptarse a lo que le pidiera quien le contratara. Se le venía a la cabeza la película *La La Land* y como el protagonista tenía que tocar temas que odiaba en lugares en los que no quería estar para ganarse la vida con el piano.

—Tu talento es sobresaliente.

—Muchas gracias. No es para tanto.

—¿Que no? Podrías rivalizar con el mismísimo Chopin.

—No exagere, padre. Me queda mucho por aprender.

—¿A qué te dedicas, muchacho? ¿Estudias?

El joven no responde a la pregunta de Salvador, que vuelve a insistirle. No puede revelarle la verdad. Aunque es cura, seguro que no está a salvo si se lo dice. Además, no se está confesando y por tanto aquel hombre no estaría obligado a guardar el secreto.

—Sí. Estudio. En... un... conservatorio —miente Niko—. En el de la calle Jesús del Gran Poder.

—¡Ah! Muy cerca de aquí. Lo conozco.

El chico fuerza una sonrisa. Ha pasado muchas veces por delante de aquel edificio y ha escuchado el ensayo de los alumnos. Aunque nunca se imaginó ser uno de ellos.

El cura mira la hora y da un respingo. Ya es la una.

—Tengo que dejarte. Los fieles son muy impacientes, pero espero verte en otra ocasión. Piénsate de verdad lo de tocar el órgano en nuestra iglesia. Haría una consulta para ver cuánto te podría pagar. Gracias por venir a verme.

El hombre se despide del chico dándole una palmada en el hombro y se apresura a preparar la siguiente eucaristía. Niko camina hacia la salida de la iglesia y se siente observado. Muchos de los presentes lo han visto tocar hace unos minutos e incluso le han aplaudido.

¿Ganarse la vida tocando? De momento, lo que tendrá que evitar es que lo descubran. Había previsto el siguiente robo para la tercera semana de octubre y ese lunes tenía planeado darse una vuelta por el centro para buscar a su nueva presa. Sin embargo, después de la muerte de Enrique Mesa, lo ha descartado. Es mejor esperar acontecimientos y ver cómo van las cosas.

Mientras se aleja de El Salvador, piensa en las cuatro personas de las que le ha hablado a Risto hace un rato. La lista la hizo deprisa y con poco fundamento, solo teniendo en cuenta a delincuentes que habían tenido problemas con su abuelo. ¿Habría alguien más que supiera lo de los robos y pudiera aprovechar para endosarle la autoría de aquel crimen?

De repente, cae en algo que le ha dicho el ciego: «Me han llegado rumores, polaquito. Alguien va diciendo cosas de ti. Y no muy buenas».

¿Por qué no le ha preguntado a Risto de quién le habían llegado esos rumores? ¡Qué estúpido ha sido! Tendrá que volver a la calle Doña María Coronel para averiguarlo.

Sin embargo, la charla tendrá que esperar.

Niko no se da cuenta de que se han acercado hasta él sigilosamente. Por la espalda. A traición. Nota un pinchazo a la altura del abdomen. Es como si le hubiesen clavado algo. Enseguida siente otro. Se echa la mano a la zona dolorida y descubre que está sangrando. Se gira desconcertado y ve que dos tipos, uno grandote y otro más bajito, corren alejándose de él, abriéndose paso entre la muchedumbre que se agolpa en el centro de Sevilla. Agus y Sasaki lo insultan mientras huyen a toda velocidad. Han cumplido su propósito: vengarse del joven polaco que el viernes los humilló.

CAPÍTULO 14

—

BLANCA

El Viso del Alcor, domingo 6 de octubre de 2019

—¿A que está buena la carrillada?

Blanca asiente con la boca llena y moja un trozo de pan en la salsa. A su padre siempre le sale muy bien aquel plato. Es su especialidad. Hacía mucho que no lo comía y hoy, en principio, tampoco lo había previsto. Sin embargo, todo ha cambiado cuando su jefa le ha echado la bronca en la redacción. La propia Mercedes Reinoso le ha pedido que se marchara a casa. En lugar de eso, ha aprovechado para ir a visitar a sus padres y a su hermano. Si se hubiese quedado en su piso, estaría dándole vueltas a lo que ha sucedido en *El Guadalquivir*. Aunque por más que se esfuerza no se lo quita de la cabeza.

—Tendrías que venir más a menudo. Te echamos de menos —dice su madre, que no aparta la mirada de su hija mientras come—. Te están explotando.

—No me explotan, mamá. Soy periodista, y los horarios que tenemos son muy flexibles. Debemos estar disponibles cualquier día y a cualquier hora. Ya me lo avisaron durante toda la carrera.

—Los domingos son para estar con la familia, ver el fútbol e ir a misa —protesta la mujer—. Además, no queremos que te metas en líos. Solo tienes veintidós años. Te han dado demasiada responsabilidad con ese caso.

—A mí no me corresponde resolverlo, para eso está la policía. Yo simplemente informo de lo que nos va llegando. No es ni más ni menos que otra noticia de actualidad.

Ni ella misma cree lo que está diciéndoles a sus padres. No es una noticia más. Desde que la fuente se puso en contacto con ella, ha investigado a fondo todo lo relacionado con los robos. Ha estudiado a las víctimas, a sus familias y a los vecinos de cada vivienda robada. Incluso se ha pasado horas y horas en Internet en busca de posibles pistas. Ha entrado en páginas que ni sabía que existían. En el último mes, su vida se ha centrado exclusivamente en Chopin.

—Es un asunto muy feo, Blanca —comenta su padre, que también rebaña el pan en la salsa de la carrillada—. Sevilla no es una ciudad tan grande, y al final todo se sabe. El asesino seguro que ya te conoce.

—¡Qué va! Yo solo soy una periodista más.

—No es cierto. Tu nombre lleva apareciendo asociado a ese caso desde principios de septiembre —dice su hermano, que cambia el canal de la televisión en busca de un informativo—. El sujeto ese te tiene fichada. Y ya ha matado a una persona. ¿No es peligroso?

Blanca resopla. Sus padres no le quitan ojo. Esperan que lleve la contraria a su hermano y le diga que se equivoca. Que el peligro es cero. Pero no había pensado en lo que plantea Sergio, el pequeño de la familia. ¿Sabrá Chopin quién es ella? ¿Lo habrá tenido cerca alguna vez?

—Voy al baño a lavarme las manos. Esto estaba estupendo, papá. Tu carrillada es la mejor de todo El Viso.

La chica se levanta, deja el plato en la cocina y se dirige al cuarto de baño. Abre el grifo del agua fría, se quita las gafas y se enjuaga la cara. Se mira al espejo y ve las ojeras que ha acumulado por no dormir. Su rostro está demacrado y necesita una buena sesión de peluquería. Su jefa lleva razón: tiene un aspecto horrible.

—Ya no estudias ni haces prácticas en la facultad, Blanca. Esto es la vida real. Cada jornada es un máster en realidad. Periodismo puro, de redacción. Aquí me dejo los ovarios todos los días. Yo dirijo y tú acatas mis decisiones. Y si yo te digo que la tierra es plana, puedes contradecirme. Pero si te insisto y te digo que nuestro periódico va a salir cada día contándole a la gente que la tierra es plana, para ti la tierra es como el plato donde te comes el filete de pollo. Eso es lo que hay. Norma «lentejiana»: lo tomas o lo dejas. Aunque sería una pena que abandonaras a las primeras de cambio porque, y te lo digo con sinceridad y la mano en el corazón, me parece que serás una gran periodista.

Las últimas palabras de Mercedes Reinoso retumban en su cabeza. Tal vez la directora tiene razón. Solo es una recién llegada que no puede pretender cambiar el mundo. Aunque su jefa podría haber sido más amable y explicarle su papel en el periódico de otro modo.

Cuando sale del baño se encuentra de frente con su

hermano. Sergio tiene tres años menos que ella y se pasa el día en Internet o jugando a la consola. Está matriculado en la facultad de Ciencias de la Actividad Física y del Deporte, pero ni siquiera está segura de que vaya a clase.

—No deberías meter miedo a papá y a mamá. Lo exageras todo —dice Blanca molesta.

—Yo no hago eso. Tú eres la que no viene ya por casa y escribe sobre el criminal ese. No me eches la culpa.

—Es mi trabajo, Sergio. No vengo más porque no tengo tiempo y vivo en Sevilla.

—Hablas como si estuvieras a seiscientos kilómetros.

—No es fácil. Tengo mucho que hacer.

Su hermano va a replicarle una vez más, pero se limita a soltar una risa irónica que a Blanca le fastidia. Ese niñato aún no sabe lo que es la vida. No tiene problemas serios, y su máxima preocupación es perder una partida en el FIFA o cómo queda el Sevilla.

—Tío, no he venido a casa para pelearme contigo. No quiero discutir.

—Yo tampoco quiero discutir. Has sido tú la que se ha puesto borde.

Blanca se muerde el labio para no responderle. Le daría una buena colleja para que la dejase en paz. Pero hace muchos años que esa no es una alternativa a sus enfrentamientos. Todo es verbal. Y, normalmente, ella pierde.

—Has cambiado mucho, hermana. Es difícil reconocerte.

A Blanca le duelen las palabras de Sergio. El chico no le da opción a que rebata, porque se mete en su cuarto y cierra la puerta. La periodista se queda paralizada delante de la habitación de su hermano. Le va a estallar la cabeza y le duele el alma por la impotencia. Ha sido muy injusto, pero no sabe si tiene razón. ¿Tanto ha cambiado?

Blanca no se mueve hasta que escucha a sus padres llamándola a gritos. La joven por fin reacciona y regresa al comedor. Enseguida descubre por qué la reclaman. En el informativo hablan sobre Chopin y la muerte de Enrique Mesa. El que aparece en pantalla es Javier Montesorín, inspector jefe de la Policía Nacional, según reza el rótulo.

—No puedo informar de eso —responde el hombre a una periodista que lleva el micrófono de Canal Sur.

Montesorín es un tipo alto, fuerte y con el pelo cortado al dos o al tres. Tiene los ojos marrones, no muy grandes, pero muy vivarachos. Se ha dejado una pequeña perilla bajo el labio y va vestido de calle, sin el uniforme.

—¿Hay novedades sobre la identidad de la persona que está detrás de los robos y el asesinato de Mesa?

—No puedo informar de eso. Es confidencial.

—Inspector jefe, ¿Sevilla está en peligro?

La pregunta la formula una periodista de El Guadalquivir TV a la que ha visto varias veces por la redacción. La propia Mercedes Reinoso ha escrito exactamente eso en el editorial de ese domingo: «Sevilla está en peligro». La postura de su medio y lo que pretende es muy clara. Además, lo hacen por tierra, mar y aire, con radio, prensa y televisión. No le queda más remedio que tragar, comerse sus ideas y formar parte de eso.

—Por supuesto que Sevilla no está en peligro —contesta rotundo Montesorín, que atraviesa con la mirada a la periodista de El Guadalquivir TV—. Ni lo estará.

Con esa sentencia, el policía se aleja de los micrófonos que lo rodean y el informativo cambia de noticia.

—Está claro que esos no tienen ni idea de lo que está pasando —comenta el padre de Blanca, que va hasta el frigorífico a por un yogur—. Y cobran de nuestros impuestos. Menuda panda de inútiles.

—No digas eso, hombre. Hacen lo que pueden —le regaña su mujer.

—¿Lo que pueden? ¿Cuándo empezaron los robos en Sevilla? ¿En julio? ¿Y han conseguido algo?

En concreto, el veintisiete de julio, recuerda Blanca, que se sabe de memoria el calendario de los hechos. En esas fechas todavía no se había filtrado lo de la partitura de Chopin. Fue tras el robo de la casa de la calle Panamá, el tercero de la lista, cuando comenzaron las llamadas y las revelaciones.

—¡Desde julio! ¡Y no han sido capaces de atrapar a ese tío! —exclama el padre de la periodista con el yogur en la mano, fuera de sí—. ¡Si hasta nuestra hija sabe más del caso que esos maderos! La prensa va por delante de la policía. Es una tomadura de pelo constante.

—Papá, eso no es así. Lo que sucede es que...

—Es que son unos gandules y no tienen capacidad ni talento para averiguar quién ha matado a ese pobre hombre. Y morirá más gente. Ya lo veréis. Esto solo es el principio.

—No digas tonterías.

—No son tonterías. Siempre ocurre igual con este tipo de casos. Nunca hay una sola muerte.

A Blanca se le hiela la sangre cuando oye lo que su padre le dice a su madre. Chopin o quienquiera que haya asesinado a Enrique Mesa podría volver a actuar. ¿Se trata de un asesino en serie? ¿O solo es un ladrón al que se le fue la mano en su último atraco?

La cabeza le duele cada vez más. Demasiada presión. Algo aturdida, se sienta en la silla del comedor y nota que está sudando. No quiere que sus padres se preocupen más. Se bebe un vaso de agua y se seca las manos y la frente con disimulo en una servilleta de tela. Ya ha cumplido con la visita. Es hora de regresar a Sevilla.

—Me tengo que ir —dice Blanca mientras se pone de pie.

—¿Ya? ¡Pero si no llevas aquí ni dos horas! —se queja enérgicamente su madre.

—Cuando he ido al baño, una amiga me ha mandado un wasap. Quiere que tomemos café juntas en el centro —les miente al tiempo que coge su bolso—. Hemos quedado para merendar.

Le da un beso a su madre, que se agarra a ella con fuerza, como intentando impedir que se vaya. Luego besa en la mejilla a su padre y, con un grito, se despide de Sergio, que sigue en su habitación.

—Ten mucho cuidado, hija. No te metas en líos.

—Que no, mamá. Tranquila. Os mando un mensaje cuando llegue al piso.

Blanca se marcha de casa de sus padres y camina hasta la parada de autobús. El que va a Sevilla tarda en aparecer. Durante esos minutos, cierra los ojos e intenta dejar la mente en blanco. Imposible. No logra evitar pensar en los cuatro sobrinos de Enrique Mesa, en su novia Débora o en la madre del fallecido. A todos los vio ayer en el entierro. También le viene a la memoria la charla con Ángela, su fuente en la policía. Y Montesorín, el inspector jefe, que ha salido haciendo declaraciones en las noticias.

¿Estará Sevilla realmente en peligro?

—¿Señorita? ¿Sube?

La chica abre los ojos. Se ha dormido y no se ha dado cuenta de que ha llegado el autobús. El conductor ha abierto la puerta delantera e, impaciente, espera su respuesta. No hay nadie más en aquella parada.

—Sí. Muchas gracias —responde Blanca, que se apresura a entrar.

Paga el billete y se dirige a la última fila del vehículo, como cuando iba a la universidad. El bus va casi vacío. Reconoce a algunos de los viajeros, que la saludan al pasar. El Viso del Alcor es un pueblo pequeño y todo el mundo sabe quién es quién. No le apetece hablar con nadie. Se enfunda las gafas de sol, se pone los auriculares y elige una de las listas de Spotify que más oye últimamente. Quizá la música de Chopin le ofrezca alguna pista para llegar a la verdad.

CAPÍTULO 15

TRIANA

Sevilla, domingo 6 de octubre de 2019

«Eso no tiene salida. Haz otra cosa».

Es la frase que más escuchó Triana cuando eligió estudiar Bellas Artes en la Universidad de Sevilla. Le encanta dibujar desde pequeña y también se maneja bien con el dibujo digital. Además, es una apasionada del arte en muchas de sus actividades. Así que no hizo caso a los consejos que le dieron sus amigos y decidió apostar por lo que quería. Tras un mes de clases, continúa muy ilusionada con la carrera y disfruta oyendo hablar a los profesores de escultura, pintura o grafismos. Siente que algo ha cambiado en ella.

Después de comer, se tumba en la cama a leer *Procedimientos y materiales en la obra escultórica,* de Pablo de Arriba. Posiblemente, muchos chicos de su edad, los mismos que le desaconsejaron escoger Bellas Artes, no entenderían que dedique un domingo por la tarde a una lectura tan densa. A ella, en cambio, le parece un plan perfecto. Sin embargo, esta vez es incapaz de concentrarse en las páginas del libro. La culpa la tienen una serie de wasaps de su novio.

Cayetano
No quiero estar mal contigo. ¿Qué te parece si quedamos esta noche para cenar? Así hablamos y analizamos qué nos pasa.

El mensaje de Cayetano, que ha recibido mientras comía con su madre, la ha cogido desprevenida. Celia le estaba contando que ha estado en la calle donde asesinaron a Enrique Mesa. Por lo visto, uno de los vecinos asegura que la pareja del fallecido es la que está detrás del crimen.

—Me gustaría hablar con ella —dice Celia, ya en el postre.

—¿Con la novia del muerto?

—Sí. De manera informal, claro. No en modo detective privado ni como investigadora del caso. Eso sería ilegal —indica la mujer, que le da un mordisco a una manzana roja—. Según ese señor, Débora no solo encontró el cadáver, sino que estuvo en la calle Pedro del Toro la noche en que asesinaron a Enrique Mesa.

—¿Y no se lo contó a la policía?

—Por lo visto, sí. Pero es un hombre peculiar, bastante mayor, y no ve muy bien. No sé si se lo tomaron demasiado en serio.

—A lo mejor le hicieron caso. Investigaron y rechazaron que esa mujer tuviera algo que ver con la muerte de su pareja.

—También es posible. Por eso te digo que me gustaría charlar con ella, a ver qué me cuenta.

—¿Vas a ir a verla?

Celia da otro bocado a la manzana y no responde a su

hija, que en ese instante recibe un segundo mensaje de su novio:

CAYETANO
Entonces, ¿quedamos? ¿En la pizzería Piazza di Pezzi a las nueve? Sé que es un día muy especial para ti, pero no quiero irme a dormir con este mal sabor de boca. Dime algo, ¿vale?

La chica se lo piensa varios minutos. No le apetece ver a Cayetano, pero debe asumir responsabilidades cuanto antes. Finalmente, le responde que sí en un wasap cortito. Cenarán juntos y hablarán del futuro de su relación. Aunque ella ya lo ha decidido.

Pasa una página del libro sobre escultura y regresa a ella segundos más tarde. No se ha enterado de nada de lo que ha leído. Resopla y opta por dejarlo. Se tumba bocarriba, con las manos en la nuca. Los finales nunca son agradables, menos cuando esa persona la ha acompañado durante los dos últimos años de su vida. Se han divertido mucho juntos. Recuerda la primera vez que se enrollaron y la primera vez que Cayetano le dijo que la amaba. La sorprendió. ¿Sentía lo mismo? Nunca lo supo a ciencia cierta. ¿Amor? Es una palabra muy importante que suena a inmensidad. A lo mejor eso es lo que le ha pasado: el amor se le ha hecho grande.

TRIANA
Esta noche voy a dejar a Cayetano.

Este es el mensaje que Triana le envía a Brenda. Mientras lo escribe, le tiemblan los dedos. Es hora de comenzar una nueva etapa en su vida. No hay marcha atrás.

Su amiga no le responde. Tampoco aparece el *check* azul como que ha visto el wasap. Estará echándose la siesta o viendo una película de esas de sobremesa del domingo.

La chica abraza la almohada y, lentamente, se duerme. En sus sueños aparece Cayetano muy afectado por la noticia que le ha dado. Le grita que no tiene derecho a abandonarlo después de todo lo que ha hecho por ella. Le pregunta si hay otro. Triana no habla, solo escucha las quejas de su novio. Hasta que suena un teléfono. Es uno de los antiguos, de auricular y teclado con números, de color rojo. Le resulta de lo más extraño, porque nunca había tenido uno de esos. Intenta cogerlo, pero no puede. El aparato se aleja conforme avanza hacia él.

De repente, despierta. El teléfono del despacho de su madre está sonando.

—¿Mamá? —grita desde la cama.

Celia no responde. Su hija insiste, pero el resultado es el mismo. Triana chasquea la lengua y sale de la habitación con prisas. Corre descalza hasta el despacho y contesta.

—¿Sí? ¿Quién es?

—¿Celia?

—No. No está —dice la joven, a quien le suena la voz de la persona que está al otro lado de la línea.

—¿Eres su hija?

—¿Niko?

La chica se pone muy nerviosa. ¡No esperaba que fuera él! Pero el joven no le contesta. ¿Qué está pasando?

—¿Hola? ¿Niko?

—¿Dónde está tu madre?

—No lo sé. Creo que ha salido. ¿Quieres que le diga que...?

—Necesito ayuda.

—¿Qué clase de ayuda?

—Necesito que... vengas a mi casa.

—¿A tu casa? ¿Para qué? ¿Te encuentras bien?

—No..., por eso... tienes que venir.

El chico le da la dirección de donde vive. Está en una zona de las afueras de la ciudad, cerca del río. Triana no conoce la calle, pero le dice que la buscará en Google. Sin embargo, Niko le pide algo más.

—Debes traerme cosas para curar una herida.

—¿Qué? ¿Estás herido? ¿Cómo ha sido?

—No hagas pregun... tas, por favor. Luego te lo explicaré. Ven lo antes posible.

—Bien. Iré en moto.

—Tráeme calmantes. Que sean fuertes. Me duele bastante.

—No sé si en la farmacia me los darán sin receta.

—Lo que sea. Date prisa, por favor. ¡Ah! No le digas a nadie a dónde vas. Esto es muy importante.

—Pero Niko...

—Ahora hablamos. ¿Triana?

—Sí, me llamo así —dice la joven sorprendida al escuchar su nombre. Se lo habría dicho su madre en la charla que mantuvieron ayer—. Voy para allá. No te muevas.

—Tranquila, no puedo hacerlo.

La chica cree escuchar que Niko ríe de manera sarcástica. De alguna forma, eso la tranquiliza. Es buena señal que no pierda el sentido del humor. Se despide de él y cuelga. Está muy confusa, pero debe darse prisa. Regresa a su cuarto, se cambia de ropa y se calza unas zapatillas de deporte. No comprende la situación. ¿Por qué ha llamado al despacho para pedir ayuda? ¿No tiene a nadie más? No hay tiempo para preguntas. Necesita buscar lo que le ha pedido.

En el cuarto de baño está el botiquín. Encuentra gasas, apósitos, algodón y agua oxigenada. Además, coge suero fisiológico y una caja de ibuprofeno de cuatrocientos gramos. No son pastillas muy fuertes, pero duda que en la farmacia le den otra cosa. Lo mete todo en un neceser vacío y lo guarda en una mochila. Añade también la cartera, las llaves de la casa y el cargador del móvil, y se la cuelga a la espalda.

Tiene la moto aparcada en un garaje de una calle cercana. El propietario es amigo de su madre y le permite dejarla ahí sin cobrarle. Aquella Vespa Primavera fue su regalo al cumplir los dieciocho. Busca en el móvil la dirección que Niko le ha dado y comprueba por dónde tiene que ir. El lugar está apartado, y calcula que tardará unos veinte minutos. Aunque primero debe parar en una farmacia. Como había deducido, no le dan las pastillas que pide, pero compra una cajita de paracetamol de seiscientos cincuenta gramos, algo más fuerte que el ibuprofeno que ha cogido del botiquín.

A punto de subir de nuevo en la moto, le suena el móvil. Es su madre.

—Hola, mamá.

—¡Hola! ¿Dónde estás?

—He... salido a dar una vuelta con la moto —responde

Triana, que duda en si puede o no contarle a su madre lo de Niko—. ¿Dónde estás tú?

—Acabo de llegar a casa. He ido a ver a Gertrudis, que me mandó un mensaje antes. Estabas dormida y no quise despertarte. Me ha estado hablando de la conversación que mantuvo el otro día con Niko en la papelería.

La chica da un respingo cuando escucha el nombre del joven polaco, al que precisamente va a ver en ese momento.

—Ah. Muy bien.

—¿Vas a algún sitio en concreto?

—Bueno..., no. Solo estoy dando una vuelta para despejarme. Luego he quedado con Cayetano para cenar.

—Vale. Me voy a poner ahora con la carpeta de papá. A ver si soy capaz de encontrar algo nuevo. Sería una señal, dado el día que es.

A Triana le parece que ha pasado muchísimo tiempo desde que esa mañana ha visitado la tumba de su padre en el cementerio. Sus problemas con Cayetano, la charla con Brenda y la llamada de Niko la han tenido muy ocupada en un domingo en el que pensaba que solo iba a tener en su cabeza el aniversario de la muerte de su padre.

—Cuando vuelva, te ayudo.

—No te preocupes, Triana. Esto es algo que debo hacer yo sola —le dice su madre con un tono de voz algo apagado. Aunque enseguida recupera la vitalidad, o al menos lo finge—. ¡Ten cuidado con la moto! ¡Hasta luego, hija!

—Hasta luego, mamá.

La chica cuelga y se sube de nuevo en la vespa. Se siente algo culpable por no haberle contado que va a ver a

Niko. En el fondo, cuando llamó al despacho, el chico quería hablar con su madre. No habría incumplido con lo que le ha pedido. Pero ya estaba hecho. En unos veinte minutos se reunirá con él y tratará de quitarse las dudas de encima. Porque ¿qué ha hecho para estar herido y por qué demonios no ha ido a un hospital? Lo único que sabe es que todo lo que rodea a ese joven es un verdadero misterio. Y lo peor es que empieza a gustarle.

CAPÍTULO 16

NIKO

Sevilla, domingo 6 de octubre de 2019

¿Por qué tarda tanto? ¿No venía en moto?

Niko da un grito y maldice a los que lo han herido. Le duele el abdomen y ya no sabe cómo sentarse. Por suerte, los cortes no son muy profundos, pero ha necesitado puntos de sutura. Dos cuchilladas que, cuando cicatricen, serán para toda la vida.

Después de que Agustín y Sasaki salieran corriendo, cayó al suelo y se quedó unos segundos inconsciente. Alguien llamó a una ambulancia y lo trasladaron rápidamente a un hospital, donde le cosieron las heridas. Sin embargo, no permaneció mucho tiempo allí.

—Está aquí la policía. Ahora vendrán a tomarte declaración —le dijo el médico que le atendía.

¿La policía? ¡No podía permitírselo! En un instante en el que lo dejaron solo, aprovechó y huyó del hospital. Sin decirle nada a nadie, salió a la calle y cogió el primer taxi libre con el que se cruzó. Cuando llegó al piso, le dolía todo el cuerpo. Para colmo, sangraba. ¿Qué podía hacer? No tiene amigos en Sevilla. Solo conoce a gente con la que su abuelo hacía negocios, de la que no se fía. Pero necesitaba a alguien que le ayudase. En ese momento le vino a la cabeza una persona. Pese a que no había aceptado trabajar para él, Celia Mayo le había caído bien y le había parecido una mujer íntegra y responsable. Además, es la única que conoce su secreto. Pero la detective no ha sido la que le ha cogido el teléfono. Ha tenido que improvisar y recurrir a su hija, que también le había gustado.

Niko espera a Triana impaciente. Se levanta del sofá y camina con dificultad hasta el frigorífico, tapando la zona herida con un paño. Saca una botella de agua y bebe un trago. Tiene la garganta seca y mucho calor. A lo mejor le ha dado fiebre. Malditos cabrones. Esos tipos lo han pillado de improviso y le han fastidiado de verdad. Algún día ajustará cuentas con ellos.

Después de dar otro largo buche a la botella, suena el telefonillo. ¡Por fin!

—¿Hola? ¿Triana?

—Sí, soy yo. ¿Me abres?

—Claro. No hay ascensor. Tienes que subir hasta el cuarto por las escaleras.

—Uf. Está bien.

El chico se dirige a la puerta y la abre, aunque la deja entornada. Escucha los pasos de Triana algo inquieto. Muy poca gente ha estado en su piso. Nunca ha llevado a ninguna de sus novias, y mucho menos a los amigos de su abuelo. Esta vez no le ha quedado más remedio.

La joven llega exhausta al cuarto piso. Se ha recogido el pelo en una coleta alta y va vestida de manera muy sencilla, con vaqueros y sudadera. En una mano lleva el casco y, colgada en la espalda, una mochila.

—Gracias por venir.

—¿No te cansas de subir y bajar cuatro pisos todos los días? —pregunta la chica, que suelta un resoplido cuando entra en el apartamento—. Además, son tramos bastante largos.

—Estoy acostumbrado. Me mantienen en forma.

Niko hace una mueca de dolor y le pide a la chica que lo acompañe. Cruzan el pasillo del recibidor y llegan al salón, la parte más amplia de la casa.

—Esto es enorme. ¿Vives aquí tú solo?

—Sí, mi abuelo murió hace año y medio —dice el joven, que la invita a sentarse en el sofá.

Aprieta los dientes, porque siente una punzada fuerte en el abdomen, y se acomoda a su lado.

—A ver, ¿qué te ha pasado?

El chico no responde. Deja a un lado el paño cubierto de sangre y después se quita la camiseta. Triana enrojece al ver el torso desnudo de Niko, pero se centra con rapidez en la parte que tiene tapada con un apósito bastante llamativo, teñido de rojo.

—Me han atacado con un arma blanca. No debía de ser muy grande porque los dos cortes no son profundos. Aunque me duele mucho.

—¿En serio? ¿Quién te los ha hecho?

—No lo sé —le miente. No quiere entretenerse ahora con la historia del matón del hermano de su ex y su amigo Sasaki—. Me han cosido en el hospital, pero no sé si se ha saltado algún punto. Llevo un rato sangrando, aunque no mucho.

—Déjame ver.

Con mucho cuidado, Triana le aparta el apósito y deja

al aire las dos heridas. Están una encima de la otra. La zona se le ha puesto morada, por eso le duele tanto. Los puntos parecen estar bien, aunque sangra un poco el extremo del corte de arriba, el más grande de los dos. La chica abre la mochila y saca una gasa. La enjuaga con agua oxigenada y le limpia la sangre.

—No sé si estoy haciéndolo bien. No soy enfermera ni médica.

—No te preocupes. ¿Me has traído algo para calmar el dolor?

—Sí, aunque no es demasiado fuerte.

Triana le entrega la cajita de paracetamol que ha comprado en la farmacia. No es capaz de tomarse las pastillas sin agua. Le indica dónde está la cocina y la joven le lleva un vaso.

—Muchas gracias —dice Niko, que se traga dos comprimidos de golpe.

—Bruto. Solo era una.

—Así me hace efecto antes.

La joven niega con la cabeza, pero sonríe. Alcanza otra gasa y continúa curándole la herida con suero fisiológico.

—Madre mía. En menudos jaleos te metes.

—En este caso, yo no he tenido la culpa.

—¿Seguro que no sabes quién te ha hecho esto?

—No. Te lo prometo.

—¿No tendrá que ver con los robos? —se atreve a preguntar Triana interrumpiéndole.

El muchacho se muestra sorprendido y da un bote en el sofá. Por lo que se ve, Celia no es la única que está al tanto de a qué se ha dedicado en los últimos meses. Se sopla el flequillo y mira fijamente a su acompañante.

—¿Te lo ha contado tu madre?

—No. Ella es muy precavida y mantiene la confidencialidad de lo que le cuentan sus clientes —contesta Triana, que vuelve a ponerse colorada—. Os escuché mientras hablabais en el despacho. Lo siento.

—Eso no está bien.

—Lo sé, pero no pude evitarlo.

—Entonces ya sabes que soy Chopin.

—Sí, y que robas a la gente para ganarte la vida. Pero también sé que no fuiste el que mató a ese hombre, aunque te lo quieran encasquetar.

Otra vez se queda estupefacto por las palabras de Triana. Agradece su confianza, a pesar de que casi no se conocen. Esa joven cada vez le cae mejor.

—Es lo único que sé hacer.

—No es excusa.

—No lo estoy poniendo como excusa. No me arrepiento de nada.

—Eso no está bien.

—¿Por qué? Nunca le he hecho daño a nadie.

—¿Y si llamo a la policía y les cuento que estoy con el mismísimo Chopin?

—Sé que no lo harás.

—¿Tan seguro estás?

—Sí. Estoy seguro de que tú no me entregarías.

La joven suelta una carcajada y cambia la gasa. Cada vez sale menos sangre de la herida. Niko no puede dejar de mirarla. Le encanta cuando se ríe. De alguna forma, se siente atraído por ella. ¿Tendrá novio?

—Debo reconocer una cosa. No te he dicho del todo la verdad respecto a lo que me ha pasado en el centro. Sé quiénes me han herido, aunque no tiene nada que ver con los robos —comenta con tranquilidad el chico, que se siente bien a su lado—. Ni tampoco con la muerte de Enrique Mesa.

—Otro lío.

—Sí. Otro lío diferente del que prefiero no revelarte nada por ahora. No es importante.

—¿No es importante? ¡Te han rajado con un arma en plena calle!

El joven no dice nada más sobre el asunto. Cierra los ojos y, pese a que le duele donde le está tocando, la sensación es muy agradable. Sin duda, ella es la responsable de ese repentino bienestar.

—¿Has encontrado a alguien que te ayude? —le pregunta Triana tras un tiempo sin hablar.

—¿Que me ayude a qué?

—A encontrar al verdadero asesino. Si no eres tú, como le contaste a mi madre, alguien ha tenido que ser.

—Obvio. Le he dado muchas vueltas, pero no sé quién puede andar tras el crimen de Mesa —admite Niko, al que le está entrando sueño—. ¿Crees que tengo fiebre?

Triana le pone la mano en la frente y luego se toca la suya para comparar. La chica repite la acción en un par de oportunidades más. Niko sonríe con los ojos cerrados. Está muy cómodo junto a esa joven tan amable que tan bien lo trata.

—Puede ser que tengas unas décimas. ¿Tienes termómetro?

—Sí, en el cuarto de baño. Saliendo del salón, la segunda puerta de la derecha. Verás un armario de madera. Está en el primer cajón.

—Voy a por él.

La chica le entrega una gasa limpia para que se la ponga en la herida y va a buscar el termómetro.

¿Hasta cuándo podrá quedarse con él? Ojalá no se vaya. Le gusta su compañía. Es extraño, porque no es lo que le suele ocurrir. Ni siquiera con sus parejas. Por lo habitual, rechaza a las personas. Desde pequeño, cuando solo se sentía bien tocando el piano.

—Levanta un poco el brazo —le pide Triana, que aparece con el termómetro en la mano.

Niko obedece. Se siente agotado. Ha sido un día muy complicado, aunque gracias a esos dos capullos ahora Triana está con él. ¿Y si la invita a cenar? La llevaría a algún sitio bonito de la calle Betis o del barrio de Santa Cruz. Aunque seguro que conoce todos los restaurantes de esa parte de Sevilla, ya que vive por la zona.

Un pitido hace que abra los ojos de golpe. ¿El móvil? No, es el dichoso termómetro, que marca 38,5.

—Joder. Tienes bastante fiebre.

—No es para tanto —dice Niko, que se tumba y apoya la cabeza en las piernas de Triana, que también se ha sentado en el sofá—. No te vayas, ¿vale?

—No sé qué hacer. Deberías ir al hospital; que te miren la herida y te den algo para la fiebre.

—No te preocupes. Todo está bien. Me he tomado esas pastillas. Solo necesito descansar un poco.

Y, esbozando una última sonrisa, vuelve a cerrar los ojos. En cuestión de segundos, se queda profundamente dormido bajo la atenta mirada de Triana, la primera chica que ha pisado el suelo de aquella buhardilla junto al río Guadalquivir y que ya conoce su secreto.

CAPÍTULO 17

—

CELIA

Sevilla, domingo 6 de octubre de 2019

Pasea por su habitación y se queda embobada mirando la cama. Aún tiene la impresión de que algún día regresará y se tumbará en el lado izquierdo, su favorito del colchón. En eso no hubo problema, porque Celia prefería el derecho. Por increíble que parezca, le da la sensación de que el cuarto sigue oliendo a él. A esa esencia de Loewe que se echaba cada mañana después de una ducha caliente, que algunas veces compartían.

¡Cómo lo echa de menos cinco años después!

La detective abre el armario y saca una carpeta negra de un cajón. Es el dosier documental de la muerte del inspector de la Policía Nacional Manuel Velázquez. Doscientas treinta páginas sobre el caso en el que se incluyen pruebas, declaraciones, análisis forense y conclusiones policiales. El juez no supo o no quiso seguir adelante, y el asunto quedó archivado. A la prensa se le comunicó que no había indicios de que a Lolo lo hubiesen matado y arrojado posteriormente al Guadalquivir, donde apareció su cuerpo.

—Creen que fue un accidente. Esa noche hacía mucho viento y se pudo caer —le explicó Montesorín a Celia días después—. Otra alternativa que barajan es el suicidio. Pero me da que no van a tirar por esa vía.

—Lolo no se suicidó, Javier.

—Ya, yo tampoco soy de esa opinión.

—¿Entonces? ¿Ya está?

—Eso parece. Aunque vamos a pelear para que se busquen y se analicen más pruebas. No nos vamos a rendir, Celia.

—¡Por supuesto que no me voy a rendir! ¡El asesino de mi marido está por ahí suelto! Campando a sus anchas. Esto no puede quedar así.

—Desde la Policía Nacional del distrito Centro haremos todo lo que esté en nuestra mano. Aunque el juez archive la causa, seguiremos investigando por nuestra cuenta. Se lo debemos.

Sin embargo, aquello se convirtió en un callejón sin salida. Esa noche nadie vio nada, y dijeron que el golpe que Manuel tenía en la cabeza podría haberlo provocado el impacto con una roca al caer de alguno de los puentes por los que se cruza el Guadalquivir. Es cierto que el viento soplaba con violencia, pero Lolo era un tipo fuerte. ¡Cómo iba a precipitarse al vacío por una ráfaga!

Celia se lleva la carpeta al despacho y se sienta en el suelo. Una vez más, ojea el dosier página a página. Va anotando palabras y frases en los márgenes y subraya algunos datos con un fluorescente amarillo. También repasa lo que había escrito en esas hojas en anteriores ocasiones que había investigado el caso.

En la página ciento setenta y cinco encuentra una lista de preguntas que se planteó la primera vez que analizó el dosier:

¿Quién mató a Lolo?
¿Por qué lo asesinaron?
¿Cómo es posible que nadie viera nada?
¿En qué casos estaba implicado Lolo en ese momento? ¿Alguno pudo tener relación con su muerte?
¿Tenía enemigos?
La autopsia dictaminó que la muerte fue por ahogamiento, pero que tenía un fuerte golpe en la cabeza. ¿Se lo dieron antes de lanzarlo al río? ¿Se golpeó con una piedra al caer? ¿Tan mal quedó su móvil para no tener la posibilidad de sacar información de él?

Por desgracia, varios años después esas preguntas siguen sin respuesta. Eso desespera a Celia, que se pone de pie y camina en círculos por la habitación. Es posible que jamás sepa la verdad y no resuelva quién asesinó a su marido. ¿Debería seguir con su vida y poner punto final a la investigación que está realizando desde 2014?

Suspira y se sienta en el sillón, mentalmente agotada. En voz baja, pide perdón a su marido por no lograr lo que le prometió. El caso de su muerte no tiene solución y parece cerrado para siempre.

Agobiada, sale del despacho y camina hasta la cocina a por algo de beber. Examina el móvil y se da cuenta de que han transcurrido más de dos horas desde que se puso con la carpeta. ¿Dónde se ha metido su hija? Se ha ido con la moto hace bastante. Imagina que pasará por casa a cambiarse de ropa antes de cenar con Cayetano.

Nerviosa, la llama al móvil. Triana no lo coge a la primera. Insiste, algo más preocupada. Esta vez la chica responde.

—Dime, mamá —dice la joven en voz baja.

—Menos mal. ¿Sigues por ahí con la moto?

—No. La moto está aparcada en la calle.

—Pero ¿dónde estás? ¿Con Cayetano?

Celia enseguida percibe que pasa algo. Conoce muy bien a su hija y esa actitud la está delatando.

—No, no estoy con él.

—¿No? ¿Te encuentras bien? ¿Por qué hablas tan bajito?

—Porque está durmiendo.

—¿Quién está durmiendo?

—Niko. Estoy en su piso.

—¿Qué dices? ¿Has ido a verlo? —pregunta desconcertada Celia—. ¿Cómo sabías dónde vivía?

—Mamá, es una larga historia. Te la cuento luego, ¿vale?

—No. Cuéntamela ahora. ¿Qué haces con él?

—Confía en mí, por favor. Después hablamos. Te quiero.

La chica cuelga y Celia tiene la impresión de que todo a su alrededor se le escapa de las manos. Aquello no se lo imaginaba. ¡Su hija está en la casa de un ladrón, que podría ser también un asesino!

Se está volviendo loca. Llama otra vez a Triana, pero no le responde. En cambio, recibe un wasap a los pocos segundos:

Triana

Mamá, confía en mí. No pasa nada. Estoy bien. Niko llamó a casa porque necesitaba ayuda y he venido a verlo. Todo OK. De verdad que luego te lo contaré todo.

El mensaje no la saca de dudas, pero la tranquiliza un poco. Su hija es responsable y madura, aunque últimamente la note diferente. Deberá confiar en ella, como le pide. Por lo que parece, Niko va a seguir presente en sus vidas. Habrá que ver de qué manera.

Por un momento, aquel tema la ha hecho olvidar su frustración por no encontrar nada nuevo en la documentación sobre la muerte de su marido. Celia se sienta en el sofá del salón con un botellín de cerveza en la mano, del que va dando pequeños tragos. Tiene al lado el periódico que ha comprado esa mañana. *El Guadalquivir* es tajante. Todo lo que ha leído está orientado hacia el mismo camino: Chopin asesinó a Enrique Mesa. Pero Niko no tiene pinta de ser capaz de matar a alguien. Si lo hubiera hecho, no habría acudido a ella. Se equivocan de persona.

La detective regresa a su despacho con el botellín en la mano. Se sienta frente al ordenador y busca una información que desconoce en Google. Quiere saber qué robaron en la vivienda de Mesa. En los diferentes artículos sobre el suceso se habla del asesinato y de que hubo un robo, pero no aparece lo que se llevaron. Eso le llama la atención. Aunque, tal vez, y es lógico, todo el protagonismo lo acaparó la muerte de aquel hombre y nadie escribió acerca de lo sustraído en la casa.

Hay algo más que despierta el interés de Celia. El fallecido no tiene redes sociales a su nombre, pero hay una web de la tienda de muebles que regentaba. La detective entra y echa un vistazo. Tras unos minutos examinando la página, se da cuenta de que existe una especie de blog con *posts* informativos para los clientes. Clica en el que se titula «Deja aquí tu opinión». No se usa demasiado. De hecho, no hay casi opiniones recientes. Lee la felicitación de un usuario muy contento con un sofá de piel que adquirió en mayo. En cambio, los últimos cuatro mensajes son de la misma persona que no parece igual de contenta. Se hace llamar Donatelo57 y sus comentarios son bastante ofensivos:

1 de septiembre de 2019: «Tus muebles son tan basura como tú».

12 de septiembre de 2019: «¿De verdad crees que escondiéndote detrás de unos putos muebles vas a ocultar quién eres? Deberías tener cuidado por dónde pisas».

23 de septiembre de 2019: «Sevilla se te va a quedar pequeña el día que vaya a por ti, hijo de puta. Ni olvido ni perdono lo que hiciste».

29 de septiembre de 2019: «Algún día nos veremos las caras y te quemaré esa tienda de mierda que tienes. Pero lo mejor será tirarme a tu novia latina y que ella misma te lo cuente. Ajustaremos las cuentas, Grillo».

Aquellos mensajes dejan a Celia boquiabierta. Hace captura y los guarda en una carpeta del ordenador. Luego se los envía a su dirección de correo electrónico para tenerlos también en el móvil. ¿Habrá revisado eso la policía?

Lo extraño es que Mesa no haya eliminado esos comentarios de la web. Lo más probable es que ni los haya visto. El primero es de hace algo más de un mes, y el último de los cuatro, del domingo de la semana pasada. Siete días desde que lo escribieron, solo tres antes del asesinato de Enrique.

Son amenazas muy serias. Hablan de quemar la tienda de

muebles, de acostarse con su pareja y de ajustar cuentas. Está claro que ese usuario conocía personalmente al dueño de la tienda y que el conflicto que mantenían era importante.

Lo llama Grillo. ¿Será una especie de alias de Enrique Mesa?

Por curiosidad, sin demasiado optimismo, teclea *Grillo* en Google. Los resultados se disparan y hay demasiado ruido informativo como para seguir esa pista en Internet. Sin embargo, los comentarios en ese *post* pueden ser el principio de algo. ¿Tendrán que ver con el asesino?

En esos mensajes hay algo más. El usuario ofendido nombra a la pareja de Mesa. Sabe que es latina. Lo que no comprende Celia es por qué le dice que ella se lo contará cuando «se la tire». Otra vez aparece Débora en escena. Hace un rato, un vecino del muerto aseguraba que la novia era la responsable del crimen.

La detective escribe ahora el nombre de esa mujer en la barrita de Google. Aparece en algunos vídeos, aunque son antiguos. Clica en el primero de la lista y da otro trago a su botellín de cerveza mientras lo ve. Lo que Celia encuentra no es para nada lo que esperaba.

—Débora Coronado, buenas noches —la saluda con amabilidad un hombre vestido con chaqueta y corbata, sentado en un elegante sillón.

—Buenas noches, Omar.

—¿Qué se siente al ser la actriz del momento, querida por todo el Perú?

—Estoy feliz. Muy feliz. Una trabaja para esto, pero es muy difícil conseguirlo.

—Has cumplido un sueño. ¡Y solo tienes diecinueve años!

—Soy muy joven, Omar. Todavía me siento una niña y

debo aprender muchas cosas en el mundo de la interpretación.

Así que esa chica es toda una leyenda en su país. Celia mira la fecha del vídeo, que tiene más de quinientas mil reproducciones, y ve que es de 1999. ¡Han pasado veinte años!

La joven Débora habla nerviosa, aunque se le notan ciertas tablas delante del micrófono. Responde con frases cortas y siempre sonríe. Se la ve humilde y en ningún momento quiere quedar por encima del entrevistador ni hacer una gracia de más.

—¿Cuáles son tus planes de futuro? —pregunta Omar después de charlar un rato de la salud del cine peruano—. ¿Saltarás a Hollywood?

—¡Ay! ¡Ojalá! —exclama Débora emocionada—. Sería precioso. Pero lo próximo que voy a hacer es viajar a España a rodar una serie de televisión. Después ya veremos. Me encantaría triunfar en Estados Unidos, por supuesto.

¿Una serie en España? Tal vez vino y ya no regresó a Lima. O sí. En cualquier caso, no recuerda haberla visto en televisión. ¿Se llevaría a cabo el proyecto?

—¿Qué papel te gustaría representar en la ficción? ¿Una doctora? ¿Una gran abogada? ¿Quizá una espía?

—Me apasionaría... ¡Una asesina en serie! —grita Débora, que da pequeños saltos sobre su silla. La que también da un brinco y casi se atraganta con la cerveza es Celia, que escucha incrédula las palabras de la actriz—. Me encantaría ser la asesina en una película o en una serie, a lo Jack el Destripador. Así cambiaría mi registro habitual.

—¿Estás cansada de hacer de chica buena?

—No es eso. Pero creo que matar, en la ficción, puede ser algo muy divertido.

CAPÍTULO 18

TRIANA Y NIKO

Sevilla, domingo 6 de octubre de 2019

Abre los ojos y lo ve sentado en un sillón del salón. Está mirando el móvil y continúa con el torso desnudo. Niko se da cuenta de que Triana se ha despertado y le sonríe. No puede negar que es un tío muy guapo y que de cuerpo no anda nada mal.

—La herida ya no sangra —dice el joven, que se levanta y le muestra la zona del abdomen cubierta con el apósito—. Tampoco me duele.

—Me alegro mucho.

—Hiciste un gran trabajo. Gracias por venir a ayudarme.

—De nada. Has sido un buen paciente. ¿Qué hora es?

La chica se despereza, todavía un poco aturdida. Se ha quedado dormida después de hablar con su madre por teléfono y ha perdido la noción del tiempo.

—Las ocho y media.

—¿Qué? ¿Tan tarde?

Entonces Triana cae en algo. ¡La cena con Cayetano! Esa noche han quedado en la pizzería para hablar de su relación. ¡A las nueve! Ni siquiera podrá pasar por casa para cambiarse.

—Tengo que irme.

—¿A dónde? He preparado la cena para los dos.

—Lo siento, Niko. No puedo quedarme.

La chica se pone de pie y coge el móvil. Tiene varios wasaps por leer. Después de hablar con su madre, silenció el teléfono. Rápidamente, echa un vistazo y descubre que algunos mensajes son de Brenda. Su amiga se disculpa por no haber respondido antes y le pide que le cuente todo lo que ocurra en la cena en cuanto acabe. También le envía ánimos y le asegura que está haciendo lo correcto.

Mientras Triana lee los mensajes, Niko le insiste en que se quede.

—... es mi manera de agradecerte que hayas venido. No suelo traer a nadie a casa. No me gustan las visitas. Pero qué menos que invitarte a cenar después de lo amable que has sido conmigo. He preparado una ensalada muy rica y voy a freír croquetas. Te gustan las croquetas, ¿verdad?

Triana escucha a medias lo que el joven le propone porque continúa revisando los wasaps del móvil. Hay más mensajes sin leer. Cayetano también le ha escrito:

Cayetano

No me acordaba de que esta noche
tenía partido con los chicos.
¿Quedamos para vernos mañana
después de clase?

El mensaje es de apenas hace veinticinco minutos. Triana sonríe irónica. Su novio cambia la cena en la que tenían que hablar de su relación por un partido de fútbol con sus amigos. No le responde. No merece la pena. Cada vez está todo más claro. Se gira hacia Niko, que continúa hablándole de lo que ha preparado, y vuelve a sentarse en el sofá.

—Me has convencido. Acepto la invitación. ¿De qué son las croquetas?

Aunque ya no tiene fiebre y se le ha pasado el dolor, Niko se marea mientras fríe las croquetas. Se apoya en la encimera y maldice a los dos tipos que le han herido. Menos mal que Triana ha aceptado ir. Hubiera sido distinto si el teléfono lo hubiese cogido su madre. Lo más probable es que lo hubiera obligado a acudir al hospital para que lo atendieran y le miraran de nuevo la herida. Por suerte, su hija respondió a la llamada y fue a echarle una mano.

—¿Cómo vas? —pregunta Triana, que se asoma a la puerta de la cocina—. Tengo hambre.

—Ya casi está. Siéntate a la mesa, que enseguida llevo la cena.

—Deja que te ayude.

—No hace falta.

Sin embargo, la chica no le hace caso. Va hasta él y le arrebata el mango de la sartén. Niko no se opone. Coge el bol con la ensalada que ha preparado antes y lo lleva al salón. Lo coloca sobre la mesa, pero vuelve a marearse. ¿Qué le está pasando? Se toma la temperatura con la mano. No siente que tenga fiebre. Aquellos pequeños mareos deben de ser secuelas de las pastillas o de algo que le dieron en el hospital. No tiene que preocuparse. Regresa a la cocina y observa a Triana, que está escurriendo el aceite de las croquetas con una espumadera.

—¿Por qué has cambiado de opinión? —le pregunta sin dejar de mirarla.

Le gusta la sencillez en su manera de vestir y la coleta alta que se ha hecho, que le da un aspecto informal y desenfadado. Está muy guapa peinada así.

—¿A qué te refieres?

—Me dijiste que no podías quedarte a cenar. ¿Por qué has aceptado mi propuesta?

—Nadie puede resistirse a unas croquetas. Aunque pensaba que iban a ser caseras.

—Vaya. Lo siento.

—No te preocupes. Al menos, son de una buena marca. Mi madre también las compra —dice sonriente Triana, que cambia de repente el tono de voz—. En realidad, me han dado plantón.

A Niko le sorprende la sinceridad de la joven, que resopla mientras continúa en su labor de escurrir el aceite de las croquetas. No quiere meterse en lo que no le llaman, aunque le mata la curiosidad por saber más. Es Triana la que continúa hablando sin necesidad de interrogatorio.

—Había quedado para cenar con mi novio, pero el muy estúpido no se acordaba de que hoy tenía partido con sus amigos. Una de esas pachangas de fútbol en las que parece que se están jugando el mundial y en las que medio equipo termina lesionado por ir demasiado fuerte al balón.

—¿Ibas a cenar con tu novio?

—Sí. Llevamos un par de años juntos. Mi adolescencia la he pasado con él. A estas alturas, imagino que es lógico que prefiera jugar al fútbol con sus amigos que salir a cenar conmigo —comenta la chica torciendo el labio en una mueca de fastidio después de pronunciar la última frase, especialmente acentuada—. No me entiendas mal. Jamás condicionaría a nadie a que hiciera algo por mí que no le apeteciera. Somos libres y no me gustan las cadenas. Pero en esa cena íbamos a hablar de nosotros y de los motivos por los que nuestra relación ya no funciona.

La revelación de Triana coincide con una estruendosa salpicadura de aceite caliente que proviene de la sartén. La chica se apresura a apagar el fuego mientras se queja del chisporroteo. Niko sigue observándola en silencio, porque ella continúa desahogándose:

—No quiero aburrirte con mis problemas. No es nada especial. Esto le pasa cada día a un millón de parejas en el mundo. Pero ahora me está ocurriendo a mí y no lo llevo muy bien. Estaba muy enamorada de Cayetano, pero algo ha pasado. No sé si fue de pronto o ha sido algo progresivo. Lo único que sé es que ya no siento lo mismo y que necesito empezar de nuevo. ¿Cómo? No tengo absolutamente ni idea.

El joven ve como Triana se seca los ojos con la manga de la sudadera. Es un gesto sencillo, pero repleto de ternura. También sorbe por la nariz y se le han sonrojado las mejillas. Echa las croquetas en un plato y vuelve a resoplar. Se gira hacia él e intercambian una sonrisa.

—Qué mal. Vengo aquí para ayudarte con tu problema y termino contándote los míos. Soy muy tonta.

—Para nada. El tonto es tu novio por no querer cenar contigo.

—No seamos crueles. El equipo que pierde paga las litronas de después del partido, ¿sabes? Ese es un gran premio con el que yo no puedo competir.

Las lágrimas de Triana, acompañadas de esa sonrisa triste, conmueven a Niko. El otro día asistió a una escena parecida con Lydia, cuando terminaron su relación. Debe reconocer que no sintió lo que está experimentando en ese instante. El dolor de la joven que tiene delante sí que le llega. Desea abrazarla con fuerza y decirle que puede contar con él para lo que necesite. ¡Para lo que sea! Sin embargo, no es capaz de hacer nada. Solo la contempla ensimismado. Recreándose. Mirando cómo coge el plato de croquetas y lo lleva hasta el salón.

La velada transcurre tranquila. No hablan del novio de ella ni de la herida de él. Niko le cuenta cosas de su abuelo, de cuando llegó a España y de cómo se vio inmerso en el mundo de la delincuencia y los trapicheos. También le habla de su pasión por el piano y por Chopin.

—¿Es una especie de ídolo para ti?

—Exactamente. Unos veneran a futbolistas, actores o *influencers*. Mi referente es él. Desde que era casi un bebé. Me pasaba la vida aprendiendo sus partituras.

—Qué interesante.

—Me encanta tocar. Soy feliz delante de las teclas.

—Me gustaría mucho escucharte. ¿Tienes piano en casa?

—Claro que sí. Fue lo primero que mi abuelo consiguió cuando llegamos a Sevilla. Está en la habitación del fondo —responde Niko, al que se le ha dibujado una sonrisa de oreja a oreja—. Pero no puedes entrar en ese cuarto.

—¿Y eso? ¿Por qué?

—Porque ahí tengo cosas que no se pueden ver.

Triana suelta el tenedor vacío sobre el plato y mira desafiante al chico.

—¡Venga ya! ¡No te hagas el interesante conmigo!

—No es eso. Es un sitio en el que solo puedo entrar yo. La cerradura está echada con llave.

—¿Estás de broma?

—No. Hablo muy en serio.

La joven protesta en voz baja. Alcanza la última croqueta del plato y se la mete entera en la boca. Le cuesta masticarla, algo que hace reír a Niko. Confía en ella, pero no tanto como para mostrarle lo que hay en esa habitación.

—Me parece fatal —insiste Triana cuando consigue tragarse toda la croqueta, no sin dificultad—. Acudo a tu auxilio, te curo la herida, me quedo a cenar contigo y...

En ese momento suena el móvil de Niko. El chico se extraña de que alguien lo llame a esa hora. No mucha gente tiene su teléfono. Coge el *smartphone* y observa la pantalla iluminada. Se trata de un número oculto. Duda en si responder, pero Triana le hace una señal con la barbilla para que conteste.

—¿Sí? ¿Quién es?

—¿Polaquito?

—¡Risto! ¿Eres tú?

—El mismo. ¿Qué tal estás?

El chico piensa durante unos segundos si contarle lo que le ha pasado por la tarde, pero prefiere no darle explicaciones. Aunque aquel hombre lo sabe casi todo, no cree que se haya enterado todavía de los navajazos que ha sufrido a cargo de Agus y Sasaki.

—Cenando. ¿Cómo es que tienes mi número de móvil?

—Ya sabes..., el oficio —responde escueto Risto, al que Niko nota nervioso—. Polaquito, tengo que hablar contigo otra vez. Pero no por teléfono. No me fío.

—¿De qué quieres hablar?

—No puedo decírtelo. Hoy se ha hecho ya muy tarde y no me gusta estar por ahí de noche. Ven a verme mañana a Santa Inés.

—¿No me das ni una pista?

—Por aquí, no, Niko. El teléfono no es seguro. Te espero mañana sobre las diez. Quiero contarte algo importante.

—Muy bien. Seré puntual.

—Estupendo. Mañana hablamos. ¡Que aproveche la cena!

—Gracias.

El ciego es el que cuelga. Niko suelta el móvil sobre la mesa e intenta deducir de qué va aquello. Rápidamente, al verlo tan serio, Triana se acerca a él.

—Tampoco me vas a decir quién era, ¿no?

—Un amigo. Alguien que es capaz de enterarse de todo lo que pasa en Sevilla y sus alrededores.

—¿Otro ladrón?

—No sé si llamarlo así. Que yo sepa, nunca ha robado a nadie.

—¿Y qué quería?

—Hablar conmigo. Aunque no me ha dicho de qué.

El joven se levanta de la mesa. No quiere seguir respondiendo a las preguntas de Triana, porque sabe que alguna tendrá que eludir o terminará mintiéndole. Sin embargo, al ponerse de pie, se tambalea y el plato que había cogido para llevar a la cocina cae al suelo haciéndose añicos.

—¡Niko! ¿Estás bien? —le pregunta la chica asustada mientras corre hasta él, que se ha puesto de rodillas y apoya una mano en la pared.

—No es nada, tranquila. Solo ha sido un pequeño mareo. Me han dado varios desde que me he despertado.

—Joder. Tienes que ir al médico y que te miren de nuevo.

—No voy a ir a ninguna parte. Estoy bien, de verdad.

—No seas cabezota. Necesitas que te vea un especialista.

—Ya me has visto tú —bromea Niko, que se incorpora—. Con eso es suficiente.

La chica contempla como el joven sonríe y se aleja por el pasillo hacia la cocina. Maldita sea. Chasquea la lengua y regresa a la mesa donde tiene el móvil. Marca un número y espera a que respondan. No tardan demasiado.

—¿Triana? ¿Estás bien?

—Sí. Perfectamente —asegura la chica, que con la otra mano se quita la gomilla del pelo. Está harta de la coleta—. Oye, mamá. No te comas la cabeza ni me esperes despierta. Voy a pasar la noche fuera de casa.

CAPÍTULO 19

—

BLANCA

Sevilla, lunes 7 de octubre de 2019

Otra noche más en la que casi no ha dormido. Eran más de las cuatro y media de la madrugada cuando cerró los ojos. Blanca se mete en la ducha y deja caer sobre ella el agua hirviendo. Ni siquiera en ese instante de calma puede dejar de pensar en Chopin. Y es que desde que llegó de casa de sus padres hasta que se fue a la cama se dedicó a ordenar toda la información de la que dispone. Lo ha hecho en la habitación que tiene libre. Apartó una estantería para despejar una de las paredes del cuarto y colgó un mural de corcho que usaba para poner fotos con compañeros de la universidad, de viajes o de momentos familiares. Las guardó todas en un cajón y empezó a rellenar aquel panel de recortes de periódicos, imágenes sacadas de Internet y notas a mano sobre el caso. Se sentía como una auténtica policía, preparada para resolver el enigma.

Pero no es tan fácil.

Desnuda, mientras se seca el pelo con la toalla, regresa a la habitación del corcho. Si fuera por ella, se quedaría toda la mañana mirando su elaborada creación. Aquel tablón posee algo hipnótico. Además, hay mucho que averiguar. Sin embargo, en una hora debe estar en la redacción. Le da un poco de miedo cruzarse con Mercedes Reinoso después de la bronca del día anterior. Esa mujer es un hueso duro y no quiere tener problemas con ella. A la larga, puede perjudicarle enfrentarse a una de las periodistas más poderosas de Sevilla. *El Guadalquivir*, posiblemente, solo sea un lugar de paso. Tarde o temprano cambiará de trabajo. Por eso es mejor no ganarse una mala imagen o la fama de alguien que no cumple con las órdenes de los jefes. Al final, todo se sabe en el mundo de los medios.

Se abrocha una camisa negra cuando recibe un wasap. Es Blas el que le escribe.

BLAS

¿Has salido ya para el periódico? He ido a llevar a mi mujer y a mi hijo al dentista cerca de tu casa. ¿Te recojo? Estaría ahí en diez minutos.

Aquel mensaje la alegra. Parece que hoy se ahorrará el trayecto en autobús que tanto detesta por las mañanas. Tiene que empezar a plantearse lo de sacarse el carné de conducir.

BLANCA

¡Oh! Muchas gracias, compañero. Por mí, encantada. En diez minutos estaré lista.

No le da tiempo a tomarse un café ni a desayunar. Termina de vestirse, se pinta un poco los ojos y los labios, y se peina con un cepillo de púas. Todavía tiene el pelo mojado, pero Blas está a punto de llegar y su secador no da más de sí. Un mensaje de wasap poco después le confirma que el periodista está esperándola en el coche frente a su portal.

No hace frío, aunque Blanca se cubre con una chaqueta vaquera para salir a la calle. Abre la puerta del vehículo y se encuentra con que está sonando un tema de Taylor Swift. *Shake It Off* siempre será una de sus canciones preferidas.

—Buenos días. Esta sí que es una buena manera de empezar la semana —le dice a Blas cuando sube al coche—. Gracias por pasar a recogerme.

—Tú habrías hecho lo mismo por mí.

—No estoy tan segura. No soy tan buena como tú.

—Dejémonos de halagos. Eres periodista, no me los creo. ¿Has desayunado?

La chica niega con la cabeza. Blas mira el reloj y le asegura que tienen tiempo de tomarse un café y una tostada en un bar que conoce cerca de la redacción. A Blanca le parece una idea estupenda.

—No me hiciste caso —le dice el hombre, ya sentados en la cafetería, con lo que han pedido encima de la mesa.

—¿Caso a qué?

—Ayer fuiste al periódico. ¡Era tu día libre! ¡No tendrías que haber ido!

—¿Cómo lo sabes?

—Hay un grupo de WhatsApp en el que estoy metido con los de Deportes en el que se ha hablado mucho de tu poco amistosa charla con Reinoso.

—¿Me lo estás diciendo en serio?

—Fuiste más protagonista que Messi.

—Maldita sea. Es que Mercedes me riñó en la oficina delante de todo el mundo. Qué horror.

—Tranquila. Los chicos de Deportes están a tu favor. Odian a esa mujer.

—Joder. Menuda imagen.

Blas le da un buen mordisco a la tostada con manteca *colorá* y después bebe un trago de su leche manchada. Se limpia la boca con una servilleta de papel y se dirige de nuevo a Blanca:

—Te dije que desconectaras de todo por un día. Que te quedaras en casa y te olvidaras del periódico y del caso que tienes entre manos.

—Ya, pero no soy capaz.

—¿Cuánto has dormido hoy? Vuelves a tener aspecto de cansada.

—No creo que haya llegado a las tres horas.

—¿Tres horas? Joder, Blanca, vas a caer enferma.

La chica no quiere oír el sermón de su compañero. Bastante tiene con saber que en los grupos de WhatsApp del periódico hablan de ella. Es la más joven de la redacción. Seguro que nadie la valora y se burlan continuamente de su trabajo, a pesar de que es la que ha llevado al periódico la exclusiva más importante de su corta existencia. Blanca Sanz es la primera que escribió sobre la relación entre los robos que se habían sucedido en Sevilla y la autoría de Chopin. ¡Cómo no iba a estar obsesionada con el tema!

Durante un buen rato, Blas continúa pidiéndole que se cuide y que no piense en el trabajo las veinticuatro horas del día. Sin embargo, la periodista ya no le escucha.

Puede que su compañero y su familia tengan razón, pero aquel caso es demasiado importante como para olvidarse de él.

—Voy al baño un momento y nos vamos. Se nos ha hecho algo tarde —dice el hombre, que se levanta y deja un billete de cinco euros sobre la mesa.

Blanca asiente algo molesta. Si llegan tarde será por la innecesaria charla que él le ha dado. No le gusta que la traten como si fuera una niña. Blas es un buen tipo, pero se pasa de paternalista. Entiende su preocupación, aunque no es asunto suyo lo que duerma o si se dedica a investigar por las noches.

La chica se levanta de la mesa y se termina el café de pie. Después saca el móvil y, mientras espera a Blas, examina la foto que ha hecho del corcho en el que ha estado trabajando. En el centro del tablón puso el recorte de la primera noticia que escribió para *El Guadalquivir* sobre el caso Chopin. Le dio muchas vueltas al titular de la información, pero quedó satisfecha:

El ladrón de las partituras

En ese artículo explicaba que en Sevilla se habían cometido tres robos relacionados entre sí y que su autor había dejado una partitura en cada casa. Blanca se atrevió a llamar Chopin al ladrón. A partir de ese día todo cambió y su vida se convirtió en una locura.

—¿Qué miras con tanta atención? No me digas que al final te has abierto una cuenta en Tinder.

La joven se ve sorprendida por Blas, que ha aparecido a su espalda con bastante sigilo. No sabe si lo ha hecho a propósito, pero no lo ha visto llegar. Blanca intenta tapar la pantalla, aunque es demasiado tarde. Su compañero ha visto la fotografía del corcho en la pared.

—¿Eso está en tu casa? —pregunta el periodista estupefacto—. ¡Te has montado una comisaría en una habitación!

—No exageres. Solo son unas imágenes y un par de recortes de periódico.

—¡Estás completamente obsesionada con el tema!

—Lo tengo controlado. No me digas que tú nunca te has enganchado a algo.

—Claro. Pero no con asuntos relacionados con el trabajo —comenta Blas, que le pide el móvil para ver mejor la foto.

La chica le cede el teléfono y el hombre suelta un silbido cuando ve la pantalla. Usa el *zoom* para apreciar mejor el mural. Se acerca a la esquina derecha del corcho en la que se agrupan varias fotografías correspondientes a cuatro personas.

—¿Estos son los sobrinos de Enrique Mesa?

—Sí, estaban ayer en el cementerio.

—Uno tiene cara de malote. ¡Menudo peinado! Pero ella es la que da más miedo.

—Son unos críos, aunque no me dieron buena espina.

—Pero ninguno de ellos es Chopin, ¿no?

Blanca se encoge de hombros. No quiere hablar más de la cuenta. Blas es su compañero y la persona de la que más se fía dentro del periódico, pero prefiere mantenerlo al margen de ciertas cuestiones.

—Al final sí vamos a llegar tarde y nos echarán la bronca —dice la chica arrebatándole el móvil—. Debo entregar un artículo.

La pareja sale de la cafetería y camina deprisa hacia el edificio en el que se encuentra la redacción. Blas le hace algunas preguntas más acerca de Chopin, pero Blanca las esquiva. ¿A qué viene ese interés repentino por el caso?

—¿Puedo lanzarte una última cuestión? —le pregunta el periodista mientras esperan a que un semáforo cambie de color para cruzar la calle. La chica no responde y preferiría que no lo hiciese. Sin embargo, Blas no se da por aludido—. Sé que nuestro medio defiende y tiene claro que Chopin es el autor de los robos y del asesinato de Enrique Mesa. De hecho, es lo que cree todo el mundo, incluida la policía, por lo que he visto y leído estos días. Pero ¿tú qué piensas como experta en el caso? ¿Tienes otra teoría?

Instantáneamente, Blanca recuerda las palabras que ayer le dijo su fuente. Ángela le dio otra alternativa que ni siquiera puede plantear en público. ¿Qué más da lo que piensen ellas? Su opinión no es vinculante porque sus jefes ya han decidido lo que tienen que decir.

—Mi teoría es la de *El Guadalquivir*—contesta la joven muy seria.

El semáforo en verde salva a Blanca de seguir recibiendo más preguntas de Blas. Al otro lado de la calle está el edificio del periódico. Cruzan la calle a toda prisa y llegan a la otra acera. Entonces la ve. No está sola. Se está riendo y sujeta un cigarrillo en la mano. Su acompañante, trajeado y con el pelo engominado, sostiene otro.

La pareja de periodistas saluda de manera tibia a Mercedes Reinoso y al hombre que charla y fuma con ella. La chica acelera el paso temiendo que le diga algo más. Sin embargo, ahora mismo la directora del periódico tiene algo más importante entre manos.

—¿Sabes quién era ese? —murmura Blas ya dentro del edificio.

Por supuesto que lo sabe. El hombre del pelo engominado y el traje de chaqueta es nada menos que la persona que manda en la ciudad. Es la primera vez que Blanca ve en persona a Santiago de Gomar, el alcalde de Sevilla.

CAPÍTULO 20

—

CELIA

Sevilla, lunes 7 de octubre de 2019

«Oye, mamá. No te comas la cabeza ni me esperes despierta. Voy a pasar la noche fuera de casa».

Celia se quedó en *shock* al escuchar las palabras de su hija. Triana le estaba contando que se iba a quedar a dormir con Niko. No le dio opción a replicarle. No estaba pidiéndole su aprobación. Lo iba a hacer estuviera de acuerdo o no. La chica le insistió una y otra vez, casi sin permitirle hablar, que confiara en ella y que cuando volviera a casa se lo explicaría todo con detalle.

—Ya tienes dieciocho años. Tú sabrás lo que haces. Eres mayor para tomar tus propias decisiones —fue la última frase de Celia antes de que Triana le diera las gracias y colgara.

Ha sido una noche larga. No ha conseguido dormir bien, aunque estaba muy cansada. El domingo del quinto aniversario de la muerte de Manuel no había sido nada fácil. Por su cabeza habían pasado infinidad de pensamientos negativos, y los sueños se transformaban en pesadillas en las que aparecían su marido, Niko o su hija. Entonces se desvelaba y miraba el móvil, que había dejado al otro lado de la cama para comprobar si Triana le había escrito. Nada. Desde la última conversación, solo recibió un wasap cortito, sobre las once y cuarto, en el que le daba las buenas noches y le mandaba un millón de besos.

Son algo más de las siete y media de ese lunes de octubre recién estrenado. Hace una hora que no pega ojo. Celia ya se ha cansado de contemplar el techo de la habitación. Se levanta y se pone una bata encima del pijama rojo de osos que le regaló su hija en las últimas Navidades. Se siente ridícula con esa ropa, pero es calentita y muy cómoda. Se prepara un café y lo toma sentada en la cocina. ¿Qué estará haciendo ahora Triana? Confía en ella, aunque eso no hace que se preocupe menos. Es su misión como madre. Además, no puede obviar que se ha quedado a dormir en la casa de un delincuente. Tampoco quiere agobiarla con más mensajes. Si en un rato no recibe noticias suyas, la llamará. Todo tiene un límite.

Mientras desayuna, lee las noticias en el teléfono. Parece que esa semana empieza como las demás. En el mundo solo hay desgracias, no ocurre nada bueno. En cambio, el asunto que más le interesa en principio no presenta novedades. Chopin no ha vuelto a actuar, y la prensa tampoco ha echado más leña al fuego. Eso la alivia un poco y le da un cierto respiro para lo que pretende hacer esa mañana. Anoche estuvo hasta tarde buscando información y viendo vídeos de la pareja de Enrique Mesa. Hace unos años Débora Coronado era toda una celebridad en Perú. En cambio, su protagonismo se fue apagando con el paso del tiempo. Últimamente, apenas existen noticias sobre ella en Internet y ha desaparecido del panorama público. Le gustaría hablar con esa mujer, aunque no tiene muy claro dónde encontrarla. Probará en la tienda de muebles que regentaba su pareja. Tal vez se haya refugiado en aquel lugar.

Mientras lava el vaso del café, suena el timbre. Celia mira el reloj de la cocina y comprueba que no son ni las ocho y media. A esa hora ni siquiera ha abierto el despacho. Tal vez sea Triana, aunque tiene llaves. Extrañada, se seca las manos en un paño y se apresura a abrir la puerta. Al que encuentra al otro lado es a un muchacho alto, vestido con una camisa blanca arrugada, pantalón vaquero y botas oscuras. Lleva el cabello algo despeinado y sus ojos están irritados.

—Hola, Cayetano —saluda Celia al joven bastante confusa.

—¿Dónde está Triana? ¿En su cuarto?

El chico no espera la invitación de la mujer para entrar en la casa. Camina acelerado por el interior de la vivienda hacia la habitación de su novia. Celia lo sigue atónita, sin saber sus intenciones ni qué ha pasado entre él y su hija. Huele a cerveza y también a sudor. No es lo habitual. Normalmente usa colonia y va como un pincel.

—Triana no está —le advierte la detective justo antes de que Cayetano abra la puerta del dormitorio de la chica—. No está en casa.

—¿Y dónde coño se ha metido?

—Oye, tranquilízate. No me hables así.

—¡Cómo voy a tranquilizarme! ¿Dónde está? No responde a mis mensajes y tiene el móvil apagado.

A Celia le incomoda la situación, y también empieza a preocuparle. ¿Su hija ha desconectado el teléfono a propósito para no hablar con su novio? ¿O es que le ha pasado algo? ¡Demasiadas horas sin saber de ella!

Intenta calmarse e improvisar. Luego tratará de encontrar respuestas.

—Se fue a la universidad hace un rato. Había quedado con Brenda para desayunar.

—Joder. No me lo puedo creer. ¿Y por qué tiene el móvil apagado?

—No lo sé.

—Llevo desde ayer por la noche intentando contactar con ella —indica el joven con lágrimas en los ojos—. No fuimos a cenar juntos porque yo tenía partido con mis amigos. Cuando acabó, la llamé y no me lo cogió. Le mandé varios mensajes y no respondió a ninguno. Pensé que se había enfadado y la dejé en paz. Ya sabes cómo se pone cuando se enfada.

Celia arquea las cejas. ¿Cómo se pone cuando se enfada? ¡Él fue el que la dejó tirada por un partido de fútbol! Ahora comprende el motivo por el que Triana estaba en casa de Niko y no cenando con Cayetano.

—Le volví a enviar un wasap a las dos o las tres de la madrugada. Pero nada. La llamé un par de veces más. Daba señal, aunque no respondió. Entonces creo que me fui a dormir. A las siete traté de hablar otra vez con ella, pero su móvil estaba desconectado. Por eso he venido. Me estoy volviendo loco, Celia. ¿No te ha contado nada?

—No. Yo no me meto en esas cosas.

En realidad, aunque no se inmiscuya en la vida privada de su hija, Triana la mantiene informada. Sabe que tiene problemas con Cayetano y también que anoche se quedó en casa de Niko, con quien ha pasado la noche. Lo que aún no tiene claro es si ambas cuestiones están conectadas. Tampoco sabe en qué momento a ese chico se le ha ido la mano con la cerveza. El olor de su aliento cada vez que habla es notable. Posiblemente tampoco se duchó después del partido de fútbol.

—Joder. Lo he terminado de estropear. Soy un capullo.

—No digas eso, hombre. Ya hablaréis y lo aclararéis todo. ¿Por qué no te vas a casa, te tomas algo caliente y te das una buena ducha para despejarte?

—Soy un mierda. Ella se ha dado cuenta. Me va a dejar porque soy lo peor.

A Celia le da algo de lástima. Quizá no merezca su compasión, pero se nota que está sufriendo.

—¿Quieres que te prepare algo para desayunar?

—No, gracias. Me voy a casa —comenta el chico, que sorbe por la nariz—. Si la ves, dile que me llame, ¿vale?

—Descuida. Se lo diré.

Cayetano esboza una sonrisa cadavérica y camina lentamente hacia la entrada. Celia le da un par de palmaditas en la espalda y se despide de él. Cuando se marcha, marca enseguida el número de su hija. Pues sí, tiene el móvil apagado.

—¿Dónde estás, Triana? —susurra inquieta.

Va hacia la cocina de nuevo y la llama un par de veces más. El resultado es el mismo. Resignada, suelta el teléfono encima de la mesa y se echa el cabello hacia atrás con las manos. La impotencia la supera. Intenta pensar en positivo. Seguro que está bien y que apagó el móvil para no aguantar a Cayetano. O tal vez se ha quedado sin batería y no se ha dado cuenta. Aun así, le es imposible no preocuparse. Niko le pareció un buen chico, pero es un ladrón.

Alguien que ha conseguido robar en varias casas sin que lo pillen. Una persona con sangre fría, que ha tenido una vida complicada. ¿Y si la engañó y también es el asesino de Enrique Mesa?

Los minutos transcurren muy despacio, y Celia está cada vez más nerviosa. El móvil de su hija continúa desconectado. Decide darse una ducha y prepararse para salir a la calle. Quizá aparezca en ese intervalo. Si no la localiza pronto, tendrá que avisar a la policía para que la busque. Conoce a gente dentro del cuerpo que podría ayudarla, aunque preferiría no tener que recurrir a ella.

A las nueve y veintisiete, mientras recoge la ropa del baño, suena el teléfono. Celia se precipita sobre el aparato y ve el nombre de Triana en la pantalla.

—¡Por fin! ¿Dónde estabas? ¿Por qué has apagado el móvil? —le pregunta atropelladamente, sin saludarla—. ¡Hasta me había planteado llamar a la policía!

—Buenos días, mamá. Yo también me alegro de oírte.

Triana parece tranquila. Es más, la nota alegre. ¿Es que no se da cuenta de lo preocupada que la ha tenido?

—Buenos días.

—¿Cuántas veces me has llamado? Esto no para de mandarme avisos.

—No lo sé. Unas cuantas. ¿Sigues con Niko?

—Sí, estamos desayunando.

—¿Vienes a casa?

—No, de momento me voy a quedar un rato más con él. Hoy me he tomado el día libre y tampoco voy a ir a la universidad.

Celia se frota los ojos con los dedos e intenta no alterarse. Por lo menos todavía no le ha repetido veinte veces que confíe en ella, como la última vez. ¡Qué está pasando por su cabeza! Respira hondo y continúa la conversación más sosegada.

—Cayetano ha venido a casa. No estaba bien.

—Lo sé, me ha enviado varios wasaps. Es muy pesado.

—¿Has hablado con él?

—No. Ahora le enviaré un mensaje —responde la chica, que no parece muy preocupada por ese asunto—. Anoche me dejó plantada y ahora quiere que quedemos para hablar.

—Parecía muy afectado.

—Cuando me dijo que anulaba la cena en la pizzería para irse con sus amigos no lo estaba tanto. No voy a pasarle ni una más. Tengo muy claro lo que voy a hacer.

—¿Y Niko?

—¿Niko? Está aquí, a mi lado. Se está comiendo una tostada.

—¿Te fías de él?

—No nos hemos acostado, si es lo que indirectamente me estás preguntando.

Celia se da una palmada en la frente y no sabe si echarse a reír o a llorar. No era eso a lo que se refería. Aunque de alguna manera esa información la alivia. Una de las cosas que ha soñado era que Triana y Niko empezaban a salir y él la asesinaba. Fue una pesadilla demasiado real. Sospecha que su subconsciente no termina de confiar en ese muchacho.

—Eso es cosa tuya. Lo que necesito saber es si te parece una persona de confianza.

—Mamá, ha robado a no sé cuánta gente y se gana la vida como ladrón profesional. Por supuesto que no es de confianza. Pero también estoy segura de que no es un asesino. Esta noche hemos estado hablando mucho y creo que empiezo a conocerlo bien.

—¿Crees conocerlo en solo una noche?

—Sí. Me ha bastado una sola noche. Es un chico muy transparente.

—Perfecto. Ya me lo contarás todo después. Quiero saber más sobre tu nueva amistad.

—Vale, te daré los detalles que pueda. Ahora te dejo, que se me enfría la tostada. Te quiero, mamá.

—Yo también, hija.

La chica cuelga y a Celia le da la impresión de que es lo que Triana estaba deseando hacer. Solo la ha llamado para que no se preocupase por ella. No le ha dicho ni por qué tenía el móvil desconectado ni la razón por la que está con Niko.

Habla como una adulta. Su hija se ha hecho demasiado mayor y no lo ha visto venir.

Más tranquila, aunque no del todo conforme con la situación, termina de recoger y se pone una chaqueta. No es que esa mañana haga frío, pero sopla un poco de viento. Sale de casa y camina hacia la tienda de muebles de la que Enrique Mesa era propietario. No está cerca, pero le apetece dar un paseo para soltar las tensiones que se le han ido acumulando. Lo de Triana la ha preocupado bastante. Quizá ha exagerado y no era para tanto. A lo mejor se ha convertido en una persona asustadiza; en alguien inseguro que no mide la realidad como debería. Y no sería de extrañar, debido a lo que le ha tocado vivir: hace cinco años y un día perdió a su marido. Es una secuela que nunca se marchará.

La caminata dura cuarenta y cinco minutos. Cuando llega a la tienda, ve un letrero enorme que ocupa toda la parte superior de la fachada. Lee: «MUEBLES ENRIQUE MESA». Echa un vistazo a su alrededor para comprobar que no haya periodistas ni policías, y entra en el local. Un empleado, subido a una escalera de mano, la saluda con amabilidad. Le pregunta que si busca algo en concreto y Celia le responde que no. Muy sonriente, el hombre le dice que lo avise si necesita algo. La detective se da una vuelta por la tienda esperando encontrar a la persona que ha ido a buscar. El sitio es enorme y se venden productos de calidad. Le gustan especialmente los sofás, algunos con precios desorbitados, inalcanzables para su cuenta bancaria.

De pronto, escucha una voz que le resulta familiar.

La detective se dirige hacia una zona en la que se exponen muebles de oficina. Dialogando con una señora mayor, ve a Débora Coronado. Celia se pregunta cómo puede abordar a la actriz peruana sin despertar sospechas. No está autorizada para investigar aquel caso y si mete la pata podría quedarse sin licencia. Con disimulo, se acerca hasta ella y hace como que observa los precios de unas lámparas de despacho. Entonces Débora se gira y se la queda mirando. La detective se da cuenta porque ha dejado de hablar, cortando de raíz la conversación con la otra señora.

—Pero... Yo sé quién es usted —dice la que fue pareja de Enrique Mesa caminando hacia Celia, que no sabe dónde meterse—. ¡Sí! ¡Yo la conozco!

—¿A mí? No creo. Nunca he venido por aquí. Se habrá confundido de persona.

—¡No! ¡No me he confundido! —exclama Débora emocionada—. ¡Usted es la escritora! ¡Me he leído todos sus libros!

CAPÍTULO 21

NIKO

Sevilla, lunes 7 de octubre de 2019

Se llevó una gran sorpresa cuando Triana le dijo que iba a quedarse a pasar la noche con él. No se lo esperaba. Los motivos fueron los mareos que Niko estaba sufriendo y la probabilidad de que le volviera a subir la fiebre.

—No me voy a ir a casa tranquila sabiendo que no te encuentras bien.

—Estoy perfectamente.

—Has tirado un plato y casi te caes al suelo —protestó Triana, a la que no le gusta que le lleven la contraria—. Dormiré en el sofá y estaré pendiente de que no te suba la fiebre y no te sangre otra vez la herida.

—Como tú veas. Pero estoy bien.

No discutieron más sobre el asunto. En realidad, se sentía afortunado de que Triana no se hubiese marchado. La razón era secundaria, lo importante es que estarían juntos unas horas. Además, los mareos desaparecieron y la fiebre no volvió. Tampoco sangró más por las heridas, que la joven revisó en varias ocasiones.

Pasaron gran parte de la noche hablando de muchos

asuntos: gustos, aficiones, infancia o miedos. Niko se soltó bastante y le confesó sentimientos que no le había revelado a nadie hasta ese momento. Ella también le contó cómo se sentía desde que había muerto su padre o de las dudas que se le presentaban en el futuro, pese a estar estudiando una carrera que le apasionaba. Todo marchaba como la seda hasta que el novio de la chica empezó a enviarle mensajes y a llamarla por teléfono. Se puso tan pesado que Triana optó por apagar el móvil. Había decidido que no quería saber nada de Cayetano. Retomaron la conversación donde la habían dejado y continuaron hasta que se quedaron dormidos en el sofá, como ya había ocurrido por la tarde. Eran más de las cuatro de la madrugada y ya no se despertaron hasta cinco minutos antes de las nueve. Mientras desayunaban, Triana avisó a su madre de que seguía con él.

—Seguro que a Celia no le gusta nada que estés conmigo.

—Sabe que eres un buen chico.

—No creo que robar casas me haga parecerlo.

La joven suelta una carcajada y se pone de pie. Niko la observa mientras camina. El pijama que le ha prestado le queda muy ajustado y se le marca el culo. Se lo mira hasta que entra en la cocina. Es curioso, pero en todo ese tiempo no había sentido atracción sexual por Triana. Ya no puede decir lo mismo.

—¿A qué hora has quedado con ese hombre? —le grita la chica desde la cocina.

—A las diez.

—¿Me dejas ir contigo? ¡Prometo ser buena!

Niko se da cuenta de que se ha hecho muy tarde. No va

a llegar a Santa Inés a la hora convenida, donde le espera Risto para contarle algo importante que anoche no se atrevió a decirle por teléfono.

—¿Por qué no me esperas aquí?

La chica no responde. Aparece de nuevo con un vaso de agua en la mano y expresión de disgusto. Niko se fija ahora en la parte de arriba del pijama. No lleva sujetador. ¿Cómo no se ha dado cuenta hasta ahora? Traga saliva e intenta disimular lo que se le está pasando por la cabeza.

—Prefiero ir contigo.

—Es que no sé si a Risto le hará demasiada gracia que vaya acompañado.

—¿Se llama Risto? ¿Como el de la tele?

—Sí. Siempre se queja de que le mencionen al otro porque dice que él se lo puso primero. Es un tipo muy peculiar.

—Me gustaría conocerlo. Me cambio y nos vamos.

El chico resopla cuando Triana se da la vuelta y sale del salón. De nuevo, sus ojos no pueden despegarse del pantalón del pijama. Se maldice por dejarse llevar por el instinto y niega con la cabeza. Va hacia su dormitorio para vestirse y la escucha canturrear *Me da igual*, un tema de Luis Cepeda en el baño. La puerta está medio abierta. Se detiene y, a través del espejo, contempla cómo se pone el sostén. Su cuerpo desnudo es insuperable. Niko suspira y continúa hasta su habitación. Hacía mucho tiempo que no sentía ese cosquilleo. Se sienta en la cama y percibe su excitación. Su deseo por Triana no hace más que aumentar. Sin embargo, debe contenerse y centrarse. Tiene otras cuestiones que solucionar.

—¡Niko! ¡Ya estoy lista! —grita Triana, que ha vuelto al salón.

El chico se sube el pantalón vaquero y se lo abrocha. No puede apartar de la cabeza lo que acaba de ver. Después se pone una camiseta blanca y encima una sudadera negra con capucha. ¿Qué pensará ella sobre él? Ayer, cuando se quitó la camiseta para que examinara la herida, la vio nerviosa. En cambio, durante la noche, se han tratado como amigos. No ha percibido interés por su parte, salvo el de conocerlo un poco más. Al mismo tiempo, aunque estén en horas bajas, Triana tiene novio y no cree que sea capaz de serle infiel.

—¡Oye! ¡Al final vas a llegar muy tarde a ver a tu amigo Risto! ¡Son casi las diez!

—¡Un segundo! ¡Solo tengo que peinarme!

Niko entra en el baño y se retoca un poco el flequillo. El cuarto huele a ella; a un característico perfume de vainilla que ha debido de echarse mientras se vestía. Le gusta esa fragancia, que ya asocia a su personalidad.

—Si que has tardado, pero estás muy guapo. Te queda muy bien esa sudadera —dice Triana cuando entra en el salón—. Después de visitar a tu amigo, pasaré por casa a cambiarme de ropa.

—No sé si es buena idea que vayamos juntos.

—¡Claro que sí! Seguro que cuando Risto me vea le caeré muy bien.

—Bueno, es ciego, así que espero que al menos le guste tu voz. Tiene un detector para calificar a las personas por cómo suenan.

La chica no sabe si le está hablando en serio. Niko insiste en que Risto es ciego, pero que eso no le supone limitación alguna. Vive con ello desde que nació y es feliz. Un día le explicó que no le gustaba que se compadecieran de él por su ceguera. Al contrario, se sentía afortunado por ser como era.

—A veces tendemos a darle nosotros más importancia a las circunstancias de los demás que la que esas mismas personas le dan —dice el joven repitiendo algo que a menudo le decía su abuelo.

—Puede que tengas razón. Pero es humano preocuparse, ¿no?

—Sí, muy humano. Aunque cada uno tiene lo suyo y es quien mejor se conoce.

—Estoy de acuerdo con eso.

Antes de bajar les surge una última duda: cómo ir hasta la calle Doña María Coronel, donde está el convento de Santa Inés. Niko propone coger el autobús, pero Triana tiene la moto aparcada en la puerta del edificio. Solo disponen de un casco, así que pronto desechan esa idea.

—Vamos en bus. Luego vendré a por la vespa y a por el casco.

Niko asiente. Así Triana regresará a su piso, algo que le hace sentir feliz. Juntos bajan la escalera y caminan hasta la parada más cercana. Esperan varios minutos a que aparezca el autobús, que se hacen cortos porque se entretienen charlando sobre Risto y la amistad que mantenía con Dariusz.

—Me llama Polaquito. Mi abuelo lo apreciaba mucho. Y yo también, aunque voy poco a verlo.

—¿Polaquito? ¡Me encanta!

—A mí al principio no. Aunque me acostumbré.

—¿No tienes ni idea de lo que te quiere contar?

—No. No me dijo nada. Parecía nervioso.

—¿Será algo relacionado con los robos?

El chico se cruza de brazos y recuerda la conversación que mantuvo ayer con Risto acerca de las cuatro personas sobre las que le preguntó. Cuatro sospechosos que podían haber asesinado a Enrique Mesa y que podrían haberse hecho pasar por él, dejando la partitura de Chopin en la casa del muerto. ¿Habrá descubierto algo sobre ellos?

En el trayecto en bus, la pareja continúa intercambiando opiniones respecto a lo que pudo suceder en la calle Pedro del Toro. Niko se muestra preocupado por una cuestión que para él es fundamental:

—Tarde o temprano, la policía dará conmigo. Por lo que parece, están poniendo toda la carne en el asador y la prensa está insistiendo mucho en el tema. Es importante que en ese momento solo me puedan acusar de haber robado en esas casas.

—Si solo has hecho eso, no te pueden condenar por nada más.

—Poder, pueden —indica el muchacho, que se tira levemente del aro de la oreja, visibilizando su nerviosismo—. De hecho, con el crimen de Enrique Mesa tratarán de acelerar el proceso. No creo que la UCO tarde en aparecer en escena. Entonces necesitarán un culpable que ofrecer a los medios y a la ciudadanía. Ese alguien soy yo.

—No tienen pruebas contra ti, Niko.

—¿Desde cuándo eso importa?

—Desde siempre. Mi padre era policía. Jamás pensaré que hacía las cosas de esa manera.

—No digo que tu difunto padre lo hiciera mal o actuara así. Pero conozco procedimientos en los que no han sido justos. Yo soy Chopin, Triana. Ya se ha dictado sentencia. Nadie me defenderá, aunque sea inocente de esa muerte.

—Yo lo haré. Y mi madre también.

—Gracias. Pero lo que necesito es que aparezca el verdadero asesino. Espero que Risto me cuente algo que me ayude a encontrarlo.

A las once menos cuarto, la pareja se baja del autobús y se dirige a la calle Doña María Coronel. Hay bastante gente en el centro de Sevilla y luce el sol. Incluso hace calor. De hecho, a Niko le sobra la sudadera, aunque no se la quita. Antes ha sentido un pinchazo fuerte en la zona donde tiene la herida y teme estar sangrando otra vez. En cuanto terminen, se meterá en el baño de algún bar a revisarlo.

En esos minutos caminando, apenas hablan. El joven está muy tenso por lo que su amigo pueda decirle. También le preocupa que el ciego no acepte que vaya con Triana. Esa chica no deja de ser la hija de un policía y de una detective privado, dos de los enemigos naturales de Risto y de los que siempre se cuida.

—Es muy raro. Debería estar aquí —dice el chico al llegar a la calle en la que se pone Risto todos los días.

—¿Y si te espera dentro del convento?

—No creo. Él se suele colocar con la canastilla en la acera, unos metros antes de Santa Inés.

—Entremos y lo comprobamos.

La pareja camina hasta la puerta del convento. Triana recuerda haber ido varias veces con su madre a comprar dulces artesanos. Los pestiños y las tortas de polvorón que hacen las monjas son auténticos manjares.

En el interior del edificio tampoco encuentran a Risto. Niko empieza a preocuparse por la ausencia del hombre. Es muy extraño que no esté por allí. Su angustia se multiplica al salir de Santa Inés. El chico ve a Jazz junto a un árbol. El perro está solo, olisqueando el suelo. Niko lo llama y el animal se acerca para que lo acaricie.

—Esto tiene muy mala pinta. Este es el labrador de Risto.

—¿Y qué hace aquí sin su dueño?

—No lo sé, pero nunca se separa de él —indica Niko, que permite que Jazz le lama la mano mientras lo toca—. Es muy posible que a Risto le haya pasado algo.

CAPÍTULO 22

CELIA

Sevilla, lunes 7 de octubre de 2019

Ha sido ella la que ha insistido en invitarla a un café. Celia acepta la propuesta de Débora y las dos entran en una habitación situada en la parte trasera de la tienda, organizada como un despacho. La peruana prepara la cafetera mientras la detective se sienta en un sillón.

—De verdad, ¡menuda sorpresa que me he llevado cuando la he visto!

A ella también le sorprende que la haya reconocido. ¿Cuántos lectores puede tener? ¿Doscientos? ¿Trescientos? Y da la casualidad de que la que fue pareja de Enrique Mesa está entre ellos. Debe aprovechar la oportunidad que el destino le ha brindado, aunque también tiene que andarse con cuidado. No puede incomodar a esa mujer y que se sienta agobiada por sus preguntas. De momento, cede la iniciativa de la conversación; que coja confianza.

—He leído su trilogía un par de veces. No soy muy buena lectora, pero sus libros me los bebí en poco tiempo. Tiene mucho talento.

—Gracias, me va a poner colorada.

—Lo digo totalmente en serio. ¿Habrá cuarta parte?

—No. Estoy escribiendo otra historia.

—Vaya. Tendré que despedirme de los personajes para siempre. Qué pena que tenga los libros en casa. Me los podría haber firmado.

Tampoco ella sabía que Débora Coronado era su fan. No estaba segura ni de que estuviese en la tienda de muebles. No parece muy afectada por la muerte de Enrique. Tal vez solo sea una pose y la procesión vaya por dentro.

—No estoy acostumbrada a encontrarme con lectores. Normalmente, nadie sabe quién soy. Paso desapercibida por la calle.

—No la creo. ¡Debería ser muy famosa! ¡Si yo fuera editora, no dudaría en ofrecerle un contrato por cinco o seis novelas!

—¡Qué lástima que no lo sea!

Las dos ríen. A Celia le agrada aquella mujer. Ya en los vídeos que ha visto en YouTube le pareció una persona sencilla, de las que no se le sube la fama a la cabeza. Además, le gusta su acento peruano, que no ha perdido.

—¿Hace mucho que tienes la tienda? —se atreve a preguntar la detective mientras Débora sirve los cafés.

—En realidad, no es mía. Es... era... de mi novio. Es un tema complicado.

Y tan complicado: el propietario está muerto. ¿A quién corresponde ahora hacerse cargo de los gastos de aquel sitio? Y las ganancias, ¿para quién son? Celia duda en si tirar del hilo o esperar a que Débora hable por propia iniciativa.

—Es un local muy amplio. Tienes productos de mucha calidad. Me encantan los sofás. He visto uno de piel precioso.

—¿Sí? Puedo hacerte un buen descuento.

—Sería genial. Aunque solo he venido a mirar. Tengo un presupuesto muy ajustado. ¡Los libros no dan para muchos caprichos! ¡O por lo menos para los caros!

De nuevo las dos ríen. Débora le entrega una taza con el nombre del establecimiento y le pregunta si quiere leche y azúcar. Celia opta por tomárselo solo, sin nada más.

—El mundo de los libros no tiene que ser fácil, ¿no?

—Es complejo. Sobre todo si no eres conocida, como me pasa a mí. Son muy pocos los que se ganan la vida con lo que publican.

—¿No te dedicas a nada más? Creí leer que eras... Vaya, no lo recuerdo.

Celia duda en si decirle la verdad o inventarse algo. No arriesga. Si esa mujer acaba acordándose de lo que pone en la faja del último libro que ha publicado y le miente, tendrá un problema.

—Soy detective privado.

Débora no hace ningún comentario al respecto. Coge su taza, a la que sí ha puesto leche y dos cucharadas de azúcar, y se sienta en una silla, pegada a la pared, delante de Celia.

—Es verdad. Ahora lo recuerdo.

—Es una profesión que no da dinero, aunque me sirve para ir tirando.

—¿Perteneces a la policía o algo así?

—No. Voy por mi cuenta —responde Celia, que ha notado que Débora ha cambiado de actitud—. Soy independiente.

—¿Cómo funciona? ¿Tienes un despacho y la gente contrata tus servicios para que investigues?

—Sí, más o menos. Con muchos matices, eso sí.

La peruana da un sorbo a su taza y se queda pensativa. Celia la observa de reojo. Es una mujer muy atractiva, incluso más que de jovencita. A sus casi cuarenta años, no solo conserva un buen físico, sino que su rostro no tiene ni una arruga. Aparenta menos edad de la que tiene.

—¿Has venido por lo de mi pareja?

La pregunta de Débora coge a Celia desprevenida. No esperaba que aquella mujer relacionara su presencia con la muerte de Enrique Mesa.

—Perdona, no te comprendo —responde la detective con la serenidad con la que es capaz de actuar—. He venido a mirar muebles. Voy a hacer unos cambios en casa. Busqué en Internet y me salió la página de esta tienda. ¿Qué es lo de tu pareja?

Ha sabido reaccionar bien. Es el momento de contraatacar. Celia ve una buena oportunidad de transformar aquel momento de zozobra en un punto a su favor.

—Lo siento. Cuando me has dicho que eras detective he pensado que estabas aquí por... ¡Es que no me dejan tranquila!

—No sé a qué te refieres. ¿Qué ha pasado? Si puede saberse...

—La prensa no para de molestarme día y noche y la policía ya me ha interrogado tres veces. Por eso hoy he venido a resguardarme en la tienda. A ver si podía desconectar y dedicarme unas horas a otra cosa. Estoy saturada.

—Pero ¿qué ha sucedido?

—Lo peor que me podía pasar en la vida.

Débora deja la taza en el suelo y cruza los brazos sobre el vientre. Tiene los ojos vidriosos y sorbe un par de veces por la nariz. Celia saca un pañuelo de papel del bolso y se lo da.

—Asesinaron a mi novio el otro día —suelta por fin la mujer mientras se limpia los ojos—. Lo habrás visto en las noticias. El caso Chopin. Creo que en Sevilla no se habla de otra cosa.

—¿Tu pareja es el hombre que mataron en la calle Pedro del Toro?

—Sí, Enrique Mesa. Nos íbamos a casar.

Aquella noticia sorprende a Celia. No sabía que estaban prometidos. Pensaba que se llevaban mal y que la relación no pasaba por su mejor momento.

—Lo siento mucho, de verdad.

—Gracias. Esto me ha dejado hundida. Es como un mal sueño.

—Debe de ser muy duro.

—Muchísimo. No duermo, y apenas como. Y todo el tiempo tengo ganas de llorar.

Celia sabe por lo que está pasando. Le tocó vivir una situación similar hace cinco años. Los recuerdos de lo que le sucedió a Lolo la arrollan, aunque debe mostrar entereza para oír lo que Débora le está contando.

—La noche que lo asesinaron me tendría que haber quedado a dormir con él, y no le habría pasado nada. Fui a verlo, estuvimos discutiendo.

—¿Estuviste con tu novio esa noche?

—Sí, en su piso, pero solo un rato. Últimamente nos enfadábamos por todo. La bronca de esa noche fue porque le conté que iba a regresar a Perú a rodar una película. Soy actriz, ¿sabe?

La detective finge sorpresa y escucha con atención lo

que le relata Débora Coronado. Después de más de doce años sin grabar, una productora mexicana la había llamado para rodar un largometraje en Lima. Se alegró muchísimo, pero Enrique lo vio de otro modo. Se lo tomó muy mal. Tenían que retrasar la boda, porque los dos meses de rodaje coincidían con la fecha que habían elegido para casarse.

—¿Habíais aplazado la boda?

—Aquel día se lo pedí. Pero él no estaba por la labor. Le molestó mucho y se volvió loco. Decía que solo pensaba en mí y que hacía tiempo que no miraba por los dos.

—Eso es injusto.

—Del todo. Él era consciente de lo duros que han sido estos años para mí. Vine a España a crecer como actriz y como persona, y de repente todo empezó a irme mal. Dejaron de llamarme las productoras de acá y las de Latinoamérica. No me escogían ni para anuncios de publicidad. Caí en una horrible depresión, no tenía dinero y tuve que ganarme la vida de mil maneras. Esta era la ocasión para regresar a lo que más me gusta hacer. ¡Volver a lo que me hace feliz de verdad! Una segunda oportunidad.

Pobre mujer. A Celia le conmueven las lágrimas de Débora. No tiene la impresión de que esté fingiendo. Se está abriendo en canal delante de ella.

—Pero ahora estoy muy triste. Sé que Enrique me quería mucho, aunque a veces era demasiado agresivo y posesivo. Yo tampoco soy una santa. Tengo más carácter del que pueda parecer, y me enervo enseguida. Pero sería incapaz de hacer daño a alguien y mucho menos de matar, como ha insinuado la policía.

—¿La policía cree que asesinaste a Enrique?

—No lo sé. Yo fui la que encontró su cuerpo sin vida el jueves por la mañana. Me han apretado mucho en varios interrogatorios —responde Débora, de nuevo con lágrimas en los ojos—. Sé que hay gente que piensa que asesiné a Enrique. Parte de su familia, incluso. Hasta dos de sus sobrinos me lo dijeron en el cementerio. Y le puedo jurar por mi mamá y mi papá, que están en el Perú muy preocupados por mi situación, que yo no asesiné a mi novio. Yo lo amaba, y estaba deseando casarme con él.

CAPÍTULO 23

BLANCA

Sevilla, lunes 7 de octubre de 2019

La presencia de Santiago de Gomar en la redacción ha alborotado a todo el periódico. El alcalde de la ciudad ha ido hasta *El Guadalquivir* para conceder una entrevista que saldrá publicada al día siguiente. Se ha encargado de hacerla Mercedes Reinoso, con la que mantiene una buena amistad. Blanca, al contrario que sus compañeros, no ha prestado demasiada atención. Lo que le preocupa es lo que tiene que entregar a lo largo de ese lunes.

—¿Cómo llevas tu artículo? —le pregunta Blas, que la ve bostezar por enésima vez.

—Es un grano en el culo.

—Muy descriptivo. ¿Tan mal estás?

—Peor. Además, me muero de sueño.

La chica mira fijamente la pantalla del ordenador y se echa hacia atrás. Suspira desesperada. Solo lleva un maldito párrafo. Está atascada. Debe escribir sobre Chopin como ladrón y asesino en la línea que ha elegido el periódico y que no es la que más le convence.

—Voy a traerte un café, a ver si te espabilas.

—No, gracias. No quiero más café. No paro de ir al baño. Tengo que concentrarme.

—Lo sacarás. Ya lo verás.

—No me queda más remedio.

—Ánimo. Si necesitas algo, estoy en mi mesa.

Blanca le da las gracias por el apoyo, aunque también la alivia que Blas se vaya. En los últimos días está bastante pesado. Lo hace con buena intención, pero su comportamiento protector empieza a cansarla.

Durante más de treinta minutos no escribe ni una línea. Puto Chopin... ¿Por qué tuvo que cargarse al tipo ese? Si se hubiese limitado a robar en las casas, como había hecho hasta la noche del miércoles, todo sería más fácil. Reconstruiría los hechos y se centraría en el simbolismo de las partituras que deja como firma y en los objetos y el dinero que se ha llevado. Muy sencillo. Sin embargo, ahora le toca dar mayor relevancia al crimen de Enrique Mesa, algo de lo que ni siquiera está segura de que sea su autor. Ella solo cumple órdenes y no le apetecen más enfrentamientos con las personas que mandan en el medio.

Está desconcentrada. Mientras da golpecitos en el suelo con los pies, vuelve a examinar la carpeta de fotos de su móvil. Se fija una vez más en la imagen del corcho con la información del caso. ¿Tendrá algún sentido lo que ha puesto? Seguramente, no. Se siente algo ridícula por haber estado jugando a los detectives casi toda la madrugada con aquel mural lleno de recortes y pesquisas. Está perdiendo el tiempo, horas de sueño y claridad en sus ideas. Aquel asunto ya no solo es una obsesión; se está convirtiendo en una pesadilla. ¿Está sufriendo el síndrome del impostor?

—¡Blanca! —le grita una mujer delgada y con gafas que camina hacia ella—. La jefa quiere verte en su despacho.

—¿A mí? ¿Para qué?

La secretaria de Mercedes Reinoso se encoge de hombros y le pide que se dé prisa. Blanca se levanta y se guarda el móvil en el bolsillo. Lo que le faltaba. No tiene ni idea de lo que va aquello. Teme que guarde relación con lo que ocurrió ayer por la mañana. La gran discusión, comidilla de los grupos de WhatsApp de la redacción. ¿La va a despedir? De pronto, la chica lo ve todo oscuro y empieza a temblar. Se arrepiente de haber hecho frente a aquella mujer, y desea con todas sus fuerzas que no la echen del periódico. Sería un gran fracaso para ella y para su autoestima.

El despacho de Mercedes es el más grande de toda la redacción, con diferencia. Está en una zona aislada, aparte de la de los subdirectores y la de los jefes de sección. La secretaria, que la ha acompañado, toca a la puerta.

—Adelante —dice una voz femenina desde el interior.

La chica entra en el despacho y contempla a la directora de *El Guadalquivir* sentada detrás de una enorme mesa de caoba. No está sola. Santiago de Gomar ocupa otro sillón. El hombre se pone de pie para recibirla, aunque solo se saludan con la mirada y un gesto con la cabeza.

—Cierra la puerta y siéntate —le pide la mujer, una vez que la secretaria se ha marchado.

Blanca obedece y se acomoda en el sillón libre que le indica su jefa. Mientras, Mercedes saca un folio de una carpeta y se lo entrega a Santiago. El alcalde de Sevilla lo ojea con curiosidad.

—Esa información la escribió Blanca hace unas semanas. Es el primer artículo acerca del famoso delincuente Chopin. Ella dio la exclusiva de que los robos en las casas de Juan de Zayas, López de Gomara y de la calle Panamá estaban relacionados. Además, fue la que reveló el tema de las partituras.

—Enhorabuena, Blanca.

La joven periodista no sabe qué decir. De repente siente mucho calor en las mejillas y se pone muy nerviosa. Casi tanto como cuando les contó a sus padres que a ella le gustan las chicas.

—Gracias, señor. Aunque me limité a hacer lo que debía. Me llegó una información y solo cumplí con mi trabajo —responde con la cara ardiendo.

—No seas modesta —la reprende Mercedes con una gran sonrisa—. Blanca es nuestra periodista más joven. Solo tiene veintidós años y se ha incorporado hace poco. Pero tiene un gran instinto para esta profesión. Y escribe muy bien, por cierto. Ha sido un gran fichaje para el periódico.

Los halagos de su jefa contrastan con todo lo que le soltó ayer delante de algunos de sus compañeros. Eso la confunde, pero también la llena de orgullo. Mercedes está presumiendo de ella delante del alcalde de la ciudad. ¡Menudo *plot twist*!

—Debería haberme hecho ella la entrevista —bromea el alcalde, que suelta una carcajada a la que Reinoso se une.

—No tengas en cuenta el humor de Santiago. Es mejor político que humorista.

La complicidad que hay entre la directora de *El Gua-*

dalquivir y el alcalde de Sevilla se percibe a kilómetros. Blanca no sabe de dónde viene esa amistad, pero calcula que más o menos tendrán la misma edad. A lo mejor fueron juntos al instituto o compartieron alguna extraescolar.

—Tengo algunas preguntas. Este caso nos tiene alerta las veinticuatro horas desde que apareció ese hombre muerto.

—Blanca te dirá lo que necesites, Santiago.

—Gracias, Mercedes, por vuestra colaboración y compromiso —dice el hombre, que cruza las piernas y mira a la chica—. ¿Has vuelto a hablar con tu fuente?

—No, señor. No me ha vuelto a llamar.

—¿Te llama a tu móvil o al periódico?

—A mi número.

—Es policía, ¿verdad?

A Blanca le incomoda la conversación. Nadie en la redacción sabe la identidad de su fuente. A Mercedes le confesó que era una mujer, pero aún no le ha contado que estuvo con ella en el entierro de Enrique Mesa. Tampoco está al tanto de que Ángela es policía nacional.

—No te preocupes por darle datos al alcalde. Estamos colaborando estrechamente. El ayuntamiento es el primero que quiere dar con Chopin y acabar con esto cuanto antes.

A la chica le enseñaron que nunca se debe revelar la identidad de una fuente. Pero en la carrera no te plantean que el que te pida la información sea el alcalde de una ciudad tan importante como Sevilla. No le queda más remedio que responder a la pregunta que le ha hecho el hombre.

—Sí, es policía —confiesa Blanca después de dudar unos segundos.

—¿Sabes cómo se llama?

—Me dijo que se llamaba Ángela. Aunque no creo que sea su verdadero nombre.

—¿Y ella te va informando del caso con asiduidad?

—Más o menos. A principios de septiembre me llamó al móvil y me habló de la relación que conectaba los primeros tres robos. Ese día también me confesó lo de las partituras. Días más tarde, el veinticuatro de septiembre, me contó lo del cuarto robo.

—El día después del de la calle Teodosio. Yo vivo cerca.

—Sí, señor, ese mismo día.

—Te ha mantenido bien informada de todo —dice Santiago, que parece muy interesado y conocedor de la situación—. Ella también te habló de lo que sucedió la semana pasada, ¿verdad?

—Sí. El jueves se puso otra vez en contacto conmigo para contarme que también había sido Chopin el que había cometido el crimen de la calle Pedro del Toro.

—¿Ángela te lo confirmó?

—Sí, me aseguró que había una partitura de Chopin en la casa en la que vivía Enrique Mesa.

El alcalde asiente con la cabeza y deja encima de la mesa de Mercedes la hoja del primer artículo sobre Chopin escrito por Blanca. La chica mira a la directora, que sonríe y le guiña un ojo. No parece la misma mujer con la que discutió.

—Bien. Muchas gracias, Blanca. Le he pedido a Mercedes que, a partir de ahora, cualquier información que te llegue de tu fuente la comentes primero con nosotros.

—¿Cómo? No lo comprendo. ¿Con quién tengo que hablar?

—Conmigo. Yo le pasaré un informe a Santiago antes de que publiquemos nada —dice la directora con serenidad—. La situación no cambia para ti. Mantén el contacto con esa tal Ángela como hasta la fecha y nosotros gestionaremos lo que hacer con lo que te vaya diciendo.

Blanca ha pasado de sentirse nerviosa a indignada. ¿Cómo es posible que su jefa haya accedido a que el ayuntamiento controle de esa manera lo que le llega a ella sobre el caso? ¡Le parece una falta de respeto y una tremenda ofensa a la libertad de expresión e información!

—Una cosilla más —dice Santiago de Gomar después de pasarse las manos por su engominado cabello—. Aunque la investigación sigue abierta y no se descarta nada, la policía y nosotros tenemos muy claro que los cuatro robos y el crimen de Mesa son obra de la misma persona: Chopin.

—Esa es la línea de nuestro medio de comunicación, alcalde. En la redacción ya hemos hablado del tema.

—Me parece muy bien, Mercedes. No queremos que se abran más vías respecto a esto, porque los ciudadanos se preocupan y piensan que las fuerzas del orden van dando palos de ciego. La incertidumbre acaba afectando a la prensa, a la policía y llega hasta los políticos. Todos vamos en la misma dirección y deseamos lo mismo: atrapar a ese miserable. Además, ya tenemos a un sospechoso que podría ser Chopin. Pero no se actuará hasta que estemos seguros.

Las últimas palabras del hombre hacen que por un instante a Blanca se le olvide su gran enfado. ¿Tienen a un sospechoso? ¿Quién es?

El móvil de la joven vibra en el interior de su bolsillo. Su jefa le da permiso para sacarlo y responder. La chica accede. Es un número oculto. Blanca enseguida intuye que puede ser Ángela. No quiere hablar delante de ellos, pero Mercedes insiste en que no se vaya y conteste desde el despacho.

—¿Sí?

—Hola, Blanca. Soy Ángela. ¿Puedes hablar?

La joven se mesa el cabello y mira a su jefa, que no aparta los ojos de ella. No hay nada que hacer. No es capaz de improvisar ni inventar nada coherente para librarse. Tendrá que seguir adelante con la conversación, aunque sea frustrante.

—Sí, dime. ¿Qué pasa?

—Ha vuelto. Chopin ha actuado de nuevo.

—¿Cómo? ¿Dónde?

—En una casa del centro —indica Ángela mientras Blanca se frota los ojos—. Esta vez no solo ha robado en la vivienda. Su dueño ha aparecido muerto en el salón con un golpe en la cabeza.

CAPÍTULO 24

TRIANA

Sevilla, lunes 7 de octubre de 2019

Durante más de una hora esperan a ver si Risto aparece. Triana se dedica a acariciar a Jazz, que no se ha apartado de ella ni un instante. En ese tiempo también le ha enviado un mensaje a Cayetano para decirle que tenían que hablar. Su novio la ha llamado, pero ha preferido no coger el móvil. Finalmente, a través de WhatsApp, han quedado esa tarde en su casa. La decisión está tomada: va a romper con él.

—Tenemos que irnos —dice Niko nervioso por la ausencia de su amigo.

—¿Y qué hacemos con el perro?

—No podemos llevárnoslo. No es nuestro.

—¿Sabes si Risto vive lejos?

—No tengo ni idea. No creo que mucha gente sepa dónde está su casa. Se dedicaba a algo que lo hacía ser muy reservado. A mí nunca me lo dijo.

—Quizá Jazz nos guíe —comenta la chica, que deja que el labrador le lama las manos—. ¿Sabes dónde está tu dueño, bonito?

Niko se la queda mirando con asombro. Él no comprende que le hable al animal, pero posiblemente ese perro sea lo único que tengan para dar con aquel hombre.

—Le ha tenido que pasar algo. Lleva muchos años viniendo a esta calle todos los días. No es casualidad que su perro esté aquí solo.

—No nos pongamos en lo peor. Tal vez haya una explicación lógica para que hoy no haya venido.

—Ojalá sea así —comenta el chico, que continúa muy inquieto.

—A lo mejor Jazz se le ha escapado y lo está buscando por los alrededores.

—Es una posibilidad remota. No creo que sea eso. Ya habría aparecido. Además, habíamos quedado. Me habría llamado para decirme que no podía venir.

Triana también es pesimista respecto al asunto, pero trata de animar al chico, al que ve cada vez más abatido.

—¿Nos vamos entonces?

—Sí, no podemos estar aquí todo el día.

La joven se despide del perro, que los sigue hasta que llegan al final de la calle Doña María Coronel. Jazz se tumba en la acera y se los queda mirando con el hocico pegado al suelo. A Triana se le rompe el alma cuando se gira y lo ve.

—¿De verdad que no podemos llevarlo con nosotros? ¡Me da muchísima pena!

—El perro es de Risto —dice Niko vehemente—. Si le ha pasado algo, que espero que no, ya veremos qué hacemos. Pero yo no puedo tener un animal en el piso. No soy capaz de cuidar de mí mismo como para hacerme cargo de Jazz.

Es una gran responsabilidad. Tampoco cree que su madre la deje quedárselo. Si se presenta con Jazz en casa, echaría al perro y detrás iría ella.

En el autobús de regreso, el ambiente es extraño entre ellos. Triana lo nota. Niko no parece el mismo que el de hace unas horas. Está triste, cabizbajo e incluso un poco arisco. Se asemeja más al que fue al despacho a pedir ayuda que al de la charla de anoche. La chica no sabe cómo animarlo. En varias ocasiones también ha observado que se ha llevado la mano al costado y ha dibujado una mueca de dolor. Le ha preguntado, pero él le insiste en que no le pasa nada y que todo está bien.

Nada lo está, y menos cuando se entera de la noticia. Triana la lee en el móvil. La versión digital de *El Guadalquivir* acaba de anunciar que Evaristo Cuevas ha sido hallado muerto en el salón de su casa. Todo indica que el crimen está relacionado con el caso Chopin, porque ha aparecido una partitura junto al cadáver en una lujosa casa del centro de la ciudad. La joven le muestra la pantalla a Niko, que agacha la cabeza y se pone a llorar.

—Ha sido por mi culpa —se lamenta el joven, que susurra entre lágrimas.

—Tú no eres responsable de nada. Alguien se está haciendo pasar por ti. Está muy claro.

—Esto es una pesadilla. No puedo más.

El chico se levanta del asiento y pulsa el botón para que el conductor detenga el autobús en la siguiente parada. No es la suya, pero Niko necesita aire. La pareja se baja y empieza a caminar sin rumbo. Triana trata de calmarlo, pero el joven no se encuentra bien. Habla de manera atropellada y no presta atención a lo que le dice su amiga.

—Todo esto lo comencé yo. Si no hubiese robado en esas casas y no hubiera dejado esas partituras, Risto estaría vivo. Sí, él es la víctima de mis imprudencias. ¿Cómo he sido tan estúpido? ¡Mi abuelo no me lo perdonaría!

—No digas eso, Niko.

—Es que he sido un auténtico inútil. Esto me viene grande. Me viene grande desde el principio. Ese tipo está asesinando a gente por mi puto egocentrismo. Yo quería hacer historia. ¡Que hablaran de Chopin! Soy el mayor imbécil que ha existido.

—Para ya, por favor.

—Todo ha sido por mi culpa. Han matado a mi amigo por hacer las cosas mal.

—No sabes qué ha pasado. Ni los motivos de ese loco para matar.

—Yo soy ese motivo. Él tenía algo que contarme. Sí, algo importante. Seguramente había descubierto algún dato del asesino de Enrique Mesa. Siempre se enteraba de todo. Se la jugó por mí. Y ahora... está muerto. ¡Está muerto, joder!

Triana se asusta cuando Niko empieza a golpearse la cabeza con las dos manos. No para de gritar que a Risto lo han asesinado por su culpa.

—Tranquilízate, por favor. Tienes que calmarte. Niko, escúchame. ¡Debes tranquilizarte!

Pero el chico no le hace caso. Camina hacia delante y hacia atrás dándose palmadas en la cara y en la frente. Cada vez con más ímpetu. Las personas que pasan a su lado lo observan con desconfianza y miedo. Incluso un chaval le hace un gesto con el dedo en la sien, indicándole que está loco. Triana no sabe cómo salir del entuerto. Más gente se detiene a su alrededor. Alguno hasta lo graba con el móvil. Debe actuar y proteger a su amigo. Así que decide agarrarlo del brazo y guiarlo hasta un callejón próximo. Allí lo abraza con todas sus fuerzas y le habla al oído.

—Tranquilo, Niko. Tranquilo. Tarde o temprano descubrirán al que está haciendo esto.

—Han matado a Risto por mí.

—No lo sabemos. Pero tú no eres el culpable. El único culpable es el asesino —le susurra mientras continúa abrazándolo—. El único culpable es el asesino, ¿de acuerdo?

Son más de cinco minutos los que la pareja permanece abrazada. Poco a poco, el chico se va recuperando. Al fin, las aguas vuelven a su cauce. El joven respira hondo y da las gracias a Triana por su ayuda. Después saca el móvil y se dispone a buscar más información sobre la muerte de Risto.

—No te hagas más daño. Deja que pase un rato antes de leer sobre el tema.

—Estoy convencido de que el asesinato tiene que ver conmigo.

—Es una posibilidad, Niko. Pero no es el momento de averiguarlo. Vamos a tu piso, nos preparamos algo de comer y luego ya vemos qué hacemos.

Triana logra convencer a Niko para que no siga leyendo cosas en Internet y vuelvan a su piso. La chica también está afectada por la muerte de Risto, a pesar de que no lo conocía. Sin embargo, el que realmente le preocupa es él. Empieza a sentir algo especial por aquel joven polaco de flequillo rubio y rostro angelical.

El piso donde vive el chico todavía queda lejos. Sin embargo, optan por ir andando y no coger otra vez el autobús. Triana intenta darle conversación por el camino, pero Niko no tiene ganas de hablar. A veces niega con la cabeza y murmura palabras que no llega a entender. Incluso suelta frases en polaco.

—Voy a llamar a mi madre para avisarla de que sigo contigo —le dice la chica después de un largo silencio—. No quiero que se vuelva a preocupar.

—No le cuentes nada sobre lo que ha pasado, ¿vale?

Triana asiente, se distancia un poco del joven y marca el número de su madre. Celia responde enseguida.

—Hola, hija. ¿Dónde estás?

—En la calle, dando un paseo con Niko.

—¿Todavía sigues con él?

—Sí, mamá. Todavía.

—¿Vais a comer juntos?

—Sí. Aunque después iré a casa.

—Menos mal. Pensaba que no regresarías ni para cambiarte de ropa —comenta Celia, a la que nota algo molesta—. ¿Has hablado ya con Cayetano?

—Por WhatsApp. Nos veremos por la tarde. Tenemos que hablar de varios temas.

—Bien. Mucha suerte. Que sea lo que tenga que ser.

La chica está a punto de despedirse cuando su madre le hace una pregunta para la que no está preparada. Al menos, no todavía.

—¿Te gusta mucho Niko?

—Mamá, ahora no, por favor. Te prometo que cuando nos veamos te explicaré todo lo que ha sucedido en estas últimas horas.

—Es guapo, pero no deja de ser un delincuente.

—Estoy de acuerdo en las dos cosas.

—¿Te sigues fiando de él?

—Más que nunca, mamá. Me fío completamente de él.

Con esa frase, Triana da por zanjada la charla. Tiene muy claro que Niko no asesinó a Enrique Mesa y que ha sufrido la muerte de Risto como si de un familiar se tratase. Además, se siente mal por los robos que cometió. Está segura de que, si le dieran la opción de volver atrás, no actuaría de la misma forma. Aunque si pudiera retroceder en el tiempo y cambiar el pasado, lo más probable es que no se hubiesen conocido. Pero eso no pertenece a la realidad, sino a la ciencia ficción.

—Ya está. Le he dicho a mi madre que voy a comer contigo.

—La verdad es que no tengo hambre.

—Yo tampoco, pero tenemos que coger fuerzas. ¿Hay pasta en tu piso?

—Macarrones. También tengo salsa de tomate y una bolsita de queso rallado.

—Suficiente. El kit perfecto del estudiante que vive solo. ¡Nos vamos a poner las botas!

Las palabras de Triana hacen sonreír a Niko. Es la primera vez desde hace horas. Su sonrisa es bonita. Hace que ella también sonría. No solo eso. Un extraño hormigueo sacude todo el cuerpo de Triana. Le ha sucedido más veces desde que está con él.

Durante el resto del camino los dos se muestran un poco más animados. Aunque Triana no deja de preguntarse qué está sintiendo por aquel chico. Es muy raro, porque ella nunca ha entendido eso que llaman *flechazo.* Es más: jamás ha creído en el amor a primera vista. Lo veía irreal. Lo suyo hacia Niko no ha sido tan exageradamente fugaz. Tal vez, ni sea amor. En cualquier caso, tiene que controlarlo, porque no quiere complicarse más la vida.

—Espera un momento —le dice el chico al llegar a la calle en la que vive—. No podemos seguir adelante.

—¿Qué sucede?

—Mira allí.

Niko señala la acera de enfrente a la de su piso. Hay dos coches de policía aparcados. Cuatro agentes conversan y hacen guardia fuera de los vehículos.

—Han venido a por mí. Estoy seguro.

—¿Cómo se han enterado de que vives aquí?

—No lo sé, pero era cuestión de tiempo.

Triana no sabe qué decirle. Es muy probable que estén buscando a su amigo. Aquello sí que es una sorpresa. El final perfecto para esa mañana de locura.

Dos policías más salen en ese instante del edificio y se dirigen hasta donde se encuentran los coches y sus cuatro compañeros. Da la impresión de que uno de ellos dirige la operación y le da órdenes al resto.

—Me han descubierto. Esto es el fin.

—Aún no te han pillado. No puedes rendirte.

—No tengo a dónde ir, Triana —comenta el joven resignado—. Tarde o temprano me atraparán. Lo mejor es que me entregue y demos esto por concluido. Buscaré un buen abogado.

—¡No! ¡Todavía no! Me niego. Ven a mi casa. Quédate unos días con mi madre y conmigo. Hasta que cojan al verdadero culpable.

—Es imposible.

—¿Por qué? Te cuidaremos muy bien y con nosotras estarás a salvo.

—Es muy arriesgado. No puedo pedirte eso.

—No me lo pides tú. ¡Soy yo la que te lo estoy ofreciendo! —exclama Triana muy convencida de lo que dice—. Ofreciendo, no. Ordenando. Y no aceptaré un no por respuesta. El juego no ha concluido, polaquito.

CAPÍTULO 25

BLANCA

Sevilla, lunes 7 de octubre de 2019

El fallecido es Evaristo Cuevas Morcillo, aunque era más conocido como Risto. Tenía sesenta años y vivía en una lujosa casa en la calle Tomás de Ibarra, en pleno centro de Sevilla. Ciego de nacimiento, solía vender dulces y frutos secos en la calle Doña María Coronel, junto al convento de Santa Inés.

La policía ha acordonado la zona e impide el paso por la acera de los números impares a lo largo de toda la calle.

Blanca ha sido la primera periodista en llegar al lugar del suceso. Mercedes le ha pedido a Blas que vaya con ella, algo que no le ha gustado demasiado, pero que ha terminado aceptando a regañadientes.

—¿Cómo un ciego que se dedica a vender garrapiñadas y paloduces en la calle puede permitirse una casa como esta? —se pregunta el periodista, que toma alguna fotografía de la fachada con el móvil—. ¿Qué puede costar esto? ¿Ochocientos mil euros?

Blanca ha calculado que algo más. Aquella vivienda debe de superar el millón de euros. También ella se ha planteado la misma cuestión. Es imposible que la canastilla dé ingresos para un nivel de vida tan alto.

—Puede que lo heredara de algún familiar —responde la joven mientras revisa algunas notas en su teléfono.

Su fuente en la policía le ha contado que el asesinato ocurrió entre las doce de la noche y las dos de la madrugada. El cuerpo lo descubrió, sobre las ocho de la mañana, la mujer que va a limpiar la casa y a preparar la comida. El cadáver se encontraba en el salón boca abajo, y había un gran charco de sangre alrededor de la cabeza. Posiblemente lo golpearan con un objeto contundente que no ha sido identificado. En una mesa de esa misma habitación han dejado una partitura de Chopin. En concreto, la correspondiente a la página dos del *Preludio en si menor*, opus 28, n.º 6. Un crimen similar al de la calle Pedro del Toro.

—¿Se han llevado algo de valor?

—La policía científica lo está investigando. Aunque parece que han revuelto algunas habitaciones.

—Es un caso muy extraño —comenta Blas después de hacer otra foto a la calle—. Si Chopin quería robar en esta casa, ¿tanto lo estorbaba el ciego como para cargárselo? No creo que le pusiera demasiados impedimentos.

—No sé. Este caso es raro desde hace tiempo.

Blanca vuelve a plantearse si los primeros robos y estos dos últimos, en los que ha habido una víctima, son obra de la misma persona. Su jefa ha sido clara antes de salir de la redacción a cubrir la noticia, todavía en compañía de Santiago de Gomar.

—Queremos que continúes dando lo mejor de ti en este caso, Blanca. Sigue nuestras instrucciones y cuenta a los lectores todo lo que está sucediendo con tu estilo. Pero recuerda: Chopin es nuestro hombre. Pase lo que pase, y hasta que la policía diga lo contrario. Es la línea que debemos seguir por el momento.

En eso, el ayuntamiento, las fuerzas del orden y el medio de comunicación al que pertenece están de acuerdo. Solo hay un camino, y no puede salirse de él.

Después de la llamada de Ángela, salió precipitadamente del despacho de la directora y no pudo preguntarle al alcalde por el sospechoso del que le había hablado. ¿De quién se tratará? ¿Ya han puesto las medidas oportunas para detenerlo?

—Hay algo que me tiene en ascuas y que me estoy preguntando desde que hemos llegado —dice Blas mientras analiza las imágenes del móvil—. No lo entiendo.

—¿De qué se trata?

—¿Dónde está el perro?

—¿Qué perro?

—Evaristo era ciego. ¿No tenía perro guía?

Blanca no sabe nada de ningún perro. Ni lo ha visto ni la policía lo ha sacado de la casa en el tiempo que llevan allí. Si el fallecido vivía con un animal, debería estar en el interior del domicilio.

—Cuando hablen otra vez con nosotros, lo preguntaré. Aunque no creo que sea relevante.

—Si el ciego tenía un perro y vio que atacaban a su amo, a lo mejor intentó defenderlo e hirió al asesino. Esos animalitos son muy fieles y lo dan todo por sus dueños.

—De haber ocurrido, podría ser una buena pista —añade la chica, que lo apunta en el bloc de notas del móvil—. ¿Dónde podría haberse metido?

—Si no se ha escondido en el interior del edificio, tal vez se ha escapado y ande dando vueltas por el barrio.

—Según la mujer que encontró el cuerpo de Risto, la puerta de la vivienda estaba cerrada por la mañana —comenta Blanca, que echa otro vistazo a sus notas—. Si existe ese perro y se ha ido, ha debido de ser durante el robo. El ladrón dejaría la puerta abierta mientras estaba en la casa y el animal se largaría asustado.

—O en busca de ayuda.

—¿Un perro puede hacer eso?

—Esos animales están adiestrados para tareas de todo tipo. Conozco a una persona que se dedica a eso y me ha enseñado vídeos de perros entrenados con los que alucinarías.

—Vale. Pero ni siquiera sabemos si ese hombre tenía perro.

—Espera un segundo, voy a hacer una llamada. Quizá pueda enterarme de algo.

Blas se aleja unos metros con el móvil pegado a la oreja. La idea del perro no se le habría ocurrido. Su compañero tiene muchas horas de calle, y eso se nota en detalles como ese. Al final, no ha sido tan mala idea que haya ido con ella.

Mientras el periodista habla por teléfono, la chica se fija en las casas que están alrededor de la que se ha cometido el crimen. Hay varias que cuentan con ventanas y balcones que dan a esa parte de la calle, desde los que se ve la puerta de entrada. ¿Y si alguien ha observado algo fuera de lo normal? Es probable que alguna persona coincidiera con el asesino al salir a tirar la basura o al volver a casa después de cenar. Imagina que la policía se pondrá en contacto con todos los vecinos y los interrogará. Ella solo puede esperar a que la informen.

—Ya está. Lo tengo —dice Blas, al que se ve eufórico—. Evaristo tenía un labrador negro. Se llama Jazz y es un perro muy tranquilo y cariñoso.

—¿Quién te lo ha contado?

—La hermana Carmen. He llamado al convento de Santa Inés, que está al lado de donde ese hombre se colocaba con la canastilla. Lo conocían muy bien, y también al perro. La monja ya se ha enterado de lo sucedido y está consternada.

Justo en ese momento un policía nacional aparece con un perro de características similares al que ha descrito Blas. El animal parece cansado y ladra cuando llega delante del edificio en el que se ha cometido el crimen.

—Ese debe de ser Jazz —comenta la periodista en voz baja—. Ya lo han encontrado.

—Pobrecillo. Seguro que echa en falta a su dueño. Imagino que ahora le harán pruebas para ver si mordió o arañó al asesino. Ojalá encuentren algo que pueda ayudarles en la investigación.

A Blanca le gustaría estar en la habitación en la que inspeccionen al perro, pero solo es una simple periodista. No le corresponde investigar lo que ha pasado. En algunos momentos se siente como si fuera una detective o una inspectora de policía, pero solo es la encargada de contar lo que sucede. Y no siempre a su manera. Mañana, en la edición en papel, le toca cambiar el artículo que le correspondía entregar por dos páginas en las que escribirá sobre aquel nuevo crimen de Chopin. Órdenes de Mercedes Reinoso.

—Oye, me tengo que ir —le dice Blas, que hace unos segundos ha recibido un mensaje en el móvil que no le ha hecho muy feliz—. Tengo mucho curro y, si no me pongo ya, no llego. Tú te quedas, ¿verdad?

—Sí, no tengo otra opción. A ver si la policía nos cuenta algo más o hay novedades del caso. A lo mejor también tengo que entrar en directo para la tele de *El Guadalquivir.*

—Muy bien. Pues que te sea leve y nos vemos en la redacción cuando vuelvas. O mañana. No te obsesiones con esto y descansa.

La chica asiente y, cuando está a punto de darse la vuelta, se encuentra con su compañero inclinándose sobre ella. Blas le da un beso en la mejilla, muy cerca de la boca. Blanca no lo espera y se queda paralizada. Siente sus labios calientes en la cara demasiado tiempo. ¿Qué coño está pasando? Nunca se habían despedido de esa manera. El hombre sonríe y después se marcha por la acera de los números pares de la calle Tomás de Ibarra.

¿Tiene que dar importancia a lo que acaba de suceder? ¿Solo ha sido un sencillo e inocente beso de amigos que se despiden?

No le da tiempo a pensar mucho en eso, porque una mujer avanza hacia ella y la llama por su nombre:

—Hola, Blanca. ¿Cómo estás?

Ángela no va vestida de policía. Lleva un jersey fino rojo y un pantalón vaquero azul. Le sonríe, aunque rápidamente le pide que la acompañe. La chica obedece y, juntas, caminan hasta la calle de atrás.

—Perdona que me presente así. Imaginaba que estarías aquí. He esperado a que tu amigo se fuera y te quedaras sola. Quería hablar contigo en persona. Creo que te han pinchado el móvil.

—¿A mí? ¿Por qué?

—Porque eres la que está dando todas las exclusivas referentes al caso Chopin. ¿Te parece poco relevante el motivo?

—Pero... a ver... ¿Quién va a querer intervenirme el teléfono? ¡No soy nadie importante! No lo comprendo.

—Este asunto se nos está yendo de las manos, querida. Tenemos un segundo muerto. Y no sé si será el último.

Blanca no entiende nada. ¡Prácticamente acaba de salir de la facultad! Es su primer trabajo remunerado como periodista. ¿Cómo se ha metido en medio de todo ese lío en el que ya han asesinado a dos personas?

—¿Habrá más muertes?

—No lo sé. Es posible. Todo parece probable en esta historia —comenta la mujer, en la que Blanca no sabe distinguir si aquello le divierte o la traumatiza—. Venía a contarte algo. No para que lo publiques en el periódico, por favor.

—¿Entonces? ¿Qué hago con esa información?

—Tenerla en cuenta. Pero te ruego que no la saques. Al menos hasta que yo te lo diga.

—Sigo sin entenderte. ¿De qué se trata?

—Como ya sabes, la persona a la que han asesinado es Evaristo Cuevas, un ciego muy popular que se ponía con su perro y su canasta de mimbre al lado del convento de Santa Inés. Pero Risto no era un simple vendedor de golosinas. Era muchísimo más.

—¿A qué te refieres?

—Ese hombre era el punto de conexión de muchos de

los delincuentes de Sevilla y sus alrededores. Se enteraba de todo, porque todos confiaban en él. La policía lo tenía fichado, aunque jamás lo detuvimos.

Blanca escucha asombrada lo que Ángela le cuenta. Evaristo se había hecho rico gracias a informaciones que llegaban a sus oídos y a filtraciones que llevaba a cabo desde hacía más de cuarenta años. Era el que movía los hilos de los bajos fondos de la ciudad, y cobraba sus servicios a precio de oro.

—¿Por qué no lo arrestasteis?

—Porque también trabajaba para nosotros.

—¿Colaboraba con la policía?

—Sí, desde hace un tiempo. No te puedo decir cuánto porque no lo sé —le explica Ángela, que no deja de mirar hacia todas partes para comprobar que nadie las está vigilando—. Risto nos pasaba información confidencial. Se puede decir que siempre jugaba a dos bandas. Aunque nosotros lo sabíamos y se lo permitíamos. Nos habíamos ganado su confianza. Quizá eso le ha salido caro.

—¿Lo han asesinado por esa razón? ¿Porque alguno de esos delincuentes se enteró de que colaboraba con vosotros?

—Es una posibilidad, aunque no estamos seguros. Pero él fue el que informó a los jefes de la identidad de Chopin.

—¿De verdad? ¿Sabéis quién es Chopin? —pregunta Blanca ansiosa por conocer la verdad.

¡Ángela tiene la respuesta que tanto desea!

—Creemos que sí. Detrás del sobrenombre de ese delincuente que nos está haciendo la vida imposible se oculta el nieto de Dariusz Olejnik, un popular ladronzuelo de guante blanco polaco que murió el año pasado.

—¿El nieto de ese hombre es el responsable de todo esto?

—Sí. O eso nos reveló Risto. Es un muchacho muy joven, pero por lo que ha hecho hasta ahora hay que considerarlo muy astuto y peligroso. Su verdadero nombre es Nikolai Olejnik, al que esperamos no tardar mucho en coger y meterlo entre rejas.

CAPÍTULO 26

NIKO

Sevilla, lunes 7 de octubre de 2019

Que la policía ya haya dado con él no sorprende a Niko. Después de que asesinaran a Enrique Mesa y dejaran una partitura en la casa en la que lo mataron, se lo veía venir. Los robos no son tan importantes como un crimen. En cuanto hay un muerto de por medio, las fuerzas del orden no paran hasta detener a alguien. Por eso acudió a la detective Mayo. Tenía esperanzas de que ella pudiera ayudarle antes de que el asunto se complicara.

Cuando el sábado salió de su despacho, no imaginó que dos días más tarde volvería a tenerla delante. Celia ha escuchado atenta todo lo que Niko y Triana le han explicado. Desde el ataque con arma blanca que sufrió ayer, pasando por la llamada de Risto pidiéndole quedar esa mañana para hablar de algo que no quiso contarle por teléfono, y acabando con la presencia policial en su edificio. Han intentado no dejarse ningún detalle. Sin embargo, parece que la mujer está llena de dudas.

—¿Y la moto de Triana? ¿Qué habéis hecho con ella?

—Triana ha ido a por ella y la ha aparcado a varias calles de mi piso. No la encontrarán —responde el joven después de beber un poco de agua. Tiene la garganta seca—. Nos preocupaba que, a partir del casco, que se ha quedado en mi casa, dieran con la moto e identificaran la matrícula.

—No te preocupes, mamá. El tema de la moto lo hemos solucionado. No sabrán que el casco es mío.

Niko observa a Celia, que parece que no lo tiene tan claro. Seguro que le inquieta que impliquen a su hija en la trama. Sería algo que no se perdonaría. Por esa razón no quería quedarse con ellas. Finalmente, la chica lo convenció de que por lo menos fueran a hablar con su madre y que ella le aconsejara qué era lo mejor que podía hacer.

Para llegar a casa de Triana, la pareja había cogido un autobús hacia el centro. Se habían bajado dos paradas antes de la más cercana y habían caminado un rato. En el futuro, si alguien identificaba a Niko en el interior de ese autobús —algo difícil porque en ningún momento se quitó la capucha de la sudadera—, la policía no sabría a ciencia cierta a dónde se dirigía.

—Otra cosa que he hecho ha sido apagar el móvil antes de venir. No sé muy bien cómo funciona el sistema, pero no quiero que me encuentren por la señal del teléfono. Con las triangulaciones de las antenas y la localización de los satélites es difícil ocultarse hoy en día. En los robos, siempre dejaba el móvil en casa. Por eso me compré otro de prepago. Luego os daré el número.

—Has pensado en todo.

—No me queda más remedio, Celia. Mi abuelo me enseñó cómo funcionan las cosas en este mundo.

—Te debería haber enseñado que no se roba para vivir. Hay otras maneras.

—Lo sé. No es excusa, pero es lo que he aprendido y con lo que me he criado —dice Niko resignado. Bebe de nuevo y sigue hablando—: Si la policía ha entrado en mi casa, habrá encontrado parte del material que mi abuelo robó.

—¿Lo tienes en el piso?

—Sí. En la habitación cerrada con llave en la que está el piano —responde el chico mirando a Triana—. Allí hay cuadros, ropa, joyas y objetos de valor que mi abuelo no logró colocar en su momento y que yo tampoco lo he hecho.

—¿Y lo que tú has robado?

—Está en un pequeño trastero, lejos de donde vivo. Preferí esconderlo en un sitio más seguro. En esa habitación también guardo algunas de las cosas de mi abuelo, pero no me ha dado tiempo a trasladarlo todo.

—¿Tienes papeles del alquiler de ese sitio que te puedan delatar?

—No. Pago en negro a un hombre que ni siquiera sabe mi nombre real. Es un lugar en el que prima la discreción por encima de todo.

La mayoría del dinero sustraído lo tiene en una caja fuerte dentro de ese trastero. Su abuelo le habló de que existía aquel sitio y le pareció buena idea esconderlo todo allí.

—¿Y ahora qué, Niko? —le pregunta Celia mientras resopla.

—Ahora se quedará aquí con nosotras, mamá.

—Yo no quiero molestar.

—¡No molestas! —insiste Triana, que parece que lo tiene muy claro—. Nos sobra una habitación. Quédate hasta que encuentren al culpable de las muertes de esos dos hombres. Luego ya veremos qué hacemos.

El chico no dice nada y mira a Celia. No sabe si está de

acuerdo con lo que plantea su hija. La ve dubitativa. Él no tiene a dónde ir, pero tampoco va a suplicar ni a quedarse donde no quieren que esté.

—No habéis comido aún, ¿verdad? ¿Por qué no preparas algo, Triana? —cambia de tema la mujer.

—Íbamos a preparar macarrones con tomate en casa de Niko.

—Perfecto. Ve calentando el agua y ahora iré yo a echar la pasta. ¿Vale?

Triana asiente y sale del despacho en el que los tres estaban conversando. Niko se queda con Celia. Se ha dado cuenta de que la mujer quiere hablar a solas con él.

—Estamos como hace dos días —comenta la detective con tono serio.

—Yo diría que peor. Ha muerto un amigo y la policía me busca. Las cosas han cambiado bastante.

—Bueno, lo de la policía era de prever. Lo de Risto es una gran tragedia. Lo siento mucho.

El joven chasquea la lengua y se pone de pie. Camina hasta la ventana y mira a través de la persiana, que está echada.

—No os quiero complicar la vida, Celia. Si no me puedo quedar, me iré a otro sitio. A pesar de lo que diga Triana, comprendo que para vosotras no es fácil tenerme aquí.

—No tienes a dónde ir, Niko —le dice la mujer, que también se levanta del asiento y va hacia él—. Cuando te hirieron, llamaste al despacho. Éramos tu recurso. Ahora pasa lo mismo. Somos la única solución que tienes. Y no es por tu culpa. Como bien dices, es lo que te ha tocado vivir.

—Conozco a gente, pero ahora mismo no confío en nadie.

—¿Crees que alguien te ha delatado a la policía?

—Seguro. Según me contó Risto, alguien le había dado el chivatazo de que yo estaba tras los robos. Fui muy estúpido dejando las partituras de Chopin en esas casas. Aunque en su momento me pareciera la mejor manera de honrar a mi ídolo y de que se hablara de música clásica. Pero polaco y en botella.

La última frase hace reír a Celia, que coloca las manos sobre los hombros del muchacho. A Niko le viene a la mente la imagen de su madre después de los conciertos. Cuando terminaba de tocar una partitura y le felicitaba por lo bien que lo había hecho. Se sorprende emocionado.

—No vamos a abandonarte. Puedes quedarte aquí el tiempo que sea. Pero necesito que cumplas con una serie de condiciones.

—¿Condiciones? ¿Muy duras?

—Eso depende de cómo te las tomes.

—Dime, ¿qué tengo que hacer?

—En primer lugar, no salir de casa. Quédate aquí unos días. Hasta que se calme todo. Si alguien te ve entrando o saliendo nos meteremos en un buen lío. Esta tarde iré a comprarte algo de ropa para que puedas cambiarte.

—No hace falta que hagas eso.

—Si vas a pasar unos días con nosotras, te quiero limpio y aseado. ¡Es otra condición fundamental para que te quedes!

Niko sonríe y asiente con la cabeza. Si todo sale bien y se libra de esa, se lo deberá a Celia y a Triana. Así que le toca cumplir con lo que le pida la detective.

—Como hablamos el sábado, yo no puedo ayudarte de manera oficial en esto. Me quitarían la licencia si me involucro en un asunto público —dice la mujer, que vuelve a sentarse—. Pero no me voy a quedar cruzada de brazos. No lo he hecho en estos días.

—¿Has investigado por tu cuenta?

—Más o menos. Después hablaremos de eso, cuando comáis y descanséis un rato. El caso es complejo, y no sé quién puede haberse hecho pasar por ti. Aunque hay cosas curiosas que he descubierto.

—Cuéntamelo, por favor. ¿Qué has averiguado?

—Ahora no, Niko. Poco a poco. Lleváis una mañana de locos. Come, duerme un rato y esta tarde analizaremos lo que yo sé y lo que tú piensas sobre este caso.

—Está bien. ¿Alguna condición más?

—Sí. La más importante: no hagas daño a Triana —responde Celia contundente—. He visto cómo os miráis y es evidente que hay química entre los dos. Ella va a dejarlo con su novio y sé que le gustas.

—¿Cómo lo sabes?

—Porque soy su madre. La conozco desde que nació.

El chico sonríe, aunque no piensa lo mismo que Celia. Triana está siendo muy amable y lo está tratando como poca gente lo ha hecho hasta ese momento. Sin embargo, su sensación es que lo ve más como un amigo o como a un hermano. En cambio él, desde esa mañana, tiene otro tipo de sensaciones cuando está a su lado. Ya no solo a nivel sentimental, que le genera bastante confusión. El impulso sexual cada vez es mayor, pero se ha ordenado controlarlo y no dar pie a que continúe creciendo.

—No te preocupes por ese tema. No va a pasar nada entre nosotros. Acabo de salir de una relación, y Triana todavía tiene novio. Por mi parte, no hay más que hablar.

—Sí que hay más que hablar, Niko. No te estoy prohibiendo que salgas con mi hija o que te enamores de ella. No soy quién para hacerlo. Solo digo que tengas cuidado y que no le hagas daño. Está en un momento muy delicado, y desde hace un par de meses su carácter ha cambiado. Se encuentra en un punto de su vida de constantes variaciones. Ha superado la muerte de su padre y no deseo que sufra porque alguien juegue con sus sentimientos.

—Eso no pasará, Celia.

—Seguro que no. Eres un buen chico. Pero ten cuidado con ella, por favor.

—Ahora solo me interesa salir de esta pesadilla y no liarla más.

—Muy bien. Te tomo la palabra. Yo también quiero que salgas de este problema en el que te has metido y que te han complicado con esas muertes. En lo que pueda te echaré una mano.

El joven se acerca a la detective y extiende el brazo para estrecharle la mano. Celia se la aprieta con decisión.

—Lo que no mata te hace más fuerte.

—No, Niko. Lo que no mata te permite vivir más. La fuerza la tienes que buscar tú cada día. Eso me lo enseñó mi marido.

—Debió de ser un gran hombre.

—Sí, muy grande. Pero todavía no se ha hecho justicia con él. Ahora tenemos que pelear y encontrar la verdad para que sean justos contigo —dice Celia, que ve como su hija aparece de nuevo en el despacho con un paquete de macarrones—. No vamos a permitir que pagues por algo que no has hecho. Esta vez se hará justicia.

CAPÍTULO 27

CELIA

Sevilla, lunes 7 de octubre de 2019

Los chicos han comido y se han ido a descansar, cada uno a una habitación. Celia ha reiterado su apoyo a Niko, aunque ella y su hija han intentado que se hablara de otros temas. Triana se ha pasado buena parte de la comida explicándole al joven cómo es estudiar Bellas Artes en Sevilla. También ha mencionado a Brenda, su mejor amiga, a la que algún día le presentará. Ambas han hecho lo posible para que el muchacho se sintiera cómodo y se olvidara un poco de lo que está pasando.

La detective privado, por su parte, no ha dejado de dar vueltas a los crímenes. Ya está convencida de que el responsable de los asesinatos no es la misma persona que cometió los primeros cuatro robos. ¿Alguien está usando a Niko para beneficio personal o es que están intentando vengarse de él y que lo condenen por esas muertes? Que la policía haya dado con su rastro es señal de que se ha filtrado su nombre. ¿Lo ha delatado el propio asesino?

Celia enciende el ordenador y busca información acerca de la última hora del caso Chopin. En una noticia de la agencia EFE hablan de que la UCO va a ayudar a la Policía Nacional de Sevilla. Con la muerte de Risto era previsible que mandaran refuerzos. A su marido no le sentaba bien cuando esto sucedía, aunque lo entendía y acababa aceptando a los que venían de fuera como apoyo.

La mujer entra en varios medios de comunicación digitales, pero en ninguno lee el nombre de Niko como sospechoso. Ni siquiera en *El Guadalquivir*, que está dando todas las exclusivas del caso. Imagina que la policía esperaba detenerlo para ofrecer su nombre a la prensa e identificarlo como el famoso Chopin. Por el momento, tendrán que resignarse, porque el chico está desaparecido. Para todos, menos para ellas.

> Evaristo Cuevas apareció esta mañana en su casa con una herida mortal en la cabeza. Dio el aviso a la policía su asistenta, sobre las ocho. Un vecino nos ha contado que el perro guía del fallecido estuvo ladrando varios minutos alrededor de la una de la madrugada. No le dio importancia, a pesar de que era un animal muy tranquilo que no solía hacer ruido, y menos por las noches.

Celia anota en su libreta lo que esa periodista de El Guadalquivir TV está contando. Es una chica que lleva gafas, con el pelo corto, morena y muy joven. En el rótulo pone que se llama Blanca Sanz. Cree haber leído artículos suyos en el periódico. ¿Es la que dio la exclusiva de las partituras? Lo comprueba en el ordenador y rápidamente encuentra la información. Sí, es ella. ¿Quién será la persona que le ha filtrado las primicias para su medio?

Según nos han informado las fuerzas del orden, este crimen está relacionado con el de Enrique Mesa del miércoles pasado y también con los robos que se vienen sucediendo en Sevilla en los últimos meses. La policía no descarta que en las próximas horas se produzca alguna detención y pide a la ciudadanía calma y prudencia.

Se van a quedar con las ganas. Celia no cree que tengan más nombres sobre la mesa que el de Niko. ¿O sí? De repente, le entran dudas. Le encantaría salir a investigar y preguntar sobre el caso. Pero no puede. Ya se ha arriesgado bastante por la mañana yendo a conocer a Débora Coronado, la que fue pareja de Enrique Mesa. Menos mal que entre ellas ha habido una buena conexión gracias a que es lectora de sus libros. Cuando se marchó de la tienda de muebles, le prometió que la próxima vez que fuera la avisaría para que le llevara la trilogía y pudiera firmársela.

La mujer no se da cuenta de que ha pasado casi una hora desde que se sentó a ver y leer sobre el caso Chopin. Tiene que salir a comprar ropa a Niko. Su idea es ir a El Corte Inglés de la plaza del Duque. Apaga el ordenador y se cambia. No escucha ruido en el cuarto de Triana ni en la habitación donde duerme su invitado. Esa tranquilidad no le da buena espina, aunque solo es un presentimiento. El silencio absoluto la pone nerviosa.

Fuera hace calor, más del que le gustaría. Se pone los auriculares al salir de casa y escucha música mientras camina. Tiene una lista que le hace recordar épocas mejores. Canciones de los noventa que no ha dejado de oír y que cantaba a pleno pulmón cuando Lolo y ella eran una pareja de jovenzuelos. ¡La de veces que los amenazaron con denunciarlos por escándalo! Aquellas míticas madrugadas de cervezas y paquetes de pipas que se comían sentados en los escalones de los zaguanes de las casas del centro. Suena *Historias de amor* de OBK y se esfuerza por no llorar. Lo consigue a medias. Demasiada tensión. Demasiada presión. Demasiado dolor.

—¿Pagará con tarjeta o en efectivo?

—Con tarjeta, gracias.

—Está muy guay la ropa que ha comprado —le dice una jovencísima empleada que la atiende en el centro comercial—. ¿Es para su hijo?

—Bueno. Más o menos.

—¿Su cumpleaños?

—No. Renovación de vestuario.

—¡Ah! Entonces es un chico con suerte. Ya me gustaría que mi madre hiciera eso por mí. Es usted un chollo.

A Celia le hace gracia el descaro de la dependienta. En Sevilla es habitual esa confianza con los clientes. Además, no la desmiente. Se ha gastado más de cien euros en ropa para Niko, «su hijo». Espera haber acertado con la talla y con los gustos del joven.

Cuando sale de El Corte Inglés, tiene la garganta seca. Uno de sus bares preferidos está en la alameda, muy cerca de allí. Hay sitio en la terraza. Se sienta y pide un refresco de naranja y un montadito de carne *mechá*. Lolo trabajaba en la comisaría del distrito Centro, al final de la avenida, e iban bastante a aquel local a comer lo mismo que ella ha pedido. Más recuerdos.

Una idea pasa por su cabeza. Saca el móvil y envía un wasap. Tal vez no pueda ser, pero por probar no pierde nada. A los pocos minutos recibe la respuesta:

JAVIER MONTESORÍN
Estoy un poco liado, aunque tengo muchas ganas de verte. Espérame media hora y, si no aparezco, es que no me he podido escapar.

Finalmente, Javier Montesorín hace un hueco y acude al bar en el que Celia acaba de pedir un segundo refresco de naranja. El inspector jefe de la Policía Nacional la saluda con dos besos y un cálido abrazo. Después se sienta y llama al camarero para que le ponga una botella de agua con gas.

—Estás igual de guapa que siempre. Los años no pasan por ti, Celia.

—No es cierto. Cada día me encuentro una arruga nueva.

—Yo sí que me veo cada vez con más entradas y el pelo más canoso —dice el hombre pasándose las manos por su cabeza rapada al dos—. Aunque lo disimule con este peinado de bola de billar.

—A mí me parece que estás como siempre.

—Gracias, imagino que es una especie de piropo. ¿Tú cómo estás? Ayer te noté un poco baja de moral por teléfono. Aunque lo vi normal, siendo el día que era.

—Mi ánimo sube y baja dependiendo casi de la hora que sea. La incertidumbre del trabajo, una hija postadolescente y las numerosas facturas de cada fin de mes no me dejan dormir demasiado. Pero, bueno, voy tirando, que no es poco.

—Es que en menudo lío te metiste con eso de ser detective privado. Cuando me enteré, pensé que te habías vuelto loca.

Mucha gente lo creyó. Pero después de estar investigando, como pudo y le dejaron, la muerte de su marido, sintió que eso era lo que quería hacer. Estudió, se preparó y se sacó la licencia. Después todo fue muy difícil, porque no todo el mundo acepta que una mujer investigue un caso, y porque ella renunció a los asuntos relacionados con infidelidades.

—Mejor no hablemos de mis idas de cabeza —dice Celia, que no ha quedado con él para cuestionarse la existencia—. Te he visto por la tele. Das muy bien en cámara, por cierto.

—Me veo gordo, la verdad.

—Estás muy fuerte, Javier. De gordo nada.

—No sé. No me gusto mucho. Pero me ha tocado dar la cara en el caso de Chopin. ¡Qué le vamos a hacer!

—Lo haces muy bien, de verdad. Menuda trama. Robos, ahora muertos. Es muy interesante lo que se cuece en esa historia.

El inspector jefe bebe de su agua con gas y mira con recelo a su vieja amiga. Apoya los codos en la mesa y le sonríe.

—No me habrás pedido que venga para fisgonear sobre eso, ¿verdad?

—Para nada. Lo que pasa es que es el caso más mediático que recuerdo en los últimos años y tengo mucha curiosidad. ¿Tenéis ya algún sospechoso?

—Sabes que no puedo hablar de eso, Celia.

—Ya, ya. Lo sé. Es confidencial.

—Tú mejor que nadie conoces las normas.

—Y tú mejor que nadie sabes que soy muy discreta. ¡Si prácticamente pertenezco al cuerpo! La de horas que me he pasado en la comisaría de Sevilla Centro.

El hombre bebe otro trago. Mira fijamente a la detective y cruza las piernas con una sonrisa permanente en la cara. A Celia le da la impresión de que se siente importante y que le divierte la conversación.

—Vale, ¿qué quieres saber?

—¿Qué me puedes contar?

—Nada. Por mucho que tu marido fuese uno de mis mejores amigos y uno de los mejores policías nacionales que yo he conocido. Pero...

—¿Pero qué?

—Pero me alegro de que me hayas llamado y de que hayas querido verme. Así que, para celebrarlo, te voy a contar tres cosas. Aunque, por supuesto, no puedes decir nada a nadie. Me la jugarías a mí y tú también te pondrías en peligro.

A Celia se le iluminan los ojos.

—Te prometo que de aquí no sale. Cuéntame, por favor. Me tienes muy intrigada.

Se pone muy nerviosa y se echa hacia delante para escuchar lo que Montesorín va a decirle.

—Ya sabemos quién es Chopin, aunque todavía no lo hemos atrapado.

—¡Lo sabéis! —exclama la mujer haciéndose la sorprendida—. ¿Y quién es?

—Un chaval polaco. Su abuelo ya nos tocaba los huevos a dos manos, aunque nunca llegó tan lejos como este chico. Estamos tras su pista.

—¿Sabéis dónde está?

—Todavía no. Aunque hay agentes buscándolo por toda la ciudad.

Celia intenta no inmutarse con lo que Javier le cuenta.

Imaginaba que la policía y ahora también la UCO se habían movilizado por Sevilla para encontrar a Niko. Por eso es vital que no salga de su casa. Se lo recordará cuando regrese.

—Dos: hemos estado en el piso donde vive el chico y allí hemos descubierto un casco de moto de mujer. Además, había restos de comida para dos y cabello femenino en el baño. Se está analizando para ver si la tenemos fichada en nuestros archivos. Así que, posiblemente tenga una cómplice. Tal vez sea su novia o alguna amiga.

Aquella información derrumba a Celia, que procura disimular su preocupación. Sin embargo, lo que le ha anunciado Montesorín ha sido como clavarle un puñal en el pecho. Tienen cabello de Triana. Eso, a la larga, puede ser una prueba para incriminarla.

—¿Te encuentras bien, Celia? —le pregunta Montesorín, que la mira inquieto después de leer un mensaje que le acaba de llegar al móvil—. Estás temblando y se te ha desencajado la cara.

—¿Sí? No sé. Me ha dado un poco de frío de repente.

—¡Pero si hace un calor de mil demonios! Es octubre, y a veces parece que estemos en julio.

La mujer sonríe e intenta calmarse. Realmente, solo tienen eso. Los análisis de cabello tardan siglos, y no es seguro que sepan que pertenece a su hija. De hecho, no tendrían por qué saberlo.

—¿Y la tercera cosa que me vas a revelar?

—El tercer dato te lo diré si te vienes a cenar conmigo esta noche. Me gustaría tener más tiempo para charlar contigo y ponernos al día. Una conversación tranquila con buena comida y un buen vino delante. Ahora me tengo que ir. Me acaban de decir que la directora de *El Guadalquivir* está esperándome en la comisaría. Me dan pereza los medios, pero hay que aceptarlos. Ellos hacen su trabajo.

—Ese medio en concreto parece que lo hace muy bien. No se les escapa una. Están dando todas las exclusivas del caso. ¿Sois vosotros los que se las estáis filtrando?

—A mí no me mires. No sé nada de eso —responde Montesorín sonriente—. Bueno, qué, ¿aceptas que te invite a cenar?

CAPÍTULO 28

—

TRIANA

Sevilla, lunes 7 de octubre de 2019

Aunque está bastante cansada y cierra los ojos durante un buen rato, Triana no logra dormir. Ha tenido varias veces la tentación de ir a ver a Niko, pero ha preferido no hacerlo. No quiere agobiarle.

Mira el móvil, que había dejado en silencio, y ve un mensaje de Cayetano.

CAYETANO
Te espero a las cinco en el Starbucks de La Campana.

No le apetece, pero debe solucionar aquel tema lo antes posible. Así que se cambia de ropa, se maquilla un poco y se dispone a salir de casa. Su madre no está, y Niko parece que todavía duerme en la habitación de invitados. No quiere despertarlo. En un folio escribe con rotulador: «He salido. Vuelvo en un par de horas». Deja la hoja encima de la mesa del salón y se marcha.

De camino a la cafetería llama a Brenda, con la que no habla desde ayer y a la que debe una respuesta:

—Dime, loca.

—Hola, Bren. ¿Qué haces?

—Estoy discutiendo con mi madre. Se queja de que no la ayudo en casa. ¿Tu plan es mejor?

—Voy camino del Starbucks para romper con Cayetano —responde Triana, que se da cuenta de la importancia de lo que va a hacer cuando lo dice en voz alta.

—¿No lo hiciste anoche?

—No, al final no cenamos juntos. Hemos quedado ahora.

—Vale, ya decía yo que era raro que no me escribieras o me llamaras. Pensaba que no tenías muchas ganas de hablar y por eso no he insistido.

—Perdona. Desde ayer mi vida es una locura, pero tengo que arreglar esto de una vez por todas. No puedo alargarlo más.

—Estás haciendo lo correcto, Triana. Porque es lo que quieres.

¿Es lo que quiere de verdad? Sí, aunque hasta hace nada lo ha dudado mucho. Es hora de cerrar una etapa y empezar una nueva. Desde hace semanas no siente lo mismo por Cayetano. Nunca pensó que le sucedería. Estaba muy enamorada de él y le sigue queriendo. Pero ya no es como antes.

—Oye, has dicho que desde ayer tu vida es una locura. ¿Qué ha pasado? ¿No tendrá que ver con un chico mono rubio, con un aro en la oreja?

—Ahora no tengo tiempo, Brenda.

—¿Eso es que sí? El rubio es el clavo que saca al otro

clavo. O en este caso que se meterá en donde se metía el otro...

—¡Bren! ¡Para! ¡No digas tonterías!

La carcajada de su amiga hace que tenga que apartarse el móvil de la oreja. Tiene una risa demasiado estruendosa. A ella también le ha hecho reír aquel juego de palabras. Aunque no ha pensado en Niko de esa forma. Bueno, solo un poco. Debe reconocer que físicamente el chico está muy bien.

—Apenas conozco a Niko. No hay nada con él.

—Ya. Y yo soy tu mejor amiga desde hace no sé cuántos años. No me engañas, Triana.

—Solo he pasado la noche en su casa.

—¿En su casa? ¡Qué dices! ¿Os habéis acostado?

—¡No! ¡Nada de eso! Solo hemos dormido juntos. Te lo juro.

—¡Alucino contigo! ¿Cuándo me lo vas a presentar?

Cuando la policía encuentre al asesino que se está haciendo pasar por él y solo sea juzgado por los robos de las casas que tiene en vilo a toda Sevilla.

—De momento, nunca. Solo es un...

En realidad, no sabe definir su relación con él. ¿Amigo? Tampoco ha pasado el tiempo suficiente como para considerarlo de ese modo. A pesar de que en dos días han vivido situaciones que les han hecho acercarse y conocerse bastante bien. Y también está la charla de anoche. Le recordó a las que mantenía con Cayetano cuando empezaron a salir. A esas madrugadas en las que hablaban de un montón de temas sin cansarse y terminaban en sexo. Con Niko, evidentemente, faltó lo segundo, pero tampoco se le pasó por la cabeza.

—No quiero presionarte más, Triana. Ya me explicarás lo que quieras cuando nos veamos. ¿También faltarás mañana a la universidad? —pregunta Brenda, a la que intuye una sonrisa al hablar.

—No, mi idea es ir. Lo de hoy ha sido una excepción.

—Vale, pues desayunamos juntas y me cuentas. Que te vaya bien con Cayetano. ¡Mucho ánimo!

Triana le da las gracias por el apoyo y cuelga. Está cerca del Starbucks en el que la espera su novio. Se da cuenta de que le sudan las manos y siente cómo le late muy deprisa el corazón. No será fácil despedirse de él, pero ya no hay marcha atrás. Es una decisión firme. Necesita hacerlo.

Va a cruzar la calle cuando en la acera de enfrente ve a dos policías junto a la puerta del Starbucks. El más bajito se la queda mirando. Duda en si ir hacia la cafetería, sobre todo porque le da la impresión de que están hablando de ella. ¿Sugestión? ¿Le va a pasar cada vez que se encuentre con alguien de las fuerzas de seguridad del Estado? No ha hecho nada malo. «Solo» está encubriendo a un joven al que buscan por asesinato. ¡Mierda! ¿Cruza? Son las cinco en punto; Cayetano ya debe de estar adentro. No se atreve a avanzar. Sus pies se han clavado en el suelo y le tiemblan las rodillas. ¡No quiere ir a la cárcel!

Triana no se mueve. En cambio, la pareja de policías comienza a andar hacia ella. La joven está a punto de echar a correr. No serviría de mucho. La terminarían pillando a los pocos segundos de arrancar o seguro que tropezaría con alguien en su huida y acabaría rodando por el asfalto. ¡Ella no es una criminal, pero sí una patosa de primera! Opta por quedarse quieta y reza para que pasen de largo. No lo hacen. Es más, se detienen delante.

—Buenas tardes —la saluda el policía más bajo, que tiene cara de bulldog enfadado—. Sabemos quién eres.

—Lo estábamos comentando. Te hemos reconocido —dice el otro hombre, que rondará los cuarenta y cinco años—. Triana Velázquez, ¿verdad?

La joven se queda en blanco, aunque logra responder afirmativamente. La han pillado. Ahora es cuando le piden el carné de identidad y toman sus datos. Se la llevarán a comisaría y le harán la ficha policial. ¿Le pondrán algún tipo de fianza para dejarla en libertad?

En cambio, no ocurre nada de eso.

—Nosotros éramos amigos de tu padre. Lolo era un hombre fantástico.

Las palabras del policía más bajito la cogen desprevenida. ¡No la van a detener! Solo querían hablarle de su padre.

—Cada seis de octubre, en la comisaría de Sevilla Centro, guardamos un minuto de silencio en su honor. Es un día muy triste para todos nosotros.

—Sí, Triana. El inspector Velázquez falleció, pero no dejaremos que su memoria se pierda en el olvido.

A la chica le emociona lo que le dice la pareja de policías. Su padre se llevaba bien con todos sus compañeros. Recuerda que en el cementerio muchos lloraban mientras le daban el pésame a su madre y a ella. A lo mejor estos dos también estuvieron en el entierro.

—La última vez que te vimos eras una niña. ¿Cuántos tienes ahora? ¿Diecisiete?

—Dieciocho —responde Triana roja de la vergüenza.

—¡Madre mía, cómo pasa el tiempo!

La pareja de policías intercambia recuerdos de esa época. La chica mira el reloj y se disculpa por tener que marcharse. Ha quedado, y ya llega tarde. Los hombres se despiden de ella y le insisten en lo buen tipo que era su padre. Triana les da las gracias por todo y sale corriendo hacia el otro lado de la calle. Ha pasado del susto por lo que pensó en un principio a la alegría por lo que al final ha sucedido. Le debe una al inspector Velázquez.

La joven entra en el Starbucks de La Campana, donde está sonando *No puedo vivir sin ti,* de Los Ronaldos. Le parece una broma de mal gusto. Echa un vistazo a su alrededor y no lo encuentra. No está en la pequeña mesa de la entrada ni en la barra situada en el centro de la planta baja. Tampoco en la fila para pedir. Sin embargo, cuando alza la mirada lo ve. Se ha sentado arriba. Tiene apoyado un brazo en la barandilla y en ese instante examina su móvil. A lo mejor está enviándole un mensaje para decirle que ya ha llegado. Pues sí, el teléfono vibra en el bolsillo de su pantalón. Triana saca el *smartphone* y lee el wasap que le acaban de mandar:

CAYETANO
Ya estoy aquí. No he pedido todavía.
Te espero sentado en la planta de
arriba. Aunque no te lo creas, me
apetece mucho verte y un *frappuccino*
de vainilla.

Aquel mensaje se lo pone todavía más difícil. Que tenga ganas de verla no es lo que ahora quiere oír.

Triana sube las escaleras y camina hasta la mesa en la que está Cayetano. El chico se levanta y le da un beso en los labios. Es su saludo habitual, así que no se aparta. Ya tendrá tiempo de decirle que aquel es el último que se dan en la boca.

Está muy guapo y huele fenomenal. Siempre ha sido un tío que se ha cuidado bastante. Lleva el pelo perfectamente cortado, la cara bien afeitada y viste de manera *casual*, pero con ropa buena. No es uno de esos pijos típicos, aunque en ciertos momentos podría pasar por uno de ellos.

—¿Qué quieres? Hoy pago yo —dice el joven, que le pide que se siente para guardar la mesa—. ¿Un *frapu* de fresa con nata?

—Sí, gracias. Pero...

—No te preocupes. Te invito. Por dejarte plantada anoche. Fui un estúpido y esto es lo menos que puedo hacer.

El chico no le permite replicar, aunque Triana pone diez euros sobre la mesa. Cayetano no los coge y baja la escalera a toda velocidad. La joven se guarda el dinero y se sienta. Aquello no va a resultar tan fácil como había pensado. Su todavía novio sigue siendo un buen chaval y, a su manera, le ha pedido disculpas por lo de la noche anterior. ¿Por qué no siente ya nada por él?

Hay mucha gente en la cola, así que el joven tarda bastante en volver. A Triana se le hace eterno, y no deja de pensar en cómo decirle que se ha acabado. Cuando sube de nuevo, Cayetano le entrega su dulce bebida y la besa antes de sentarse. No es como el de antes. Ese beso es especial. Intenso. Rico. Incluso sexual. Y lo que es peor: ese beso le ha gustado. ¿Puede un simple choque de bocas remover todo lo que piensas, sientes y crees? Casi seguro que no, pero te hace dudar. En especial si es con la persona a la que más has querido en los últimos dos años.

—Vuelvo a pedirte perdón y a decirte que he sido un

estúpido contigo. Que te mereces lo mejor del mundo y yo no te lo he dado.

—No te ralles más. Ya te has disculpado bastante —le reprende Triana, que ha dado un buen sorbo a su bebida de fresa mientras él hablaba—. Cariño, yo...

Se prometió a sí misma no llamarle más cariño ni amor, pero no ha cumplido su promesa. Ha sido mucho tiempo juntos. ¡Y aún es su novio!

—... Tenemos que hablar de... lo que pasa —dice Triana muy nerviosa.

—Lo sé. Sé que lo nuestro ha cambiado. Me he relajado un poco en nuestra relación. Lo reconozco. Lo he hecho mal. Tú también has empezado con algo nuevo. Es normal que..., bueno, no sé. No sé ni qué decir. Solo que te quiero. Te quiero. Y te quiero como nunca antes te había querido. Vaya, joder. Me ha salido una especie de trabalenguas.

Cayetano se ríe nervioso y bebe de su *frappuccino* de vainilla. Triana, en cambio, está muy seria. Le acaba de soltar una declaración de amor en toda regla. Le ha vuelto a decir que la quiere con la misma intensidad de las primeras veces. No ha sido impostado. Lo ha hecho desde la sinceridad.

—Te quiero, Triana —dice el muchacho cuando recupera las fuerzas para hablar—. Y no quiero que me dejes. Porque sé que si has quedado conmigo es para dar por terminada la relación. Pero te puedo asegurar algo: nadie jamás, ni en Sevilla, ni en París ni en Estambul, te va a amar como te amo yo. Dame la oportunidad de demostrártelo.

CAPÍTULO 29

BLANCA

Sevilla, lunes 7 de octubre de 2019

Menudo día lleva. Odia los lunes, pero a aquel le ha cogido especial manía. Ha tenido que redactar la noticia del crimen de Evaristo Cuevas para la web, escribir el artículo de mañana para el periódico y ha intervenido tanto en la radio como en la televisión de *El Guadalquivir.* ¡Y es la que menos cobra de toda la redacción! Pero a Blanca lo que no se le quita de la cabeza es lo que antes habló con Ángela. Ya sabe quién es Chopin, aunque no pueda decir nada, y mucho menos publicarlo. Eso no significa que no tenga derecho a investigar. Imagina que su fuente ya contaba con que lo haría. Sin embargo, en Internet no hay información de Nikolai Olejnik. Ni siquiera tiene redes sociales asociadas a ese nombre. Tampoco ha encontrado en Google datos sobre su abuelo, Dariusz.

—Los dos vinieron a España hace unos siete años —le comentó Ángela esa mañana en el lugar del segundo crimen—. El abuelo nos dio algún que otro quebradero de cabeza, aunque nunca traspasó el límite que supuestamente ha cruzado su nieto.

—¿Estáis seguros de que ese muchacho es el asesino de Mesa y Cuevas?

—Blanca, ya sabes lo que pienso de este asunto. Sin embargo, lo único que te puedo decir es que arriba lo tienen clarísimo. Chopin es el responsable de los robos y de las muertes. Ese chico es Chopin casi con total seguridad. Termina tú lo que falta de la ecuación.

Nikolai Olejnik es el ladrón de las partituras y el asesino de los dos últimos robos. Si fuese así, ¿por qué los mataría? ¿Solo porque se vio sorprendido cuando estaba robando en esas casas?

No tiene sentido. Hay cosas que a Blanca no le cuadran y no las comprende. Además, tanto el primer fallecido como el segundo estaban ligados al mundo de la delincuencia en Sevilla. Seguro que se conocían y que mucha gente les tenía tomada la matrícula. ¿Por qué un muchacho que solo se había dedicado a robar sin sangre hasta el crimen de la calle Pedro del Toro iba a matar a dos personas?

Algo se le escapa, y no está ni mucho menos convencida de que la policía no esté ocultando información sobre el caso. Tal vez lo que le llega a través de Ángela solo sea una pequeña parte de lo que está sucediendo. La porción para que la prensa no husmee más de lo necesario y controlar la información que debe conocer el ciudadano de a pie.

Pensar en eso la está volviendo loca. Que el alcalde de Sevilla también se haya implicado en el asunto es todavía más sospechoso. A partir de ahora, lo que escriba pasará un filtro previo. En primer lugar, lo leerá su jefa y, después, la persona que el ayuntamiento decida. A saber lo que terminará saliendo de sus artículos originales.

Agotada, se toma de un trago un nuevo café solo de la máquina de la redacción y a continuación va al baño. Antes de llegar, le suena el móvil. Es su madre. Seguro que está intranquila por lo que ha pasado, así que decide responder para que no se preocupe.

—Hola, mamá, ¿qué tal?

—¡Hija! Te hemos visto por la tele. Qué mala cara tenías.

—Muchas gracias. Qué amable.

—Es la verdad, Blanca. Tu aspecto no era el mejor. Con lo guapa que tú eres.

—Ha sido una conexión rápida y bastante improvisada. No me han podido maquillar —le aclara mientras se arrepiente de haber cogido la llamada—. Estoy en la redacción del periódico. No tengo mucho tiempo para hablar.

—Como siempre.

—Sí, mamá. Como siempre que me llamas cuando trabajo.

—¿Te encuentras bien?

—Perfectamente.

—Nosotros no. Estamos preocupados por ti, Blanca. Tu hermano dice que ese tipo terminará yendo a por la periodista de las exclusivas. Es decir, tú.

—Sergio solo suelta tonterías.

—Ya ha asesinado a dos personas. No son tonterías.

—No le hagáis caso. Nadie va a venir a por mí. Por favor, no os preocupéis. Yo solo informo de la actualidad. Nada más.

Su hermano sigue siendo igual de imbécil que siempre. ¿Cómo les dice eso a sus padres sabiendo como son de aprensivos? Luego le enviará un wasap para echarle la bronca, aunque cree que no servirá de mucho.

—Mamá, tengo que dejarte. Todo va bien, de verdad.

—Bueno, no me quedo más tranquila. Pero, si tú estás segura de lo que haces, nosotros te apoyamos. Como siempre.

—Gracias. Dale un beso a papá de mi parte.

—Lo haré. Y píntate un poquito la próxima vez que salgas en la tele. ¡Y cámbiate de gafas! Esas te hacen parecer una señora mayor.

Después de ese último consejo, Blanca cuelga y entra en el baño. Que su familia esté tan preocupada por ella no hace más que dificultarlo todo. Se siente muy cansada, con la cabeza a punto de estallar. Mientras se lava las manos, ve por el espejo que aparece Blas. Nunca le ha importado que los baños de la redacción sean unisex, aunque al principio le resultaba raro.

—¡Ey! ¿Qué tal? Menudo día tan movidito que llevamos —le dice su compañero, que se coloca junto a ella y se lava las manos.

Desde que regresó al periódico, apenas han cruzado palabra. Cada vez que Blas intentaba acercarse, le decía que no podía detenerse a charlar, que estaba muy liada. Y es que Blanca aún le da vueltas al beso que le ha dado por la mañana. Sus labios se han quedado en su cara más de la cuenta y se ha acercado demasiado a su boca. Quizá solo haya sido un gesto cariñoso y le está dando más importancia de la que debería. Pero ¿y si no se ha tratado de un simple beso de despedida en la mejilla?

—No tardaré en irme —dice la chica, que cierra el grifo y coge papel para secarse.

—Ni yo. Estoy harto del lunes. ¿Te llevo a casa?

—No, no hace falta. Gracias.

—De verdad que no me cuesta nada. Estarás tan cansada como yo y querrás llegar cuanto antes. Son cinco minutos más de camino para mí y un ahorro de más de media hora para ti.

—Cogeré el bus, Blas. No te preocupes.

Blanca no espera a que su compañero le insista otra vez y se marcha del baño, todavía con las manos mojadas. Se está poniendo muy pesado, y no soporta a la gente pesada. A lo mejor solo está preocupado por ella. Le ha contado que apenas duerme, que le dedica muchas horas al caso Chopin y que se siente agotada. Es normal que un amigo quiera ayudarla. Sin embargo, Blas la está agobiando.

No ha llegado a su mesa cuando vuelve a escuchar su voz:

—Oye, ¿estás enfadada conmigo?

La joven resopla y se gira hacia él. Lo vuelve a tener delante. Está a punto de gritarle que la deje en paz y que no la moleste más en lo que queda de tarde. Que no quiere que la lleve en coche ni que le envíe mensajes para animarla. Pero se contiene y le habla con tranquilidad:

—No, claro que no. Es que me apetece estar sola y no hablar con nadie. Estoy con mucha presión últimamente y me agobio enseguida. Lo entiendes, ¿verdad?

—Por supuesto. Me he sentido así muchas veces.

Sin embargo, una cosa es que Blas le asegure que entiende lo que le ha dicho y otra que le haga caso. Porque el hombre, en lugar de marcharse, se echa encima de Blanca. Sin que lo espere, su compañero le da un abrazo. Nota su cuerpo pegado al suyo y la respiración en su cuello. Además de sorprendida, se siente incómoda. Empujándole con las manos y los codos, se libra de él. No es demasiado brusca, pero sí lo suficiente para darle a entender que no desea ese abrazo.

—Solo pretendía hacerte sentir mejor.

—No hace falta. Gracias.

—Me voy a casa. Hasta mañana —se despide el periodista, que parece enfadado.

—Hasta mañana.

El hombre va hasta su mesa, recoge las cosas y no tarda en irse de la redacción. Blanca no sabe cómo interpretar lo que está ocurriendo con Blas. ¿Está viviendo un episodio de acoso? ¿Solo son gestos amistosos que no debe exagerar?

Se sienta en la silla y levanta la pantalla del portátil, aunque ni siquiera la mira. Sigue alterada. No le ha gustado la actitud de su compañero. No quiere a un guardaespaldas a su lado. Cuando necesite algo, se lo pedirá. Mientras, que ni se acerque. Y menos físicamente.

—¿Todavía estás aquí? —le pregunta una mujer delgada y con gafas, vestida con una blusa blanca y falda de tubo. Lleva un paquete bajo el brazo.

Blanca no sabe el nombre de la secretaria de Mercedes Reinoso. Cree que se llama Úrsula o Anastasia. Algo así. Apenas han hablado en el tiempo que lleva en el periódico y odia su voz nasal, que le recuerda a Janice de la serie *Friends.*

—En diez minutos me voy.

—Me ha gustado cómo has dado la noticia por la tele. Si te aburres de escribir, pásate por alguna televisión. Te contratarán.

—Gracias, pero eso no es lo mío. Me dan mucho respeto las cámaras.

—Tú verás. Yo no me lo pensaba. Pagan mucho mejor. Ya me gustaría a mí tener tu rostro y tus años.

A la chica le sorprenden los halagos de la secretaria personal de la directora. Esta mañana la ha acompañado al despacho de la jefa. Pero la de ahora debe de ser la charla más larga que han mantenido hasta el momento. Le vuelve a dar las gracias por los piropos y se centra en la pantalla del ordenador. La mujer se aleja anunciando que también se marchará en breve del periódico y que no aguanta más esos tacones. Blanca sonríe al escucharla y le viene de nuevo a la cabeza la exnovia de Chandler en una de sus series preferidas.

—¡Oh, Dios mío! —dice en voz alta recordando la frase más famosa de aquella actriz de *Friends*.

Durante unos minutos, no puede parar de reír casi a carcajadas de su ocurrencia. De pronto, un gran estruendo sacude la redacción de *El Guadalquivir*. Las cosas que tiene sobre la mesa caen al suelo y las luces de los fluorescentes comienzan a parpadear. Ve correr a sus compañeros. Algunos se dirigen a la puerta de salida. Otros van hacia la zona del estallido. A Blanca le pitan los oídos y la cabeza le da vueltas. Todo es muy confuso, aunque parece que se ha producido una explosión. La chica no reacciona y, en *shock*, observa lo que sucede desde su mesa. ¿Qué diablos acaba de pasar? No tardará en enterarse de que el paquete que llevaba la secretaria de Mercedes Reinoso bajo el brazo era un artefacto explosivo dirigido a la directora de *El Guadalquivir*.

CAPÍTULO 30

—

NIKO

Sevilla, lunes 7 de octubre de 2019

No esperaba quedarse dormido, pero el cansancio ha terminado por vencerle. Cuando Niko se despierta, está desubicado. Le cuesta unos segundos darse cuenta de dónde se encuentra. Aquella habitación no es muy grande, aunque dispone de una ventana que da a la calle y la cama es muy cómoda, con un colchón duro, como le gusta.

El chico abre la puerta del cuarto y camina por toda la casa en busca de Triana y de Celia. Por lo que se ve, lo han dejado solo. Le apetece un café. Va hasta la cocina y da con una de esas máquinas de cápsulas. Sabe cómo funciona. Espera que a las dueñas de la casa no les moleste que se prepare uno. Con una taza humeante, se dirige al salón y se sienta en el sofá a esperar a que aparezca alguna de las dos. Enciende la televisión y la deja en un canal en el que están poniendo un concurso de preguntas y respuestas. Se entretiene viendo que los concursantes saben tan poco como él. La única que acierta es una cuestión referida a la música clásica. Esa no podía fallarla.

Son más de las seis y media de la tarde, y la madre y la

hija todavía no han regresado. Recuerda que Celia le dijo que iba a ir a comprarle ropa. Triana, por su parte, había quedado con su novio para hablar. Tiene curiosidad por saber cómo es ese Cayetano. ¿Habrá alguna foto de él en la habitación de la chica?

Niko deja la taza de café sobre la mesa y camina hasta el cuarto de Triana. Siente la misma adrenalina que cuando entra a robar en una casa, aunque esta vez no va a llevarse nada. La habitación de la joven es bastante amplia. Han pintado las paredes de morado y el techo de gris marengo. Hay una gran estantería blanca repleta de libros y *funkos* y un escritorio en el que reposa un Mac y una pantalla de la marca Apple. La cama no tiene cabecero y está cubierta por un edredón de color a juego con las paredes. Se pregunta si es a propósito. Una alfombra esponjosa de color azul, unas cortinas celestes y un corcho repleto de frases inspiradoras de Defreds, Miguel Gane o Elvira Sastre completan un dormitorio sencillo pero muy acogedor.

El chico se acerca a la estantería. Entre los libros encuentra varios de diseño gráfico y otros de técnicas de dibujo. Se nota que Triana estudia Bellas Artes. En una de las baldas ve una imagen enmarcada. Se atreve a cogerla y la mira con detenimiento. No es de ella con Cayetano. En la fotografía aparece un hombre vestido de policía nacional encima de una moto y una niña sentada en sus rodillas. A la pequeña la reconoce al instante. Aunque ha cambiado, hay rasgos inconfundibles en su expresión. El señor debe de ser su padre.

—Hace cinco años que se fue. Aunque me acuerdo de él todos los días —le había dicho Triana durante la larga charla de la noche anterior—. Fue un golpe durísimo para mí. Estábamos muy unidos.

—¿Qué le pasó?

—Lo asesinaron, aunque el juez dijo otra cosa.

—¿Qué dijo?

—Que no había indicios de que alguien lo matara. Al final, el caso se archivó.

—¿Y las pruebas forenses?

—Determinaron que mi padre murió ahogado en el Guadalquivir, aunque tenía un fuerte traumatismo en la cabeza. El juez concluyó que podía haber sido ocasionado por una roca al caer al río por accidente o por voluntad propia.

—Pero tú piensas que fue de otra manera.

—Mi madre y yo tenemos claro que ni se suicidó ni se cayó al Guadalquivir por accidente —asegura Triana convencida—. A mi padre lo asesinaron. Aunque no hemos podido probarlo ni se ha encontrado nada que lo determine. Mi madre aún no ha perdido la esperanza de dar con el culpable, a pesar de que cada vez es más improbable que aparezca algo que reabra el procedimiento.

A Niko le gustaría ayudar a Celia y a Triana a buscar la verdad sobre lo que le sucedió al inspector Manuel Velázquez. Sería una forma de agradecerles su hospitalidad. Seguro que tienen la documentación del caso y lo habrán repasado mil veces. A lo mejor él se da cuenta de algo que la detective Mayo no ha visto.

El chico continúa en la habitación unos minutos más. No hay ninguna fotografía con Cayetano. Quizá sea señal de lo mal que va la relación. No desea inmiscuirse en la intimidad de Triana, pero en la parte izquierda del escritorio ve tres cajones colocados en vertical. Sabe que no está bien mirar en su interior. Sin embargo, la curiosidad le supera. Hace tiempo que dejó de hacer lo correcto.

En el primer cajón encuentra láminas, libretas y lápices de todos los colores imaginables. Se queda observando un rato un dibujo de uno de los blocs. Es un paisaje, con una mesa repleta de frutas en primer plano. Le asombra lo bien que está. Triana es realmente buena. Con cuidado, lo deja todo como estaba y abre el segundo cajón.

Diario de Triana V.M. Septiembre 2019

Es lo que Niko lee en una pegatina blanca pegada sobre la tapa de una libreta amarilla. ¡Es un diario! El chico lo coge y se da cuenta de que debajo hay una decena más. Así que es de esas personas que todavía escribe lo que siente y hace en su día a día. ¿Habrá anotado algo sobre él? Leer aquel cuaderno sería entrar de lleno en su intimidad. Y todo tiene un límite, hasta para personas con pocos escrúpulos como él. Su curiosidad es máxima, pero no cruza ese umbral. Vuelve a guardar el diario y cierra el cajón.

Duda en si abrir el tercero, por si encuentra más diarios o cosas personales de Triana. Al fin, se decide y mira en el interior. Sus ojos se abren como platos al contemplar el único objeto que hay dentro. Sobre un paño rojo descubre una pistola. Niko no se atreve a cogerla. No tiene ni idea de si está cargada ni de dónde la ha sacado. Parece de verdad, no es un juguete. Aunque toda su vida ha estado relacionado con la delincuencia, nunca ha visto un arma tan de cerca. Su abuelo jamás tuvo una. ¿Por qué guardará Triana una pistola? ¿Lo sabrá su madre?

Niko cierra el tercer cajón y piensa que ya ha visto demasiado. Regresa al salón y da un sorbo a su taza. El café está frío, y el concurso de preguntas y respuestas ya ha terminado. Un par de minutos después se abre la puerta de la casa. La que entra es Celia, que lleva un montón de bolsas en las manos.

—Espero que todo te venga bien y que te guste —dice la mujer soltando la compra en el suelo y resoplando—. ¿Qué tal estás? ¿Has podido descansar?

—Sí, me quedé dormido en cuanto me tumbé en la cama —responde Niko, que se levanta a examinar las bolsas—. No tenías que haberte molestado, Celia.

—No es molestia. Con esto creo que tendrás por lo menos para una semana. Perdona por la elección de la ropa interior. Estoy muy desfasada. Si no te viene bien algo o te sientes ridículo, dímelo y te lo cambio.

El chico saca un *pack* de cinco bóxer de colorines. Su estilo es más sobrio, aunque no le disgustan. También hay calcetines, seis camisetas, dos sudaderas de capucha, un pantalón vaquero y un pijama.

—Como no vas a salir de casa, me parece que será suficiente.

—Gracias, de verdad. Te pagaré todo esto en cuanto pueda.

—No te preocupes por eso. Ahora debemos centrarnos en otros asuntos.

Niko sabe que a Celia no le sobra el dinero. Para comprar esa ropa seguro que ha tenido que hacer un gran esfuerzo. Además, su estancia le supondrá gastos adicionales. Pero ahora no puede devolvérselo. En su cartera apenas tiene veinte euros, y, por el momento, ir a un cajero o al trastero en el que guarda la caja fuerte está descartado.

La detective le pide que se siente con ella en el salón. El joven le quita el volumen a la televisión y ocupa el lado derecho del sofá. Celia se recoge el pelo en una coleta y se coloca en el otro extremo.

—Las cosas se han complicado —suelta la mujer sin más preámbulos—. Te están buscando por toda Sevilla. Hay varios agentes repartidos por la ciudad. Me lo ha confirmado un inspector jefe de la Policía Nacional amigo mío.

—¿Qué saben sobre mí?

—Todo. Tu nombre y apellido. Que eres muy joven y de origen polaco. También están al corriente de quién era tu abuelo. Por lo visto, resultó un dolor de muelas para la poli.

—Daba por hecho que se enterarían de todo eso.

—Además, creen que eres el que robó en todas las casas en las que dejaste las partituras de Chopin y también el que mató a Enrique Mesa y a Evaristo Cuevas.

—¿Lo tenía muy claro ese inspector jefe?

—Clarísimo, Niko. Te quieren condenar por robo y asesinato.

—Joder. Si ya me lo veía venir. Cabrones.

El chico se pone en pie y da un puñetazo al sofá. Aunque sospechaba que terminaría sucediendo algo parecido, que Celia le haya confirmado lo que piensa la policía le aterroriza. Si lo cogen, terminará en la cárcel. No solo eso. Se enfrentaría a un montón de años en prisión si no consiguiese demostrar que él no ha matado a nadie.

—Hay más noticias importantes: saben que una chica

estuvo contigo en el piso —dice la mujer, que baja el tono de voz—. Tienen muestras del cabello de Triana.

—¿Qué? ¿En serio?

—Sí, lo han encontrado en tu casa. Están analizándolas. Quizá la científica también encuentre sus huellas.

—¡Mierda! No debería haberos llamado. Os he metido en un lío.

—Tranquilo. No tienen con qué comparar los resultados. Triana no está fichada. Además, esas pruebas tardan unos días. El problema lo tenemos a medio plazo. En la investigación pueden descubrir que mi hija estuvo contigo, aunque no sé a dónde nos conduciría eso.

—Si pasa, diré que ella no tiene nada que ver con los robos —comenta Niko desesperado—. Solo es una amiga que vino a curarme una herida.

—Y que luego te ocultó de la policía en su casa, con la colaboración de su madre, una detective privado, mujer de un policía nacional fallecido. Suena bien.

—Entonces ¿qué hacemos?

—Lo primero es no contarle nada a Triana.

—¿No se lo vas a decir? ¿Por qué?

—No quiero asustarla. No gana nada sabiéndolo. Si el asunto empeora, hablaré con ella.

El chico asiente, aunque no lo ve tan claro. Tampoco está seguro de que sea capaz de guardar aquel secreto. Pero si Celia se lo pide, tendrá que hacer un esfuerzo.

—En cuanto a ti, tienes que quedarte aquí, como te dije. No sé el tiempo que te vas a pasar encerrado en casa, pero es importante que cumplas con esto, Niko.

—Lo tengo asumido. No te preocupes.

—Si te agobias, avísame. No hagas la locura de salir solo. Te están buscando, y no tardarían en atraparte.

—Descuida. No me agobiaré. Aprovecharé estos días para escribir la biografía de mi abuelo. Se lo debo.

—Me parece genial —comenta Celia, que mira el móvil porque acaba de recibir un wasap—. ¡Dios mío! Pon El Guadalquivir TV, por favor.

El muchacho coge el mando a distancia y sintoniza el canal que la mujer le dice. En la imagen aparece una periodista con un micrófono en la mano y detrás el edificio en el que está la redacción del periódico. Los dos escuchan estupefactos lo que cuenta esa chica:

> ... las dos mujeres han sido trasladadas al hospital Virgen del Rocío y de momento se desconoce su estado. Al parecer, el paquete con el explosivo iba destinado a nuestra directora, Mercedes Reinoso. Todo el personal que trabaja en *El Guadalquivir* ha sido desalojado del edificio y algunos de nuestros compañeros están siendo tratados en una clínica móvil. Varios presentan heridas y pequeños cortes de poca gravedad.

—¿Han puesto una bomba en la redacción del periódico *El Guadalquivir*? —pregunta Niko con las manos en la cabeza.

—Eso parece. Me ha escrito un mensaje el inspector jefe Montesorín para decírmelo y anular la cena de esta noche.

—¿Qué cena?

—Javier es el amigo policía nacional del que te he hablado —responde Celia sin apartar la mirada de la televisión—. Ha sido el que me ha informado de todo lo que te he explicado. Esta noche me iba a seguir contando cosas.

—¿En una cena romántica?

—¡No! ¡Nada de romanticismo! Él y mi marido eran amigos íntimos. Nunca intentaría nada conmigo. Además, a mí no me...

Celia no termina la frase porque escucha algo que dice la periodista que la deja boquiabierta. Niko también lo oye y no da crédito:

> ... Según hemos podido saber, la persona que ha dejado el paquete en la conserjería del edificio ha firmado con las letras F. F. C., iniciales que tal vez les resulten familiares: Frédéric François Chopin. Nuestra directora, Mercedes Reinoso, era el siguiente objetivo de ese criminal.

CAPÍTULO 31

—

BLANCA

Sevilla, lunes 7 de octubre de 2019

A ella no han tenido que atenderla los servicios sanitarios que han acudido hasta el edificio del periódico. Blanca se ha ido a casa y ha visto por televisión como una de sus compañeras informaba de lo sucedido. Después se ha pasado media hora al móvil convenciendo a sus padres de que se encontraba bien y de que no había sufrido ni un rasguño. Al principio, después del estruendo, se quedó paralizada. Cuando logró reaccionar, fue a ver qué había pasado. El paquete había estallado en el despacho de Mercedes Reinoso. Aquella habitación parecía el escenario de una guerra. Por suerte, la directora de *El Guadalquivir* no se encontraba en la oficina. La peor parte se la llevó su secretaria, que ahora ya sabe que se llama Nina Esparza, con la que había charlado un poco antes. Pobre mujer. La vio tumbada en el suelo bocabajo, cubierta de polvo y, seguramente, con heridas muy graves. Varios de sus compañeros, agachados a su lado, la estaban auxiliando. La otra persona más perjudicada ha sido una periodista del área Local que hablaba por teléfono cerca de donde se produjo la explosión. A ambas se las llevaron al hospital Virgen del Rocío.

¡Un paquete bomba en el periódico! Jamás habría imaginado vivir una situación de ese tipo. Lo que no le cuadra es lo que la periodista de El Guadalquivir TV ha afirmado en directo. El que ha dejado el explosivo en el edificio había firmado en conserjería con las iniciales F. F. C. No cree que Chopin sea el causante de aquel atentado contra su jefa. No tiene sentido ni forma parte de su manera de actuar.

La chica que ha dado la noticia por la tele se llama Luna González. Tiene su móvil guardado en la agenda de una vez que coincidieron en la cafetería del edificio y estuvieron charlando un rato. Es una de las periodistas más populares del medio, con casi cien mil seguidores en Instagram. La llama, esperando conseguir más información sobre el suceso.

—¿Blanca?

—Hola, Luna. Perdona que te moleste. ¿Cómo estás?

—Flipando todavía. Nunca había cubierto algo así.

—Acabo de verte por la tele y quería saber cómo van las cosas por allí. ¿Sigues en el periódico?

—Sí, aquí estoy. Ahora más tranquilo todo. ¡Menudo susto! ¿Estabas en la redacción cuando explotó el artefacto?

—Sí, pero hace un rato que he llegado a casa. Por suerte, no me ha pasado nada. Solo me pitan un poco los oídos de vez en cuando.

—Menos mal. Me alegro de que te encuentres bien. Estoy muy preocupada por Nina. Las últimas noticias que nos han llegado desde el hospital no son muy buenas.

—¿Está muy grave?

—Eso nos han comunicado. Ten en cuenta que el paquete casi le explotó en las manos.

Luna le cuenta que, como mínimo, la secretaria de la directora ha perdido algún dedo y tiene quemaduras de importancia por todo el cuerpo.

—Qué horror —se lamenta Blanca muy afectada por lo que oye—. ¿Y quién te ha dicho lo de las iniciales de la firma en conserjería?

—El propio Luis —responde Luna refiriéndose al portero del edificio—. Mira que hace tiempo que se lleva pidiendo el escáner en la entrada. Si lo hubieran instalado en su día, no habría pasado esto. Siempre se da prioridad a otras historias, cuando lo más importante es la seguridad de las personas.

Al ser un medio relativamente nuevo, hay ciertos detalles pendientes de solucionar. Una de esas tareas era la instalación de medidas de seguridad tecnológicas en la entrada. Hasta ese momento, solo contaban con un portero y un vigilante que más o menos controlaban quién entraba y salía.

—Pero ¿alguien vio al que trajo el paquete?

—Sí. Era un chico joven. No recuerdo la empresa a la que pertenecía, pero no es de las más conocidas. Firmó en el libro de visitas con las iniciales F. F. C. Luis ni se fijó hasta hace un rato. El paquete iba a nombre de Mercedes. La llamó por línea interna, pero no se lo cogió porque no estaba en el edificio. Así que decidió avisar a Nina para que bajara a por él y lo dejara en su despacho. Y mira...

—¿Un chico joven?

—Así me lo ha descrito el portero. Rubio, alto, ojos claros..., como la mitad de los chavales que viven en Sevilla. La policía ya lo está buscando.

El físico coincide con el del chico polaco del que le

había hablado Ángela esa mañana. Aunque sigue pensando que él no es el responsable del atentado. No encaja.

—Has estado al pie del cañón en la información del caso Chopin desde hace varias semanas y eres la que más sabe sobre el tema. ¿Piensas que él es el responsable del paquete bomba? —le pregunta la chica a Blanca.

—Es lo que has comentado en la conexión en directo, ¿no?

—Porque me lo han mandado —reconoce Luna—. Antes he hablado por teléfono con Mercedes y le he contado lo de las siglas que ha escrito el repartidor en el libro de visitas. Me ha pedido que lo dijera en la conexión.

—¿Ha sido ella la que te lo ha pedido?

—Sí. Está segura de que Chopin ha intentado matarla como venganza por las publicaciones que el periódico está haciendo. Esta noche haremos un especial por la tele en el que participará Mercedes. Se va a emplear con dureza. Me lo ha advertido.

Blanca no sabe si aquello se ha convertido en una guerra entre Chopin y *El Guadalquivir* o en un circo mediático. No le gusta el *show* que están dando. Han asesinado a gente, y dos de las trabajadoras del periódico se encuentran malheridas en un hospital. ¿Es el momento de hacer un debate en televisión sobre lo que está ocurriendo en Sevilla?

—Te tengo que dejar, que entro en directo en diez minutos —le dice Luna, a la que se le nota sofocada—. Vamos hablando.

—Muy bien. Gracias. Te veré ahora.

—¡No tengas en cuenta mis pintas! Llevo desde las ocho fuera de casa y estoy agotada.

Por muy cansada que esté, esa chica siempre aparece perfecta frente a la cámara. Se muestra muy segura con el micrófono y se expresa fenomenal. En la siguiente conexión, en la que repite lo que ha dicho en la anterior, lo hace igual de bien.

Después de la intervención de Luna González, Blanca apaga la televisión y se tumba en el sofá de su pequeño salón. Aunque cierra los ojos, le es imposible desconectar de lo que está sucediendo. Ahora su periódico también forma parte de aquella extraña trama que empezó con unos robos en casas de lujo y que ya tiene dos muertos y un paquete explosivo en su lista de sucesos. Si tuviera el móvil de Ángela, la llamaría inmediatamente para saber qué piensa la policía del atentado contra Mercedes Reinoso.

¿Qué será lo próximo?

La respuesta llega en pocos minutos: una llamada de Blas.

Blanca no responde. No le apetece hablar con él. Con todo aquel lío, ha dejado atrás lo del beso en la mejilla de por la mañana y el cálido abrazo de por la tarde. Él ya no estaba en la redacción cuando explotó el artefacto.

Su compañero insiste hasta en tres ocasiones. A la cuarta, Blanca se lo coge.

—Por fin, estaba preocupado —dice el hombre muy nervioso—. Joder, ¿qué coño ha pasado? ¿Estás bien?

—Sí, yo estoy bien.

—Esto es una locura. He llamado a varios de nuestros compañeros y todavía no se lo creen. Acabo de ver lo que ha dicho Luna por la tele. ¡Ha sido cosa de ese perturbado! ¡Chopin! ¡Hijo de puta!

—No creo que haya sido él —responde Blanca con desgana.

—¡Cómo que no! El paquete en el periódico lo ha dejado un tipo que ha firmado en conserjería con las letras F. F. C. Ya sabes a qué nombre pertenecen.

—Eso no significa nada.

—¡Qué dices! Claro que significa. Lo hemos cabreado con nuestra persecución. Ese tipo ha matado a dos personas. No se anda con bromas.

La joven se pasa la mano por su corto cabello oscuro y resopla. Empieza a estar harta de todo. ¿Es la única que se ha dado cuenta de que están usando al Chopin de los robos para todo lo demás? ¡El auténtico Chopin, el que se ha burlado de las fuerzas del orden y puso las partituras en las casas, es un chaval polaco al que han liado en aquella historia! Cada vez lo tiene más claro. Las conversaciones con Ángela han sido determinantes para que piense de esa forma. Conoce bien la manera de actuar del Chopin original. ¿Para qué iba a mandarle una bomba a Mercedes? Nikolai solo es un ladrón, no es un asesino.

—Mira, Blas. No puedo más por hoy. Voy a darme un baño, cenar algo rápido e irme a la cama prontito. No sé si conseguiré dormir, pero lo intentaré.

—Me parece estupendo. Te lo mereces. ¿Quieres que quedemos mañana para desayunar por donde vives? En el grupo de WhatsApp nos acaban de decir que no vayamos a la redacción, que trabajemos desde casa.

Blanca no ha leído todavía lo que han puesto en el grupo, pero lo que no desea por nada del mundo es desayunar mañana con Blas.

—No, gracias. Aprovecharé la mañana para arreglar un poco el piso. Lo tengo hecho un asco desde hace tiempo.

—Bien —dice el periodista, que guarda silencio antes de volver a la carga—. Sigues cabreada conmigo, ¿no?

—No. Aunque si sigues comportándote así, acabaré enfadándome.

—¿Cómo? No te entiendo.

—Te dije en la redacción que necesito espacio y estar sola. No sé qué te propones, pero estás empezando a agobiarme —le suelta la chica sin miramientos.

—¿Te sientes agobiada por un simple abrazo?

—No solo es por el abrazo, Blas. A veces, pareces mi padre.

—Es lógico. Por edad podría serlo.

—Ya, pero con el que tengo me vale. Basta, por favor. No necesito más discursos proteccionistas. Ni que me mandes wasaps cada dos por tres para preguntarme cómo estoy. Tampoco quiero que me des besos en la cara cuando te despidas. Eres mi compañero de trabajo. Solo eso.

—Creía que también éramos amigos. Lo siento.

Blanca agacha la cabeza y respira hondo en un par de ocasiones. Está dándole la vuelta a la tortilla de una forma sutil y a la vez cínica. No soporta que se victimice. ¡No lo aguanta! Esa vez ni siquiera intenta ser correcta. Cuelga y lanza el móvil contra uno de los cojines del sofá. Luego da un grito cubriéndose la cara con ese cojín.

Debe calmarse. Está bajo mucha tensión y aquel enfrentamiento con su compañero de redacción no le viene nada bien. Seguro que mañana se encuentra mejor y podrá afrontar el problema de otra manera.

No suele bañarse, es más de ducha, pero en esta ocasión le apetece. Abre el grifo del agua caliente, se desnuda y se sienta en uno de los bordes de la bañera. Mientras se llena, lee en Internet las últimas noticias sobre la explosión. Todas dicen más o menos lo mismo. Ninguna novedad. Especulan acerca de quién ha podido ser el autor del atentado en el periódico. El nombre de Chopin se repite en varias publicaciones. Estúpidos ignorantes. No tienen ni idea de lo que está pasando.

No quiere enfadarse más, así que cierra todas las páginas que tiene abiertas en el móvil. Necesita salir de aquel enjambre. Entonces se le ocurre algo. ¿Y si se hace una cuenta en Tinder? A lo mejor encuentra a alguien con quien charlar un rato y que le haga olvidar aquel día de mierda. Tampoco le vendría mal un buen polvo, aunque eso no lo ve viable en ese instante.

Ya dentro de la bañera, se descarga la aplicación en el teléfono y empieza a mirar perfiles de chicas. Tantas emociones fuertes han hecho que también se disparen otro tipo de sensaciones. Sin embargo, el calentón se le va por completo por culpa del mensaje de WhatsApp que recibe a las nueve en punto de la noche.

Blas
Perdóname. A lo mejor es que estoy enamorado de ti y no sé cómo comportarme. Es muy difícil hacerlo bien cuando tienes tan cerca a la persona por la que has perdido los papeles y que sabes que jamás podrás tener. No es fácil quererte, ¿sabes?

CAPÍTULO 32

TRIANA

Sevilla, lunes 7 de octubre de 2019

No. No. ¡No!

Triana se levanta de la cama y corre hasta el cuarto de baño. Solo lleva puesta la ropa interior. Aunque no está en su casa, conoce perfectamente aquel lugar. Se ha quedado a dormir varias veces en los últimos dos años.

¡Qué ha hecho!

Si su intención era romper con Cayetano, ¿por qué se ha acostado con él?

Es inconcebible lo que ha pasado. Después de la declaración de amor de su novio en la cafetería, empezaron a hablar de los buenos momentos que han compartido y de todo lo que han vivido juntos. Una cosa llevó a la otra. Fueron a su piso, en el que no estaban sus padres ni su hermana mayor. Una cerveza, después una segunda. Risas, besos y caricias hasta que terminaron revolcándose en la cama de la habitación del joven.

La chica regresa al cuarto y se viste mientras Cayetano la mira sonriente. Son más de la nueve de la noche.

—¿No te quedas a cenar?

—No tengo hambre —responde Triana, que se siente culpable. Aquello no tendría que haber ocurrido—. Mi madre me está esperando.

Cuando ha mirado el móvil tenía varios mensajes de WhatsApp. Un par de ellos eran de Celia preguntándole si tardaría mucho en volver. Ha respondido que ya iba para casa, que llegaría en unos veinte minutos.

—Bien. ¿Nos vemos mañana antes de la universidad?

—No lo sé. He quedado con Brenda. Te digo algo esta noche.

—Vale —responde Cayetano, al que no se le borra la expresión de felicidad de la cara—. Me ha encantado.

Triana fuerza una sonrisa y se despide de él con frialdad. Ni le da un último beso antes de salir del piso. A ella también le ha gustado, pero sigue pensando igual que hace unas horas. El sexo con su novio nunca fue un problema. Todo lo demás sí.

El paseo hasta su casa no es nada grato. A los remordimientos por liarse con Cayetano, cuando lo que tenía que haber hecho era cortar con él, se le suma el temor de encontrarse con algún policía que sepa lo de Niko. De vez en cuando, se detiene en mitad de la calle y mira a su alrededor. Es absurdo, pero tal vez la estén siguiendo y no se haya dado cuenta. El último vistazo lo echa antes de abrir la puerta de su casa. Dentro se siente por fin a salvo.

—¡Hola! ¡Ya estoy aquí! —grita Triana, que ve la luz del salón encendida.

La chica camina hasta allí y contempla a su madre y a Niko sentados en el sofá. La televisión está encendida y dos grandes cajas de pizza ocupan toda la mesa. También hay tres latas de refrescos de naranja.

—Hemos pedido la cena —le dice su madre, que la recibe con un beso en la frente antes de que se siente—. Te estábamos esperando para empezar a comer. Una es de piña y jamón de york, como te gusta.

—No entiendo que a alguien le puede gustar la piña en la pizza —comenta el muchacho, que se ha cambiado de ropa y tiene aún el cabello húmedo después de haberse dado una ducha.

A Triana le encanta cómo le queda ese pantalón de pijama gris y la sudadera nueva. La verdad es que, físicamente, Niko está al nivel o un poco por encima de Cayetano. Aunque con el que se ha acostado ha sido con su novio. Lo piensa y le entran ganas de llorar.

—Yo tampoco, pero mira. Aquí estamos. Sobreviviendo.

El comentario de la joven le arranca una sonrisa a Niko. Eso provoca que a ella también se le escape una. ¿Están tonteando?

—¿Qué tal ha ido con Cayetano? —le pregunta su madre, que abre una de las cajas de cartón y corta la pizza en cuatro trozos.

—Prefiero hablar de otra cosa. ¿Todo bien por aquí?

—Tu madre me ha comprado un montón de ropa y ya está confirmado que la poli sabe quién soy. Me buscan por toda Sevilla.

La chica escucha lo que Niko y su madre le explican al respecto. Triana conoce al inspector jefe Montesorín, amigo íntimo de su padre, aunque hace bastante que no lo ve. Puede ser un buen aliado. Después le cuentan lo que ha sucedido en el edificio donde está *El Guadalquivir.*

—También le han echado la culpa a Chopin. Por lo visto, ya no solo soy un ladrón y un asesino. Ahora también voy por ahí mandando paquetes con explosivos.

—¿Ha muerto alguien?

—No. Dos mujeres heridas graves, sobre todo una —responde su madre tras morder su porción de pizza—. Están ingresadas en el hospital.

—Es terrible. ¿Quién ha podido hacer algo así?

—Tal vez el mismo que asesinó a Enrique Mesa y a Risto —contesta Niko mientras mastica—. El caso es que insinúan que todo parece obra de la misma persona: Chopin. *El Guadalquivir* lo ha dejado muy claro tanto en su publicación digital como por televisión. Ahora va a empezar un debate sobre el tema.

—¿Un debate?

—¡Claro! No se habla o no quieren que se hable de otra cosa en Sevilla. Hay que aprovechar para disparar las audiencias del canal. Cuanta más gente vea el programa, más dinero en publicidad. Más clics en la web y más periódicos vendidos mañana. Un apasionante *show* para contar lo que está pasando. Pero luego el que irá a la cárcel seré yo, acusado de varios delitos que no he cometido. El mundo funciona así.

A Triana la entristece verlo tan hundido. Cada vez la situación se está poniendo más fea. Sabe que él solo robó en aquellas casas, y ahora lo buscan por otras cuestiones mucho más graves. Siente impotencia. Por lo menos, lo tendrá cerca unos días en los que tratará de animarlo y echarle una mano en lo que pueda.

—Voy a aparcar los casos que tengo pendientes, que no son muchos, y no voy a aceptar ninguno en los próximos días —dice su madre muy firme—. Quiero centrarme en encontrar al responsable de todo esto.

—¡Pero si tú no puedes investigar el caso!

—No lo haré de forma oficial, Triana. Trabajaré por mi cuenta. En estos años he aprendido a ser sigilosa.

—Es muy peligroso, mamá.

—Tendré cuidado y no haré ruido para no molestar a nadie. Sé moverme con discreción. Soy detective privado. No voy a permitir que este chico pague por los delitos que ha cometido otra persona.

Aunque a la chica le preocupa que su madre meta demasiado las narices en aquel caso, también se alegra por Niko. Necesita ayuda, y no va a encontrar a alguien mejor que Celia Mayo para intentar demostrar su inocencia.

—No sé cómo os podré pagar todo lo que estáis haciendo por mí. Gracias, de verdad.

—De momento, cenemos y celebremos que todavía la policía no sabe dónde estás. ¡Brindemos! Aunque sea con refrescos... ¡Chinchín!

Los tres chocan sus vasos en un alarde de optimismo. Cuando empieza el debate en El Guadalquivir TV, apagan la televisión. Por hoy ya han tenido bastante ración de Chopin. Celia es la primera que se va a la cama y deja a los chicos en el salón. Triana se cambia de ropa y regresa con un pijama amarillo muy ajustado. Niko la observa de arriba abajo. Ella se da cuenta y enrojece. Los dos se sientan juntos en el sofá y se comen las dos últimas porciones de pizza fría que quedaban en los cartones.

—Tu madre es de las mejores personas que he conocido en mi vida.

—Tiene sus días malos, pero es buena gente, como decimos por aquí.

—A mí me parece una mujer extraordinaria. Y tú también.

—Muchas gracias. De tal palo, tal astilla. Aunque no somos tan parecidas.

De hecho, Triana considera que tiene más de su padre que de su madre. En lo que más se asemejan es en que ambas son muy cabezotas e impulsivas. Por eso discuten a menudo hasta que la conversación no da más de sí o una de las dos se cansa.

—Acabo de tener un *déjà vu* —comenta Niko.

—¿Ahora? ¿Crees que has vivido antes este momento?

—Exacto. Y me está sucediendo otra cosa. ¿No te parece que el tiempo va lentísimo? Como si no avanzase.

Lo curioso es que ella tiene la sensación opuesta. En esos últimos días, todo está yendo muy deprisa. Sin embargo, prefiere no llevarle la contraria y deja que exprese lo que siente.

—Mi impresión es que hace semanas que vivo en un constante sube y baja de emociones. Sin embargo, apenas han sido cuarenta y ocho horas. En estos dos días me han herido con un arma blanca, la policía me ha identificado y me está persiguiendo, han matado a mi querido Risto, me han acusado de enviar un paquete bomba a un periódico y tengo vestuario nuevo, bastante molón, por cierto.

—Eso último es lo mejor, ¿no?

—Bueno, lo mejor ha sido conoceros a vosotras. Esa es la parte positiva de esta mierda de días que llevo.

La chica sonríe y nota que Niko coloca el pie derecho sobre el suyo. Ambos se descalzaron hace unos minutos y solo tienen puestos los calcetines. No sabe si lo ha hecho a propósito, pero no le pide que lo aparte.

—¿Tienes miedo? —se atreve a preguntarle Triana.

—Sí, tengo mucho miedo. Lo reconozco. Es cuestión de horas, días o semanas que la policía me encuentre y me detenga.

—¿Cuánto te puede caer por robar en esas casas?

—No lo sé. No mucho, imagino —responde el chico encogiéndose de hombros—. No soy reincidente ni tengo antecedentes penales. El problema es que me juzgarán por asesinato y por lo del explosivo.

—Mi madre no permitirá que te condenen por eso. Encontrará al otro Chopin. Al malo. Ya lo verás.

Niko suelta una carcajada al oírla. Le gusta verlo reír de esa manera. Aunque no hace mucho que se conocen y para ella el tiempo ha pasado volando, tiene la sensación de que ha transcurrido toda una vida desde que lo vio por primera vez entrando en su casa.

La chica decide tumbarse en el sofá. Está muy cansada. Se estira y usa las piernas de Niko como almohada. El chico se anima a abrazarla. Triana se hace un ovillo y se acurruca contra él. Instantes después, nota sus dedos rascándole la cabeza con suavidad. Si tuviera que elegir entre el polvo de la tarde con su novio y aquel momento, no tendría dudas. ¿Qué está sintiendo por este chico? No está segura y ahora mismo no le importa saberlo. Se quedaría así para siempre. A pesar de que *siempre* no es una palabra que la seduzca.

—Si voy a la cárcel, ¿vendrás a visitarme? —pregunta Niko sin dejar de acariciarla.

—Claro. Te llevaré pizza sin piña y una foto mía de carné para que te acuerdes de mí.

Intuye su sonrisa, porque ya no se fija en su cara. Triana tiene los ojos cerrados y disfruta del momento. De ese instante especial, de los que jamás se olvidan.

La semana avanzará sin más contratiempos ni sobresaltos hasta el viernes once de octubre, que volverá a ser inolvidable. Y es que, como dijo Frédéric François Chopin, la vida es una inmensa disonancia.

CAPÍTULO 33

CELIA

Sevilla, viernes 11 de octubre de 2019

En los siguientes días de esa semana han sido más los fuegos artificiales lanzados por la prensa en torno al caso que lo que realmente ha ocurrido relacionado con Chopin. No ha habido más robos, muertes ni paquetes explosivos. La policía tampoco ha dado con Niko, que ha cumplido a rajatabla lo que Celia le pidió y no ha salido de la casa.

La detective, por su parte, sí que ha movido hilos y ha mantenido varias conversaciones interesantes. Lo primero que hizo fue elaborar una lista de personas que podrían ser el otro Chopin; el de los asesinatos y el que envió el artefacto al periódico. Niko aportó el nombre de cuatro sospechosos, de los que ya había hablado con su amigo Risto. Ella, por su parte, sumó el de Débora Coronado y el de la persona anónima que había dejado varios mensajes incendiarios en la web de la tienda de muebles que regentaba el fallecido de la calle Pedro del Toro.

¿Alguno de esos seis podría ser a quien estaban buscando?

Celia había conseguido localizar a los sospechosos que

Niko había colocado en la lista. Macarena Ruiz, alias la Remolino, fue la primera a la que fue a ver el martes. Se encontró a una mujer consumida por las drogas y con demasiados problemas físicos que le impedían andar con normalidad. Consiguió sonsacarle la relación que había mantenido con Dariusz. Amor tóxico y odio a raudales. No la vio como una potencial asesina ni capaz de planear un crimen como los que se habían producido. La descartaba al cien por cien.

Algo parecido le ocurrió con Antonio Ramírez. El miércoles se encontró con el Rami en un bar de Los Pajaritos jugando al dominó. Llevaba la camiseta del Betis y una cogorza importante, fruto de estar bebiendo desde las nueve de la mañana. Además de racista, homófobo y misógino, aquel tipo no era más que un chorizo chapucero de barrio. Rápidamente, supo que no era su hombre. Por otra parte, los días de los asesinatos de Mesa y Cuevas él estaba en Logroño visitando a una hermana embarazada. Los niños y los borrachos siempre dicen la verdad. Otro descartado.

Celia no consiguió encontrar al que llamaban el Pato, pero sí dio con su abuela. Aquella señora de cerca de ochenta años le explicó que Eusebio hacía tiempo que se había marchado. Ahora vivía en Buenos Aires, donde estaba buscándose la vida y alejado de la delincuencia. La mujer le enseñó una fotografía de su nieto al lado del obelisco fechada el miércoles dos de octubre. Tercer sospechoso de la lista de Niko al que debía descartar.

El más complicado de abordar es Juan Luis Flores. Celia lo visita ese viernes por la mañana. Había oído hablar de él. Nada bueno. Vive con su numerosa familia en un barrio pegado al parque del Alamillo y no es un tipo al que convenga acercarse mucho. No tarda en encontrarlo. Está sentado en una hamaca en mitad de la calle. A su lado, un niño y una niña, de unos seis o siete años, juegan a lanzar piedras contra una pared.

—Buenos días. ¿Es usted Juan Luis Flores?

El hombre mira fijamente a Celia antes de responder. Tiene los ojos pequeños y marrones, y la piel oscura. Su cara está repleta de arrugas y cicatrices; en cuanto habla, se aprecia que le falta algún diente.

—¿Quién lo pregunta?

—Me llamo Inmaculada López —miente la detective, que no quiere revelar su identidad—. Soy periodista.

—¿Periodista? No me gustan. Sois chusma.

—Perdone, solo serán unas preguntas. No le molestaré mucho. Estoy escribiendo un artículo sobre la seguridad en Sevilla y nos han dicho que este barrio es bastante problemático. ¿Qué piensa usted al respecto?

—Que la gente miente más que habla. Mira a los chiquillos. ¿Tú ves que estén preocupados por eso?

Los niños se giran cuando escuchan que Juan Luis los nombra. Después, los dos observan con curiosidad a Celia. A la mujer le dan lástima. A esa hora deberían estar en el colegio, no en la calle. Ahora no son conscientes del futuro que les aguarda y solo se dedican a jugar. Cuando se den cuenta, lo más probable es que se hayan acostumbrado a vivir al margen de la ley. Chicos que se moverán fuera del sistema.

—Usted desmiente que esta zona de Sevilla sea insegura.

—Este barrio es seguro para los míos y para los que

vengan de buenas. Si te metes con mi familia o conmigo, entonces ya no puedo poner la mano en el fuego por que no pase algo.

—¿Son sus nietos?

—Biznietos —responde el hombre con orgullo—. Fui padre y abuelo muy joven.

La mujer lo felicita y le dedica una sonrisa. Los dos hablan unos minutos sobre lo que significa la familia y la importancia que hay que darle. Parece que a aquel hombre le gusta lo que Celia le dice. La estrategia es tenerlo contento y esperar a que baje la guardia para abordar la cuestión que realmente le interesa: el caso Chopin. Sin embargo, a pesar de que se muestra más accesible que cuando llegó, Flores continúa sin manifestar un ápice de simpatía.

—Aquí vivimos muy felices. Los niños tienen espacio para corretear y los mayores nos vamos adaptando a las circunstancias.

—¿Qué circunstancias?

—Las que van apareciendo, señora. No todos tienen la suerte de ser felices, como lo son los miembros de mi familia. Eso genera envidias y conflictos. Algunos intentan hacernos daño. Son esos tipejos los que hablan de inseguridad y llaman a la pasma o a la prensa. Entonces nosotros nos defendemos.

—¿Cómo se defienden? ¿Con abogados?

—Tenemos nuestro gabinete de profesionales, claro. Pero no siempre recurrimos a ellos.

—¿A qué recurren entonces?

Juan Luis esboza una sonrisa siniestra, aunque no responde. Mira a sus biznietos, que han iniciado una pelea con palos. Celia siente ganas de gritarles que paren, que van a hacerse daño. Sin embargo, el hombre ni se inmuta.

—Diga la verdad. Ha venido aquí por lo del ciego. ¿Me equivoco?

—¿Qué ciego?

—El que mataron el otro día —responde el hombre, que se pone de pie y se hace crujir los nudillos de las manos—. Menudo hijoputa. Nunca me tragó.

Celia no se atreve a decir nada. Quizá aquel sea el momento que estaba esperando. A lo mejor, en un acto de arrogancia, confiesa que él o alguien de su familia asesinó a Evaristo Cuevas.

—Seguro que cree que soy gilipollas y un palurdo. Pero también leo los periódicos. Y tengo tantos o más contactos que ese mendrugo.

Juan Luis se saca del bolsillo del pantalón un paquete de cigarros y un mechero. Se enciende un pitillo y le ofrece otro a Celia, que lo rechaza. Da una calada y tose después de expulsar el humo.

—Sé lo que usted ha oído de mí, pero también le puedo garantizar que Risto no era una buena persona. Traicionó a muchos de los que confiaban en él. Por eso me alegro de que esté criando malvas en el cementerio.

—¿Le traicionó a usted?

—¿A mí? No. No fui tan imbécil como para que me timara. Pero a uno de mis nietos sí. Al padre de estos dos angelitos —comenta Juan Luis señalando a los niños, que continúan luchando con los palos—. No será porque no se lo advirtiera. Se lo dije bien claro a Hipólito: el puto ciego está compinchado con la pasma. No me hizo caso y se la lio. Lleva cuatro meses en la cárcel y no verá a estas criaturas en un tiempo.

Esa información descuadra por completo a Celia. ¿Evaristo Cuevas era confidente de la policía? ¿Lo han matado por eso?

La mujer hace sus elucubraciones mientras Juan Luis Flores se la queda mirando. El hombre suelta una gran bocanada de humo que llega hasta Celia, que odia el olor a tabaco que desprende.

—¿Tiene alguna pregunta más sobre la seguridad de mi barrio, detective?

Flores sonríe otra vez de esa forma tan peculiar y la mujer no sabe dónde meterse. La ha llamado detective. ¡La ha descubierto! ¿Cómo y desde cuándo lo sabe? ¿Ahora qué? A lo mejor debe salir corriendo y rezar para que aquel hombre no vaya tras ella. A pesar de que no se conserva mal, debe de ser bastante mayor. Si es bisabuelo, no bajará de los setenta. Un septuagenario no le ganará en una carrera. Pero ¿y si llama a algunos de sus hijos o nietos para que la persigan? Deben de vivir en las casas de enfrente, y no tardarían en alcanzarla.

—No le voy a hacer nada, si es lo que está pensando. Mi mujer no me lo perdonaría.

—¿Qué? ¿Su mujer?

—Es lectora de sus libros. Tiene la trilogía completa. La he reconocido por la foto de la solapa, aunque está usted mejor en persona si me permite decírselo. Me va a disculpar. Yo no he sido capaz de pasar de la página cuarenta del primero. No me gusta leer.

El corazón le va a mil por hora. A Celia está a punto de entrarle un ataque de risa. ¡Otra lectora! Al final, la conocerá media Sevilla. Ella que pensaba que lo que escribía jamás le serviría de nada...

El hombre regresa a su tumbona y se sienta con dificultad. Celia no lo ha visto tan ágil como hasta ese instante. Apaga el cigarro contra el suelo y vuelve a dirigirse a ella.

—Si ha venido hasta aquí es porque está investigando algo o porque está colaborando con la pasma. ¿Me equivoco?

—No estoy con la policía. Voy por libre.

—Vale. Eso me gusta. ¿Su cliente le ha pedido que venga a hablar conmigo o piensa que yo le he hecho algo malo?

—Prefiero no decirlo, si me lo permite.

—Blanco y en botella. No me gustan las personas que mienten, ¿sabe? Pero usted me ha caído bien.

El hombre esboza algo parecido a una sonrisa cuando su biznieta llega corriendo y se lanza a sus brazos. Juan Luis le da un beso en la cabeza y la sienta en sus piernas. Es el momento de levantar las cartas y ganar la partida.

—Antes ha nombrado a Evaristo Cuevas. ¿Sabe algo sobre el caso Chopin?

—¿El famoso caso Chopin? ¡Está aquí por eso! ¡Válgame Dios! Era demasiado obvio.

—¿Sabe algo o no?

—Algo. Sí, alguna cosa sé.

—¿Me lo puede contar?

—Depende de lo que esté investigando.

—Nada en concreto. Estoy recopilando información. ¿Me puede decir qué sabe, por favor?

—No estoy al corriente de quién mató a Mesa ni a Risto, si es lo que me está preguntando. Además, me importa un huevo. Los dos eran buenos elementos, cada uno con lo suyo.

—¿Entonces?

—Creo que sé quién envió el paquete que explotó el otro día en el periódico. Me fío mucho de la persona que me lo ha contado.

—¿De verdad? ¿Quién fue?

—Alguien que hace años venía mucho por aquí a jugar con mi nieto el pequeño. Estoy convencido de que él fue el que mandó la bomba a *El Guadalquivir.* Si yo fuera policía, no dudaría en investigarlo y hacerle unas cuantas preguntas. Pero no soy policía, solo Juan Luis Flores, un humilde jubilado que no quiere líos con nadie.

CAPÍTULO 34

—

BLANCA

Sevilla, viernes 11 de octubre de 2019

Por suerte, no ha tenido que ir a la redacción en toda la semana. Después del mensaje que recibió el lunes por la noche, para Blanca ha supuesto un alivio no encontrarse con Blas. No imaginaba que los sentimientos de su compañero fueran esos. No le quedó más remedio que actuar.

BLANCA

No puedo evitar lo que sientes, pero, por favor, no sigas con esto. Tienes mujer e hijos, me sacas veinte años y solo te veo como a un compañero de trabajo. Lo peor es que me has agobiado. O paras con este acoso o tendré que hablar con Mercedes para que tome cartas en el asunto.

Se lo había dejado muy claro, y sus advertencias surtieron efecto. Blas no se había puesto en contacto con ella en esos cuatro días. No sabe nada de él, salvo lo que comenta en el grupo de WhatsApp del periódico, que no es mucho.

Blanca se siente rara. No solo por lo que le ha sucedido con su compañero. Ha dado muchas vueltas a lo de la explosión. A pesar de lo que se repite continuamente en todos los medios de *El Guadalquivir*, ella no piensa que Chopin enviara el paquete a la redacción. Es complicado llevar la contraria a tu propio periódico, y más difícil aún tener que comerte tu opinión. Además, Ángela no ha dado señales de vida desde la muerte de Evaristo, por lo que sigue sin estar autorizada para publicar la identidad del personaje del que más se habla esos días en Sevilla y al que la policía todavía no ha conseguido atrapar. Ese secreto la está matando.

Al margen de su obsesión con el caso Chopin, esa semana han cambiado dos aspectos en su vida. Una es que por fin ha dormido más de tres horas seguidas. Su cuerpo y su mente se lo pedían a gritos. Necesitaba descansar y se ha permitido el lujo de pasarse casi veinticuatro horas seguidas en la cama, desde donde ha trabajado con el ordenador en varias ocasiones. El otro cambio se llama Ana, y ahora mismo se está vistiendo en su habitación. La conoció en Tinder el mismo lunes por la noche, después del baño relajante. El martes quedaron y tuvieron sexo casi sin conocerse. El resto de los días se vieron para cenar y después acabaron en la cama. La madrugada del jueves al viernes durmieron juntas. Hacía mucho tiempo que no compartía almohada con alguien.

—Me voy. ¿Quedamos esta noche? —le pregunta Ana, de la que sabe que tiene veinte años y estudia *marketing* en la Universidad de Sevilla.

—Vale, te espero sobre las nueve.

—¿Por qué no vienes a mi casa esta noche? Mis padres

se van el fin de semana a Cazalla de la Sierra y mi hermano saldrá de marcha hasta las mil. Estaremos solas. Así conoces a mi perro y no me haces venir hasta aquí. Me estoy gastando una pasta en Cabify y mi presupuesto es el de una estudiante.

A Blanca no le apetece moverse de su piso, pero es verdad que siempre ha sido Ana la que se ha desplazado. Así que acepta el plan que le propone y se despiden con un pico en los labios. No es un pibón ni está enamorada, pero esa chica está siendo un buen remedio para combatir la soledad y salir de la peligrosa espiral en la que había entrado. La presión y el agobio siguen ahí, pero de otra manera.

Cuando Ana se marcha, Blanca entra en el cuarto en el que tiene el corcho con todo lo referente al caso Chopin. Desde la explosión, apenas ha colocado nada en el mural. Esos días no ha habido novedades, pero sí un análisis exhaustivo del tema por parte de los medios de comunicación, en especial de aquel al que ella pertenece. En su opinión, se han centrado en debates absurdos y se han escrito artículos repletos de sensacionalismo. Sin embargo, casi no han nombrado a las dos personas afectadas por la explosión del paquete bomba. Nina Esparza sigue mal, aunque aseguran que su vida no corre peligro. Su compañera del área de Local también continúa en el hospital, pero pronto le darán el alta. La información la obtuvo de Luna González, con la que habló por teléfono ayer por la mañana. La periodista de El Guadalquivir TV quería entrevistarla para el informativo, pero Blanca declinó la invitación. No tenía ganas ni fuerzas para mentir delante de la cámara.

Pasada la una y media, suena el telefonillo. No espera

a nadie. Piensa que puede ser alguien de Correos o uno de esos chicos que va dejando publicidad en los buzones. Pregunta quién es y enseguida escucha una profunda voz masculina.

—Buenas tardes. ¿Blanca Sanz?

—Sí, soy yo. ¿Qué desea?

—Me llamo Javier Montesorín, inspector jefe de la Policía Nacional. ¿Podemos hablar? Es importante.

¿Policía Nacional? La chica se bloquea unos segundos, aunque de forma instintiva pulsa el botón para que se abra la puerta del edificio. Después, espera inquieta en la entrada a que el hombre suba. ¿Qué querrá de ella? Cuando lo tiene delante, se queda impresionada. Es un tipo muy fuerte, con la cabeza rapada. Va vestido de calle, aunque después de estrecharle la mano se identifica mostrándole la placa. La periodista le pide disculpas por el desorden y lo invita a que se siente en el sofá del pequeño salón. Ella se queda en una silla, a cierta distancia.

—Siento haberte interrumpido en lo que estuvieras haciendo y venir sin avisar.

—No se preocupe. ¿De qué se trata? —le pregunta impaciente Blanca, a la que las ideas se le amontonan en la cabeza.

—No habría venido si no fuera urgente. Tal vez sepas que soy el inspector jefe que está al mando del caso Chopin.

¡Es verdad! ¡Lo ha visto en algunas ruedas de prensa y en las noticias! ¡Cómo no ha caído al decir su nombre! Seguramente por los nervios de que un inspector jefe haya ido a verla.

—Más o menos conozco el caso —se limita a decir la chica, todavía muy tensa por esa inesperada visita.

—¿Más o menos? Lo conoces perfectamente. Eres la periodista que ha estado dando las exclusivas para tu periódico. Yo mismo daba las órdenes para que Ángela te informara. Hace mucho tiempo que seguimos tus artículos.

Blanca se tapa la boca con la mano mientras Montesorín se ríe. Acaba de quedar como una auténtica estúpida, pero no sabía que era él quien mandaba filtrarle las novedades. ¡Cómo lo iba a saber!

—Desde el lunes no sé nada de ella —dice la joven intentando recuperar la autoestima perdida—. Ese día hablamos en persona brevemente.

—Nosotros no sabemos dónde está desde el miércoles. Se marchó de la comisaría por la tarde y ayer no se presentó. Hoy tampoco. La hemos llamado al móvil, pero no está operativo. Tampoco la hemos encontrado en su casa.

A Blanca se le pone muy mal cuerpo cuando escucha a Montesorín. Tal y como han ido las cosas en las últimas semanas, es probable que le haya pasado algo. A lo mejor se ha quitado de en medio por voluntad propia y ha optado por desaparecer una temporada. Por lo que le decía a ella, no estaba en la misma línea de opinión que sus jefes en cuanto a lo que pensaba sobre Chopin.

—A mí no me ha llamado ni ha venido a verme.

—Ya lo imaginaba. No tenía órdenes de hablar contigo desde la semana pasada —comenta el inspector jefe—. Sé que el lunes te contó lo de Nikolai Olejnik, pero no estaba autorizada.

Blanca traga saliva. No entiende a dónde quiere llegar aquel policía que le habla de forma pausada. Tiene la impresión de que Montesorín la analiza constantemente.

—Sí, me habló de ese muchacho, pero me hizo prometer que no publicaría nada hasta nueva orden. Y lo he cumplido.

—Lo sé. Has hecho lo correcto. Habrías puesto en peligro la operación policial. Por eso te doy las gracias. No todos los periodistas son capaces de contenerse por dar una exclusiva a destiempo.

La mayoría lo habría publicado. Muchos de sus compañeros, sin ir más lejos. Sin embargo, temía que Ángela no confiara más en ella si lanzaba la noticia. Además, no quería traicionarla.

—¿Ya han encontrado al chico?

—No. ¿Y tú?

—¿Yo? —pregunta extrañada.

—¿Tú has dado con Nikolai? ¿Sabes dónde está?

—Por supuesto que no. ¿Cómo iba yo a saberlo?

—Porque eres periodista y Ángela te estaba dando información confidencial. La que nosotros le pedimos que te filtrara y la que no. Una cosa es que no publicaras la noticia y otra que no la investigaras por tu cuenta, después de lo que tu fuente te reveló.

A Blanca aquella visita cada vez la incomoda más. Ese hombre piensa que ella sabe dónde se esconde Chopin, el tipo más buscado de Sevilla.

—Yo no sé nada, inspector jefe. Ángela me contó lo de Olejnik, pero no me dio muchos más datos sobre él. No lo he buscado, ni sé dónde puede estar.

—¿Ángela no te lo dijo?

—¡No! —exclama con desesperación—. Solo me dijo la identidad del presunto culpable de los robos y me pidió que no lo publicara. Fue una charla corta. Después no he vuelto a saber de ella.

—¿Te ha comentado algo más sobre los crímenes? ¿Quién piensa ella que es el responsable?

—Chopin, ¿no?

—Eso no es lo que ella piensa. Y tú tampoco, ¿no es así?

—Qué importa lo que yo crea —responde Blanca, que se siente acorralada por aquel hombre—. Ustedes están buscando a ese chico, al que juzgarán por robar en varias casas y por matar a dos personas. Y sospecho que también por enviar un paquete explosivo a mi periódico.

—Pero tú piensas quc no fue él.

—Insisto. Lo que yo piense o deje de pensar da lo mismo. No formo parte de la policía ni soy la que tiene que juzgar a ese muchacho.

—Bien. Me parece correcto lo que dices —indica Montesorín mientras junta las manos como si fuese a ponerse a rezar—. Quiero que hagas algo. No soy Ángela, que era la que debería estar aquí hablando contigo del caso, pero todos tenemos ganas de que aparezca ese individuo, ¿no?

—Sí. Imagino que sí. ¿Qué quiere que haga?

—Cambio de planes. Vas a publicar la identidad de Chopin en tu periódico.

—¿Qué? ¿Cuándo?

—Ya. Habla con tu directora y le explicas que tienes la exclusiva —dice Montesorín con voz autoritaria—. Eres la persona de Sevilla más fiable en este caso. La periodista a la que la gente de la ciudad cree. Has dado varias primicias sobre el tema y quiero que seas tú la que publique la noticia de que la policía ha descubierto que el verdadero nombre de Chopin es Nikolai Olejnik, el asesino de las partituras.

CAPÍTULO 35

—

TRIANA

Sevilla, viernes 11 de octubre de 2019

—No puedo creerme que todavía no hayas roto con él.

—¡Es que no encuentro el momento adecuado para hacerlo!

—Llevas así desde el sábado. ¡Casi ha pasado una semana!

—Lo sé, Brenda. ¿O es que crees que no me agobio cuando lo pienso?

Triana coge una patata con la mano y la mastica desganada. Después de las clases en la universidad, ha ido con su mejor amiga a comer a una hamburguesería que se ha puesto de moda en Sevilla. No le apetecía demasiado, pero Brenda ha insistido. A ella donde le gustaría estar es en su casa, con Niko, aunque su novio siga siendo Cayetano, con el que además volvió a tener sexo ayer por la tarde.

—¿Él no sospecha nada?

—No lo sé. Debe de olerse algo. Pero está como al principio de la relación. No hemos discutido ni una sola vez desde la charla del lunes.

—¿Y Niko? ¿Te sigue acariciando los pies?

A pesar de que no sabe que se está quedando en su casa ni lo que hay detrás de aquella historia, Triana le ha tenido que contar a Brenda que ve a Niko de manera habitual. No pretendía hacerlo. Sin embargo, no es la mejor guardando secretos. Así que, por lo menos, puede hablarle de él, aunque no le explique toda la verdad.

—Solo es un buen amigo.

—Ya. Si no fuera porque aún estás con Cayetano, te lo habrías zumbado.

—Mira que eres bruta, Bren —dice Triana riendo—. No pasará nada con él.

Durante aquellos días han tonteado, se han acariciado, han dormido juntos en el sofá y no han parado de bromear y de reír. También han hablado mucho de su caso y han investigado la misteriosa muerte del padre de Triana. El joven insistió en revisar el dosier para ver si encontraba alguna pista que se le hubiera escapado a Celia. Pero no han pasado de ahí. Ni siquiera un pico en los labios. Y ganas no le han faltado. Por lo menos a ella, que en varias ocasiones ha llegado a pensar que terminarían comiéndose a besos.

—¿Cuándo me lo vas a presentar? Tengo muchas ganas de conocerlo.

—Ahora es complicado. Está muy ocupado.

—Contigo. Pensando en la manera de meterte mano.

—No sé cómo permito que seas mi mejor amiga.

Brenda suelta una carcajada mientras le arrebata un puñado de patatas fritas. Cuando están juntas se lo pasan bien, y charlar con ella es un soplo de aire fresco. Esa chica siempre rebosa energía y buen rollo. Pero debe admitir que echa de menos a Niko, al que no se quita de la cabeza. Ni siquiera estando con Cayetano.

—¿Y tu madre cómo está? ¿Sigue con poco trabajo?

—Sí. De todas maneras, se lo está tomando con tranquilidad. Ya vendrán tiempos mejores.

En realidad, su madre no ha parado de salir y entrar en casa desde que se propuso averiguar la verdad sobre los acontecimientos relacionados con Chopin. Ya no solo es por ayudar a Niko; Triana cree que se lo ha tomado como algo personal. Desea demostrarse que es una buena detective privado, capaz de resolver el caso del que toda Sevilla está pendiente.

—¿Y ella qué piensa de lo tuyo con Niko y Cayetano?

—Nada.

—¡Vamos, Triana! Alguna opinión tendrá. ¿De qué *team* es?

—Tú no estás bien de la cabeza. ¿Te crees que esto es una novela de Wattpad?

Las dos estallan en una carcajada al mismo tiempo. Los puñales van y vienen durante el resto de la comida. Sin embargo, las risas se terminan cuando salen de la hamburguesería. Es Brenda la que lee en voz alta el mensaje que recibe en uno de los innumerables grupos de WhatsApp de los que forma parte.

—Ya sabemos quién es Chopin. Su nombre real es Nikolai Olejnik y está en busca y captura. Lo acaba de publicar la versión digital de *El Guadalquivir*.

El texto va acompañado de una foto del chico al que acusan de robo, asesinato y de enviar un paquete explosivo a la redacción del periódico que acaba de dar la exclusiva. Es un joven rubio, con flequillo. Tiene los ojos claros, rostro angelical y un aro en la oreja derecha.

—Dios mío —dice Triana, que le arrebata el móvil a su amiga.

—No me digas que este Nikolai es tu Niko.

Triana se queda totalmente paralizada. Solo puede mirar la imagen del chico en el teléfono de Brenda, que no para de hablar. ¿De dónde habrán sacado la foto?

—Esto es muy fuerte. ¡Lo conoces! Tenemos que avisar a la policía. Ese tío ha matado a dos personas y casi se carga a unas cuantas más con el paquete bomba. Es muy peligroso. ¡Sabes dónde vive! ¡Debemos darnos prisa, Triana! ¡Hay que alertar a las fuerzas del Estado y que vayan a por él ahora mismo!

—¡Calla, joder! ¡No seas histérica!

—¿Qué? ¿Histérica? ¡Joder, Triana! Vete a tomar por culo. Por mucho que te hayas enamorado de ese asesino, tienes que...

Entonces Triana le tapa la boca a Brenda con una mano y le vuelve a pedir que guarde silencio. Hasta que no le asegura que no va a seguir gritando no la deja hablar de nuevo.

—Tía, me estás cabreando mucho. No me digas que sabías que Niko era Chopin.

—Sí, lo sabía. Pero las cosas no son como las cuentan en ese mensaje.

—¿Me vas a decir que no ha matado a nadie ni ha robado en esas casas?

—Es un ladrón, pero no un asesino —dice Triana atemorizada por lo que pueda pasar a partir de ahora—. Déjame que te lo explique, por favor.

Las dos chicas caminan hasta la plaza de Doña Elvira y se sientan en uno de los bancos que ven libres. Durante un buen rato, Triana le cuenta a su amiga la historia de Niko y lo que ha sucedido desde que fue al despacho a pedirle ayuda a su madre. Brenda escucha sin intervenir, aunque no para de llevarse las manos a la cara y a la cabeza.

—Te ruego que no digas nada, Bren. No solo porque condenarías a Niko. Mi madre y yo también nos la estamos jugando. Si descubren que lo tenemos en casa, nos detendrán y nos acusarán de colaboradoras.

—Habéis sido unas inconscientes.

—Lo sé. Pero ese chico no ha matado a nadie.

—¿Cómo estás tan segura?

—Porque estaba con él cuando asesinaron a su amigo Risto y también cuando enviaron el explosivo al periódico. Niko ha cometido muchos errores en su vida, pero es incapaz de matar a nadie.

—Te ciega el amor. Creerías en su inocencia aunque fuese el culpable.

—No, Brenda. Si fuera el que ha matado a esas dos personas, lo entregaría a la policía sin dudarlo.

Miente. Sabe que no sería capaz. Desde el primer momento confió en lo que les contó, sin poner en duda su palabra. ¿Por qué? No tiene ni idea. Sin embargo, ahora está convencida de que ese chico es inocente de lo que se le acusa.

—¿Y yo qué hago ahora?

—Nada. Sigue adelante con tu vida, como si esta conversación no hubiese existido. Yo nunca te he hablado de Niko. Ni siquiera sabes de su existencia.

—Lo que me estás pidiendo es complicado.

—Somos amigas desde hace millones de años. Esto es muy importante para mí, Brenda. Si hablas con alguien de lo que te he contado, es posible que no nos veamos en mucho tiempo.

—A no ser que me dejes visitarte en la cárcel.

La sonrisa de Brenda la tranquiliza un poco. Su sentido del humor prevalece incluso en circunstancias como esa. Hasta cuando murió su padre tuvo palabras que la hicieron reír. Las dos se miran emocionadas y se dan un abrazo.

—¿Cayetano lo sabe?

—No. Solo mi madre y ahora tú. Tarde o temprano tendrá que asumir los delitos que ha cometido. Irá a la policía y confesará que él robó en varias casas de Sevilla. Pero primero hay que encontrar al que cometió los asesinatos y envió el paquete explosivo a *El Guadalquivir*.

—¿Alguna idea de quién ha podido ser?

—Mi madre lo está investigando. Aunque tengo la sensación de que es como buscar una aguja en un pajar.

La situación no es fácil, y ahora es aún más complicada. La identidad y la imagen de Niko ya ha sido revelada. Pronto toda la ciudad sabrá de quién se trata y lo buscarán por cada esquina. Pero la esperanza será lo último que pierda. No va a rendirse, y espera que él tampoco lo haga cuando vea la noticia. ¿Se habrá enterado ya de que *El Guadalquivir* lo ha publicado en su web?

—Tienes suerte, cabrona —le dice Brenda tras golpearla suavemente con el codo.

—¿Suerte? ¿Por qué?

—Porque tienes viviendo en tu casa a alguien que te acaricia los pies. ¡Aunque sea un superdelincuente!

—Solo es un ladrón de guante blanco. Quítale lo de *súper*.

—Una especie de Lupin polaco. Me encanta. Y qué bueno está, por cierto.

Brenda se muerde los labios al tiempo que vuelve a mirar la foto del chico en su teléfono. Triana la reprende e intenta arrebatarle el móvil sin éxito.

—Me quedaría toda la tarde charlando contigo sobre Chopin y sus hazañas, pero mi madre me espera para una nueva discusión: ¿qué le compramos a mi padre por su cumpleaños? ¿Un bonsái o la serie *El mentalista* en DVD?

—La serie. El bonsái se seca muy pronto.

—Gracias por el consejo. Saluda a Niko de mi parte.

—Sabes que no lo haré.

—Porque me consideras una rival dura y peligrosa. ¡Nos vemos, loca!

—¡Vale! Te iré enviando mensajes con lo que pase. Por favor, no le digas nada a nadie.

—Tranquila. No quiero quedarme sin amiga.

Las dos se dan un último abrazo y cada una se marcha en una dirección. Triana camina deprisa para llegar cuanto antes. La sensación de que todo el mundo la está observando es permanente. Le pasa desde hace días. Aquella situación también la afecta mentalmente. Solo se siente segura cuando está en casa, con Niko.

Cerca de la calle en donde vive, recibe un mensaje.

CAYETANO
¿Has visto las noticias? ¡Saben quién es Chopin! Un polaco que tendrá más o menos nuestra edad. Maldito cabrón. Ojalá lo pillen pronto y lo condenen a cien años de cárcel.

Aquel wasap de Cayetano no le sienta bien. Después recibe otro en el que su novio le dice cuánto la quiere y le pregunta si le apetece cenar con él. Dos emojis con corazones en los ojos aparecen a continuación. Triana no responde. Ahora tiene otras cosas de qué preocuparse, aunque esa noche puede ser un buen momento para acabar con aquella farsa.

Mientras, el resto de los medios de comunicación digitales, radios y televisiones ya se han hecho eco de lo que ha publicado *El Guadalquivir.* La policía busca a Nikolai Olejnik, el presunto Chopin.

Triana llega a casa y llama a Niko. No responde, y se preocupa. Su madre tampoco contesta. Muy nerviosa, recorre la casa esperando que no haya sucedido nada. Abre la puerta del cuarto de baño y lo ve. El chico está allí de pie con el torso desnudo. Tiene algo en la mano. La joven da un grito.

—¿Qué has hecho? —pregunta Triana, que todavía no puede creer lo que ven sus ojos.

—Nada. Solo me he rapado la cabeza —responde el muchacho con tranquilidad—. Ya he visto la prensa. Así, si tengo que salir por cualquier motivo, nadie me reconocerá. ¿No te gusta?

La chica suspira. Está a punto de decirle que le importa muy poco cómo lleve el pelo. Que lo único que quiere es que la policía no lo encuentre jamás. Que se quede toda la vida con ella. Y que a qué está esperando para darle un beso en los labios. Sin embargo, lo que Triana le dice es otra cosa:

—Mi amiga Brenda sabe que estás aquí. No me fío nada de ella. Tenemos que irnos.

CAPÍTULO 36

—

NIKO

Sevilla, viernes 11 de octubre de 2019. Una hora antes de que El Guadalquivir *publicara la identidad de Chopin.*

—¿Y qué pasó al final con Flores? —pregunta Niko impaciente.

—Después de que me contara que a su mujer le encantan mis novelas, fue casi amable conmigo —responde Celia mientras prepara otro café—. Me volvió a explicar lo de Risto. Por lo visto, engañó a uno de sus nietos al que prácticamente entregó a la policía. Me juró que él no lo había matado y que no tenía ni idea de quién había sido.

—No me puedo creer que Risto colaborara con la policía. ¡Pero si los odiaba a muerte!

El chico se cubre la cabeza con la capucha de la sudadera y, muy nervioso, comienza a dar vueltas por la cocina. Celia lo observa preocupada. Sabe lo que está pensando. Es posible que su amigo Risto lo delatara.

—Hay más, Niko.

—¿Más de Flores?

—Sí, algo que puede ser importante —dice la detective, que le pide que se siente a su lado—. Juan Luis es un tipo peligroso pero muy inteligente. Además, cuenta con un numeroso grupo de gente de confianza. No solo formado por miembros de su familia.

—Lo sé. Mi abuelo me lo dijo uno de los días que lo vio y se enfrentó a él.

—Bien. Una de esas personas le habló de algo que nos puede dar una pista.

—¿De qué?

—Juan Luis me ha asegurado que el que envió el explosivo al periódico *El Guadalquivir* fue uno de los sobrinos de Enrique Mesa: Ezequiel, el hijo de su hermano Norberto.

Niko escucha a Celia contarle que Ezequiel y el nieto más joven de Flores, un tal Alfredo, eran amigos desde pequeños. De niño ya se veía que iba a ser un tipo conflictivo. Le encantaba jugar con mecheros, petardos e incluso quemó vivo a algún animal.

—¿Y quién se lo ha dicho a él?

—Eso no me lo quiso revelar. No me ha dado nombres, pero se fía mucho de la persona que se lo contó. Tal vez fuese su propio nieto.

—No entiendo nada —dice Niko, que vuelve a levantarse y de nuevo empieza a dar vueltas por la cocina con la capucha puesta—. ¿Por qué ese chico querría hacer daño a Mercedes Reinoso?

—No lo sé. Hay muchos cabos sueltos en esta historia. Ni siquiera pienso que él sea el otro Chopin. Simplemente, por alguna razón que desconocemos, envió el explosivo a la directora del periódico y firmó en consigna con las iniciales F. F. C. para que le dieran más visibilidad o para llamar la atención de la prensa. Ten en cuenta que *El Gua-*

dalquivir es el medio que más páginas y minutos está dedicando al caso desde que se filtró lo de las partituras.

—¿Le molestaría que hablasen de su tío y por eso atacó a esa mujer?

—¡Vete tú a saber! No lo conocías, ¿verdad?

Niko piensa unos segundos antes de responder a Celia. ¿Ha coincidido con Ezequiel en alguna parte? No recuerda haber tenido contacto con nadie relacionado con Enrique Mesa. Ni siquiera conocía al fallecido.

—No. Casi seguro que no.

—Pues si como cree Juan Luis ese joven es el responsable de la explosión, algún tipo de conexión habrá entre Mercedes Reinoso, la familia Mesa y tú.

—No tengo ni idea de lo que puede ser, Celia. Me estoy volviendo loco con todo lo que te ha dicho Flores.

Desde que la detective le ha contado lo de su amigo Risto y su relación con la policía, el chico se ha venido abajo. Ese ha sido el golpe más duro. Que el ciego lo pudiera haber delatado le duele. Aunque también es cierto que habían quedado para hablar. ¿Querría advertirle de algo?

—Triana está comiendo con Brenda. Voy a preparar algo para los dos. ¿Qué te apetece?

—No tengo hambre, Celia.

—Entiendo que estés muy preocupado por cómo van las cosas, pero aquí estás seguro. Vamos a encontrar la verdad. No pararemos hasta que lo consigamos. ¿De acuerdo?

Las palabras de ánimo de la mujer le levantan un poco la moral. Sin embargo, es imposible quitarse de encima la sensación de que aquello acabará mal. Además, lleva sin ver a Triana desde que se fue por la mañana a la universidad y ni siquiera comerá con ella. Esos días han sido muy difíciles, pero gracias a esa chica no ha tirado la toalla. Se encuentra muy bien a su lado. Siente algo que no ha vivido hasta ese momento con ninguna de las parejas que ha tenido. ¡Y ni siquiera están juntos! Parece que no ha roto con Cayetano, aunque ha preferido no sacar el tema. ¿Algún día se lanzará a por esos besos que tanto desea?

—Voy a preparar dos sándwiches especialidad de la casa, uno para cada uno, con el que te chuparás los dedos. Pan de molde tostado, aguacate, tomate, lechuga, cebolla a la plancha, jamón y un huevo frito. ¡Ya verás cómo te vienes arriba!

La mujer le quita la capucha, le revuelve el cabello y se pone a preparar la comida. El chico le da las gracias por tratar de animarlo y sale de la cocina. Tiene que distraerse de alguna manera para alejarse, aunque sea por un rato, de esa apatía que lo domina. Camina hasta el despacho de Celia. Sobre la mesa está la documentación del caso de la muerte del inspector Velázquez. Lleva días analizándola. Ojalá diera con algo que sirviera a la detective para acudir al juez y reabrir el proceso. Sin embargo, en ninguna de aquellas páginas ha encontrado un hilo del que tirar que desdijera la resolución final: Manuel Velázquez murió ahogado al caer al río, de manera voluntaria o accidental, desde algún puente de la ciudad.

Hasta que la comida no está preparada, Niko se dedica a ojear el dosier. En ese tiempo le entra hambre y, cuando Celia le avisa de que está listo, devora el sándwich con voracidad.

—Veo que te ha gustado —le dice Celia después de que el joven dé el último bocado.

—Mucho. Gracias. Con esto ya aguanto hasta la cena.

—¿Cómo llevas la biografía de tu abuelo?

—Solo he escrito dos páginas. No consigo concentrarme.

—A mí también me está pasando. Intento escribir una nueva novela y de momento soy incapaz.

—Lo siento. Es por mi culpa.

—¡Nada de eso! ¡Ya estaba así antes de que aparecieras en nuestras vidas! La responsabilidad es solo mía —comenta la mujer, que también se acaba su sándwich y se limpia las manos en una servilleta—. Ya saldrá. No nos agobiemos por eso.

El móvil de Celia suena mientras está recogiendo la mesa. La mujer alcanza el teléfono y lee el mensaje. A Niko no le gusta la expresión de su cara.

—¿Pasa algo?

—Me parece que sí. Es Gertrudis, la dueña de la papelería en la que viste mis libros en el escaparate. Me dice que *El Guadalquivir* digital acaba de revelar quién es Chopin.

—Llegó el momento que nos temíamos.

—Han puesto una fotografía tuya. Mira.

La mujer le entrega el teléfono y el chico observa la pantalla con detenimiento. Sí, él es el de la imagen, pero algo más joven.

—Joder. Esta foto me la hice hace dos años. Es la que tenía encima del piano, aunque la han recortado. Salía con mi abuelo. La imprimí y la enmarqué cuando él murió.

—La han cogido de tu piso.

—Sí. Es la única que tenía. No soy de hacerme fotos.

Su abuelo se lo advirtió. Siempre huyó de las cámaras.

Incluso se quejó con amargura el día que su nieto los fotografió juntos con el móvil. Cuantas menos imágenes de él existieran, mejor. Niko siguió su consejo, salvo en aquella ocasión. Solo era un recuerdo. Le gustaba verlo mientras tocaba el piano. A pesar de todo, Dariusz había sido la persona con la que había compartido gran parte de su infancia y de su adolescencia. Y, a su manera, se querían.

—Firma la noticia Blanca Sanz —comenta Celia, que ha entrado en la web de *El Guadalquivir* para leer la información completa—. Es la de siempre. La periodista de las exclusivas del caso Chopin.

—Menudo contacto debe de tener en la policía.

—Voy a ir a hablar con ella. Puede ser clave para nosotros.

—¿Vas a ir al periódico?

—Sí. Espero que esa chica me pueda contar algo interesante —dice Celia, que sale apresuradamente de la cocina. Niko la sigue—. Tú no te muevas de aquí. Espera a que regrese Triana.

—No pensaba ir a ninguna parte.

La mujer se le queda mirando y ve tristeza en sus ojos. Niko se da la vuelta y se deja caer en el sofá del salón. Era previsible que sucediera aquello, pero vuelve a estar asustado.

Celia no tarda en marcharse, y el chico se queda solo en la casa. Está acostumbrado a la soledad, pero esa vez no lo lleva bien. Se pone tenso. Nota que los músculos de su cuerpo están rígidos, como si alguno fuera a explotar en cualquier momento. Se remanga la sudadera y contempla las venas de los brazos, muy marcadas. Necesita relajarse. Un té, una infusión. Mejor una pastilla. A lo mejor Celia tiene calmantes. Entra en el cuarto de baño y empieza a abrir cajones del armario. No encuentra nada, pero en el último cajón ve una maquinilla de afeitar eléctrica. No sabe qué pinta eso allí. Quizá fuera de Manuel. No tarda en decidirse. Un cambio de *look* le vendrá genial. Radical. Enciende el aparato y observa los mechones rubios que van cayendo al suelo. Se ríe de sí mismo en el espejo. Jamás habría pensado hacer algo parecido.

De repente se abre la puerta del baño. La cara de Triana es un auténtico poema.

—¿Qué has hecho?

—Nada. Solo me he rapado la cabeza. Ya he visto la prensa. Así, si tengo que salir por cualquier motivo, nadie me reconocerá. ¿No te gusta?

Triana no parece muy convencida. Sin embargo, su respuesta no es la que él espera.

—Mi amiga Brenda sabe que estás aquí. No me fío nada de ella. Tenemos que irnos.

—¿Sabe que estoy aquí?

—Sí. Estos días le he estado hablando de ti... y cuando ha salido la noticia en los medios ha deducido rápidamente que eras tú.

—¡Mierda, Triana! ¡Estamos jodidos! ¡No tendrías que haberle dicho nada de mí a tu amiga! ¡Lo habíamos hablado!

—Lo sé, joder. Lo sé. No me eches la bronca. Me siento fatal —solloza la chica, a la que ve muy angustiada—. Me ha jurado que no dirá nada. Pero es como yo: incapaz de morderse la lengua y guardar un secreto. Preferiría que nos fuésemos a otra parte por si acaso.

—¿A dónde?

—¡No lo sé, joder! ¿Y mi madre?

—Hace unos veinte minutos que se ha marchado. Ha ido a hablar con la periodista que ha dado la noticia. Blanca Sanz, me ha dicho que se llama. Trabaja para *El Guadalquivir.*

—Voy a llamarla.

—¡No! ¡Espera! —exclama el chico impidiendo que Triana marque el número de su madre—. Si la llamas, volverá a casa y no hablará con esa periodista.

—Pero aquí ya no estás seguro, Niko.

—Confiemos en que la policía no me encuentre en las próximas horas. Tu amiga no me delatará tan pronto, ¿no?

—Ni idea. Brenda es una caja de sorpresas.

—Tendremos que confiar en ella. Ahora lo importante es que tu madre le saque toda la información que pueda a esa periodista y a ver si eso nos conduce al verdadero culpable. ¿Vale?

La chica asiente. Llamará a Brenda para mantenerla controlada. Le había dicho que iba a ir con su madre a buscar un regalo para su padre. A Niko le parece buena idea. Eso les dará tiempo.

Y entonces ocurre.

Los dos tratan de salir del cuarto de baño al mismo tiempo. Chocan, y sus caras quedan enfrentadas. Triana lo mira, sonríe y le pasa la mano por la cabeza recién rapada.

—Estás guapo. Te queda bien.

—¿No prefieres el flequillo?

—Me acostumbraré.

—Si voy a la cárcel, les he ahorrado trabajo —ironiza, pero de inmediato su ánimo decae—. Aunque no me gustaría ir. No quiero, joder. ¿Sabes por qué? Porque no podría estar contigo. Eso sería lo peor de todo. No poder verte cada día y no...

Triana entonces se lleva el dedo índice a la boca para pedirle silencio. Luego sonríe. Niko también lo hace. El corazón les va demasiado deprisa como para controlar lo que están sintiendo. Cierran los ojos y se dan un beso.

CAPÍTULO 37

BLANCA Y CELIA

Sevilla, viernes 11 de octubre de 2019

A pesar de que la mayoría de sus compañeros siguen trabajando desde casa, Blanca ha ido al periódico para publicar la noticia que ya está dando la vuelta por toda Sevilla y el resto del país. Primero ha hablado con Mercedes Reinoso, que tuvo que hacer una llamada telefónica a alguien del ayuntamiento. Cuando han obtenido el visto bueno, la joven ha podido redactar la información que Montesorín le ha dado horas antes. Chopin ya tiene nombre y cara.

Después de subir la noticia a la web, la chica recibe un montón de wasaps. Prefiere no leer nada hasta que esté más tranquila. Ha firmado con su nombre, a petición de la directora de *El Guadalquivir*.

—El mérito es tuyo —la felicita Mercedes—. Te mereces los créditos.

—Yo no he hecho nada.

—El inspector jefe de la Policía Nacional ha ido a visitarte para que dieras la primicia. Eso significa mucho, ¿no?

A Blanca le parece más un marrón que otra cosa. ¿De

qué le sirve contar algo tan importante si quizá no sea verdad? Aunque detengan a ese chico, su cabeza y su corazón no creen que Nikolai Olejnik sea el responsable de los crímenes de Chopin y tampoco quien le envió el explosivo a Mercedes.

La chica sale con un sabor agridulce del improvisado despacho de la directora y se queda un rato sentada en su mesa. En la redacción hay un ruido atroz, y operarios que van de un lado a otro cargados con material para reparar el despacho siniestrado. Le da que las obras van para largo, porque se produjeron muchos e importantes desperfectos. Nada más llegar, se acercó al lugar donde estalló el paquete. Desde el lunes, en innumerables ocasiones ha pensado que aquel artefacto podría haber explotado a su lado, cuando Nina se detuvo a hablar con ella. De vez en cuando, le vienen imágenes de lo que sucedió y le pitan los oídos. No sabe si es sugestión, pero podría haber sido peor. En el fondo, la suerte la acompañó esa tarde.

¿Quién será el responsable del envío?

Al día siguiente del atentado, detuvieron al muchacho que llevó el paquete hasta el edificio. El pobre chaval, que acababa de empezar a trabajar como mensajero, no tenía nada que ver con el suceso. En su empresa le pidieron que, cuando entregara el bulto, firmara en el libro de visitas con las iniciales F. F. C. Nadie sabía de dónde venía la orden. Esa al menos era la noticia que había llegado a la redacción de *El Guadalquivir* y que se encargó de contar Luna por televisión y Blanca en el periódico y en la web. Por supuesto, todas las sospechas fueron dirigidas hacia Chopin, que, supuestamente, se las ingenió para que aquel paquete bomba llegara hasta el despacho de Mercedes, aunque no logró su objetivo final.

Da un respingo cuando suena el teléfono interno que está sobre su mesa. Extrañada, responde:

—¿Sí?

—Hola, Blanca —la saluda Luis, el conserje—. Oye, aquí hay una mujer que quiere hablar contigo.

—¿Quién es? No tenía prevista ninguna visita. ¿Va a subir?

—No puedo dejarla pasar. Son las órdenes que tengo desde el martes. Sin autorización, nadie entra.

—¿Te ha dicho cómo se llama?

—Sí. Celia Mayo. Dice que es detective privado.

Blanca arquea las cejas. Cuanto menos, suena interesante. ¿Estará de alguna forma relacionada con el caso Chopin? Imagina que no pasará nada por hablar con ella.

La chica baja por las escaleras y ve en recepción a una mujer morena con el pelo recogido en una coleta. Luis le abre una pequeña puerta de metal, similar a la de la entrada de los supermercados. Blanca se acerca a la detective, se presentan y se estrechan la mano.

A Celia no le sorprende lo joven que es. Ya la había visto un par de veces en El Guadalquivir TV, y en la página web del medio hay una foto de su rostro. Seguro que no tiene más de veintitrés o veinticuatro años. Por el peinado, se da cierto aire a Úrsula Corberó en *La casa de papel.* Sus gafas son algo anticuadas y tiene aspecto de cansada. Seguro que no duerme mucho y que no se alimenta bien. Tampoco ha dedicado tiempo a arreglarse para ir a trabajar. Para nada es una chica poco agraciada, pero tiene la sensación de que no pretende destacar.

—¿Dónde podemos hablar tranquilas? El conserje no quiere que pase.

—Después de lo del lunes parece que no puede entrar nadie que no tenga una autorización o trabaje aquí.

—Me parece lógico. ¿Entonces?

—¿Te apetece un café?

Blanca lleva a Celia hasta una cafetería cercana, la misma donde desayunó con Blas a principios de semana. A ella también le han entrado ganas de tomarse un cortado. Se sientan en una mesa del fondo y piden lo mismo.

—¿Vamos al grano? —le pregunta la detective a la chica.

No ha ido hasta allí para perder el tiempo.

—Por supuesto. Además, te lo agradezco.

—No creo que me conozcas, aunque yo sí he leído cada uno de tus artículos sobre Chopin y también te he visto por televisión hablando del caso. Te has convertido en una periodista muy popular.

—Más de lo que pretendía y me hubiese gustado. Aunque solo he hecho mi trabajo.

—Lo has hecho perfecto. Eres muy joven, y ya te han colocado como cabeza de cartel de un medio de comunicación como *El Guadalquivir*, que por lo que tengo entendido maneja bastante dinero y tiene muy buena relación con los que mandan ahora en la ciudad.

—Yo ahí ni entro ni salgo —responde Blanca algo perdida.

No sabe a dónde quiere ir a parar. ¿No iba a ir al grano?

—Es lógico. No te metas en política. Saldrás ganando.

Hacen una breve pausa porque el camarero les lleva los cafés. La periodista y la detective privado se echan azúcar en sus respectivas tazas mientras Celia sigue hablando:

—¿Cuánto llevas trabajando en *El Guadalquivir*?

—Unos cinco meses más o menos.

—Diste en el clavo a la primera. Normalmente, en el mundo del periodismo no se encuentra un puesto bueno y remunerado hasta pasados los treinta años.

—Curro mucho y cobro muy poco. Creo que la que menos de toda la redacción.

—Pero ahora eres la pieza clave del grupo. Tú das las primicias. Cuentas las exclusivas del asunto del que todo el mundo quiere saber más. Hoy mismo has anunciado la identidad de Chopin.

Blanca sigue sin comprender por dónde va esa mujer. ¿Qué quiere de ella?

—A ver, exactamente, ¿a qué has venido?

—Tengo en mi poder una información que ni tú ni la policía tenéis.

De repente, los ojos de la periodista se abren mucho. Echa el cuerpo hacia delante y bebe de la taza. ¿Es un farol?

—¿A qué te refieres?

—Sé algo muy importante del caso Chopin que te aseguro que te sorprenderá. Pero antes de contártelo, necesito algunas respuestas.

—¿Cómo sé que no me estás mintiendo?

—Tengo cuarenta y cinco años, un trabajo que me da lo justo para pagar las facturas y una hija casi de tu edad. ¿Crees que he venido para engañarte?

En la facultad, a Blanca le enseñaron a no fiarse de nadie. Todos buscan mucho a cambio de poco. Sin embargo, esa mujer le da buenas vibraciones. En sus ojos ve sinceridad y le gusta su lenguaje corporal. Siempre se ha fijado mucho en la gestualidad de las manos de la gente.

—Pregunta y te responderé lo que pueda.

—Gracias. ¿Quién te filtra las noticias? ¿La policía? ¿Montesorín?

—¿Conoces a Montesorín?

—Somos amigos. Y me debe una cena.

Porque después de que Javier suspendiera la velada del lunes, no han vuelto a verse ni le ha propuesto quedar otra vez. El hombre está muy ocupado con el caso que tiene entre manos. Ha aparecido muchas veces por televisión hablando de Chopin y del trabajo que está realizando su equipo para encontrarlo.

—¿Lo conoces?

—Bueno. Más o menos.

—¿Es tu fuente o han asignado a alguien para que hable directamente contigo?

Esa pregunta hace que Blanca piense en Ángela. Le preocupa que no se haya puesto en contacto con ella y que haya tenido que ser su jefe el que fuera a verla. Según Montesorín, ni ayer ni hoy ha ido a la comisaría.

—No voy a revelar mi fuente.

—Pero es la policía la que te pasa la información para que la publiques, ¿no?

—¿A qué vienen estas preguntas?

—Quiero saber la verdad del caso Chopin —responde Celia categórica.

—¿Por qué? ¿Te pagan para eso?

—No estoy cobrando ni un euro por esto. De hecho, en estos momentos estoy perdiendo dinero. Pero necesito el máximo de información sobre este asunto y tú eres la que más sabe sobre él.

—Yo solo sé lo que he escrito en mi periódico. Nada más.

—¿Quién te dijo lo de ese chico?

—Insisto. No puedo hablar sobre ese tema. Es de primero de Periodismo: nunca reveles tus fuentes.

Celia asiente y da un sorbo a su café. Pese a su juventud, no está siendo nada fácil sonsacarle información. Pensaba que conseguiría imponer su experiencia, pero se equivocaba. Aquella chica se merece todo su respeto.

—Vale. No me digas quién te está filtrando lo que publicas. Pero ¿puedes contarme por qué en *El Guadalquivir* todas las publicaciones van orientadas a culpar a Chopin de los robos, los asesinatos y del explosivo? ¿Quién lo ha ordenado?

—Los jefes.

—¿No es cosa tuya?

—No. Mi opinión..., bueno, mi opinión es poco importante en este caso. He sido la última en llegar. Hace nada estaba en la facultad de Periodismo presentando mi trabajo de fin de carrera.

—¿Y no te extraña ser la persona a la que hacen las filtraciones?

¡Por supuesto que le extraña! Al principio, sobre todo. Sin embargo, se metió tanto en el caso y en lo que iba sucediendo que pronto dejó de pensar en ello. Lo vio como una gran oportunidad para crecer rápido en un mundo tan difícil como es el de los medios de comunicación.

—Tú no piensas que ese chico, el Chopin de los robos, matara a esos dos hombres, ¿verdad?

Blanca se debate entre responder la verdad o seguir mostrándose esquiva. Es la primera persona que conoce, además de Ángela, que parece cuestionarse lo que se está publicando en todas partes.

—¿Sinceramente? No —se atreve a contestar después de unos segundos en los que se piensa muy bien la respuesta—. Pero es la línea de mi periódico, y tengo que obedecer.

—Órdenes de arriba.

—Exacto. Al final, todo viene de arriba. Yo solo soy un peón más en la partida.

—Un peón que está muy cerca de la última casilla para convertirse en reina.

—Lo siento. No entiendo mucho de ajedrez.

—Pero eres la que más sabe del caso Chopin —dice Celia esbozando una gran sonrisa—. Me encantaría que colaborásemos y que entre las dos buscásemos la verdad. Estoy convencida de que formaríamos un buen equipo.

—¿Cuál es tu verdad?

—Que Niko Olejnik no es el asesino de Enrique Mesa ni de Evaristo Cuevas. Y que tampoco envió el paquete con el explosivo a tu directora. De hecho, tengo el nombre del autor.

—¿Sabes quién es esa persona?

—Es lo que te quería contar —comenta la detective, que deja boquiabierta a Blanca—. El que os mandó el artefacto se llama Ezequiel Mesa, uno de los sobrinos de Enrique.

—¿Qué? ¿Uno de los sobrinos de Enrique Mesa envió el explosivo?

—Sí. Tienes que contárselo a tu jefa y que la policía haga el resto. Yo no puedo meterme en ese jaleo porque se supone que no debo estar investigándolo.

—Pero ¿esa información es cien por cien segura?

—Nada es totalmente seguro, Blanca. Aunque pondría la mano en el fuego por que es cierto.

—Joder. Qué sorpresa. Conozco a ese chico. Lo vi en el entierro de su tío, y debo reconocer que no me gustó nada.

—Pues ahora ya sabes que tu intuición era correcta. Ezequiel Mesa es F. F. C. Aunque solo se trata de un mal imitador del verdadero Chopin. Y vamos a demostrarlo.

CAPÍTULO 38

NIKO

Sevilla, viernes 11 de octubre de 2019

Triana ha llamado un par de veces a Brenda para asegurarse de que no ha hablado con nadie de Niko. Su amiga jura y perjura que mantendrá el secreto y que no se preocupen. Con la que no se han puesto en contacto ha sido con Celia. Es mejor esperarla y tratar el tema en persona, no por teléfono. Seguro que está muy ocupada con esa periodista de *El Guadalquivir*. Ojalá cuando regrese venga con buenas noticias. Las necesitan.

—Voy a preparar café. A ver si me espabilo —dice la chica estirándose.

—Espera. Me encargo yo.

Los dos están sentados en el sofá del salón abrazados. Después de su primer beso, llegó un segundo y un tercero, hasta que perdieron la cuenta. Han sido muchos y, aunque no han pasado de ahí, para ellos ha significado un mundo. Se han adentrado en un territorio inesperado que tendrán que ir recorriendo poco a poco, con el paso de los días. Ninguno va a precipitarse, pese a las ganas que se tienen.

Niko va hasta la cocina y prepara dos cafés de cápsula para Triana y para él. Sigue teniendo miedo a que llamen a la puerta y que la policía pregunte por él. Pánico a que lo separen de la chica por la que siente algo especial. ¿Amor? Prefiere no planteárselo. Aquellos minutos de besos, caricias y miradas le han insuflado energía extra para unas cuantas horas. Sigue viendo el panorama oscuro, pero menos que hace un rato.

Cuando regresa al salón con los cafés, Triana habla por el móvil. Al principio, piensa que es con su madre, pero es Cayetano el que está al otro lado. La chica se despide en cuanto aparece.

—Qué bien. Muchas gracias —dice la joven agarrando la taza que Niko le ofrece.

—Cuidado, que quema.

—Así es como me gusta.

—¿Era Cayetano?

—Sí. Está un poco pesado. Quería quedar esta noche. Le he dicho que no, claro.

El chico asiente y se coloca a su lado en el sofá. Triana pone la mano en su rodilla y se la acaricia mientras trata de enfriar el café soplando. Niko, de pronto, se siente molesto. Sí, le fastidia que haya hablado con su novio y el tono con el que se ha despedido. Después de sus primeros besos y del momento tan bonito que acaban de vivir, ¿cómo es capaz de charlar tranquilamente por teléfono con él?

—¿Tienes intención de romper con Cayetano? —pregunta el muchacho muy cortante.

—Ya sabes que sí.

—¿Cuándo?

—No sé, Niko. Cuando tenga la oportunidad —responde Triana molesta—. No es fácil.

—Si te lo propones, es sencillo. Yo rompí con mi novia el fin de semana pasado. Solo se trata de querer hacerlo.

—No todos somos iguales.

—Eso es una excusa barata.

Triana aparta la mano de la rodilla de Niko y se aleja un poco de él. Deja la taza humeante sobre la mesa y enciende la televisión con el mando a distancia. Empieza a pasar canales sin pararse más de cinco segundos en ninguno. El chico no entiende su actitud.

—Te había hablado de mi ex, ¿verdad?

—No me acuerdo. Creo que no.

—¿Estás celosa?

—¿Qué? ¿Celosa? ¡El único que se ha molestado porque he hablado dos minutos con Cayetano has sido tú! ¡No somos pareja, Niko!

—Es verdad. En eso tienes razón.

¿Qué demonios le pasa? Acaban de darse el gran atracón de besos, estaban acurrucados muy a gusto en el sofá y en cinco minutos se ha ido todo a la mierda.

—Esto no tiene sentido —dice Niko, que se bebe su café de una vez y suelta la taza junto a la de Triana.

Se levanta de un brinco y camina deprisa hasta su habitación. No mira atrás ni hace caso a la chica, que le pregunta a gritos por qué se ha enfadado.

¿Tanto le gusta como para sentirse de esa manera? Si es así, tiene un problema. Porque ahora le falta el aire y le duele el pecho. Nunca había experimentado algo parecido.

—¿Qué coño te pasa, Niko? —le pregunta Triana, que ha ido a buscarlo a su cuarto—. ¿Por qué no me contestas?

Te comportas como un niño. Necesito tiempo para solucionar las cosas con Cayetano. ¿Lo entiendes? Ha sido mi vida durante los dos últimos años. Pero ya no le quiero. No de esa forma.

—Eso es cosa tuya. Como bien has dicho, no somos ni pareja ni nada que se le parezca. Solo nos hemos dado cuatro besos, producto de la tensión que los dos estamos sufriendo estos días.

—¿Qué dices? ¿Estás hablando en serio?

Ni él mismo se cree las palabras que suelta, pero le han salido así. Ha sido cruel, ha querido hacerle daño. Lo sabe. Sabe que ha ido a herirla. Se arrepiente de su comportamiento sobre la marcha, pero no se lo dice. Se pone una de las sudaderas que Celia le compró, se mete el móvil de prepago en el bolsillo y sale de la habitación.

—¿A dónde vas? —pregunta alarmada la chica cuando ve que Niko abre la puerta de la casa—. ¡No irás a salir! ¿Estás loco?

—Perdóname. Ahora mismo no puedo estar aquí.

Niko se marcha y no hace caso a las advertencias de Triana, que grita desesperada desde el portal. En ese momento, todo le da lo mismo. Se coloca la capucha y empieza a caminar sin rumbo por el centro de la ciudad. Su móvil suena una vez tras otra. Sabe que es ella. Está tentado de responder, pero no lo hace. Finalmente, decide apagar el teléfono.

Está muy confuso y se siente fatal. En el fondo, ella tiene razón. Se está portando como un crío. Es lo que hay. Él es así. Le guste o no. Mientras se dirige hacia ninguna parte, recuerda una charla con su abuelo unas semanas antes de morir...

—Hay una cosa que me da miedo, Niko.

—¿Solo una? Eres afortunado, abuelo.

—No seas idiota. Aparte de la próstata y de lo que vayas a escribir en esa biografía que vas a hacer sobre mí, me preocupa tu carácter.

—¿El mío? ¡Es mucho mejor que el tuyo!

—Por supuesto. Eres una versión muy mejorada de lo que he sido yo —reconoce Dariusz, que da una calada al puro que se está fumando después de comer—. Estoy muy orgulloso de haberte criado y enseñado unos valores de vida como los que te he dado.

El chico niega con la cabeza y sonríe. No está muy seguro de si su abuelo habla de forma sarcástica o si piensa que ha hecho un buen trabajo con él en los años en los que llevan viviendo juntos.

—¿Y cuál es tu miedo entonces?

—No sabes controlar tu ira —responde el hombre, que tose al tragarse el humo del puro—. Joder, que me ahogo.

—¿Quieres un vaso de agua?

—Sí, por... favor.

Niko corre hasta la cocina y llena un vaso hasta arriba de agua del grifo. Se lo lleva a su abuelo, que se lo bebe de un trago. El hombre deja de toser y da una nueva calada al habano.

—Ya estoy bien. ¿De qué hablábamos?

—De mi supuesta ira.

—¡Ah! ¡Sí! Tu ira. Me da miedo que no sepas controlarla. Te he visto azotar las teclas del piano sin piedad cuando no te sale una pieza. Lo haces desde pequeño, pero ahora tienes más fuerza.

—Respeto mucho el piano.

—Lo sé, Niko. Y también que no lo haces a propósito. Por eso me preocupa. Esa ira puede hacer que alguna vez te equivoques y, como dicen los jóvenes sevillanos, se te vaya la pinza.

—¿Crees que sería capaz de hacer daño a alguien en uno de esos ataques de ira de los que me estás hablando?

—Sí. Lo creo. Por eso debes aprender a dominar tus sentimientos. Especialmente cuando te enfadas.

La noche ha caído, aunque ni siquiera sabe qué hora es. ¿Le ha pasado con Triana lo que decía su abuelo? ¿Se ha enfadado cuando la ha visto hablando por teléfono con Cayetano y no ha sabido controlar su ira? Lo que está claro es que sus sentimientos le han jugado una mala pasada. No es la primera vez.

Tras más de una hora andando, Niko se siente cansado. No quiere regresar a casa de Triana y Celia, pero tampoco tiene a dónde ir. ¿O sí?

Mira a su alrededor y se da cuenta de que está en Las Setas. Hay demasiada gente y puede que alguien le reconozca. Quizá así terminaría su sufrimiento. Sin embargo, el miedo lo invade y decide que todavía no es el momento de que lo cojan. A cinco minutos, hay un lugar donde ya se escondió una vez. Se coloca bien la capucha de la sudadera, tapándose la cara todo lo que puede, y se dirige a ese sitio.

La iglesia de El Salvador sigue abierta. De lo que Niko no está seguro es de que su amigo el cura ande por allí. Entra y ve a varias personas rezándole a una de las imágenes. El silencio es absoluto, y el ambiente que se respira tiene algo de solemne.

—Perdón, señor. ¿Puedo ayudarle?

La voz es inconfundible. El muchacho se quita la capucha y contempla la sorpresa del cura al verlo.

—Buenas noches, padre. ¿Me reconoce?

—¡Dios mío! Claro. ¿Qué ha pasado con tu pelo?

—Nada. Me sobraba. Ya crecerá.

El chico entonces mira hacia la zona en la que está el órgano. Hace días que no toca y lo echa de menos.

—¿Has venido por él? —le pregunta el hombre, que le lee el pensamiento.

—No, padre. He venido porque quiero confesarme. Aunque luego me gustaría que me dejara tocarlo un rato.

—Muy bien. ¿Prefieres que te confiese aquí mismo o vamos al confesionario?

—Me da igual, pero tengo que hablar seriamente con usted. Aunque su Dios no me oiga, necesito contarle a alguien lo que he hecho.

CAPÍTULO 39

—

BLANCA

Sevilla, viernes 11 de octubre de 2019

La charla con la detective privado Mayo era lo que Blanca necesitaba para seguir creyendo en sus ideas. Celia piensa como ella: que Niko Olejnik había robado en las cuatro primeras casas, había dejado las partituras de Chopin como firma, pero que no era el asesino de Mesa y Cuevas. Tampoco el que había enviado el explosivo al periódico. Para esto último Blanca ya tenía un nombre.

—¿Ezequiel Mesa?

—Sí, jefa. El sobrino de Enrique. Él es el que te mandó el paquete.

—¿Cómo lo sabes? ¿Quién te lo ha dicho?

—Alguien de quien me fío. Tenemos que ir a la policía y que ellos investiguen.

Mercedes no lo ve claro, pero termina haciéndole caso. Las dos se suben al coche de la directora y se dirigen a la comisaría de Distrito Sevilla Centro. Allí hablan con un agente, que les pide que esperen a que el inspector jefe Montesorín las pueda atender.

—¿Sabes, Blanca? Me he arrepentido muchas veces de

lo que te dije el otro día en la redacción. Especialmente del tono en el que te hablé —comenta Mercedes Reinoso mientras aguardan a ser recibidas—. Fui demasiado agresiva contigo.

—No pasa nada.

—Sí que pasa. Cuando yo tenía tu edad también me echaron broncas de ese tipo. No eran agradables. Me prometí que, si algún día tenía a trabajadores a mi cargo, no caería en lo mismo. No he conseguido cumplir mi promesa y tal vez me he convertido en alguien que no quería ser.

Es la primera vez que oye a esa mujer hablar desde el corazón. Le impresiona escucharla abrirse con tanta sinceridad. Sin embargo, lo siguiente que Mercedes dice todavía le sorprende más:

—Sigues pensando que Chopin no asesinó a esos dos hombres, ¿verdad?

—Bueno, tengo mis teorías.

—Que no son las del periódico.

—No. Aunque entiendo que habéis tomado una dirección y que todos debemos ir por ese camino. En la facultad nos hablaban de mostrar nuestras ideas y nuestra personalidad en todo lo que hiciéramos, pero también nos informaron de la firmeza de la línea editorial de los medios.

—Es una mierda, pero así está montado. Todos a una, como en Fuenteovejuna —dice Mercedes, a la que Blanca ve algo cansada y cabizbaja—. Yo también tengo jefes y gente que está por encima de mí, a la que tengo que obedecer sí o sí. El lunes conociste a una de esas personas.

La chica intuye que se refiere al alcalde de la ciudad. Santiago de Gomar realizó unas declaraciones apoyando a la directora de *El Guadalquivir* después de la explosión en el periódico. Se le vio especialmente afectado y dispuesto a usar todos los recursos posibles para encontrar al responsable del atentado. No ha hecho falta: ella tiene la respuesta. Otro golpe de suerte gracias a un intercambio de información.

—Creo que cuando termine todo esto habrá que revisar tu contrato —suelta de repente Mercedes—. Te mereces más de lo que te estamos dando. Mucho más. Si quieres seguir con nosotros, claro.

—¡Por supuesto que quiero! —exclama Blanca ilusionada.

—Te van a llover las ofertas. Acuérdate siempre de quién te dio la primera oportunidad.

—Eso es algo que nunca olvidaré.

La mujer sonríe y cabecea como si estuviese recordando su primer trabajo. No sabía que Mercedes tenía ese lado amable y hasta bondadoso. ¡Le van a subir el sueldo! Se podrá ir a un piso algo más grande y que esté menos alejado de la redacción.

Han pasado más de quince minutos y Montesorín sigue sin aparecer. Blanca se levanta y estira las piernas. Se aleja unos metros del banquito en el que están sentadas y mira el móvil. En la última búsqueda que ha hecho en Google aparece la imagen de Ezequiel Mesa. En esa foto ya lleva el corte de pelo estrafalario que lucía en el entierro de su tío. Aún sigue sin comprender por qué envió el paquete con el explosivo a su jefa, pero de eso se encargará la policía.

Pasan otros cinco minutos y siguen sin noticias del inspector jefe. Entonces suena su móvil. No puede ser. El que la llama es Blas. Hace días que no habla con él y justo ese no es el mejor momento. El periodista insiste una y otra vez. Blanca se ve obligada a quitar el sonido al teléfono. Después de siete llamadas, la joven recibe un mensaje.

Blas
Necesito decirte algo. Por favor, Blanca. Solo será un minuto. Después si quieres ignórame el resto de tu vida. Llámame. No puedo más.

—Voy fuera un segundo a hablar por teléfono —le dice a Mercedes, que le da su conformidad.

Blanca se da prisa por salir de la comisaría y llamar a Blas. Se queda en la puerta del edificio. Busca su número y lo marca. Su compañero no tarda en responder.

—Muchas gracias. De verdad. Gracias por llamarme.

—Estoy muy ocupada. ¿Qué quieres?

—Escuchar tu voz.

—Venga, Blas. No me jodas. ¿Me has llamado veinte veces solo para escuchar mi voz?

—No, no, no. No solo. No solo por eso.

A la chica le parece que está muy nervioso, como si le costara enlazar las palabras en una misma frase.

—Debo irme. Tengo trabajo.

—¡No! Espera, por favor —le ruega el periodista—. No te vayas. Hacía mucho que no te oía. Te echo de menos. Mucho. Blanca.

—Blas, voy a colgar.

—Mi mujer se ha ido. Se ha llevado a los niños.

—¿Se ha ido a dónde?

—No lo sé. O me iba yo o se iba ella. Al final, ha decidido marcharse. Con sus padres, con una amiga, a un hotel. No me lo ha dicho.

La joven oye que el hombre llora mientras habla. Algunas de las frases que dice no las entiende. No parece el Blas sereno que tan bien la recibió en el periódico hace unos meses cuando llegó.

—A ver..., ¿qué ha pasado para que tu mujer se haya ido de casa?

—Le he dicho que ya no estaba enamorado de ella.

—¿En serio, Blas?

—Sí. No es de ahora. Creo que me pasa desde que tuvimos al segundo —dice el hombre, que no deja de gimotear. A Blanca empieza a darle lástima—. Pero vas dejándolo pasar y piensas que... piensas que no es... no es verdad. Que volverás a quererla. Y luego apareces tú. Y se confirma que ya no la quiero. Que mi corazón lo ocupa otra persona.

Ya está, lo ha dicho. Lo que Blanca temía escuchar desde que ha marcado su número. Se ha obsesionado con ella hasta tal punto que ha roto la relación con su mujer.

—Blas, ya te he dicho lo que pienso.

—Lo sé. Que no estás interesada en mí, que soy muy mayor y toda esa mierda.

—Es lo que siento —dice la joven, que resopla—. Oye, de verdad que me tengo que marchar. Estoy con Reinoso.

—¿En el periódico?

—No. En... en otra parte.

Prefiere no contarle que está en la comisaría esperando al inspector jefe Montesorín, porque es capaz de presentarse. Además, si hay una persona en ese momento menos estable en todo el planeta ese es Blas.

—No tengo ni una oportunidad contigo, ¿cierto?

—Completamente cierto.

—¿Jamás? Ni aunque...

—¡Joder! ¡No sigas con eso, tío! —lo interrumpe Blanca muy enfadada—. Siento mucho lo de tu mujer, pero no quiero nada contigo ni ahora ni nunca. ¡Soy lesbiana!

Nunca lo ha ocultado, aunque tampoco es algo que vaya pregonando por ahí. En pleno siglo XXI, no tiene que ir con un cartelito en la frente en el que diga que le gustan las chicas. ¿No ha pasado ya esa fase?

—¿Estás de coña?

—Claro que no.

—No me lo puedo creer. ¿Eres lesbiana?

—Sí. Además, te hice caso y me hice un perfil en Tinder. Acabo de conocer a una tía con la que me lo paso bien y desconecto del trabajo. ¿No es lo que me aconsejaste?

Un silencio repleto de tensión precede a una carcajada que suena aterradora. Blanca está a punto de colgarle y dar por terminado aquel sainete. Sin embargo, su compañero le revela algo que la deja de piedra:

—No es justo. La vida no está siendo justa conmigo. ¡Lo he sacrificado todo por una bollera! Soy el tío más estúpido que existe. ¡Si hasta aprendí a fabricar una bomba por ti!

—¿Qué estás diciendo?

—Tu obsesión es Chopin. Y mi obsesión eres tú desde hace semanas. ¿Por qué no convertirme yo en lo que más te importa en el mundo? Y, de paso, quitar de en medio a esa puta bruja. ¿Por qué tuvo que estallarle el explosivo a la pobre Nina? ¡No iba destinada a ella! ¡Todo me sale mal!

La confesión de Blas deja sin palabras a Blanca, que escucha aterrorizada el relato de su compañero. Es imposible. El que mandó el artefacto a Mercedes fue Ezequiel Mesa. Se lo aseguró la detective. ¡Están en la comisaría para denunciar al sobrino de Enrique y que la policía lo investigara!

—Blas, dime que todo esto te lo estás inventando.

—¿Crees que puedo inventarme algo así? Yo no quería hacer daño a Nina ni a la otra chica del periódico. ¡Mi objetivo era Reinoso! Te trató mal, Blanca. Te humilló delante de todos. Y no eres la única a la que se lo ha hecho. ¡Yo también he sufrido su prepotencia y despotismo! ¡Esa persona no merece vivir! Pero ha tenido mucha suerte. La que a mí me falta.

—¿De verdad fuiste tú?

—Sí, fui yo —reconoce una vez más llorando—. Ya me da lo mismo que lo sepas. Nunca voy a conseguir tu amor. Esta era mi última carta. No puedo seguir así. No... puedo. Te deseo lo mejor, Blanca. Sé muy feliz y espero que encuentres a esa chica que consiga quitarte de la cabeza al verdadero Chopin. Esto se ha terminado para mí.

—¿Qué vas a hacer? ¿Blas? ¡Blas! ¡Por Dios, Blas!

La llamada concluye. Rápidamente, la periodista vuelve a marcar el número de su compañero. El móvil está apagado. Lo intenta de nuevo, con la misma suerte. Mierda. Corriendo, entra en la comisaría y le dice a Mercedes que se han equivocado de persona. Ezequiel Mesa es inocente.

La policía no tarda en personase en el domicilio de Blas Hernández. Nadie les abre, por lo que tienen que forzar la puerta. Encuentran al periodista ahorcado en el salón. A sus pies hay un mensaje escrito a mano en una hoja.

> Espero que no me lo tengáis en cuenta. A veces, uno actúa movido por el odio, por el amor o por ambos sentimientos. No soy un mal tipo, pero sí un tipo con mala suerte. He intentado vencer mis obsesiones, pero no lo he conseguido.
> Hijos, os quiero. Y a ti, ya sabes quién eres, también.
> Yo no soy Chopin, pero me hubiera encantado ser tan importante como él. Al menos, he dejado mi huella. *¡Boom!*
> Hasta la próxima vida.
>
> Blas Hernández, periodista

CAPÍTULO 40

TRIANA

Sevilla, domingo 13 de octubre de 2019

—Muy bien. No te preocupes. En otro momento será.

—¿No te importa?

—No. Me quedaré en casa jugando a la consola. Espero que te mejores.

—Gracias, Cayetano. Adiós.

—Adiós. Cuídate, amor.

Triana cuelga rápidamente y suspira. Una vez más, ha mentido a su novio, pero no le apetece estar con él. Ayer también le dio plantón porque ahora mismo es incapaz de verlo. Tampoco le sale llamarle amor o alguno de los apelativos cariñosos que usan entre ellos. Debe de haber notado que algo pasa, pero le da miedo sacarlo en la conversación.

Lleva casi dos días sin comer. No tiene apetito ni ganas de nada. Desde que Niko se marchó el viernes, no ha vuelto a saber de él. Por una parte es buena señal, porque quiere decir que la policía no lo ha detenido. Pero lo echa muchísimo de menos y solo tiene ganas de llorar.

—¿Quieres que te prepare un bocadillo o un sándwich?

—No, mamá. No quiero nada.

Triana está tumbada en el sofá en pijama, con el mando a distancia en la mano. Cambia de un canal a otro sin fijarse en lo que ponen en la televisión, como lo hacía cuando se echaba con Niko mientras él le acariciaba los pies.

—No puedes seguir así. Hemos intentado ayudarle. Nos hemos arriesgado mucho por él. Niko es un verso suelto, no podemos controlar su vida.

—¿Dónde crees que ha podido ir?

—No tengo ni idea, hija.

—¿Habrá regresado a Polonia?

—No creo. La policía lo hubiera pillado en el aeropuerto. Saltaría una alerta en cualquier control. Niko no es tonto. Sabe que no puede arriesgarse a coger un avión.

—A lo mejor se ha ido en tren.

—Sucedería más o menos lo mismo. En cuanto se identifique, lo detendrán. Por no hablar de que cualquier persona podría reconocerlo, aunque se haya rapado la cabeza o se ponga la capucha de la sudadera. Su imagen no deja de salir por televisión.

Lo acusarían de los robos y de los crímenes firmados por Chopin, en los que apareció la partitura. Lo que se ha demostrado es que no tuvo nada que ver con el explosivo que enviaron al periódico *El Guadalquivir.* El viernes, bien avanzada la noche, la periodista Blanca Sanz llamó a su madre para decirle que sabían quién era el responsable del paquete bomba. No era Ezequiel Mesa, como creyeron en un principio. Había sido un periodista del propio medio de comunicación descontento con su directora. O esa era la versión oficial que estaban dando.

—A lo mejor se ha escondido en alguna parte de Sevilla —dice Triana, que suelta el mando sobre la mesa, harta de cambiar de canal—. En un albergue o en un hotel. Aunque es verdad que no tiene dinero y también sería muy temerario por su parte.

—Es complicado meterse en su cabeza y averiguar qué ha hecho.

—¿Y si ha vuelto a su casa? Ya no estará vigilada, ¿no?

—La policía habrá colocado a alguien junto a su edificio para que supervise si aparece. Hasta que no hayan localizado a Niko, no se marcharán. Además, habrán ordenado a los vecinos que avisen si lo ven.

Está claro. De forma indirecta, su madre le está diciendo que Niko no tiene salida. Que más pronto que tarde, en cualquier movimiento que haga, lo cogerán. El único lugar donde estaría seguro es con ellas. En cambio, Triana no cree que vuelva después de la estúpida discusión que tuvieron. Le ha dado muchas vueltas y piensa que metió la pata varias veces, aunque también cree que el chico no estuvo afortunado. Eso ya no importa. El resultado es que le han perdido la pista, quién sabe hasta cuándo.

Con lo bien que estaban las cosas. Relativamente. Por fin habían dado un paso adelante y se habían besado. Cada vez que lo recuerda se le pone la piel de gallina y se le acelera el pulso. Se notó que habían dejado de pisar el freno. Pero enseguida le entran ganas de llorar al no tenerlo con ella y no saber dónde está ahora.

Triana no puede más. Se levanta del sofá y va a su cuarto, donde se cambia de ropa. Lleva todo el domingo en pijama, y son más de las dos de la tarde. Fuera hace un estupendo y soleado día otoñal.

—¿Te vienes a dar una vuelta conmigo? —le pregunta a su madre, que está liada con unos papeles en el despacho.

—No. Voy a estudiar un caso que me ha llegado esta mañana por *e-mail*. No sé si cogerlo o no.

—¿Vas a volver a aceptar clientes?

—Sí. Tenemos que comer y pagar las facturas. Apenas nos queda dinero en la cuenta.

—¿Y lo de Niko?

—Se ha ido, y no sabemos si volverá. El material de lo que he investigado está en un cajón. Es todo lo que puedo hacer por ahora, Triana. ¿A dónde vas?

—No lo sé, mamá. Solo voy a salir a tomar un poco el aire. Me hace falta.

—Vale. Ten mucho cuidado.

Ya no corre peligro. Niko no está en su casa y no pueden acusarla de encubrirlo o de protegerlo. Sin embargo, mientras camina, vuelve a tener la sensación de que la observan. Incluso evita cruzarse con una pareja de agentes de policía y se cambia de acera antes de llegar a un paso de cebra.

Le cuesta disfrutar del paseo, y eso que el barrio de Santa Cruz es uno de los sitios con más magia de Sevilla. Triana se siente afortunada de vivir en esa zona de la ciudad. A Niko también le encanta perderse por esas callecillas tan estrechas y laberínticas. Lo hablaron varias veces durante los días de confinamiento. Por eso todo lo que se encuentra en el camino le recuerda a él.

—Cuando se solucionen las cosas, quiero que nos perdamos por este barrio.

—No creo que me pierda por aquí. Me lo conozco muy bien. He paseado miles de veces por estas calles desde que era niña.

—Pues entonces tienes que mostrarme todos los secretos de la judería y hacerme de guía.

—Perfecto. Trato hecho. Me encantará enseñarte todo lo que sé de mi barrio.

Fue uno de los primeros planes que hicieron juntos. Triana le iba a revelar los entresijos de Santa Cruz. Por desgracia, es algo que será poco probable que suceda.

Se siente tan triste que no puede evitar echarse a llorar en medio de la calle. No quiere que la vean. Se refugia en la pequeña plazuela de Santa Marta y se sienta en la esquina de uno de los arriates. Los cuatro naranjos que alberga aquel encantador paraje y el crucero situado en el centro son testigos de las lágrimas de Triana. La de cosas que cambiaría si pudiera retroceder en el tiempo.

Varios minutos más tarde, en los que no se le va Niko de la cabeza, hace un esfuerzo por recomponerse. Se seca los ojos con un pañuelo de papel y se pone de nuevo en marcha. Prácticamente sin darse cuenta, llega a la calle en la que vive Brenda. Su amiga cumplió con su promesa y no le reveló a nadie lo que Triana le había contado. Se arrepiente de haber dudado de ella. No han hablado demasiado en las últimas horas. No le ha apetecido. Aunque sí le ha explicado por audios de WhatsApp que el chico se ha ido de su casa y que lleva desaparecido desde el viernes por la noche. A lo mejor, si charla un rato con ella, se siente mejor. Bren siempre es capaz de sacarle una sonrisa en los peores momentos.

Llama al timbre de su casa y escucha unos pasos que se acercan a la puerta. La que le abre es una mujer que viste como si acabara de estar en misa.

—¡Hola! ¡Cuánto tiempo!

—Hola, Nieves —saluda Triana a la madre de Brenda, muy feliz por la visita. Hacía bastante que no se veían—. ¿Está su hija?

—Qué va. Se ha ido hace una media hora más o menos.

—Vaya. ¿Y sabe dónde puedo encontrarla?

—Me parece que me dijo que se iba a tomar una caña a la Bodeguita.

—¿Se ha ido sola?

—¡No! Un chico ha venido a recogerla. No me preguntes quién era porque yo no me meto en esas cosas de la niña. Además, ni he visto al muchacho. Solo he oído su voz.

—No se preocupe. A mí tampoco me cuenta nada.

Las dos se ríen, aunque a Triana le sorprende lo que la mujer le ha dicho sobre su amiga. ¿Un chico? No le ha mencionado nada sobre ningún ligue o noviete. Quizá sea un compañero de la facultad o alguien que ha conocido por Internet, algo muy habitual en Brenda. Ahora siente una curiosidad enorme. Se despide de Nieves con un abrazo y se dirige hacia la Bodeguita Antonio Romero. Es un bar que a las dos les encanta, en el que tiran bien la cerveza y ponen tapas muy ricas.

No está muy lejos. De camino, Triana reflexiona sobre una cuestión en la que no ha reparado hasta ese momento. Tiene la impresión de que, desde hace un tiempo, las conversaciones siempre giran en torno a ella. La vida de Brenda ha pasado a un segundo plano. No sabe muy bien cómo le va en la facultad, si hay alguien que le guste más de lo normal ni si está viendo alguna serie de televisión que la haya enganchado. Sucede desde que terminó el verano y, sobre todo, desde que apareció Niko. Tendrá que ponerle remedio cuanto antes.

El velador de la Bodeguita está repleto. Triana camina hasta la terraza y busca a su amiga. La encuentra en una de las mesas más alejadas. Pues sí, está acompañada. Al joven lo ve de espaldas, pero lo reconoce de inmediato.

¡Es Cayetano! ¡Y su amiga se ríe a carcajadas!

Duda en si ir o no, pero es tarde. Brenda la ve. Diría que suelta algún tipo de palabra mal sonante, al tiempo que se pone de pie. Cayetano se gira y también se queda mirando a su novia.

Triana no sabe cómo encajar la situación. Siente una angustia enorme, que va de la garganta al estómago. Solo se le ocurre darse la vuelta e irse por donde ha llegado. Su amiga corre hasta ella y la alcanza. Las dos se detienen en mitad de la calle Antonia Díaz y se miran a los ojos.

—No es lo que parece.

—Esperaba algo más original por tu parte.

—Es la verdad, Triana. Parece lo que no es.

—¿No estás tomando una cerveza con Cayetano y riéndote con él como si te hubiera contado el mejor chiste de la historia?

—Eso sí. No te voy a mentir —dice Brenda, que se frota la frente muy nerviosa—. Ha sido él el que ha venido a verme.

—¿Para qué?

—Para hablarme de ti. Quiere dejarlo, Triana. Me estaba pidiendo consejo para averiguar cómo hacerlo.

—No es cierto.

—Es la realidad, cariño. Se ha dado cuenta de que lo vuestro no va a ninguna parte y no quiere seguir sufriendo. Me llamó ayer. Necesitaba desahogarse.

—¿De verdad?

—Te lo juro por lo más sagrado. Nunca te traicionaría.

Triana se da cuenta de que su amiga está siendo sincera. Chasquea la lengua y se abraza a ella. Suelta la tensión que lleva acumulada en un grito que resuena en esa parte de la ciudad.

—Me ha preguntado si hay otro —continúa Brenda, también con lágrimas en los ojos—. Al final, no le he podido mentir. Lo siento.

—¿Sabe que ese otro es Niko?

—Por supuesto que no. Tampoco le echa la culpa a él. Sabe que hace tiempo que no sois los de siempre. Su error ha sido intentar salvar lo que ya no era salvable.

—¿Y esto por qué no me lo ha dicho antes?

—¡Porque fingías que estabas enferma en casa!

—¿Se me ha notado mucho?

—Un poco. Te conozco desde hace mucho tiempo. A mí no me engañas.

—Lo siento. En realidad, no me encuentro muy bien.

—Eso es por amor. ¿Sabes algo de él?

Triana niega con la cabeza y vuelve a dar un abrazo a Brenda, que la besa en la frente. Las dos se giran y ven a Cayetano, que las observa. Parece que no quiere interrumpir ese momento entre amigas.

—Es hora de que cerréis una etapa.

—Sí, yo también lo pienso. Debo seguir adelante sin él.

Y, mientras Triana y Cayetano dialogan tranquilamente sobre el final de una relación, en una iglesia de construcción barroca, muy cerca de donde están, un joven, bajo la capucha de su sudadera, interpreta una polonesa de Chopin.

CAPÍTULO 41

CELIA

Sevilla, domingo 13 de octubre de 2019

En su móvil suena un tema de Raffaella a tope. Celia escucha música e intenta distraerse mientras estudia un caso que le han enviado por correo electrónico. Una mujer le ha escrito pidiéndole que investigue a su socio en una empresa textil. Desde hace semanas, percibe que falta material y dinero, y piensa que él es el responsable. Aburrido, pero puede proporcionarle una buena facturación a final de mes. En lo que lleva de octubre no ha entrado ni un euro, y su cuenta bancaria está bajo mínimos. Si sigue así, tendrá que pedir un préstamo.

Sin embargo, la detective no está al cien por cien pendiente de ese nuevo trabajo. Triana acaba de irse y es obvio que echa mucho de menos a Niko. A pesar de lo que le ha dicho a su hija, ella también está muy preocupada por el chico. Al menos le gustaría saber que está bien. ¿A dónde habrá ido? El teléfono lo mantiene apagado desde el viernes, y la policía no ha conseguido dar con su paradero, algo que los medios de comunicación se encargan de repetir una vez tras otra. Seguro que Montesorín y los suyos no están muy satisfechos. A lo mejor si habla con el inspector jefe puede averiguar cómo están las cosas en ese momento.

CELIA

Hola, Javier. Teníamos algo pendiente.
Estos días me es imposible quedar para
cenar, pero ¿te apetece tomar una
cerveza? Dime día, sitio y hora y lo
cerramos. Espero tu respuesta.

El mensaje le suena demasiado formal. Parece que le pide quedar para hablar de trabajo. En realidad, casi se trata más de eso que de una charla entre viejos amigos. En los últimos días, Montesorín no ha parado de salir en los informativos locales y en programas nacionales. Lo ha visto en *Espejo Público*, en el programa de Sonsoles Ónega y hasta en el *Telediario* de TVE. Se ha convertido en un personaje bastante popular. ¿Tendrá tiempo para una caña? La respuesta la obtiene enseguida:

JAVIER MONTESORÍN

Precisamente te iba a llamar porque
me gustaría hablar contigo de una
cuestión. ¿Quedamos ahora? Si tienes
tiempo y te apetece, me paso por tu
casa.

A Celia le coge de improviso que Javier quiera ir a verla ya. Está a punto de rechazar su propuesta o de decirle que se reúnan en otro sitio. Sin embargo, acepta. Jugar en casa debe de tener alguna ventaja. Rápidamente, se cambia de ropa y se maquilla un poco. Aquello no es ni mucho menos una cita, pero hace días que no se ve con muy buena cara.

El inspector jefe Montesorín aparece veinte minutos después de que la mujer le enviara el wasap de confirmación. Javier va con unos vaqueros negros y un jersey verde aceituna muy fino que hace que se le marque su bien trabajado cuerpo. Celia lo invita a sentarse en el salón y le pregunta qué quiere tomar. Ambos se decantan por un botellín de Cruzcampo bien frío.

—Hace mucho tiempo que no pasaba por tu casa.

—Cinco años y medio, más o menos —le recuerda Celia—. Lolo todavía vivía.

—Es verdad. Aquel día también nos tomamos unas cervezas en este salón. Éramos felices en aquella época, ¿verdad?

—Más que ahora. Al menos yo.

—¿Ya no eres feliz?

—No puedo serlo del todo, Javier. Siempre me falta algo. Lolo no está. Aunque viva momentos buenos, que también los ha habido, sobre todo con Triana, tengo la sensación de vacío. De que esa felicidad nunca más será completa.

—Es una visión muy pesimista —dice el hombre después de dar un trago de su botellín—. Entiendo que Manuel es irremplazable y que nunca lo olvidarás. Pero todavía eres muy joven. Estás a tiempo de reconducir tu vida.

—Es fácil decirlo. ¿Cómo lo hago?

—Encontrando a otra persona que te haga sentir bien en tu día a día.

—Ya tengo a esa persona: Triana.

—Venga, Celia. Sabes de lo que hablo. ¿No ha habido nadie que te haya llamado la atención en estos cinco años? ¿Algún amigo especial?

Lo cierto es que no. Desde que murió su marido, no se ha fijado en nadie. No es que se lo prohíba. Simplemente, ni ha sucedido ni ha tenido ganas de que sucediera. Y es verdad que aún es joven para buscar a otro hombre al que amar y compartir aficiones, gustos o viajes. Pero no se ha dado el caso, y duda que suceda en un futuro cercano.

—Hace mil años que no salgo de noche y no me van las nuevas formas de conocer a gente que hay en Internet. Esas historias se las dejo a las nuevas generaciones.

—Yo sí que he probado esas aplicaciones.

—¿Sí? ¿Un policía nacional se fía de eso?

—No mucho, pero yo tampoco salgo demasiado —se lamenta Montesorín—. Solo no se está mal. Aunque es bueno tener a alguien con quien hablar cuando llegas a casa, harto de todo el día en el trabajo.

—¿Tú tienes a esa persona?

—No. Estoy soltero desde que me separé. Aunque he tenido mis líos ocasionales.

—Ahora te estarán saliendo pretendientes por todas partes. Te has hecho muy famoso.

—Si mis padres vivieran, se sorprenderían. A mí, que no me gustaba ni hacerme fotos. La de broncas que tuve con la buena de mi madre porque me escaqueaba siempre en la típica foto familiar con mis primos y mis tíos.

—Me acuerdo de tu madre. Qué gran mujer era.

—Sí, pero tenía bastante mala leche.

En lo que dura ese primer botellín, Celia y Javier charlan sobre ellos y sus familias, y repasan pasajes de sus vidas. La mujer no se quiere precipitar y que parezca que solo desea que le revele información del caso Chopin. Cuando se vieron la otra vez, dio la impresión de que solo le interesaba eso. Además, su amigo es un buen conversador y siempre cuenta cosas interesantes.

Cuando Celia va a la cocina a por la segunda cerveza, le suena el móvil. Por un instante, piensa que puede ser Niko y se sobresalta. Pero el que aparece iluminado en la pantalla es el nombre de su hija.

—Dime, Triana.

—Mamá, no voy a ir a casa de momento. Estoy con Cayetano. Luego te contaré. Solo quería avisarte.

—¿Te encuentras bien? —pregunta la mujer preocupada—. Te noto la voz tomada.

—Sí, estoy más o menos bien. Nada grave.

—¿Ha pasado algo con Cayetano?

—Lo que tenía que pasar desde hace tiempo, pero te lo explico cuando vuelva.

—Bueno. Estoy con Javier Montesorín. Ha venido a verme a casa.

—¿Sabe algo de Niko?

—Creo que no. Por lo menos todavía no me ha dicho nada.

—Sácale toda la información que puedas, por favor.

—Estoy en ello.

—Vale. Tengo que colgar. Nos vemos después. Adiós, mamá.

La mujer se despide de su hija, a la que ha notado afectada. Quizá haya roto por fin con su novio. Era previsible.

Esa historia ya no se sostenía, y menos después de la aparición del joven polaco.

Celia coge dos botellines más del frigorífico y unas aceitunas para acompañarlos. Espera que el alcohol no se le suba demasiado. No está acostumbrada a beber, e incluso dos simples cervezas pueden terminar haciéndole efecto.

La mujer le da la bebida al inspector jefe y este le pide que brinden.

—Por el retorno de esta buena amistad y que nos veamos con más frecuencia —dice el hombre al tiempo que choca su botellín con el de Celia.

Los dos beben y, por unos segundos, la detective duda en si debe ya sacar el tema por el que quería quedar con Montesorín. Da otro pequeño trago a su cerveza y por fin se lanza.

—Desde que nos vimos el lunes, han pasado muchas cosas relacionadas con el caso Chopin.

—Demasiadas. Estoy exhausto. Física y emocionalmente.

—Es lógico. Los medios no paran de hablar de eso y tú has hecho no sé cuántas entrevistas y ruedas de prensa para explicar cómo está la situación.

—Ha sido una semana movidita.

—Me dijiste que me ibas a contar tres cosas sobre el caso. ¿Recuerdas?

—Sí, lo recuerdo a la perfección —asiente Javier, que sonríe de una manera que Celia no sabe cómo interpretar—. Tuvimos que aplazar la cena, en la que te iba a revelar la tercera, por lo que sucedió en *El Guadalquivir.* Me llamaron de urgencia.

—Parece que te encargues tú de todo. Los robos, los crímenes, la explosión...

El hombre suelta una carcajada y se cruza de piernas mientras apoya el codo en el brazo del sofá y mira fijamente a Celia.

—Ya sabes que en la Policía Nacional tenemos varias secciones, cada una especializada en algo. Pero, desde el principio, el comisario ha querido que yo me ocupe y dirija este caso y todo lo referente a él. Es verdad que ahora ha llegado la UCO, que les gusta meter las narices en todo. Se lo permito hasta cierto punto. A Chopin lo voy a atrapar yo, y no voy a consentir que nadie me quite ese placer.

—Te lo has tomado como algo personal.

—Yo no lo veo así, Celia. Son muchas semanas trabajando en este asunto y quiero que mi equipo y yo seamos los que disfrutemos de la gloria de coger a ese tipo. Las fotos y las imágenes en televisión me dan lo mismo, te lo aseguro. Lo que deseo es que en la comisaría en la que trabajo quede grabado a fuego para siempre quiénes fueron los que metieron en la cárcel al criminal más mediático que ha actuado en Sevilla.

—Estás muy seguro de que lo atraparéis.

—Sí, convencido. Es cuestión de tiempo que Nikolai aparezca. Seguimos peinando toda la ciudad día y noche. En alguna parte tiene que estar.

—¿Y si ha salido de Sevilla?

—Da lo mismo. Lo cogeremos. Aunque se haya marchado a Pernambuco, que no ha podido porque hay orden de búsqueda y captura, y si le da por subirse a un avión, tren o barco, está perdido.

Celia ya imaginaba que Niko no podría huir sin que la

policía se enterase. Hoy es imposible salir de un país sin ser detectado. Al menos, no de forma legal.

—Lo tenéis todo muy bien organizado.

—Sí, pero el chico aún no ha aparecido. A pesar de que tenemos alguna pista de dónde ha podido estar.

—¿Sabéis dónde se esconde?

—No. Pero hay bastante gente que lo ha reconocido y ha llamado a comisaría. Personas que, por ejemplo, lo vieron en el convento de Santa Inés, en la iglesia de El Salvador, tocando el órgano, o hace unos días, caminando por el barrio de Santa Cruz.

—¿Lo han visto por aquí? —pregunta Celia haciéndose la sorprendida, aunque por dentro está en tensión.

—Sí. Es un chico muy llamativo, con ese flequillo y su cara de niño bueno. No es complicado de reconocer. La gente se queda con su cara.

Eso quiere decir que lo vieron antes de que se rapara la cabeza. Niko se encerró en su casa el domingo, por lo que esos avisos deben de referirse a ese día o a otros anteriores.

—¿Y la tercera cosa que me ibas a decir? Aún no me lo has contado.

—Eso ya no tiene sentido. Ha caducado —comenta Montesorín, que da un gran trago al botellín hasta que se lo termina—. Pero a cambio te voy a revelar algo.

—¿Sí? ¿El qué?

El hombre se pone de pie y se acerca hasta el mueble del salón, en el que hay varias fotos enmarcadas de Celia y Triana. En alguna también sale Lolo con ellas. Javier alcanza una de madre e hija y la mira con atención.

—Os parecéis bastante.

—Bueno, es mi hija. Normal, ¿no?

—También tiene mucho de su padre. Es buena chica, ¿verdad?

—La mejor. He tenido mucha suerte —dice Celia inquieta—. Se ha hecho mayor muy rápido.

Montesorín suelta la fotografía y se sienta sobre el brazo del sofá. Se queda mirando una vez más fijamente a la mujer y resopla.

—Celia, no me voy a andar con rodeos. Lo hago así por ser tú. Por la amistad que me une a ti y por lo que quería a tu marido. Tienes que darme una buena explicación de por qué el casco de Triana estaba en el piso de Nikolai Olejnik.

CAPÍTULO 42

NIKO

Sevilla, domingo 13 de octubre de 2019

El padre Salvador ha hecho mucho por él durante esos dos días. Niko le está muy agradecido por dejarle quedarse en la habitación situada en la parte trasera de la iglesia. Le bastaba con un sofá en el que dormir y una pequeña televisión. Hasta le ha prestado algo de ropa y le ha llevado comida. En confesión, el chico le contó lo que había sucedido. Se arrepintió y pidió perdón por los robos en las casas y por todas sus fechorías anteriores. Pero le dejó muy claro que él no había matado a nadie ni había enviado una bomba al periódico. Eso era obra de otra persona que se estaba haciendo pasar por él. El hombre le creyó. Luego tuvo que dar explicaciones al resto de los curas que dan misa en El Salvador. Todos acabaron por aceptar a Niko. Aunque las cosas se estaban poniendo difíciles.

—La policía ha venido otra vez para preguntar si sabíamos algo de ti —le dice el padre Salvador, que le da un sándwich de pollo y una botella de agua—. Algunos fieles te vieron tocar el órgano el domingo pasado y te han reconocido cuando ha salido tu foto en la prensa.

—Lo siento mucho. Solo les estoy dando preocupaciones.

—No pasa nada. Aquí no se atreven a entrar. La casa de Dios es sagrada, y la policía no daría un paso más si no supiera con seguridad que tú estás dentro. Además, necesitan una orden de registro o algo así, ¿no? Lo he visto en las películas.

El joven sonríe y examina el interior de su sándwich. No tiene muy buena pinta, pero está muerto de hambre y se lo come con ganas. No probaba bocado desde el desayuno, hace unas horas.

—De todas maneras, no puedo estar así eternamente.

—La eternidad solo es cosa de Dios, hijo.

—Les estoy muy agradecido a usted y a los demás, pero tengo que planear cómo salir de aquí y a dónde puedo ir.

—Ya sabes que te puedes quedar con nosotros el tiempo que necesites. El resto de los sacerdotes piensan lo mismo. Ya te has arrepentido de tus pecados. Estás libre a nuestros ojos y a ojos de Dios. No queremos que te carguen delitos que no has cometido.

Ojalá fuese así de fácil con la policía y el juez. Una confesión, varios padrenuestros como penitencia y quedas liberado de todos tus pecados. Teme que, cuando lo atrapen, las cosas serán de otra manera. Durante esos días le ha dado tiempo a pensar mucho y se ha dado cuenta de que por nada del mundo quiere ir a la cárcel. También ha pensado en Triana y ha estado a punto de llamarla varias veces. Sin embargo, no lo ha hecho. Recurrir otra vez a ella y a su madre sería ponerlas en una situación límite. En peligro máximo. Sin embargo, sus sentimientos por la chica no han cambiado, y se arrepiente de cómo terminaron. Para eso no hay oraciones ni rezos que sirvan de penitencia.

—¿Necesitas algo más?

—¿A qué hora es la próxima misa?

—A las ocho. Aunque no estaré yo. La oficializará el padre Dionisio.

—¿Puedo tocar el órgano hasta que comience?

—Sí, puedes hacerlo. Hoy no tenemos visitas culturales, así que la iglesia está cerrada hasta que la abramos para la eucaristía, media hora antes de empezar. Pero ponte la capucha de la sudadera, por si acaso.

El chico asiente y le asegura que hará lo que le pide. Tocar es lo único que le hace feliz en esos días tan difíciles. Ayer estuvo un buen rato por la noche, cuando la iglesia cerró al público. Se nota un poco falto de práctica, pero le da lo mismo. Delante del teclado, se deja llevar y se olvida por completo de lo que está viviendo. La música le recuerda a momentos buenos y le hace sentir libre. Se lo explicó al padre Salvador mientras cenaban juntos en aquella pequeña habitación. Lo escuchaba hablar con brillo en los ojos y lo comparaba a lo que él experimenta cuando promulga la palabra de Dios.

—Cada uno hemos nacido con una misión en la vida, Niko. Yo me dedico a contarles a otras personas mi amor por Dios y tú has venido al mundo para entregarte a la música. Nunca había visto a alguien tocar tan bien ese órgano. Escuchándote hablar con tanta pasión, comprendo de dónde viene tu virtuosismo.

—Tengo que aprovechar ahora, padre. En la cárcel no me dejarán tocar.

—Ya veremos qué pasa. Dios proveerá.

Las horas se le pasan volando al teclado. Se sabe de memoria algunas piezas; otras las busca en Internet y las interpreta hasta que le salen perfectas. Está tan concentrado en el órgano que no presta atención a nada más. Ni siquiera a que el padre Dionisio ha entrado en la iglesia acompañado. El hombre señala hacia donde está el joven, con la capucha de la sudadera puesta. Niko solo se entera de que dos policías van hacia él cuando levanta la mirada y los ve corriendo por el pasillo central. Entonces reacciona. Por suerte, los dos agentes han elegido el mismo camino por el que avanzar. Eso le permite sortearlos por el lado derecho de los bancos. Es muy rápido y no pueden seguirlo. Sin embargo, cuando sale a la calle, otros tres policías están haciendo guardia en la puerta de la iglesia. Niko se siente acorralado. Es el fin.

Varsovia, jueves 22 de diciembre de 2011

—Abuelo, ¿no tienes miedo a que algún día te cojan y te metan en la cárcel?

—Ni me van a coger ni me van a meter en la cárcel, Niko. Eso solo les pasa a los malos.

—Pero has robado. La policía podría venir a por ti en cualquier momento.

La sonrisa de Dariusz contrasta con la preocupación en el rostro de su nieto. El hombre saca una cartera del bolsillo de la chaqueta y extrae dos billetes de cien eslotis.

—Toma, para que te compres algo. Estamos en Navidad.

El chico le da las gracias y se guarda el dinero en el abrigo. Sabe que su abuelo acaba de robar esa cartera, pero, como le ha dicho, es Navidad. Y no suele regalarle nada.

Al día siguiente, Niko camina solo por la ciudad. Varsovia ha amanecido nevada, y la temperatura debe de andar por los tres o cuatro grados bajo cero. Estaría mejor en casa, al calor del fuego de la chimenea que su abuelo ha preparado. Pero quiere gastar los eslotis y comprarse algo. Sabe en qué invertirlos. En la calle Nowy Swiat hay demasiada gente y se agobia un poco. No suele frecuentarla. Esa zona está repleta de tiendas de ropa, que lucen preciosas con los adornos navideños. Se detiene frente a una con aspecto de cara, porque en el escaparate contempla lo que andaba buscando. Esa bufanda roja parece calentita, y le quedaría genial con el abrigo que lleva. Entra en el local y espera a que un dependiente le atienda. Algunos clientes se le quedan mirando. ¿Será por el arito de la oreja derecha? Tenía ganas de ponerse uno y la semana pasada por fin se decidió. Aunque a su abuelo no le hizo gracia.

—Los pendientes en las orejas son para las mujeres, los maricones y los piratas.

Le cayó una buena reprimenda. ¿Habrá algo que haga que a Dariusz le parezca bien? Últimamente se enfada por todo. Le echa broncas constantes y hasta se le escapa algún que otro guantazo. A Niko le duele más la frustración que los golpes. Luego llegan las amenazas de abandono y al final las disculpas. Su abuelo no es un buen tipo, lo sabe. Pero es el único familiar que le queda vivo. Sin él, quizá estaría mendigando en alguna calle de Varsovia. Ahora, en cambio, dispone de doscientos eslotis para gastar en una preciosa bufanda.

—¿Puedo ayudarte en algo? —le pregunta un joven rubio de ojos azules.

—Sí. Quiero esa bufanda.

Niko señala la que tienen expuesta en el escaparate. El dependiente arruga la nariz y muestra cierta desconfianza.

—¿Tienes dinero para pagarla?

—Por supuesto.

—¿Estás seguro?

—Claro. Mira —dice el niño, que le muestra los dos billetes que guarda en la cartera.

—Bien. Espera un segundo. Vengo enseguida.

El joven le sonríe con amabilidad, aunque Niko no las tiene todas consigo. A pesar de que es más alto que los chavales de su edad, su rostro no engaña. Tiene once años y todavía nadie lo toma en serio. En especial, los adultos.

El dependiente regresa a los pocos minutos con una caja en las manos. La coloca sobre un mostrador y la abre. De su interior saca una bufanda roja similar a la que está en el escaparate. Niko la observa entusiasmado. ¡Es preciosa!

—¿Puedo cogerla para probarme cómo me queda?

—No, lo siento. No puedo dejar que te la pruebes.

—¿No? ¿Por qué?

—Son normas del establecimiento.

El muchacho mira hacia otro mostrador en el que una niña, algo más pequeña que él, se está probando un gorro de lana. Su madre da palmaditas muy feliz y no para de decirle lo guapa que está.

—Está bien. ¿Cuánto es?

—Doscientos cinco eslotis —responde el joven de ojos azules, que guarda de nuevo la bufanda en la caja.

—¿Doscientos cinco? ¿No tiene un descuento navideño?

—Esta no. Lo siento.

—Solo dispongo de doscientos. ¿Me la puedo llevar y luego le traigo lo que me falta?

—No me está permitido hacer eso. ¿Quieres otra cosa?

Niko niega con la cabeza y se queda mirando a la niña del gorro de lana. Ella sí que se lo ha comprado. De repente, se siente muy mal. Si sus padres estuvieran vivos, si no hubieran tenido aquel accidente con el coche, seguro que la bufanda sería suya. Sin embargo, su abuelo ni siquiera lo ha acompañado. Le ha dicho que era un estúpido por salir a la calle con ese frío. Después le ha lanzado un zapato, que ha conseguido esquivar.

—Por favor, ¿puedes dejar espacio libre para que pueda atender al resto de los clientes? Muchas gracias.

Las palabras del dependiente y el tono con el que se dirige a él no le sientan nada bien. Niko lo mira desafiante, aunque el joven de los ojos azules ni se inmuta. Su ira se desata. Coge un bolígrafo que ve sobre el mostrador y se lo clava en la mano. El grito de aquel tipo es desgarrador. Se genera el caos en la tienda, porque nadie sabe lo que está pasando. Niko aprovecha ese instante para abrir la caja y se apodera de la bufanda roja, que esconde en el abrigo. Después corre todo lo que puede hacia la salida.

Es su primer robo, la adrenalina se le dispara. Pero no acaba bien. El guardia de seguridad de la tienda lo detiene en la puerta y le obliga a devolver lo que se ha llevado. Además, en un cuarto trasero, se lleva dos puñetazos de regalo y dos patadas en el estómago. No es todo. Al regresar a casa con un ojo morado y cojeando, su abuelo le pregunta qué le ha pasado.

—Me metí en una pelea. No es nada.

—¿Nada? Si parece que vienes de la guerra. Por lo que veo, has perdido el combate. Eres más tonto de lo que pareces.

La risotada de aquel hombre le duele tanto como la paliza que le han dado el dependiente y el empleado de seguridad de la tienda. Casi ocho años más tarde, en Sevilla, su abuelo ya no está para reírse de él por haber sido atrapado. Pero, cuando lo detienen, mira hacia arriba y le echa la culpa al hombre que lo educó por no enseñarle el camino correcto. Solo espera que, esté donde esté, en el cielo o en el infierno, Dariusz le ayude a salir indemne de aquella dramática situación.

CAPÍTULO 43

—

BLANCA

Sevilla, domingo 13 de octubre de 2019

Es muy complicado explicar cómo se siente. En realidad, todavía no ha encontrado la palabra exacta que describa su estado de ánimo.

Blanca deambula de un lado al otro de su piso, del que se acaba de ir Ana, con la que ha pasado la noche. Con ella no ha hablado de lo de Blas. Tampoco se ha extendido mucho en el tema con su familia, que se ha enterado por los medios de comunicación de que su compañero se ha suicidado y de que mandó el paquete explosivo al periódico. Su madre le ha dado su más sentido pésame, porque estaba al tanto de su amistad con el fallecido. En cambio, su padre se ha alegrado de que aquel hombre decidiera acabar con su vida después de que casi se llevara por delante la de otras personas.

—Si tenía algún tipo de malestar con su jefa, que lo hubiera solucionado con un abogado o que se hubiese ido del periódico. ¿Qué clase de loco fabrica y manda una bomba a alguien con quien no se lleva bien?

¿Loco? ¿Blas se había vuelto loco? A Blanca no le gusta

usar esa palabra con alguien que tiene un problema de salud mental. Por supuesto que no justifica lo que hizo. De hecho, le tocó ser la víctima de la obsesión de su compañero. Eso hace que se pregunte hasta qué punto debería sentirse responsable de lo que ha pasado. Piensa que su responsabilidad ha sido nula, pero de alguna manera se siente culpable.

En ninguna parte ha salido publicado nada sobre ella. Menos mal. La conversación telefónica que mantuvo con Blas antes de suicidarse le dejó claro los motivos por los que había perpetrado aquella locura. Quiso ser Chopin, formar parte del caso y, de paso, hacer pagar a Mercedes Reinoso su tiranía. En la prensa, lo que apareció fue que Blas había enviado el paquete explosivo por su mala relación con la directora y que se había suicidado por remordimiento. En el periódico y en la página web de *El Guadalquivir* apenas mencionaron el hecho. Sacaron un par de notas breves y pidieron respeto para la familia del periodista. Ni una sola referencia a Chopin, al que en otros artículos siguen acusando de los asesinatos de Mesa y Cuevas.

No tiene hambre, aunque se obliga a comer algo. Se prepara una tortilla de espárragos y un caldo que ya tenía hecho de la noche anterior. Mientras cocina, recibe un audio de WhatsApp. Le sorprende su autora. La voz de Luna González suena igual de bonita por televisión que en el móvil:

AUDIO DE LUNA GONZÁLEZ
Hola, Blanca. ¿Cómo estás? Hasta
ahora no hemos hablado del tema de
Blas. Sé que erais muy amigos. Siento

mucho lo que le ha pasado. Me he
enterado de que el entierro es
mañana, pero no estoy segura de ir.

El audio termina ahí. Blanca lo escucha de nuevo. Espera un par de minutos para ver si Luna le envía otro porque se da cuenta de que sigue grabando. Al final llega el mensaje. Le da al *play* y lo oye intrigada:

Audio de Luna González
¿Tú crees realmente que Blas le envió
el paquete a Mercedes? Por lo que me
he podido enterar, la policía no ha
encontrado rastros de que fabricara
ningún explosivo en su casa ni en el
trastero del garaje en el que dejaba el
coche. Pudo deshacerse de las
pruebas, claro. Pero es muy extraño.
Lo conocía muy bien y no me encaja
para nada.

Ese segundo audio todavía le crea más incertidumbre que el anterior. No sabía que Luna y Blas se conocían tan bien como dice. Nunca los había visto juntos, y su compañero apenas la había nombrado en los meses que llevaba en la redacción. Es cierto que cuando entró a formar parte de *El Guadalquivir*, muchos ya se conocían desde hacía más de año y medio. Quizá eran amigos desde el comienzo y se fueron alejando poco a poco.

Cinco minutos después, mientras se termina la tortilla, llega un tercer audio:

Audio de Luna González

¿Y si fue otra persona la del paquete bomba? Es que, sinceramente, yo no lo veo haciendo algo así. Por mucho que odiara a Mercedes, como dicen los medios. Es verdad que su carácter era un poco obsesivo, pero no para hacer daño a nadie. Y menos con un explosivo. No sé. Todo me huele muy raro. ¿Qué te parece a ti?

No hay un cuarto wasap. Blanca no responde de inmediato. Va hasta el frigorífico y coge un yogur de plátano. Se lo come en la cocina mientras escucha de nuevo los tres audios que le ha enviado Luna. Su opinión le hace recordar lo que sostenía la detective Mayo. A Celia le costó aceptar que Ezequiel Mesa no fuese el que envió el explosivo a la redacción de *El Guadalquivir*. Cuando la llamó para informarla, Celia se quedó perpleja al oír que el responsable era uno de sus compañeros en el periódico. Blas había sido muy claro en la última conversación que mantuvieron. Lo confesó todo, se suicidó y dejó aquella nota de despedida en la que se sentía aludida.

La chica se piensa la respuesta y al final también le manda un par de audios:

Audio de Blanca

Hola, Luna. Están siendo momentos muy duros. Gracias por tu interés. Sí, Blas y yo éramos buenos amigos. Nuestras mesas estaban juntas en la redacción y fue el que me acogió cuando llegué. Tampoco sé si iré al entierro o no. No me gustan los cementerios. Esta noche lo decidiré. Por cierto, no sabía que os conocíais tanto.

AUDIO DE BLANCA

En cuanto a lo que dices del explosivo... No sé qué responderte. Imagino que la policía tendrá las pruebas pertinentes de que lo hizo él. De todas maneras, es un asunto muy complicado.

No se atreve a revelarle más. Prefiere no hablarle de la charla telefónica de la noche del viernes, de lo que había sucedido entre ellos en los últimos días, ni de que ella fue la que alertó a la policía de lo que estaba ocurriendo. Mercedes es la única que sabe la verdad y con la que Blanca conversó cuando se enteraron de que Blas se había ahorcado en el salón de su casa. Seguían en la comisaría cuando recibieron la noticia.

—Joder, Blanca. No sabía que se había obsesionado contigo. Siento mucho no haber estado más pendiente —le dice la directora de *El Guadalquivir* después de que la joven se haya desahogado—. Creía que estaba muy unido a su mujer.

—Yo también, hasta hace unos días. Me soltó que se había enamorado de mí y que no pensaba en otra cosa.

—Le dejaste las cosas claras, ¿no?

—Sí. Fui sincera desde el principio. No me interesaba

de esa manera. Se lo repetí varias veces, incluso me enfadé con él. Se puso pesadísimo.

—Pobre. Has tenido que sufrir mucho.

—No han sido unos días fáciles. Estoy agotada.

—¿Por qué no te tomas unos días de descanso? Hasta principios de noviembre. ¿Qué me dices?

—Gracias, Mercedes. No sé si sería la mejor solución. Estaría dándole vueltas a la cabeza todo el tiempo. Me conozco.

—No creo que te libres de eso, querida. Me parecería de lo más normal. Eres muy joven y has vivido situaciones extremas —reconoce la directora—. Hacemos una cosa. Piénsalo durante el fin de semana. No trabajes en casa ni hagas nada relacionado con el periódico. Diviértete o pásatelo en la cama, lo que prefieras. El lunes hablamos de nuevo y me confirmas si te doy libre hasta noviembre o no. ¿De acuerdo?

Es curioso cómo ha cambiado su relación con Mercedes Reinoso. De la bronca delante de sus compañeros, por no seguir la línea del periódico respecto al caso Chopin, a recibir un trato especial por su parte. Ha sido muy cariñosa con ella. Prácticamente, ha actuado como si fuese su madre, escuchándola y dándole consejos para que no se venga abajo. La mujer le ha insistido en que no es responsable de lo que Blas había hecho. Su conciencia debe de estar tranquila, aunque algunas veces le entren las dudas.

Ya es domingo por la tarde y todavía no ha decidido lo que va a hacer. Por un lado, le vendría bien tomarse un descanso. Han sido muchas emociones fuertes en muy poco tiempo, y se siente mentalmente muy cansada. Pero por otro está segura de que el martes ya estaría subiéndose por las paredes y deseando que llegara el uno de noviembre para reincorporarse al trabajo.

Después de comer, la chica se tumba en el sofá del salón y se pasa la mayor parte del tiempo intercambiando wasaps con Ana. No son muy profundos, ni siquiera cariñosos. Sin embargo, le viene bien hablar de música, deporte o cosas por el estilo para no pensar en lo que tiene encima. Hasta que recibe un mensaje de texto de Luna. Es cortito y muy directo.

LUNA GONZÁLEZ
¿Puedo llamarte? Necesito hablar con alguien. No te entretendré demasiado.

Blanca se incorpora y le responde que está libre y que puede llamarla cuando quiera. Le da la impresión de que Luna no se encuentra bien. Le extraña que sea ella con la que quiera hablar, ya que apenas se conocen. Ni siquiera son amigas ni trabajan en la misma zona del edificio, aunque las dos pertenezcan a *El Guadalquivir*.

Un par de minutos más tarde suena su teléfono.

—Hola, Luna.

—Hola. Perdona por molestarte. Es que no dejo de pensar en Blas y... no sé.

—¿Te refieres a lo que decías en tus audios?

—Sí. No creo que fuera él. Sinceramente, Blanca.

—¿Por qué lo piensas?

—Porque..., bueno..., estuvimos juntos un tiempo y no lo veo capaz de algo así.

—¿Estuvisteis juntos un tiempo? ¿Liados?

—Sí, liados —responde Luna, a la que se le entrecorta

la voz al hablar—. Lo hicimos mal. Sobre todo él, que estaba casado y tenía hijos. Pero... son cosas que pasan. No estoy orgullosa, aunque tampoco me arrepiento de aquella historia. Fue bonito.

Blanca no se puede creer lo que escucha. Así que ella no era la única de la que Blas se había enamorado en *El Guadalquivir*. Tiene un montón de preguntas que hacerle. Sin embargo, no sabe hasta dónde debe llegar. Su compañero está muerto y no querría faltarle el respeto a él ni a la chica que tiene al otro lado del móvil.

—¿Quién más sabe lo que pasó entre vosotros?

—Supongo que mucha gente. En estos casos, estar rodeados de periodistas no es lo mejor. Fuimos bastante discretos. Hasta que él me dejó.

—¿Te dejó él?

—Sí. Hace cinco meses más o menos. Lo pasé mal porque, aunque sabía que estaba casado y todo eso, me imaginaba que algún día se separaría de su mujer y se vendría a vivir conmigo.

¡Cinco meses! ¿Será una coincidencia? Blanca gesticula nerviosa frotándose la cara. Ella llegó al periódico hace poco más de cinco meses. ¿Estaría una cosa relacionada con la otra?

—El caso es que pude compartir muchos y muy buenos momentos con Blas. No le caía bien Mercedes, pero ¿enviarle un explosivo a su despacho? No. No fue él. Estoy segura. Por mucho que diga la investigación policial.

Luna parece muy convencida de lo que afirma. En cambio, ella escuchó de voz del periodista explicar lo que había hecho. Insistió varias veces en que fue él quien envió el paquete a la redacción. Entonces Blanca cae en una frase de la nota de suicidio. Montesorín se la leyó a ella y a Mercedes antes de que se fueran de la comisaría:

Yo no soy Chopin, pero me hubiera encantado ser tan importante como él.

Esa nota, junto a su confesión telefónica, fue la clave para que la policía diera por cerrado el tema del paquete bomba. Tenían al autor del atentado. Pero, en realidad, lo que Blas decía en esa frase de la carta de despedida era que él no era Chopin. Justo lo contrario a lo que se interpretó. ¿Lo escribió para negar que él no era el verdadero Chopin, el de los robos y los asesinatos, o porque él no había ordenado firmar como F. F. C. en la entrega del explosivo? Lo primero estaba claro. Ya había salido el nombre de Nikolai Olejnik, y lo estaban buscando. Pero ¿y lo segundo?

Empieza a sentir que está perdiendo el juicio y que ve fantasmas donde no los hay. Nunca ha sido partidaria de creer en conspiraciones ni en realidades paralelas. Blas es el culpable, no hay más. ¿Y si no?

—Blanca, ¿sigues ahí? —le pregunta Luna después de que la chica haya pasado unos segundos sin pronunciar palabra.

—Sí, estaba pensando en lo que me has dicho.

—Lo tengo claro. Si Blas no fue, el culpable está libre. Tenemos que encontrar al verdadero autor del atentado en el periódico. Hay alguien que odia a Mercedes Reinoso y que se ha librado de la policía en una carambola de auténtico golpe de suerte. Alguien capaz de fabricar una bomba y matar a gente a sangre fría.

CAPÍTULO 44

Dos Hermanas, domingo 13 de octubre de 2019

—No entiendo cómo me dejaste convencer para que compráramos esto. Si ni siquiera te gustaban las plantas...

—Siguen sin gustarme. Pero creo que puede ser un gran negocio. Ahora se lleva lo natural, lo verde. Además, nos ha salido tirado de precio.

—Porque no lo quería nadie.

—Por lo que sea, Mónica. Hemos hecho una compra fantástica.

Damián se baja del coche y abre la puerta de atrás. Babieca, que está deseando salir de aquel infierno de cuatro puertas, corre como una loca de un lado a otro.

—¿Ha sido buena idea traer a la perra? —pregunta Mónica, que hubiera preferido ir sin el animal—. A ver si se va a ir para la carretera y la atropellan.

—¡Qué va! Anda que esta no es lista ni nada. Ya verás como, si hay alguna rata, la caza y nos la trae como trofeo.

—¿Ratas? ¿Hablas en serio?

—¡Hombre, no! Lleva esto año y medio abandonado y

crees que no vas a encontrar ni un bicho. ¡Para eso hemos venido con Babieca! Ella hará el trabajo sucio.

La mujer está a punto de no entrar en aquel lugar que parece sacado de una película de terror. Cuando su marido le explicó que uno de sus mejores amigos le había hablado de un vivero en venta, se imaginó otra cosa. Damián ya había dado una señal cuando le enseñó las fotos del estado actual de aquel sitio. La puerta de la entrada estaba destrozada, había cristales rotos por todas partes y las plantas y los árboles que quedaban habían muerto. Era desolador ver toda aquella vegetación seca. El hombre le soltó, no sin gracia, que si le hubiese enseñado desde el principio las condiciones en las que se encontraba el vivero, no le habría permitido comprarlo.

—Esto solo necesita una buena reformilla —dice Damián, que no ha perdido la sonrisa en ningún momento mientras camina por la instalación.

—Creo que va a costar más la reforma que lo que hemos pagado por el vivero.

—No exageres, mujer.

—¿Exagerar? Me quedo corta.

Mónica se agarra del brazo de Damián para atravesar una zona en la que se acumulan flores mustias. La perra se acerca hasta ellos y mueve el rabo, como esperando una orden.

—¡Babi, Babi! ¡Busca! ¡Busca bichos! —le grita su dueño tras darle una palmada en el lomo.

Babieca sale corriendo.

—Como aparezca una rata, me meto en el coche y te quedas solo.

—A lo mejor hay hasta serpientes.

—Me marcho. Adiós.

—Venga, Mónica. ¿Desde cuándo no tienes sentido del humor? ¡Si eres del Tardón!

Él, en cambio, nació en Asturias, aunque de muy joven se fue a vivir a Sevilla con su familia. Su madre murió hace un par de años y por fin ha encontrado qué hacer con el dinero de la herencia.

—¿Estás seguro de que podemos recuperar la señal que hemos dado y buscar algo más decente en lo que invertir?

—No quiero recuperar nada, Mónica. Confía en mí. En dos o tres meses, este sitio estará como nuevo. Compraremos plantitas y arbolitos de muchas especies y la gente no parará de venir a nuestro vivero. Lo veo tan claro como que el año que viene será el mejor año de nuestras vidas.

—Le tienes mucha fe al 2020.

—Porque es una cifra con dos veintes, mi número favorito. ¿No es la mejor de las señales?

Mónica sigue sin ver claro nada de lo que le cuenta Damián. Ni cree que el año que viene vaya a ser especial, ni que aquel vivero tenga solución, menos en dos o tres meses. Su marido no se da cuenta de que tendrá que poner mucho dinero para reformarlo y transformar aquel terreno de los horrores en el Disneyland de las flores.

—¿Dónde está Babi? —pregunta ella, que hace un rato que no ve a la perra.

—Estará entretenida con alguna...

—Ni lo digas. Ni lo digas.

La carcajada de Damián se produce al mismo tiempo que oyen el ladrido de Babieca. El animal ladra de una manera distinta. Nunca la habían escuchado hacerlo de ese modo. Hasta al hombre le llama la atención y van a buscarla.

—Babieca, ¿dónde estás, chica? ¿Qué te pasa? ¿Has visto algún bicho malo?

La pareja no tarda en encontrar a su perra. Ladra junto a un montón de macetas que en su día debieron de contener unas plantas preciosas. Ahora huelen mal. El animal cambia los ladridos por un llanto agudo. Damián se acerca para acariciarla y ve algo que le borra su sonrisa habitual. Su expresión es de terror. Se da la vuelta y vomita.

—¡Damián! ¿Qué te ocurre, cariño? —le pregunta Mónica muy preocupada por la reacción de su marido.

—¡No te acerques! ¡Quédate ahí!

El hombre le repite varias veces que no avance, pero ella no le hace caso. El susto que se lleva Mónica es mayúsculo. Jamás había experimentado algo así.

Entre las macetas con las plantas muertas se encuentra el cadáver de una mujer en estado de descomposición. La policía no tardará en personarse y enseguida determinará que aquel cuerpo pertenece a una de los suyos.

CAPÍTULO 45

CELIA

Sevilla, domingo 13 de octubre de 2019

—¿No me dices nada?

—¿Qué quieres que te diga, Javier?

—La verdad, Celia. ¿Por qué el casco de moto de tu hija estaba en el piso de Nikolai Olejnik? ¿Por qué hemos encontrado cabellos de Triana en el domicilio de un criminal?

—Eso no es cierto. ¿Qué pruebas hay?

—Su ADN. Aunque no teníamos registrado el de Triana, estaba archivado el de Lolo. Coinciden. Tenemos un 99,999 por ciento de efectividad en estos casos. No hay ninguna duda.

Aquello ya no tiene solución. Montesorín lo sabe todo. Tarde o temprano tenía que pasar.

—¿Qué vas a hacer ahora?

—No lo sé. Esta situación no es fácil para mí —responde Javier, que tamborilea con los dedos en el sofá—. ¿Ha estado aquí?

—¿Quién?

—¿Quién va a ser? ¡Nikolai!

—No puedo responder a eso.

—Venga, Celia. No me lo pongas más complicado. No quiero hacer nada sin contar contigo. Eres como de mi familia.

—No puedo ayudarte en esto, Javier.

—Comprendo. ¿Se ha quedado en el cuarto de invitados? ¿En el de tu hija?

La mujer agacha la cabeza y no responde. Montesorín resopla y sale del salón. Celia no trata de evitarlo. Está bloqueada, pero tiene que avisar a Triana de la situación. Le escribe un mensaje de manera atropellada, lo más rápido que sus dedos le permiten:

CELIA

No vengas a casa. Sabe que estuviste en el piso de Niko. Te han identificado. En cuanto pueda, te llamo. No me llames tú, que sigue aquí. Ten mucho cuidado.

La respuesta de su hija no tarda ni treinta segundos en llegar.

TRIANA

No puede ser, mamá. Es terrible.

Avísame cuando se marche, por favor.

—No hay nadie más en la casa, pero alguien se ha quedado en el cuarto de invitados —afirma Montesorín, que aparece de nuevo en el salón con un par de sudaderas en las manos—. ¿De quiénes son?

—No sé nada.

—No sigas con esa actitud, por favor. ¿Crees que no lo estoy pasando mal?

—¿Qué actitud?

—La que estás empleando conmigo, Celia. Si colaboras, será muchísimo mejor para ambos.

—Sigo diciendo que no tengo ni idea de a qué te refieres.

—¿Dónde está? —pregunta el inspector jefe, al que le ha cambiado la expresión de la cara.

Celia sigue sin contestar. Se queda sentada en el salón con la mirada perdida. Aquel no está siendo un plato de buen gusto.

—¿Desde cuándo conoces a Nikolai?

—Ya te he dicho que no voy a responder a tus preguntas, Javier.

—Sabes que te puedes meter en un lío, Celia. Y también a Triana.

—Conozco mis derechos. ¿Quieres que llame a un abogado?

—Claro que no. Pero puede llegar un momento en que lo necesites.

Montesorín se acerca y se acuclilla frente a ella. Le sonríe e intenta que le dé la mano, pero ella no lo permite. El hombre suspira y se sienta a su lado.

—Hay un montón de ropa en la habitación de invitados. Seguramente se la has comprado tú a Nikolai. ¿Sabes qué significa eso? Que te pueden acusar de colaborar con él y podríais acabar mal.

—Que sea lo que tenga que ser.

—Eres tan cabezota como lo era tu marido. Solo dime si Olejnik sigue viviendo aquí o se ha marchado. Si me revelas dónde está, te prometo que ni tú ni Triana tendréis problemas.

—Pase lo que pase, vamos a continuar teniendo problemas.

—No por este asunto.

La mujer respira hondo y se pone de pie. Ni mira al policía, que también se levanta del sofá y la sigue mientras camina. Los dos entran en la cocina. Celia se echa agua en un vaso y se lo bebe.

—¿A qué estás jugando?

—¿Yo? Tú eres el que ha venido a mi casa, se ha tomado dos cervezas y ahora me está presionando para que te diga algo que no sé.

—No te estoy presionando, Celia. Ha aparecido cabello de tu hija en el domicilio de un delincuente que ha robado en seis casas, que sepamos, y ha asesinado a dos personas. ¿Qué quieres que haga? ¿Que lo pase por alto? ¿Que venga la científica con una orden y analice la ropa que hay en el cuarto de invitados? Dime, ¿qué puedo hacer?

En realidad, Celia no lo sabe. Trata de ganar tiempo para ver si se le ocurre algo o Montesorín se da por vencido. A lo mejor, debido a su amistad, se va sin más. Pero nada de eso ocurre. Aunque Javier es su amigo, también es policía nacional. Y uno de los mejores. Tiene el cumplimiento de la ley entre ceja y ceja.

—Con todo el dolor de mi corazón, me obligas a hacer algo que no quería.

—¿A qué te refieres? ¿Qué vas a hacer?

—Voy a enviar una orden de busca y captura contra Triana —dice el hombre sacando el móvil del bolsillo—.

Lo siento, de verdad, Celia. No me has dejado otra opción.

—¿Qué? ¡No! ¡No, por favor!

—Tengo que encontrar como sea a ese chico. Es peligroso. Triana puede ayudarnos a dar con él.

—¡No! ¡Dejadla a ella! Es inocente.

Celia se acerca al inspector jefe e intenta arrebatarle el móvil a la desesperada. Sin embargo, Montesorín no solo es muy fuerte, sino también ágil, y no lo consigue. Decidido, marca un número en el teléfono, bajo la horrorizada mirada de la detective, que ya no puede más.

—Está bien, Javier. Te lo contaré todo. Pero no metas a Triana en esto, por favor. Ella solo quiso ayudar a ese chico, y nos encontramos de golpe con todo lo demás.

—¿Dónde está Olejnik? —insiste el hombre, que vuelve a guardarse el móvil.

—No lo sé. Te lo juro. Se fue el viernes por la noche y no ha regresado.

—¿Ha estado aquí todo el tiempo?

—Sí. Se quedó con nosotras. Pero... Niko no ha asesinado a esos dos hombres. Alguien se está haciendo pasar por él; deja esas partituras de Chopin para acusarlo.

—Ya.

—Es la verdad, Javier. Ese muchacho es inocente. Tienes que creerme.

El teléfono de Montesorín suena mientras la mujer le explica la historia de Niko. El hombre responde de inmediato, alejándose de Celia, que jadea muy nerviosa. Sabía que algo así sucedería desde que ese chico entró en sus vidas, aunque no imaginaba que lo pasaría tan mal.

El inspector jefe no tarda en regresar a la cocina donde Celia bebe otro vaso de agua. La expresión de su rostro muestra satisfacción.

—Me voy —le dice con una sonrisa—. Ya nos veremos, espero que en otras circunstancias. Aunque mi consejo es que te busques un buen abogado. Yo no iré a por vosotras. Mi conciencia no me lo permitiría. Pero otros sí podrían hacerlo.

—¿De quién hablas?

—Del comisario, el juez, el fiscal... También dependerá de lo que diga Nikolai Olejnik, al que acabamos de atrapar. Me lo ha comunicado un miembro de mi equipo. ¡Por fin lo tenemos!

—¿Habéis encontrado a Niko?

—Sí. Lo están llevando a comisaría. Ahora iré a la Alameda de Hércules para iniciar el interrogatorio. Siento mucho habértelo hecho pasar tan mal. Solo hago mi trabajo lo mejor que puedo.

Sigue con el miedo en el cuerpo. Ha pasado más de una hora desde que Javier Montesorín le anunció la noticia de la detención de Niko. Celia llamó a Triana para decírselo y la chica regresó a casa al instante, sin dar explicaciones a Cayetano ni a Brenda. Ambas están sentadas en el sofá pendientes de la televisión. No cree que tarden en hacerlo público. De momento, los medios digitales no se han hecho eco de la información que seguro dará la vuelta al mundo.

—¿Y si se ha marcado un farol?

—No, hija. Javier no mentía. Hay que asumir que han apresado a Niko.

—No puedo creerlo, mamá. Van a acusarlo de asesinato.

—Me temo que sí. Necesitará un buen abogado. Y nosotras también, por ayudarlo y encubrirlo esta semana.

—¿Nos pueden acusar de algo grave?

—De ocultar y proteger a un asesino —dice Celia agarrando las manos de Triana—. Aunque va a depender mucho de lo que Niko diga ante el juez y del motivo por el que quiera condenarlo el fiscal.

—Joder. Esto es una puta pesadilla.

—Si se demuestra que él no ha matado a nadie, el castigo se reducirá. No es lo mismo que reconozcan que ha robado en varias casas, sin usar la fuerza, a ser juzgado por golpear y asesinar a dos personas.

—Hay que demostrar como sea que él no ha matado a nadie, mamá. Tenemos que averiguar quién es el verdadero culpable.

—Hasta ahora no he encontrado ninguna pista que me lleve a alguien en concreto. Es un caso muy farragoso.

—¿Quién podría ser el otro Chopin?

—Eso me gustaría saber —responde Celia, que va hasta el despacho y regresa con una carpeta—. Aquí está toda la documentación con lo que he investigado. Pero no parece que ninguna de las personas de las que hemos sospechado tenga algo que ver con las muertes de Enrique Mesa y Evaristo Cuevas.

Celia enumera los cuatro nombres que Niko le dio. Después le habla a su hija de Débora Coronado, la mujer de Mesa. También menciona al usuario anónimo que dejó aquellos mensajes amenazantes en la web de la tienda de muebles.

—Ese no sabemos quién es.

—¿Y lo has investigado?

—Sí, pero no hay forma de averiguar desde dónde se enviaron esos mensajes.

—¿No? Tengo un amigo informático que es buenísimo. A lo mejor él puede darte la información que necesitas.

—No quiero implicar a nadie más.

—Mamá, tenemos que intentar todo lo que esté en nuestras manos —la incita Triana—. Déjame que hable con él y vemos si puede conseguir algo. A ese chaval no hay nada relacionado con ordenadores o Internet que se le resista.

Mientras discuten sobre si la chica debe o no hablar con su amigo, la detective recibe un mensaje de WhatsApp de Blanca Sanz:

BLANCA SANZ

Acabo de enterarme de algo importante. Han detenido a Nikolai Olejnik y pronto aparecerá en todas partes. Lo van a acusar de robo y asesinato. Tú y yo sabemos que no es así. Ese chico es Chopin, firmó sus robos con las partituras, pero no mató a esos hombres. También tengo dudas de quién envió el paquete bomba al periódico. A pesar de lo que te conté el viernes, es posible que Blas no fuera el responsable.

Celia se echa las manos a la cabeza y mira a su hija. Esta se teme lo peor.

—La prensa ya sabe lo de Niko. La noticia va a empezar a aparecer en todos los medios.

—¡Tenemos que hacer algo, mamá!

—Está bien. Llama a tu amigo informático. Yo voy a ver si me coordino con la periodista Blanca Sanz. Ella piensa como nosotras. Me da la impresión de que esa chica es la única que puede echarnos una mano con este asunto.

CAPÍTULO 46

—

NIKO

Sevilla, domingo 13 de octubre de 2019

Hace una hora y cuarenta y cinco minutos que Niko llegó a la comisaría y lo metieron en aquella sala. Pasó más de media hora sin que nadie le dijese nada. Sentado en una silla, con dos agentes en la puerta vigilando. Luego entró el inspector jefe Montesorín, acompañado de Letizia Costas, también policía nacional. Fue el hombre quien tomó las riendas del interrogatorio. El chico no respondió a ninguna de sus preguntas.

—Volveremos dentro de un rato. Espero que tengas más que contarnos. ¿Necesitas algo? ¿Tabaco? ¿Agua? ¿Algo de comer?

Pero Niko prefirió continuar sin hablar. Se lo había tomado como un desafío. Su abuelo le enseñó que, si alguna vez se encontraba en una situación como esa, debía templar sus nervios y tener el control de la situación. Conocía casos en los que el detenido había confesado delitos que no había cometido. No podía perder la batalla psicológica con aquella gente que quería que admitiera el crimen de dos personas.

La puerta de la sala se vuelve a abrir. En esta ocasión, el que entra es un tipo grandullón, vestido de uniforme. Se presenta como el subinspector Gerardo Muriel. Observa a Niko de arriba abajo y se acerca hasta él.

—¿Cómo vas? ¿Estás bien?

El chico sigue en sus trece. No va a hablar. Conoce la ley. Puede permanecer en silencio y solo declarar ante el juez. En setenta y dos horas como máximo pasará a disposición judicial. Tiene derecho a un abogado, pero de momento no lo ha pedido. No conoce a ninguno y no quiere que le asignen uno de oficio.

—Igual no entiendes el idioma. ¿Buscamos a un intérprete? —le pregunta Muriel, que se remanga.

Niko observa al hombre. Está cuadrado y es muy grande. Tanto su cuerpo como su rostro imponen.

—Llevas mucho tiempo viviendo en Sevilla. Así que no creo que te haga falta. Por cierto, bonito aro. Me gusta.

El hombre se aproxima al chico y observa de cerca el pendiente que lleva en la oreja derecha. Sin que Niko lo espere, el hombre lo agarra y tira con fuerza de él. El muchacho siente un dolor insoportable, pero apenas puede gritar porque Gerardo le tapa la boca con la mano.

—Mira, gilipollas. Me tienes hasta los mismísimos huevos. Hoy es domingo, y debería estar en mi casa relajado, leyendo una novela policiaca o escuchando un disco de Pink Floyd. Pero por cojones tengo que estar aquí. Así que o hablas y me cuentas que has matado a esos dos tipos o me encargo de que te pase algo en la lengua y que no puedas pronunciar una palabra más en tu puta vida. Y te aseguro que parecerá un accidente.

—¡Joder! ¡Me has hecho mucho daño! —grita Niko cuando Muriel aparta la mano de su boca.

—¡Hostia! ¡Si hablas castellano! ¡Y es mejor que el mío!

El muchacho se toca la oreja constantemente para comprobar que no tiene sangre. Le duele como si se la hubiesen arrancado. El subinspector lo mira con una sonrisa y vuelve a la carga.

—Perdona, no debería haber tirado tan fuerte. ¿Vas a confesar ya o busco otra manera de hacer que hables? Tenemos muchas horas por delante tú y yo juntos. Depende de ti si quieres que nuestra relación sea fluida y dialogante o prefieres que vaya sacándote información a base de ingenio. No te puedes imaginar cómo desarrollamos la creatividad los policías en los interrogatorios.

—Quiero un abogado.

Muriel abre los ojos y da una fuerte palmada sobre la mesa. Luego se ríe y se aleja del chico.

—Lo tendrás. Por supuesto que lo tendrás. Pero ahora estamos solos.

—No diré nada más sin un abogado delante. Estoy en mi derecho.

—Y mi derecho es encerrar a hijos de puta como tú. ¿Qué crees que preferirá el ciudadano honrado de Sevilla que paga sus impuestos? ¿Que te traigamos un abogado de oficio, que no sabrá ni redactar un informe, o que la Policía Nacional meta en la cárcel a un criminal peligroso como tú?

Niko se da cuenta de que lo que le decía su abuelo era más fácil en la teoría que en la práctica. Está hecho un flan. Aquel hombre tiene la sartén por el mango. A cada frase que suelta, le infunde más temor. Muriel sabe a lo que juega y no tiene intención de darle ni un respiro. Setenta y dos horas son muchas horas. Con abogado o sin él.

—Yo no he matado a nadie —susurra el joven—. No puedo confesar algo que no he hecho.

—Sí lo has hecho.

—No. No soy un asesino.

—Robaste en esas casas y en las dos últimas asesinaste a sus propietarios.

—No es verdad. Yo no estuve allí.

—¿Dónde estabas entonces las noches en las que asesinaron a Enrique Mesa y a Evaristo Cuevas?

—En mi piso.

—Claro. En tu piso —dice Gerardo con voz cantarina para ridiculizar la respuesta de Niko—. Qué casualidad. El muchacho polaco estaba en su piso cuando Chopin estaba asesinando a gente por ahí.

—Yo no lo hice. Lo juro.

El policía se cruza de brazos y regresa lentamente al lado de Niko. Lo mira de arriba abajo y da otra palmada fuerte en la mesa.

—¿Por qué los mataste? ¿Se opusieron a que robaras en sus casas?

—¡Yo no los maté! ¡De verdad! ¿Por qué no me cree?

—Porque eres un mentiroso. Has estado escondiéndote todo este tiempo. Primero implicaste a la detective Mayo y a su hija y después a esos pobres curas de El Salvador. ¡Eres escoria! ¡Y ni siquiera eres escoria española! ¡Solo has venido aquí a robarnos y a matarnos! ¡Tú y tu difunto abuelo! ¿Y quieres que te crea, maldito niñato de mierda?

Sabe lo de Celia y Triana. El joven se queda helado cuando Muriel hace referencia a ellas, que pueden ser las siguientes en pisar la comisaría. No se lo perdona. Aquella cascada de desgracias parte de unos robos que no tuvieron que haberse producido. Sin embargo, las consecuencias van a ser mayores de lo que jamás imaginó.

—Celia y Triana no han hecho nada malo.

—Ya sé que no tienen la culpa de tus delitos. Pero han colaborado contigo. Has estado escondido en su casa. Las podrían acusar de cómplices.

—Dejadlas en paz.

Muriel arquea una ceja y se remanga una vez más. Sonríe malicioso y se sienta sobre la mesa.

—Así que te gusta la hija de Celia Mayo. ¡La conozco! La verdad es que es muy guapa. Ha salido a su madre. La pena es que no la vas a volver a ver. Bueno, sí. En el juicio. El tuyo y el de ellas.

—No han hecho nada —insiste Niko desesperado—. Y yo tampoco.

—Estás usando la táctica equivocada, amigo. Me tienes que ganar. Ponerme contento. Y cada vez que mientes y dices que no has hecho nada me entra una mala leche que sería capaz de romperte los dientes. Por suerte, no soy un policía violento.

—Es la verdad. Yo no maté a esas personas. Ni siquiera conocía a Enrique Mesa.

—¿Y a Evaristo Cuevas? A ese sí, ¿no?

Niko resopla. Ahora Muriel atacará por ahí. La muerte de Risto le afectó mucho.

—Te voy a contar algo muy divertido, Nikolai —dice el policía de nuevo sonriente—. Sabíamos que el ciego y tú erais amigos. Cuando fuiste a verlo, nos lo contó. Nos dijo que tú eras Chopin. ¿Cómo te quedas?

La noticia no le sorprende, aunque le duele escuchar de boca de ese policía la confirmación de lo que pensaba. Risto era su amigo, y lo traicionó. Sin embargo, algo no le cuadra. ¿Para qué quería quedar con él? Cuando lo llamó, le insistió en que no podía decírselo por teléfono. ¿Qué le iba a contar? ¿Le iba a advertir de que la policía ya se había enterado de su identidad?

—Estás muy callado. ¿Quieres un vaso de agua?

El joven asiente. Muriel agarra una jarra que está encima de la mesa y llena un vaso de plástico. Se lo da y, cuando Niko va a beber, le pega un manotazo y el vaso cae al suelo. El joven se moja la sudadera y los pantalones. El subinspector suelta una carcajada y pisa el vaso.

—Si quieres algo, debes ganártelo. Por cierto, ¿a tu novia le gusta ese nuevo peinado que te has hecho? No te queda mal, aunque me da que Triana prefiere a los tíos con el pelo un poco más largo.

—No nombres más a Triana.

—¿Por qué? Ella y su madre están tan metidas en esto como tú. Son culpables de ayudarte. ¡Han colaborado con un puto asesino de mierda!

—Celia y Triana son grandes personas. No merecen que les pase nada malo.

—Haberlo pensado antes. Tú acudiste a ellas, ¿no?

Parece que hayan transcurrido siglos desde ese momento. Si no hubiera visto en el escaparate de esa papelería los libros de la detective, no la habría conocido. Luego, llegaron las puñaladas en el abdomen. No le quedó otra que pedirle ayuda a Triana. Ahí se enamoró. Llegaron los momentos juntos en su casa. Las horas de charlas en el sofá, de caricias en los pies y, finalmente, los besos. Una historia breve, pero muy intensa, que no tendrá la continuación que le hubiese gustado.

—¿Qué hacemos, Nikolai? ¿Confiesas de una vez los crímenes y descansamos todos? Te prometo que, si lo haces, ni a Celia ni a tu novia les pasará nada. Lo ponemos por escrito y lo firmamos.

—Es que yo no he matado a nadie.

—Hazlo entonces por tus amigas. ¡Confiésalo ya!

—No voy a adjudicarme esos crímenes. Solo soy culpable de robar en cuatro casas. De nada más.

Muriel suelta un bufido y se va hasta una de las paredes de la sala, en la que se apoya. Niko lo observa. Parece muy enfadado y teme que se lance a por él en cualquier instante.

—Eres muy testarudo, muchacho. Odio a las personas que hacen difícil lo fácil. Si no colaboras, debo tomar otras medidas. No soy un poli violento hasta que aparecen hijos de puta como tú.

El hombre se remanga y se cruje los dedos. Entonces se abre la puerta de la sala. La policía nacional que estuvo antes interrogándole entra y se acerca hasta el subinspector Muriel. Letizia le dice algo en voz baja, pero Niko consigue escucharlo.

—Han encontrado a Ángela. Ha aparecido muerta cerca de Dos Hermanas.

CAPÍTULO 47

TRIANA

Sevilla, domingo 13 de octubre de 2019

Ese día se ha convertido en uno de los más intensos y extraños que recuerda. No solo ha roto por fin la relación con Cayetano, sino que han detenido a Niko, al que han llevado a la comisaría de la Policía Nacional del distrito Sevilla Centro. En ese edificio trabajaba su padre. Seguro que el interrogatorio está siendo muy duro y la policía no se detendrá hasta que el chico confiese los crímenes que se le atribuyen.

> La detención de Nikolai Olejnik se ha producido esta tarde en el centro de la ciudad. Varios testigos nos han contado que han presenciado como un grupo de la Policía Nacional lo apresaba en las puertas de la iglesia de El Salvador. A Chopin, como se ha denominado al joven polaco, se le acusa de seis robos en casas de Sevilla y de los asesinatos de Enrique Mesa y Evaristo Cuevas. Ahora mismo está siendo interrogado, a la espera de ser puesto a disposición judicial. En unos minutos analizaremos en profundidad lo que supone la detención de Olejnik y recogeremos el testimo-

nio del alcalde, Santiago de Gomar, que ya ha felicitado a la policía sevillana y a la UCO por el éxito cosechado. Luna González, para El Guadalquivir TV.

¡Hasta el alcalde se ha involucrado en la detención de Niko! En ese momento todo es oscuridad, pero Triana no se rinde. Sabe que si demuestran que no es culpable de los asesinatos, solo lo acusarán por los robos. Eso también las favorecería a ellas. No es lo mismo haber ayudado a un ladrón que a un asesino.

Mientras su madre va a ver a Blanca Sanz, ella trata de ponerse en contacto con Martos, un exnovio de Brenda, estudiante de informática. Le envía un audio de WhatsApp diciéndole que, en cuanto pueda, le escriba. Es muy urgente. Tiene algo muy importante que pedirle. Triana espera impaciente la respuesta cuando, precisamente, recibe una llamada de su amiga.

—Lo acabo de ver —dice Brenda alterada—. Es muy fuerte. ¡Lo han atrapado!

—Sí, por desgracia han detenido a Niko. Lo han encontrado.

—¿Vosotras estáis bien? ¿Ha ido la policía a veros?

—De momento no. Mi madre ha salido y yo estoy en casa intentando hablar con Martos.

—¿Martos? ¿Mi ex? ¿Qué pinta ese tío en esta historia?

Brenda y Martos no acabaron bien. Salían cuando estaban en el instituto. La chica se quejaba de que él no le dedicaba el tiempo suficiente y de que se pasaba las horas libres delante del ordenador. Apenas duraron cuatro o cinco meses. Desde entonces, no han vuelto a hablar. Triana le explica lo que necesita de su exnovio: localizar al autor de unos mensajes amenazantes hacia Enrique Mesa en la página web de su tienda de muebles.

—¿Eso se puede hacer?

—No tengo ni idea, Bren. No entiendo mucho de estos temas. Pero tengo que ayudar a Niko en lo que pueda. A lo mejor la persona que escribió esas cosas horribles es el verdadero asesino.

—Martos es un capullo, pero tiene mucha mano con la informática. Si alguien puede ayudarte es él.

—Eso mismo pensé yo. A ver si me responde a la nota de voz que le he enviado.

—No creo que tarde. Cuando salía conmigo, o estaba con el móvil o enganchado a su ordenador. No me hacía ni caso. Por eso lo mandé a la mierda.

Y no perdió el tiempo después. Enseguida se echó otro novio que conoció en Instagram, con el que tampoco duró demasiado.

—Oye, ¿cómo estás? Aparte de lo de Niko. Ya sabes, por lo de tu ex.

—Bien. Tenía que haber roto con Cayetano hace tiempo.

—Sí, yo también lo pienso. Pero, bueno, más vale tarde que nunca.

—Ese refrán es una mierda, Brenda.

—Lo sé. A mí tampoco me gusta. Prefiero el de los mosqueteros. El de una para todas y todas para una o algo así.

—Alejandro Dumas fue el primer feminista de la historia.

Las dos se ríen, aunque Brenda le confiesa a continuación que no ha entendido la broma. Eso provoca que Triana se ría aún más. En ese instante recibe un audio de Martos. Le pide a su amiga que espere y oye el mensaje de voz:

Audio de Martos
Vaya sorpresa. ¡Cuánto tiempo! Ni siquiera sabía que siguieras conservando mi número. Veo que tienes prisa por averiguar algo. Conéctate a Skype y hablamos por ahí. Búscame por MartosViral32. Hasta ahora.

—Bren, te tengo que dejar. Martos quiere que nos veamos por Skype para hablar.

—¿Seguro que es para hablar? Mi primera relación sexual virtual fue con él.

—¡Calla! ¡No necesitaba esa información!

—No te voy a dar detalles. Pero no veas cómo la tiene. Aunque era el único punto positivo de ese imbécil.

—¡Brenda! ¡Por favor!

—Era solo para desdramatizar lo que está pasando, loca. Ya me contarás qué tal te ha ido con el capullo ese. Y cuidado con lo que enseñas en la cámara. Internet lo ve y lo guarda todo.

Triana se despide de Brenda y se va a su habitación. Se sienta a la mesa y se peina con las manos antes de encender el portátil. No tiene buena cara, pero eso ahora no es importante. Se conecta a Skype y teclea el *nick* que Martos le ha dado. Enseguida lo encuentra y solicita una videollamada. El joven acepta.

—Hola, Triana, ¿me ves?

Ha cambiado bastante desde la última vez que coincidieron. Ha engordado unos cuantos kilos y se ha dejado barba. Lleva una gorra hacia atrás y una camiseta blanca de Alvin y las ardillas que le hace tripita.

—Sí, perfectamente. ¿Tú a mí?

—Muy bien. Estás muy guapa. De las dos amigas, tuve que salir con la fea.

—No mientas. Brenda siempre fue la que volvía loquitos a todos los tíos del instituto.

—Sabes que no es verdad.

—¡Claro que sí!

—A mí la que me gustabas eras tú, pero eso ya queda muy lejos. No abramos heridas que ya están cicatrizadas.

—Eso, vamos al lío, por favor —le pide Triana, que no ha iniciado esa conversación para hablar del pasado, y menos de amoríos adolescentes—. Necesito tu ayuda.

—¿De qué se trata?

—Quiero saber quién está detrás del usuario de una página web. Te cuento.

La joven le explica que es muy importante encontrar a ese tal Donatelo57 y descubrir su identidad. Después le manda la dirección de la página web y le pega en el espacio para el texto de Skype los mensajes que ese sujeto le envió a Enrique Mesa, con las fechas en las que se escribieron.

- 1 de septiembre de 2019: «Tus muebles son tan basura como tú».
- 12 de septiembre de 2019: «¿De verdad crees que escondiéndote detrás de unos putos muebles vas a ocultar quién eres? Deberías tener cuidado por dónde pisas».

- 23 de septiembre de 2019: «Sevilla se te va a quedar pequeña el día que vaya a por ti, hijo de puta. Ni olvido ni perdono lo que hiciste».
- 29 de septiembre de 2019: «Algún día nos veremos las caras y te quemaré esa tienda de mierda que tienes. Pero lo mejor será tirarme a tu novia latina y que ella misma te lo cuente. Ajustaremos las cuentas, Grillo».

—Menudo pieza. Necesitas saber quién es ese tipo, ¿no?

—Exacto. ¿Crees que podrás averiguarlo?

—Veré qué puedo hacer. Me parece que para comentar en esta página hay que registrarse con un correo electrónico. Tal vez pueda conseguir una IP y rastrearla. A partir de ahí, es un poco lotería. A ver si con alguna herramienta de las que dispongo geolocalizo la dirección o consigo algo del proveedor.

Triana se pierde en la explicación de Martos y no entiende nada de lo que le ha contado. El chico se da cuenta y le pide que no se preocupe. Hará lo posible por darle datos de ese Donatelo57.

—¿Cuánto tardarás? Tengo muchísima prisa.

—No lo sé. Me pongo ya y te voy informando. No será fácil.

—Muy bien. Te dejo trabajar. Millones de gracias. ¡Te debo una!

—Si me invitas a un batido de chocolate con un trozo de tarta de zanahoria estamos en paz.

La chica asiente y se desconecta de Skype. Martos nunca le ha parecido mal tipo, aunque Brenda piense que es un idiota. Si gracias a él logra averiguar quién es el otro Chopin, lo invitará a todos los batidos de chocolate y trozos de tarta de zanahoria que quiera y pueda comerse en un año.

Le duele otra vez la cabeza. Se está convirtiendo en algo habitual. Se levanta del escritorio y se sienta al borde de la cama. Le gustaría desconectar de todo durante unos minutos. Relajarse. Aunque es consciente de que tiene que estar pendiente de Martos y de su madre. ¿Qué dirán las redes de la detención de Niko? Entra en Twitter y ve el nombre del chico en el primer lugar de las tendencias en España. No puede creerse que Nikolai Olejnik sea *trending topic*. Si eso le sorprende, los comentarios que hay refiriéndose al tema aún la asombran más. Varias cuentas han subido su foto, la que facilitó la policía para identificarlo, y se declaran admiradores de Niko. Algunas chicas dicen que lo aman y que necesitan conocerle. Otros perfiles, en cambio, le desean la muerte y esperan que se aplique la máxima dureza a su condena. Hay quien habla de echarlo del país y de que lo deporten a Polonia. Opiniones para todos los gustos y de todas las formas.

Leer esos tuits agotan a Triana. La chica pone música en Spotify y se deja caer sobre el colchón. Cierra los ojos al tiempo que suena *Felicità puttana* de Thegiornalisti, el tema que más ha escuchado en aquel complicado 2019. Lo tararea y está a punto de dormirse. Un mensaje de su madre la espabila:

Mamá

¿Cómo ha ido con tu amigo el informático? Estoy con Blanca intentando buscar algo que nos ayude a salvar a Niko. Le he contado que se

quedó con nosotras. No te preocupes,
es de fiar, aunque sea periodista.
Vamos a salir de esta, Triana. Por
nosotras, por Niko y por papá.
Escríbeme cuando puedas.

La chica le responde con un wasap corto. Solo le dice que Martos está en ello. No le apetece escribir más. La referencia que su madre ha hecho de su padre la ha removido por dentro. Si estuviera vivo, nada de lo que ha ocurrido habría pasado.

Quita la canción que está sonando, *She Will Be Loved* de Maroon 5. Ahora le estorba cualquier sonido. Mira hacia el escritorio donde espera impaciente la musiquilla característica de la videollamada de Skype.

«¡Martos, ¿quieres darte prisa?! ¡Tengo que ayudar al chico del que me he enamorado!»

Pero de forma inconsciente su mirada va del portátil al tercer cajón del mueble. Ahí guarda un objeto que le hace recordar a su padre. Nadie supo dónde estaba la pistola del inspector Velázquez cuando la reclamaron. Dieron por hecho que la llevaba encima el día que murió; que se le caería y se hundiría en el Guadalquivir. No fue así, pero solo ella lo sabe. Triana la encontró en casa, al lado del uniforme que esa noche Lolo no se había puesto. Cuando se enteró de que su padre había fallecido, la cogió y la escondió en su habitación para siempre. Ni su madre lo sabía. De alguna forma, aquella arma la protegía, aunque jamás pensó en usarla. Ahora, cinco años más tarde, no está tan segura. Sí, quizá en algún momento tenga que disparar la pistola que heredó de su padre.

CAPÍTULO 48

BLANCA Y CELIA

Sevilla, domingo 13 de octubre de 2019

Se cayeron bien la primera vez que se vieron. Después de un rato de intensa charla, Blanca y Celia empiezan a compartir teorías y circunstancias personales relacionadas con el caso Chopin. La detective le ha explicado la historia completa de Niko y la periodista le ha dado detalles de lo que había sucedido con Blas.

Acompañadas de una copa de vino blanco, ven las noticias sentadas en el pequeño salón de Blanca. El alcalde de Sevilla habla de la detención de Olejnik con Luna González. Santiago de Gomar lo considera un gran éxito de la Policía Nacional sevillana, que se ha entregado al máximo en la labor. Termina su intervención dando las gracias al comisario Gaviria, al inspector jefe Montesorín y a todo su equipo por el buen trabajo realizado.

—Pobre muchacho. Le han atribuido lo que ha hecho otro. Desde el principio lo pensé y ahora lo tengo clarísimo —se lamenta la periodista.

—Niko ha cometido muchos errores en su vida, pero

no es un asesino. La noche que mataron a Evaristo Cuevas estaba en su piso con mi hija.

—¿Y eso la policía o el juez no lo puede comprobar?

—Ahora mismo la cosa está muy complicada. De hecho, Triana podría ser acusada de cómplice de asesinato. Tienen pruebas de que ella estuvo con Niko la noche que asesinaron a aquel hombre. Depende de lo que Montesorín quiera hacer.

—¿Cómo crees que actuará?

—Javier es amigo de la familia. Él solo quería a Niko. Está empeñado en que es el asesino. Además, sabe que mi hija no ha hecho nada. Pero si le presenta las pruebas al juez o a la fiscalía, nos puede meter en un lío de los gordos.

—Joder, qué desastre. ¿Es que no ven que hay dos Chopin?

—Tres. Si contamos el que envió el explosivo a tu directora —corrige Celia a Blanca—. En el remoto caso de que no fuera Blas, como piensa tu amiga Luna, ¿quién pudo hacerlo?

—¿Ezequiel Mesa? Fue lo que me dijiste muy convencida antes de que mi compañero se autoinculpara. ¿De dónde sacaste esa información?

Celia le explica la charla que mantuvo con Juan Luis Flores. Aquel hombre le aseguró que el sobrino de Enrique era el responsable del envío a *El Guadalquivir.*

—Si Blas no me hubiera llamado mientras estaba esperando a Montesorín en la comisaría, habría denunciado a Ezequiel.

—¿Y si le hacemos una visita? Parece que lo del informático amigo de mi hija va para largo. Podemos ir a verlo.

—¿Sabes dónde vive?

—No. Pero por las noches trabaja en un bar del centro. Me lo dijo Juan Luis cuando fui a verlo el viernes.

—Ese hombre parece que tenía muchas ganas de que fueras a por ese chico.

—Lo he pensado. Igual existe algún tipo de rivalidad entre los Flores y los Mesa. De pequeños, su nieto y Ezequiel eran buenos amigos. No sé en qué momento estará esa relación.

—Habrá que averiguarlo. ¿Me cambio de ropa y nos vamos?

Blanca y Celia cogen un Cabify para ir hasta el centro de la ciudad. El bar al que se dirigen está en la Alfalfa. La detective conoce la zona. Ha pasado muchas veces por allí, aunque nunca ha entrado en ese local. Es pequeñito, con pocas mesas, y no dispone de velador. No es muy luminoso, y tampoco parece el lugar más limpio del mundo. Detrás de la barra no ven al joven que han ido a buscar. El que está es un hombretón calvo, con gafas y cara de buena gente. Las chicas se acercan a él y le preguntan por Ezequiel.

—¡Ha salido a fumarse un cigarro! ¿No lo han visto fuera?

—No nos hemos fijado —responde Blanca, que se siente observada por el camarero.

—¿Sois amigas de Zeki?

—Más o menos.

—Gracias, vamos a ver si lo encontramos.

Se despiden del hombre del bar y salen otra vez a la calle. Celia lo ve a pocos metros de donde están. Se ha apoyado en un coche. Sostiene el cigarro en la boca y escribe algo en el móvil. Es inconfundible. Blanca lo recuerda del cementerio. Lleva el mismo peinado estrambótico que aquel día. Las dos caminan hacia él, aunque el joven no se percata hasta que las tiene delante.

—Hola, Ezequiel. ¿Me recuerdas? —le pregunta Blanca, que esboza una sonrisa.

—Tú eres la periodista.

—Exacto. ¿Cómo estás?

El joven da una calada a su cigarro y lo tira al suelo. Luego se guarda el móvil en el bolsillo. Sin que ninguna de las dos lo espere, empuja a Blanca y sale corriendo.

—¿Qué hace este capullo? —se pregunta Celia ayudando a levantarse a la chica.

—No sé, pero vamos tras él. Que no escape.

Ezequiel no es muy rápido, pero les lleva ventaja. El joven sube por una escalera, tropieza y sale rodando hacia abajo, donde acaban de llegar Celia y Blanca. Se queja del tobillo derecho, aunque no tiene sangre ni parece que se haya dado ningún golpe de consideración. Los tres se sientan en los escalones y la detective le examina el pie.

—Solo se te ha torcido. Ni siquiera lo tienes hinchado. ¿Por qué has salido corriendo?

—¡Porque no quiero nada con la prensa! Desde que pasó lo de mi tío, me han estado acosando. A mí, a mis primos y a mi hermana.

—Yo no te he acosado —le dice Blanca.

—Tú me hiciste fotos en el entierro.

Celia mira a la periodista, que asiente. Saca el móvil y le enseña la carpeta de imágenes. Delante de él borra las fotografías en las que sale Ezequiel.

—No las he usado. Así que quédate tranquilo.

—Todos los periodistas sois la misma mierda —protesta el joven, que se agarra el tobillo y suelta un quejido de dolor.

—¿Eso es lo que piensas?

—¡Sí! Estáis destrozando a mi familia. A mi primo Pablo, que solo tiene dieciséis años recién cumplidos, el otro día lo grabaron saliendo del instituto. ¡Lo estaban esperando! Tuvo que salir corriendo y esconderse en el baño de un bar.

Blanca recuerda a ese chico del entierro. Fue el que huyó hacia el interior del cementerio cuando Ángela mostró su placa de policía nacional. Era el más jovencito de los cuatro sobrinos de Enrique. Un chaval pecoso y con el pelo cortado a capas.

—No todos los periodistas somos así.

—El noventa y nueve por ciento. Mi tía Alejandra le ha cogido miedo a salir de casa desde que murió su hermano. Tiene los nervios destrozados. Bastante tiene encima con cuidar de mi pobre abuela, que padece alzhéimer, como para que venga toda esa chusma carroñera a grabarla y a hacerle preguntas estúpidas. ¡Mi tío Enrique murió! Dejadlo que descanse en paz y olvidaos de su familia.

Blanca se siente algo culpable, aunque en sus artículos no ha ahondado en los conflictos de la familia Mesa. Es cierto que algunos medios han ido destripando el pasado más oscuro de Enrique. También El Guadalquivir TV hizo un programa sobre la vida del hombre asesinado.

—¿Te has querido vengar de nosotros con el explosivo?

—¿Qué explosivo? ¿El que estalló en ese periódico? ¿Pensáis que lo envié yo?

—¿No es así?

—¡Claro que no! ¿Quién os ha contado esa estupidez?

Celia y Blanca se miran. La detective da permiso a la periodista para que le diga de dónde viene esa información.

—Un conocido tuyo.

—¿Qué conocido?

—Juan Luis Flores. ¿Te suena?

El chico se queda blanco al oír ese nombre. Después agacha la cabeza y suelta varios improperios en voz baja. Cuando mira de nuevo a Blanca, su expresión es de rabia.

—Ese hombre me va a buscar la ruina.

—¿Por qué lo dices? —le pregunta Celia, que nota al joven bastante molesto.

—Porque lleva toda la vida así.

—¿No eres amigo de su nieto?

—¿Amigo? ¡Era el novio de José! —exclama Ezequiel indignado—. ¡Pero nunca aceptó que fuese homosexual!

El joven le explica la historia a Blanca y a Celia. Él y el nieto de Flores eran amigos desde pequeños. Iban a jugar a su casa y se llevaban muy bien, aunque sus familias mantenían una especie de guerra fría desde hacía años. De adolescentes, la amistad entre ellos cambió. Se enamoraron y empezaron a salir en secreto. Un día, Juan Luis los pilló liándose y lo echó del barrio. Le pidió que jamás regresara y amenazó con hacerle la vida imposible si volvía a verlo acosando a José. Los chicos continuaron su relación durante un tiempo a escondidas, hasta que la dieron por finalizada. Sin embargo, Juan Luis, cada vez que se encontraba con algún Mesa, le recordaba que Ezequiel había convertido a su nieto en maricón y que eso nunca se lo perdonaría.

—¿Así estamos en pleno siglo XXI? —dice Blanca después de escuchar el relato del joven.

—Ya ves. Hay personas que todavía no aceptan la diversidad. A mí me pasa también con mi familia. Sé que a mi padre no le gusta como soy.

—No tienes que avergonzarte.

Blanca se siente identificada con ese chico. Tampoco ha sido fácil para ella. Soportó muchas mofas e insultos en el instituto, y a su familia también le costó aceptar que le gustaban las chicas.

—Entonces, ¿no tienes nada que ver con el artefacto explosivo contra Mercedes Reinoso? —pregunta Celia, que ha visto sinceridad en ese chico.

—No. Me gustan los petardos, los cohetes..., pero no sé fabricar una bomba. Juan Luis me ha querido echar a la policía encima. Que vinieran a investigarme. Una vez más. A lo mejor algún día me pongo nervioso y hago una tontería.

Las dos acompañan a Ezequiel al bar. No puede apoyar bien el pie derecho, pero consigue andar sin tener que agarrarse a ellas. De camino les cuenta los rifirrafes que ha habido siempre entre las familias Flores y Mesa. Por suerte, ahora las cosas están más tranquilas y se respetan. El único que sigue en pie de guerra parece ser Juan Luis, que se la tiene jurada. El chico las quiere invitar a tomar una cerveza en el bar, pero la rechazan. Se ha hecho muy tarde y tienen que volver a casa.

Las dos salen del establecimiento y se sientan en un banco a esperar el Cabify para Blanca. Celia no vive lejos, e irá andando.

—Esto se complica. Si Ezequiel no envió el explosivo, no tenemos otro nombre sobre la mesa. A lo mejor fue Blas, como te confesó.

—Mañana intentaré hablar con Luna. A ver si consigo que me cuente algo más.

—Estoy muy cansada. Creo que me iré a dormir en cuanto llegue a casa.

—Yo he quedado ahora con Ana. Aunque no tengo ganas de nada.

—¿Ana es tu pareja?

—Algo así. Lo pasamos bien juntas. De momento, solo eso —dice Blanca, que ve cómo un Lancia negro aparca delante de ellas—. Bueno, es mi coche. Vamos hablando. Descansa.

—¡Y tú! ¡Buenas noches!

En ese momento suena el móvil de Celia. La mujer lee el mensaje que acaba de recibir y le grita a la periodista que no se suba al vehículo. Corre hasta ella y le lee el wasap que acaba de recibir.

—Es de Triana. Me dice que su amigo informático ha conseguido averiguar quién está detrás del usuario que amenazó a Enrique Mesa.

—¡Dios! ¿Quién es? ¿Lo conocemos?

—Algo así. Acabamos de estar con su hijo.

CAPÍTULO 49

—

NIKO

Sevilla, domingo 13 de octubre de 2019

Hace tiempo que no aparece nadie por aquella habitación. Niko está acostumbrado al silencio y a la soledad, pero esa sala es diferente: fría, desangelada, hasta fea. No tiene a dónde mirar, aunque está agotado y de vez en cuando cierra los ojos. Entonces imagina que se está riendo con Triana en el sofá de su casa. O que regresa a Varsovia, nieva y se coloca debajo de las nubes blancas y abre la boca para comerse los copos.

—No hagas eso, Niko.

—¿Por qué, mamá?

—Porque si te tragas la nieve se te va a congelar el corazón.

El chico se creía lo que le decía y cerraba la boca. Luego lo llevaba a patinar sobre hielo, que se le daba fatal y no paraba de caerse. Aquellos días solían terminar con un chocolate caliente y una sesión de villancicos o de canciones populares polacas al piano. Su favorita era *Spij laleczko*

('Duerme, muñequita'), una especie de nana para que los niños se durmieran felices. Él tocaba y su madre cantaba. Lo hacía muy bien. Muchas veces ha soñado con su voz dulce y melodiosa, y ha imaginado que volvían a estar juntos.

Niko abre los ojos y se da cuenta de que la mesa está mojada. También sus mejillas. Se limpia la cara con la manga de la sudadera y vuelve a pensar en Triana. ¿Qué estará haciendo? ¿También pensará en él?

Suponía que aquello iba a ser duro, pero no hasta ese extremo. No es solo que lo acusen de delitos que no ha cometido; el interrogatorio ha sido muy agresivo. Lo peor es que pueden retenerlo setenta y dos horas. Ha perdido la noción del tiempo y no sabe cuánto le queda antes de que lo pongan a disposición judicial. Para entonces, seguro que le asignan un abogado de oficio, algún tipo harto de defender causas imposibles y que, posiblemente, no crea en su inocencia. ¿Qué hará si le ofrecen un trato? ¿Aceptará su culpabilidad a cambio de menos años de cárcel?

Por fin se abre la puerta de la sala. Aparece Montesorín, que no tiene buena cara. Lo acompaña Letizia Costas, Gerardo Muriel y un hombre vestido con traje, que rondará los sesenta años. Conserva una buena mata de pelo, aunque lo tiene totalmente blanco.

—Hola, Nikolai. Soy Arturo Gaviria, el comisario de este distrito.

Al chico le sorprende que aparezca el jefe de la comisaría. Lo saluda inclinando un poco la cabeza; el hombre llena un vaso de agua y se lo da. Espera que no se lo lance a la cara como Muriel ha hecho antes. En esta ocasión no es así. Niko se lo bebe y sacia su sed.

—¿Has ido al baño?

—No, señor —responde el muchacho, que hace rato que tiene ganas, pero no se ha atrevido a pedirlo—. ¿Puedo ir?

—Por supuesto.

El comisario llama a uno de los agentes que están en la puerta y le pide que acompañe al chico al cuarto de baño. Está a apenas diez pasos de la sala. El policía le quita las esposas y le dice que tiene dos minutos. Durante ese tiempo, mientras orina y se lava las manos, se pregunta si cuenta con alguna posibilidad de escapar, ahora que no lleva las esposas y que solo lo vigila un agente. Es rápido, y no sería la primera vez que huye con éxito de una situación complicada. Sin embargo, recapacita y se da cuenta de que sería inútil. Aunque lo lograse, algo improbable, volverían a buscarlo, y el castigo sería aún mayor. De salir de la comisaría, tendría que ser de forma legal.

Niko regresa a la sala y Arturo Gaviria ordena al policía que no le ponga las esposas. El chico le da las gracias. Ese hombre está siendo bastante más amable con él de lo que se esperaba.

—Javier me ha contado que no vas a confesar —dice el comisario con tranquilidad mientras Niko se sienta en la silla.

—He confesado que robé y dejé las partituras en las casas de Triana, Nervión, Heliópolis y en la de la calle Teodosio. El resto no lo hice yo.

—¿No entraste en las casas de Pedro del Toro y Tomás de Ibarra?

—No. Ni siquiera las tenía entre mis objetivos.

—¿Y cómo explicas que en esas dos viviendas, en las que además se cometieron sendos crímenes, aparecieran partituras de Chopin exactamente con el mismo papel que en las primeras cuatro casas?

Eso Niko no lo sabía. El dato del papel no había trascendido en la prensa. La información lo deja perplejo.

—No lo sé. Quizá sea casualidad.

—Aquí no existen las casualidades, Nikolai —dice el comisario, cada vez más serio—. Te lo voy a volver a preguntar, ¿mataste a Enrique Mesa y a Evaristo Cuevas?

—No, no fui yo. Se lo juro, señor.

—Insisto, por si no me has oído bien. ¿Asesinaste tú a esos dos hombres porque te encontraron robando en sus casas y te los quitaste de en medio golpeándoles con fuerza?

—No. No. ¡No!

—Nikolai, yo no tendría que estar aquí ahora mismo. Solo procuro ponerle las cosas más fáciles a todo el mundo. Para ti sería mucho mejor que admitieras los hechos. Tal vez se te fue la mano y no quisiste cargarte a esos hombres. Quizá un buen abogado consiga demostrar que fue accidental. Que tuviste mala suerte. Pero todo parte de aquí. De esta charla con nosotros. Por última vez, muchacho, ¿mataste a Enrique Mesa y a Evaristo Cuevas?

El joven mira hacia Montesorín, que no ha cambiado la expresión de su cara en el tiempo en que ha estado dialogando con el comisario. Si admite su culpabilidad, la pesadilla en esa sala habrá terminado. Si continúa defendiendo su inocencia, está convencido de que tienen un montón de cartas en la manga para que diga lo que quieren escuchar. No sabe qué hacer. Necesita una solución ya.

—Vamos, muchacho. Confiesa. Dinos que eres el asesino.

—No. Quiero un abogado —termina respondiendo Niko segundos más tarde.

—A la mierda.

La desesperación del comisario se percibe cuando le da una patada a la pared antes de salir de la sala. Montesorín y Letizia Costa acompañan a su jefe y cierran la puerta de aquella fría habitación. Solo se queda Gerardo Muriel con él.

—Estás muy loco, Nikolai. Muy loco.

—¿Yo soy el loco? ¿Has visto cómo tienes la vena de la frente? Tú estás peor que yo.

Las palabras desafiantes del chico no le agradan a Muriel, que le arrea un puñetazo en la cabeza por detrás. Niko siente un dolor de la misma intensidad que el de antes en la oreja. Se mira rápidamente para comprobar si está sangrando.

—No te preocupes. Sabemos lo que hacemos. No tienes nada. Solo te dolerá un poquito durante unas horas.

—No puedes tratarme así. Es ilegal —se queja Niko, al que empieza a molestarle el cuello. Puede que le haya dañado las cervicales.

—¿Me estás acusando de violencia policial? Qué blanditos sois los jóvenes de ahora...

—Me has hecho mucho daño.

—Más daño les has causado tú a las familias y amigos de las personas a las que has matado.

El hombre agarra las esposas que están encima de la mesa

y se las vuelve a colocar. Después de ponérselas, le da una palmada en el cuello, cerca de donde le ha golpeado antes. Niko se queja, pero Muriel no le presta atención. Coge la jarra del agua y se marcha de la sala. Desde fuera grita:

—¡Ahora te buscaremos un abogado de oficio!

El chico se levanta de la silla y camina encorvado por la sala. Se detiene en una de las esquinas y se deja caer. Le duelen mucho el cuello y las cervicales. No imaginaba que existieran policías como Gerardo Muriel. Lo peor es que nadie va a creerle. Todos piensan que es un asesino y que ellos son héroes por detenerlo. Han librado a Sevilla de un criminal muy peligroso. ¿Y si se autoinculpa de una vez?

Niko se duerme tumbado en el suelo. En el sueño aparece su madre cantándole su nana preferida. Se ve a él mismo tarareándola a su lado. De repente ya no hay miedo, no hay sombras, no hay dolor. Solo amor y música. Dos voces que se unen en una preciosa metáfora de lo que le hubiera gustado vivir para siempre.

«Duerme, mi muñequita. Duerme, mi niño bonito.»

Pod pierzyną czarnej nocy	Bajo el manto de la noche oscura,
W blasku srebrnych gwiazd	entre el destello de las estrellas de plata,
GwiŻdŻe swoje kołysanki	silbando sus nanas,
Rozśpiewany wiatr.	el viento que canta.
KsięŻyc wplata w warkoczyki	La luna teje trenzas
Kolorowe sny	de sueños coloridos.
Śpij laleczko moja mała	Duerme, mi muñequita,
Śpij córeczko, Śpij.	duerme, hija mía, duerme.

La puerta de la sala se abre y Niko se despierta. Apenas puede mover el cuello. Mira hacia la entrada y esta vez no es Montesorín ni Muriel. Siente alivio al descubrir que se trata de Letizia Costas. La policía se extraña al verlo tirado en el suelo y le pide que vaya hasta la mesa.

—¿Qué hora es? —le pregunta el joven incorporándose.

—Las once. Ya debería estar en mi casa.

—Y yo —bromea Niko, que le saca una sonrisa a la mujer.

—Si no hubieras hecho nada malo, no estaríamos aquí.

—Esta sala es horrible. ¿No tenéis algo más cómodo?

—Dentro de un rato te llevarán a un calabozo. No es mucho mejor que esto, pero te podrás tumbar en un colchón.

Letizia lleva una bolsita en la mano, que coloca sobre la mesa delante de Niko. Luego le quita las esposas.

—Imagino que tendrás hambre. Te he traído una hamburguesa y una Coca-Cola. Espero que te guste. Mientras comes, quiero hablarte de algo.

El chico se lo agradece. Desenvuelve la hamburguesa y le pega un buen primer mordisco. Al mismo tiempo, Letizia saca unos folios de una carpeta, que va colocando encima de la mesa. Son imágenes de una mujer muerta, con la mirada perdida y signos de descomposición en el rostro. Niko las mira y se le revuelve el estómago.

—¡Joder! ¿Quién es?

—¿No la conoces?

—No. Al menos así no.

—Es nuestra compañera Ángela Diosdado. Ha aparecido muerta en la carretera de Dos Hermanas, en un vivero abandonado. La han asesinado.

La policía le muestra una fotografía de la misma mujer vestida de calle. Miraba a la cámara fijamente y sonreía. A Niko le impresiona el contraste entre las dos imágenes.

—¿También me vais a acusar de esta muerte?

—Es posible.

—No me lo creo.

—¿La has matado tú?

—No sé ni quién es. Debe de ser una broma.

—Era mi amiga. ¿Crees que voy a hacer un chiste con esto? —se queja Letizia, que guarda las imágenes de nuevo en la carpeta—. Ella también estaba implicada en el caso Chopin. Trabajaba para encontrarte. Si has sido el responsable de lo que le ha pasado, Gerardo Muriel va a ser una hermanita de la caridad a mi lado.

—Yo no lo he hecho, Letizia.

—Más te vale. Porque si me entero de que tienes algo que ver con el crimen de Ángela, el próximo muerto serás tú.

CAPÍTULO 50

—

BLANCA Y CELIA

Sevilla, domingo 13 de octubre de 2019

Aunque es tarde, Celia y Blanca se han subido a un Cabify para ir a hacer una visita a Norberto Mesa. Su hijo Ezequiel les ha dado la dirección donde pueden encontrarlo después de insistirle mucho e inventarse una supuesta entrevista para el periódico en la que le pagarían mil euros. En el coche, la detective habla por teléfono con Triana.

—¿Estás segura de que él escribió esos mensajes?

—En principio, sí. Martos me lo ha explicado, mamá. Me ha contado algo relacionado con IPS, proxis, proveedores y no sé qué más. El caso es que no acertaba con la tecla. Hasta que se ha dado cuenta de que el correo electrónico que usó para registrarse era el de una empresa. La ha investigado y resulta que su propietario es Norberto Mesa.

—Ese chico ha hecho un buen trabajo. Dale las gracias de mi parte.

—Ahora me toca invitarlo a un batido de chocolate y a un trozo de tarta de zanahoria.

La mujer está a punto de despedirse, pero su hija le hace una pregunta antes de colgar:

—No sabes nada más de Niko, ¿verdad?

—No, Triana. Imagino que todavía lo están interrogando en la comisaría. Habrá pedido un abogado de oficio para que lo defienda.

—¿No conoces a ninguno bueno que pueda ayudarle?

Hasta ese momento, a Celia no se le había ocurrido. Quizá pudiera mandarle a alguien, aunque no tiene dinero para pagarlo. Podría pedir un préstamo al banco, con el despacho y la casa como garantías. Niko se lo devolvería cuando pudiera. Pero ni siquiera es seguro que consiga demostrar su inocencia.

—Déjame que piense y veré qué puedo hacer, ¿vale?

—No tardes mucho. Seguro que lo tienen contra las cuerdas. Espero que no se haya declarado culpable.

—Niko no es de esos. No se rendirá.

—Estoy muy preocupada.

—Terminará sabiéndose la verdad, Triana. Estoy segura.

Esa verdad puede pasar por Norberto Mesa, al que están yendo a ver. ¿Quizá él asesinó a su hermano? ¿Por qué le había dejado esos mensajes en la web de la tienda de muebles? La respuesta la tienen en un piso de Amate.

El edificio en el que vive Norberto es viejo, y se nota que hace tiempo que no lo pintan. Tiene seis plantas; él reside en el segundo B. Blanca llama al telefonillo.

—¿Quién es? —responde la voz de un hombre.

—¿Norberto?

—¿Eres la periodista?

—Sí. ¿Podemos pasar?

—Te abro. Mi hijo me ha avisado de que venías.

Después de que suene un desagradable zumbido, Blanca empuja la puerta y las dos entran en el edificio. Hay un cartel en una pared del rellano en el que han escrito con bolígrafo azul que el ascensor no funciona. Les toca subir por la escalera.

—Se ha creído lo de la falsa entrevista —dice Celia, que va delante.

—Mil euros hacen milagros. Nos vendrá bien para introducir la conversación y no soltarle lo de los mensajes de buenas a primeras.

—Espero que no nos pida el dinero antes de hablar.

—Yo no llevo encima ni cincuenta céntimos. El periodismo está muy mal pagado.

—No te digo cómo está el tema para los detectives privados y los escritores.

—¿Cuál es nuestra estrategia?

—Ninguna. No tenemos. A ver qué nos sale.

Cuando llegan a la segunda planta, la puerta del piso B está abierta. En la entrada las espera un hombre vestido completamente de negro. Es muy alto, y no se ha afeitado la barba en unos cuantos días.

—Menudas horas para hacer una entrevista —dice Norberto, que estrecha primero la mano de Blanca y después la de Celia—. Pasad. Esto no es muy grande, pero para mí es suficiente.

El hombre les cuenta que vive solo desde hace tres años, aunque sus hijos todavía se dejan caer por el piso de vez en cuando. Ezequiel y Sara prefirieron quedarse con su madre después de la separación. No hubo ningún problema con la custodia, aunque en ese momento los dos eran menores de edad.

—Tengo un gato, Peter, pero se esconde cuando viene

alguien. Es antisocial. Me lo encontré en el desguace en el que trabajo y del que soy propietario. ¿Queréis tomar algo? ¿Puerto de Indias? ¿*Whisky*? ¿Vino?

—Agua, gracias.

—Para mí también.

—Qué sanas sois. Yo me tomaré una copa, si no os importa.

El hombre se marcha y deja a las dos frente a una habitación pequeña y desordenada que hace de salón. Aunque no las ha invitado a entrar, Celia y Blanca se sientan en un sofá de dos plazas tapizado con una tela roja muy cantosa. Huele a tabaco, señal de que Norberto fuma en aquel lugar y ventila poco la casa.

—Este salón parece sacado de los años ochenta —comenta la detective señalando la mesa camilla que tiene delante.

—No sé cómo eran los salones de esa época. Yo nací en 1997.

—¡Me acabas de hacer sentir la mujer más vieja del mundo! Eres un yogurín.

—Un yogurín que ha vivido demasiado para la edad que tiene.

Norberto aparece con una bandeja en la que lleva tres vasos con hielo, una botella de agua y otra de *bourbon*. Se sienta en una especie de butaca que ha arrastrado hasta la mesa desde una de las esquinas del salón.

—¿Para qué medio es la entrevista? —les pregunta después de llenar los vasos de agua y mientras se sirve el *whisky*.

—Soy periodista de... *El Guadalquivir* —responde Blanca, que ha dudado en decir la verdad. Después mira a

Celia, que sonríe algo tensa—. Ella me acompaña para hacer las fotos. El fotógrafo del periódico no ha podido venir.

—Ah. Entiendo. Imagino que lo que queréis es hablar sobre mi hermano, ¿no?

—Entre otras cosas. Serán cuatro páginas sobre el caso Chopin, con declaraciones entrecomilladas de algunas personas relacionadas con las víctimas.

—Un poco sensacionalista.

—Cualquier párrafo que se escriba sobre este tema lo parecerá. Nosotras somos muy rigurosas con la información. No buscamos lo superficial.

—Me fiaré de vosotras. Enrique y yo no nos llevábamos muy bien. Aunque esto no sé si debes ponerlo en el reportaje. Nadie habla mal de los muertos, y no quiero parecer insensible —suelta Norberto, que se detiene porque se percata de algo—. ¿No me grabas?

—Ah, sí. Perdone. Llevamos todo el día trabajando y... Ya está. Continúe.

La chica pone el móvil encima de la mesa y activa la grabadora. El hombre da un sorbo a su *whisky* con hielo, carraspea y sigue hablando de Enrique.

—Como os decía, Enrique y yo hacía tiempo que teníamos problemas. Imagino que esto pasa en todas las familias. Lo cierto es que no nos llevábamos muy bien.

—¿Por qué motivo?

—Bueno, suceden cosas, te enfadas y luego es difícil que se arregle. Pero era mi hermano y le quería, por supuesto. Estuve muy triste tras su muerte. Aún lo estoy.

—¿Desde cuándo no lo veía?

—Creo que desde un par de semanas antes de que lo

asesinaran. Fui a la tienda de muebles y charlamos un rato. También estaba Débora, su pareja. Una mujer estupenda.

—¿Le cae bien la novia de Enrique?

—No tuve mucho trato con ella, pero sí. Me cae bien.

—Se iban a casar —interviene Celia, que hasta ahora no había hablado—. ¿Lo sabía?

—Algo me habían contado. Aunque ella me explicó en el entierro que se tenía que marchar a Latinoamérica a grabar una película en las fechas que habían programado la boda y que iban a aplazarla. Débora es actriz. No sé. De todas maneras, hubieran terminado casándose un mes u otro. Pero... lo mataron.

—¿Usted sospecha de quién pudo hacerlo?

—¿Sospechar? Se ha solucionado, ¿no? ¡Hoy han detenido al culpable en El Salvador! Chopin era un chico polaco. Llevan detrás de él unos días. ¿No os habéis enterado?

Celia se retuerce en el sofá y, sin querer, le da un pisotón a Blanca, que evita quejarse. Las dos se han puesto nerviosas con la pregunta que les ha hecho Norberto. La periodista bebe un poco de agua y sigue con la supuesta entrevista.

—Claro que nos hemos enterado. Estamos al día del caso Chopin. Pero ¿cree que Olejnik mató a su hermano?

—Por supuesto. Me fío completamente de la policía de este país. Si lo han detenido será porque es culpable.

—¿Usted tenía motivos para asesinarlo?

—¿Yo? ¡Cómo voy a asesinar a mi hermano!

Aquella pregunta no le gusta a Norberto, que frunce el ceño. Blanca tampoco esperaba que Celia eligiera ese rumbo. Pero como no tienen una estrategia fija, deja que la detective tome el relevo de la entrevista.

—Le he preguntado si tenía motivos, no si lo ha asesinado.

—Te he entendido. No pasábamos por nuestro mejor momento, pero jamás haría algo así.

—¿Lo amenazó?

—¿Qué? ¿A qué viene esto? ¿Tú no venías a hacer las fotos?

Entonces Celia saca el móvil y busca la captura de los mensajes contra Enrique Mesa que aparecían en la página web de la tienda de muebles.

—¿Es usted Donatelo57? —le pregunta la detective mostrándole la pantalla.

—Pero... ¿cómo? No es posible. ¿De dónde ha sacado eso?

El hombre no sabe qué decir ni dónde meterse. Se bebe todo el *whisky* de un trago y coloca los codos sobre la mesa, uniendo sus manos como si estuviese rezando.

—¿Es usted Donatelo57 o no? —insiste Celia ante la atenta mirada de Blanca, que observa la reacción de Norberto.

—Yo no le haría daño a Enrique. Era mi hermano.

—Escribió esos horribles mensajes, ¿verdad?

—Sí. Los escribí yo. Aunque solo eran palabras estúpidas. Quería asustarlo y tocarle un poco las narices —dice Norberto desconsolado—. Cuando murió, me arrepentí mucho de lo que puse en esa maldita web.

—¿Y por qué no los borró?

—Porque ya no les di importancia. Estaban ahí, en una página en la que no entra nadie. A lo mejor, él ni siquiera los vio. A veces uno hace cosas que no tienen explicación.

—¿Amenazó a su hermano sin saber por qué lo hacía?

—No soy tonto, señora. Claro que lo sabía —replica el hombre molesto por la pregunta de Celia—. Enrique era un tipo peligroso. Mucho. Se metió en unos jaleos muy turbios. No estoy hablando de drogas, trapicheos o cosas por el estilo. Eran temas mucho más graves. Me enteré y le advertí, aunque nunca fui capaz de denunciarlo.

—¿Qué temas?

—No puedo hablar de eso —responde Norberto, que se sirve otro *whisky*—. No son periodistas, ¿verdad? ¿Pertenecen a la policía?

Blanca mira a Celia antes de responder. Esta le da el visto bueno con un gesto con la palma de la mano y la chica contesta a la pregunta de Mesa:

—Yo sí que soy periodista y trabajo para *El Guadalquivir*. Ella es detective privado. Estamos investigando las muertes de su hermano y de Evaristo Cuevas. Creemos que el chico al que han detenido no es el responsable.

—¿Piensan que soy yo?

—Es una posibilidad. Amenazó a su hermano de una forma cruel y despiadada. Escribió cosas muy fuertes en esa web. Aunque ahora nos cuente que fue solo para asustarlo.

—Porque en los últimos tiempos mi hermano estaba regresando a lo que había conseguido dejar. Volvía a juntarse con malas compañías.

—¿Por qué lo llamó Grillo en el último mensaje?

—Era su nombre en clave entre ciertas personas. No puedo decirle más.

—¿Era algo malo?

—Muy malo, pero hasta aquí voy a hablar sobre ese asunto. No me tires de la lengua porque aquí me la estoy jugando. Sé demasiadas cosas como para ir contándolas por ahí, y menos a una periodista y a una detective. No estoy tan mal de la cabeza.

Norberto se cierra en banda y no responde a más preguntas acerca del pasado de su hermano. Debe de ser un tema muy complicado, porque se ha alterado mucho. El hombre se levanta, sale del salón y regresa con un cigarro en la boca. Lo enciende sin preguntar a sus invitadas si les molesta que fume. Da una calada y mira a Celia, a la que se dirige:

—Cambiando de tema, otra cosa por la que ya no nos llevábamos bien era porque tenía abandonada a nuestra madre, que padece alzhéimer. Nunca cuidó de ella y ya apenas iba a verla. De hecho, mi hermana Alejandra no quiso asistir a su entierro. Ni se hablaban.

—¿Alejandra y Enrique no se hablaban?

—No. Lo odiaba. Y eso que de pequeños eran uña y carne. Pero el asunto de nuestra madre terminó por separarlos. Alejandra no perdonó la falta de atención de Enrique. También culpaba a Débora.

—¿Qué responsabilidad tenía su novia de eso?

—Mi hermana pensaba que le comía la cabeza para que no fuera a visitar a mi madre y que había sido la responsable de que retomase los malos hábitos. Alejandra no está demasiado bien. Cuidar de mi madre durante tanto tiempo la ha quemado mucho.

—Sus sobrinos piensan que Débora lo mató. ¿A usted se le pasó esa idea por la cabeza en algún momento?

Norberto se encoge de hombros. Después bebe un pequeño trago de *whisky* y busca algo en el móvil, que les enseña a Celia y a Blanca. Es un mensaje de WhatsApp de Débora, enviado la noche del miércoles de esa semana:

DÉBORA

Hola, cariño. Estoy harta del luto. ¿Cuándo me vas a invitar a cenar? Me gustaría mucho quedar contigo antes de irme a Perú. Un beso caribeño.

—¿Y qué le respondió?

—Que de momento no tengo el cuerpo para quedar ni para cenas.

—¿Se enfadó por su negativa?

—Me contestó así —dice Norberto, que pone un mensaje de voz de ese día:

AUDIO DE DÉBORA

Al final, los dos hermanos habéis mamado la misma leche. Sois unos simplones y unos cobardes. En el fondo, me alegro de que Enrique esté muerto. Es hora de volar y de que otros me valoren por lo que soy. Adiós.

CAPÍTULO 51

TRIANA

Sevilla, lunes 14 de octubre de 2019

Ya son más de las doce de la noche y su madre aún no ha regresado. Triana le ha enviado un wasap para preguntarle cómo van las cosas, pero no le ha respondido. Está tranquila porque la acompaña Blanca Sanz. Ojalá entre las dos consigan algo que ayude a Niko. No puede dejar de pensar en él. Ha intentado distraerse de mil maneras, pero con éxito nulo. Hasta ha recuperado el cubo de Rubik, que hacía años que no lo tocaba. Fue un regalo de su padre, que se lo trajo de Portugal, a donde había tenido que ir por un caso.

Hace veinte minutos que está tumbada en la cama leyendo *La magia de ser Sofía,* de Elísabet Benavent, aunque no es capaz de pasar dos páginas sin perderse. No es que el libro no le guste, que le encanta, pero no puede concentrarse. Está a punto de darse por vencida e irse a dormir cuando suena una musiquilla que le resulta familiar. No se ha dado cuenta, pero ha dejado la sesión de Skype encendida en el portátil. Seguro que es Martos. El chico se ha portado genial con ella y ha conseguido lo que le pidió. Le deseará buenas noches y dará por concluido ese domingo agotador.

Triana camina hasta el escritorio y mira el portátil. El que le está pidiendo una videollamada no es su amigo informático. ¿Acepta? Va en pijama y está despeinada y con cara de resaca, aunque no ha bebido ni una gota de alcohol. Le da algo de vergüenza, pero él la ha visto con peores pintas y en peores circunstancias.

Termina por aceptar la charla con cámara. Cayetano también lleva el pijama, uno rojo con cuadros negros que ella le regaló en las Navidades pasadas. Regalar pijamas siempre es una buena solución. Tiene cara de cansado, en eso empatan. Pero está muy guapo, como siempre.

—¿Qué haces tú por aquí? —le pregunta el chico, que ajusta la cámara para que se le vea centrado—. ¿Desde cuándo no te conectabas a Skype?

—Creo que desde antes de conocerte, cuando ligaba por Internet —bromea Triana—. La verdad es que se me ha olvidado cerrar la sesión. Antes he hablado con Martos, el ex de Brenda, para pedirle un favor.

—¿Martos? ¿El informático gordito?

—Sí, es un buen chaval. Era para una cosa de mi madre. Algo relacionado con el trabajo.

No puede darle más detalles. Cayetano no sabe nada de Niko y de que ha estado viviendo unos días en su casa. Tampoco que ella está metida de lleno en el caso Chopin y que Martos le ha dado una buena pista para que su madre investigue quién podría estar detrás de los asesinatos de las últimas semanas.

—¿Cómo te encuentras? —le pregunta el joven, que intenta sonreír.

—Más o menos. Aunque hoy me costará dormir.

—A mí también. Es raro no ser tu novio.

Aquella frase la hiere. También para ella es extraño no ser su novia. Aunque su corazón ya lo ocupa otra persona. No es que Niko haya desplazado a Cayetano. Solo ocupó ese hueco que ya no le pertenecía a él.

—Es hora de pasar página y de que rehagas tu vida.

—Lo sé, Triana. Solo digo que se me hará raro levantarme por las mañanas y no llamarte o mandarte un mensaje. O no ver series juntos. ¿A quién me voy a quejar ahora cuando pierda el Sevilla?

—Mira, eso no lo había pensado. Ya no tendré que aguantarte hablando todo el día de tu equipo y podré centrarme en el mío. Mi próximo novio será del Betis.

—Siempre vais a ser el segundo equipo de la ciudad.

—No voy a entrar en ese tema —dice la chica haciendo que se pica—. Hablando en serio, Cayetano. Estoy para lo que necesites. Como amiga.

—Yo no sé si podré tenerte como amiga, Triana. Por lo menos hasta dentro de un tiempo. No estoy seguro de soportarlo.

El chico mira para otro lado, como si le doliese en extremo lo que acaban de decirse.

—Tendremos que acostumbrarnos.

—Sí, pero será duro. Al menos para mí. Han sido dos años geniales a tu lado.

—Bueno, veremos qué sucede en los próximos días. Poco a poco.

—Sí, veremos —dice Cayetano, que de nuevo vuelve a mirar a la cámara y esboza una tímida sonrisa—. ¿Puedo hacerte una pregunta?

—Claro, dispara.

—A ver, no es que lo vaya a hacer ya. De hecho, ni siquiera sé si lo haré algún día. Lo más probable es que no. Pero quería consultarte... porque no quiero..., no, no quiero que pienses...

—¡Habla ya! Me estás poniendo nerviosa.

—¡Vale! Allá va. ¿Te molestaría si alguna vez saliera con Brenda? No digo salir de salir de novios, sino yo qué sé. Salir a tomar algo o al cine. Cenar.

De nuevo, siente una punzada en el pecho. ¿Por qué le ha dolido? Ya no son pareja y tiene la libertad de salir con quien le dé la gana. Se le ha tenido que notar el desconcierto en la cara. Sin embargo, Triana sonríe e intenta disimular.

—No, claro que no. Brenda es una gran chica. Por mí no hay problema.

—Que no es para liarnos ni nada, eh. Simplemente, para... eso. Salir. Dar una vuelta. Una caña... como hoy.

—No me tienes que dar explicaciones, Cayetano. De verdad —insiste la joven, cada vez más incómoda en la conversación—. Oye, me voy ya, que mañana tengo universidad.

—Lo sé. Entras a las ocho y media. Será difícil que me olvide del horario de tus clases, aunque no recuerde el nombre de las asignaturas.

—Ya no hace falta que te los aprendas. Buenas noches, Cayetano.

—Buenas noches, Triana.

La chica finaliza la videollamada y resopla aliviada. Cierra la sesión de Skype y apaga el ordenador por si se activa algún programa más sin previo aviso. Todavía algo conmovida por lo que su exnovio le ha dicho, camina hasta la cama y se sienta. Es normal que Cayetano rehaga su vida sentimental y sexual. Tarde o temprano aparecerá otra y tendrá que aceptarlo. Ella ya tiene a Niko, por lo menos en su mente. Un gran sentimiento de vacío y de tristeza la ataca cuando piensa en él.

Si al menos supiera que está bien...

La chica mira el reloj en el móvil. Es muy tarde, tendría que irse a dormir. En cambio, su intención es otra. Pero primero debe hablar con su madre. Triana se quita las zapatillas mientras llama a Celia. La mujer responde enseguida.

—Hola, ¿te has ido a la cama ya?

—Sí, aunque estoy leyendo. No tardaré en dormirme.

—Nosotras vamos en un taxi de camino a casa de Blanca. Estaré con ella un rato. Queremos analizar tranquilamente todo lo que tenemos.

—¿Ha habido suerte con Norberto Mesa? ¿Puede ser el otro Chopin?

—No lo sabemos. Es un tipo raro, se contradice un poco. Aunque no tiene pinta de que lo sea. Lo de los mensajes dice que solo fue para darle un susto a su hermano. Ya te lo explicaré mañana.

—Genial, mamá. ¿Tardarás mucho en volver?

—No lo sé. Es posible. Tú acuéstate, ¿vale?

—Vale. Saluda a Blanca de mi parte. Tengo ganas de conocerla.

—Te manda un beso. Buenas noches.

La chica cuelga y se alegra de que su madre no vaya a volver pronto. Hubiese sido complicado convencerla de que la dejase salir a esas horas.

Triana se cambia de ropa. Se pone un pantalón vaquero, una camiseta y una de las sudaderas que su madre le compró a Niko. En una mochila mete otra, dos camisetas y un par de bóxeres. Coge el móvil, la cartera y las llaves, y sale de casa. Todavía no ha ido a por la moto, ni se ha comprado un casco nuevo, así que le toca andar. Debe recorrer más de dos kilómetros. La noche es cerrada, aunque las callejuelas del barrio de Santa Cruz están muy bonitas, iluminadas. De pronto se siente observada, como las últimas veces. Mira hacia atrás, pero no ve a nadie. Triana continúa caminando. Cada vez la sensación de que alguien la sigue es mayor. En la calle Susona se gira de nuevo. Nadie. El miedo se apodera de ella y echa a correr. En la plaza de Doña Elvira un grupito de extranjeros se la queda mirando y le dicen algo que no entiende, pero no se detiene. Atraviesa corriendo las calles Rodrigo Caro y Joaquín Romero Murube. Se detiene en la plaza del Triunfo. Apoya las manos en las rodillas y jadea exhausta. Se da la vuelta y comprueba que nadie la sigue, a pesar de que hace unos segundos estaba convencida de ello. El resto del camino es tranquilo. Por esa zona hay más gente y más luz. Piensa que su subconsciente le está jugando una mala pasada. Tal vez, si se repite, tenga que buscar ayuda para eliminar ese pánico.

Veinte minutos después llega a la Alameda de Hércules. No puede negar que está muy nerviosa. ¿La dejarán hacer lo que pretende?

La chica va hasta la comisaría de la Policía Nacional. Hacía mucho que no tenía delante el edificio en el que trabajaba su padre. No está abierta, pero siempre hay alguien de guardia para urgencias. Toca el timbre y aparece un agente uniformado.

—Hola, ¿qué quieres? —le pregunta un policía que debe de duplicarle la edad.

—Buenas noches. ¿Puedo pasar?

—¿Para qué?

—Quiero ver a Nikolai Olejnik. Creo que lo tenéis retenido en esta comisaría.

La expresión del policía es de incredulidad.

—¿Eres algún familiar?

—No. Una amiga.

—No puedo dejarte verlo. Lo siento.

—¿Por qué? He venido a traerle ropa. Solo será un minuto, por favor.

—Chica, te he dicho que no. Es tarde. Buenas noches —se despide el hombre ignorando a Triana.

—¡Por favor! ¡Mi padre era el inspector Velázquez! ¡Trabajaba en esta comisaría! ¡Por favor, señor!

El policía no le hace caso, pero detrás de él aparece una mujer uniformada. Habla con su compañero y después se dirige a la puerta donde Triana continúa rogando que la dejen entrar.

—Hola, ¿has dicho que eres la hija de Manuel Velázquez?

—Sí, me llamo Triana.

—No conocí al inspector. Murió meses antes de que yo me incorporara a esta comisaría. Aquí es una leyenda.

—Lo sé, era un gran policía y sus compañeros lo querían mucho.

—Soy consciente de eso. Me llamo Letizia. ¿A qué has venido?

Aquella mujer parece agradable. Triana se quita la mochila de la espalda, la abre y le enseña a la policía lo que lleva dentro. Esta mira con curiosidad.

—He venido a ver a Nikolai Olejnik. Le he traído ropa limpia. Sé que lo tenéis aquí retenido. Es amigo mío.

—Así que lo conoces bien...

—Sí, bueno, un poco. ¿Puedo verlo?

—No es posible, Triana. Está detenido, acusado de unos delitos muy graves. Ahora mismo duerme en un calabozo.

—Ya lo imaginaba —responde la joven con lágrimas en los ojos—. Por favor, Letizia. Solo será un minuto. Tengo que verlo.

—No puede ser.

—Por favor. Necesito que me dejes verlo.

—Es tarde, Triana.

La chica no se va e insiste. La policía resopla y finalmente deja que Triana entre en la comisaría. El hombre que ha intentado impedir que pasara está a punto de decir algo, pero la mujer le pide que se calle.

—Ven conmigo. Solo un minuto.

A la chica le cambia la cara, y no puede parar de sonreír y de dar las gracias a Letizia. La policía la conduce hasta los calabozos. En el primero, Triana ve a Niko. El chico lleva puesta la capucha de la sudadera y está sentado en un colchón. Tiene muy mal aspecto, pero, en cuanto la ve, se le iluminan los ojos.

—¡Triana! ¿Qué haces aquí? —exclama Niko acercándose a los barrotes.

La joven está temblando. No es capaz de hablar. Va a tocar sus manos, pero Letizia Costas se lo impide. Advierte a ambos que no puede haber contacto entre ellos.

—Te he traído ropa. ¿Cómo te encuentras?

—Bien. No te preocupes. Hasta me han dado una hamburguesa.

—Siento lo de la discusión del otro día. Lo siento tanto... Me pasé tres pueblos.

—Ya se me había olvidado. ¿Estás bien?

—No, Niko. Quiero que te saquen de aquí. Que todo el mundo sepa que eres inocente y que no has matado a nadie. Mi madre está haciendo gestiones para que tengas un buen abogado. No te rindas, por favor. Aguanta. Vamos a ayudarte...

El joven se emociona y asiente con la cabeza. Letizia les indica que ya ha pasado el tiempo y que Triana debe marcharse. Pero la chica tiene una última cosa que hacer. Avanza todo lo que puede y le da un beso en la boca a través de los barrotes del calabozo. La policía tira de ella y consigue apartarla. Debe marcharse.

—¡Te quiero, Triana! —escucha la joven a su espalda mientras se aleja. Ya no puede parar de llorar—. ¡Todo irá bien!

—¡Yo también te quiero! —responde girando el cuello y contemplando por última vez al chico del que se ha enamorado.

CAPÍTULO 52

BLANCA

Sevilla, lunes 14 de octubre de 2019

A las seis de la mañana se han cansado de teorizar y de analizar los datos que tenían. Blanca le lee a Celia los nombres de todas las personas que podrían ser el otro Chopin y las razones que tendrían para matar a una o a las dos víctimas.

- Norberto Mesa llevaba mucho tiempo enfrentado a su hermano, y lo amenazó en la web de la tienda de muebles. Conocía el pasado oscuro de Enrique, del que prefiere no hablar.
- Juan Luis Flores estaba enemistado con Dariusz, y pudo asesinar o enviar a alguien de su familia a que matara a Mesa y a Cuevas, con los que no se llevaba bien, para inculpar a Niko como venganza contra su abuelo.
- Hipólito Flores, nieto de Juan Luis, está en la cárcel por culpa de la traición de Risto. Desde prisión pudo ordenar a alguien que asesinara al ciego.
- Débora Coronado no pasaba por su mejor momento con Enrique. El wasap que le mandó a Norberto in-

dica que no estaba muy afectada por la muerte de su pareja, e incluso mencionó que se alegraba.

- Alejandra Mesa odiaba a su hermano, sobre todo por la falta de atención de Enrique hacia su madre, que sufre alzhéimer. Según Norberto, últimamente no anda muy bien. Ni siquiera fue al entierro.
- Sara Mesa o Ezequiel Mesa, los sobrinos de Enrique, pudieron matar a su tío por alguna cuestión relacionada con su padre. Quizá también conocían su pasado y se vieron amenazados por él.
- Alguien desconocido hasta ahora que entrase a robar en las casas de Cuevas y Mesa e imitase a Niko, dejando las partituras de Chopin para incriminarle.
- Algún viejo contacto de Risto que se enterara de que colaboraba con la policía y se sintiera en peligro.

—Nos han salido bastantes sospechosos —dice la detective tras un bostezo de varios segundos—. Y seguro que nos hemos dejado a gente.

—Hemos hecho un buen trabajo, Celia.

—A ver si da sus frutos. Estoy agotada.

—¿Por qué no te quedas a dormir? Te dejo mi cama y yo me acuesto en el sofá, que es muy cómodo.

—No te preocupes. Ahora llamaré a un taxi y me iré a casa.

—De verdad. Quédate. Dormimos un par de horas y seguimos.

—Muchas gracias, pero quiero cambiarme de ropa y darme una ducha. Te llamo sobre las diez, ¿te parece?

Blanca la comprende y no insiste. Se despide de la detective y después se sienta en el sofá. Lee lo último que hay escrito en la web del periódico sobre el caso Chopin. Más de lo mismo. Parece que la detención de Niko ha servido para afianzar todavía más la opinión de *El Guadalquivir* respecto al autor de los crímenes. De lo que no se habla es del explosivo. Ha decidido que esa semana no irá a trabajar a la redacción. Hará caso a Mercedes y se quedará unos días en casa. De esa manera podrá estar con Celia y estudiar el caso juntas. La conexión entre ellas es estupenda. Después llamará a la directora para avisarla de sus planes, como habían acordado.

Poco a poco, la periodista va cediendo al sueño. En el sofá, se tumba y se tapa con una sábana. Ha sido un día muy largo e intenso, y se queda profundamente dormida. La despierta el ruido del telefonillo. Al abrir los ojos, está un poco desubicada. Mira el reloj del móvil, que marca las nueve y tres de la mañana. ¿Quién será tan temprano? Por un momento le viene la imagen de Blas a la cabeza. Siente un escalofrío muy desagradable y se levanta del sofá.

—¿Sí?

—¿Blanca Sanz?

—Soy yo. ¿Quién es?

—Soy la hermana de Ángela Diosdado —dice la voz de una chica joven—. Tengo que hablar contigo.

La periodista no sabe a quién se refiere. Pasan algunos segundos hasta que deduce de quién le habla. Por lo visto, aquella mujer no le mintió y le dio su nombre verdadero, aunque nunca había oído su apellido.

Se trata de una joven de unos veintitantos años; no cree que llegue a la treintena, pero andará cerca. Se presenta como Fátima Diosdado. Es un poco más bajita que Ángela, pero también le resulta muy atractiva. Tiene el pelo castaño y largo, y se le ve el tatuaje de una estrellita en el cuello. Por la irritación de sus ojos y las mejillas sonrosadas, le da la impresión de que ha llorado.

—Perdona que te moleste a estas horas —le dice a Blanca cuando la invita a pasar. Está ronca y le cuesta un poco hablar—. Tendría que haber venido antes, pero...

La periodista se teme lo peor. Ángela lleva unos días sin ponerse en contacto con ella. Incluso Montesorín le contó que ni el jueves ni el viernes se había presentado en la comisaría. Además, tenía el móvil apagado.

—¿Le ha pasado algo a tu hermana? —pregunta Blanca angustiada.

—Ha muerto... asesinada —responde Fátima, que cae al suelo de repente.

La recién llegada ha perdido el conocimiento. Blanca se agacha junto a ella y la coloca boca arriba. Comprueba que tiene pulso y respira. Después le levanta un poco las piernas y la llama repetidamente por su nombre. Fátima abre los ojos y mira a su alrededor. Está muy confusa.

—¿Qué ha pasado?

—Te has desmayado. Solo has estado inconsciente unos segundos. ¿Te duele algo?

—No. Creo que no.

La joven se pone la mano en la nuca y se palpa para comprobar que no hay sangre ni ningún chichón provocado por la caída. Blanca deja que se tome un pequeño respiro y la ayuda a levantarse. Las dos caminan hasta el salón, donde se sientan juntas en el sofá.

—¿Te encuentras mejor?

—Estoy algo mareada. Pero no es nada. Gracias.

—Si te vuelve a pasar, tienes que ir al médico. Me parece que ha sido una bajada de tensión —le dice Blanca, que aún está procesando la información que le ha dado Fátima cuando ha llegado—. Me estabas contando lo de tu hermana. Lo siento mucho.

—Es que no me lo creo. Estoy en *shock.*

—¿Se sabe lo que le ha sucedido?

—Su cuerpo aún está en el instituto anatómico forense. Todo ha ido muy deprisa. Me han llamado esta mañana sobre las seis para comunicármelo. La policía ni siquiera lo ha hecho público. Que yo sepa, ningún medio ha dado la noticia. Según me han comentado, la encontraron ayer muerta en la carretera de Dos Hermanas. Estaba en un vivero abandonado.

—¿Se sabe quién lo ha hecho? ¿Han detenido a alguien?

—No sé nada de eso. Me acabo de enterar. El tiempo de llamar a mi madre, que vive en Galicia, y venir hacia aquí.

Fátima le explica que no tenía noticias de su hermana desde el miércoles, que hablaron por teléfono. Ella no vive en Sevilla capital, sino en Écija, con su novio, y trabaja en una inmobiliaria. Le extrañó que Ángela no la llamase desde entonces. Ni siquiera le respondió a un par de wasaps que le envió, ni tampoco telefoneó a su madre, como solía hacer cada dos o tres días. Pero no era la primera vez que se marchaba y desaparecía para intentar desconectar de todo. Desde que era policía nacional estaba bajo mucha presión.

—Sé que Ángela era tu fuente en el caso Chopin.

—¿Te lo contó ella?

—Sí. Por eso he venido.

El móvil de Blanca suena interrumpiendo la conversación con Fátima. La chica se disculpa y lee el mensaje que le manda Celia:

Celia

Pon la tele. Acaban de anunciar en Guadalquivir Tv y en Antena3 que han encontrado a una policía muerta. No lo han asociado directamente con el caso Chopin, pero lo han insinuado. La víctima se llama Ángela Diosdado.

¿Es la misma Ángela que te filtraba la información desde la policía?

La periodista deja el teléfono a un lado. Contestará a Celia cuando Fátima se vaya. Por lo visto, la prensa ya tiene los datos del suceso y empiezan a recopilar información de lo ocurrido.

—Me ha escrito una amiga que colabora conmigo para decirme que se ha enterado de lo de Ángela. Lo acaban de anunciar por la tele.

—Ya se ha hecho público. Era cuestión de tiempo.

—Han dado la noticia varios programas de la mañana. Imagino que también aparecerá en las redes sociales y en los medios digitales.

—Espero que respeten la memoria de mi hermana. Ángela no habría querido que se hablara demasiado de ella ni que se formara un circo alrededor de su muerte. Era muy discreta.

Es probable que por eso la eligieran como confidente del caso. Con ella había sido muy amable y prudente, siempre anteponiendo la opinión de sus jefes a la suya. Aunque varias veces le confesó que no pensaba que Niko Olejnik fuera el asesino de las partituras.

—Has dicho que tu hermana te había hablado de mí y que por eso has venido. ¿Qué te contó?

—¡Ah! Espera. Para eso he venido. Toma.

La chica saca del bolsillo trasero del pantalón un sobre y se lo entrega a Blanca. La periodista lo coge y ve su nombre, apellidos y dirección escritos a mano en el reverso. Lo abre mientras Fátima le explica lo que le dijo su hermana:

—Ella no quería que me metiera en líos. Era la mayor, y siempre cuidó de mí. Por eso nunca me contó demasiado sobre su trabajo. El martes por la noche vino a verme a Écija y me pidió que, si algún día le pasaba algo, te trajera esta carta. Entonces me dijo quién eras y me habló de vuestra relación. Confiaba mucho en ti.

Blanca saca un folio doblado del interior del sobre. Lo despliega y lee en voz alta lo que hay escrito, también a mano:

Chopin, raíces de futuro, Justo Romero.
Avenida de María Luisa, 8.

Al leer la línea superior, le da la impresión de que se trata del nombre de un libro y de su autor. Lo de abajo es una dirección de Sevilla. Conoce el lugar. Busca en el móvil y coincide con lo que sospechaba.

—¿Entiendes algo de lo que pone?

—Más o menos —responde Blanca, que dibuja una sonrisa—. No sé qué pretendía tu hermana, pero creo que quería que fuera a la biblioteca Infanta Elena.

—¿La conoces?

—Sí, muy bien. Es a la que yo iba a estudiar cuando estaba en la universidad. Ángela sabía más de mí de lo que yo pensaba.

CAPÍTULO 53

CELIA

Sevilla, lunes 14 de octubre de 2019

—¿Que has hecho qué?

—¡Mamá, compréndelo! ¡Tenía que verlo!

—¡Está detenido por asesinato!

—¡Pero es inocente! ¡Ya lo sabemos!

—La inocente eres tú, Triana. ¿En qué cabeza cabe ir a ver a Niko a comisaría? ¡Te has vuelto loca!

—Si no hubiera ido, sí que me habría vuelto loca.

—Era muy peligroso. Con la de indeseables que hay por ahí sueltos a esas horas. Te podía haber pasado algo.

—¡Soy mayor para tomar decisiones!

—Que tengas dieciocho años no significa que puedas hacer lo que te dé la gana y que no cometas errores, como el de ir a ver a Niko a comisaría tú sola y de noche.

La chica va a responder de nuevo a su madre, pero prefiere morderse la lengua. Da un grito y se encierra en su habitación. Celia no da crédito a lo que su hija le ha contado en cuanto ha llegado a casa. Son casi las siete de la mañana y no puede con su alma. También se mete en su cuarto y se tira en la cama. Ni siquiera se cambia. Cierra los ojos, pero está demasiado agitada como para dormir. Lo de Triana solo es la gota que colma el vaso. No recuerda una jornada tan agotadora como esa.

Debe olvidarse de todo y descansar. En unas horas ha quedado en llamar a Blanca para seguir analizando el caso. Ya le da lo mismo que la reprendan por infringir las normas de los detectives privados. Está segura de que le quitarán la licencia en cuanto empiece el juicio a Niko y se corra la voz de que ella ha estado implicada de varias formas. Ha cometido infracciones de todos los colores. Pero no quiere acabar aquella historia sin encontrar al verdadero culpable; al sujeto que asesinó a Enrique Mesa y a Evaristo Cuevas.

En cuanto al explosivo en el periódico, ella y Blanca también lo debatieron en esa larguísima madrugada de octubre. Si, como parece, Ezequiel Mesa no lo preparó y lo envió a la redacción de *El Guadalquivir*, tendrían que aceptar que Blas fuera el autor del atentado. Se lo había confesado a Blanca, y de alguna forma lo había dejado claro en la nota de suicidio. Todo cuadraba. Pero la periodista Luna González, que lo conocía muy bien, estaba convencida de que, a pesar de que todos los indicios y las pruebas apuntaban a lo contrario, no había sido él. ¿Habría alguna otra posibilidad que no se hubieran planteado?

Le da vueltas la cabeza. Es una sensación parecida a los primeros días después de la muerte de su marido. Quería averiguar a toda costa lo que había sucedido, dar con el asesino de Lolo. Se obsesionó con la investigación y se entregó durante semanas a esa causa. Todavía no era detective, pero fue el detonante que le sirvió para dar el paso.

Alguien da unos toquecitos suaves en la puerta.

—Mama, ¿estás dormida? —pregunta Triana desde fuera de la habitación.

—Sí. Pasa —responde Celia riendo.

La chica entra y va directamente a la cama donde está su madre. Se lanza sobre ella y le da un abrazo.

—Perdona, te he hablado mal. No lo tendría que haber hecho —se disculpa Triana.

—Lo que no tendrías que haber hecho es ir a ver a Niko a comisaría.

—No pude evitarlo.

—¿Y por qué no me lo consultaste?

—Porque no me habrías dejado ir. Obvio.

La mujer niega con la cabeza y le acaricia su precioso y ondulado pelo.

—¿Te has pillado mucho de él?

—Un poquito. Necesitaba verlo. Aunque sobre todo fui a llevarle ropa limpia.

—¡Ya te estás comportando como la mujer del preso! ¿Lo próximo qué será, esconder una lima en una tarta de manzana?

—No seas tonta, mamá —dice Triana avergonzada—. ¿Sabes? Me ha dicho que me quiere. Cayetano tardó cuatro meses.

Celia no sabe si echarse a reír o ponerse a gritar y correr en círculos por la habitación. Opta por sonreír y continuar peinando el cabello de su hija.

—Tómatelo con calma. No sabemos qué pasará con él. Si lo condenan por asesinato, pasará mucho tiempo en la cárcel.

—¿Has hablado con algún abogado para que lo ayude?

—Dentro de un rato llamaré al despacho de un gabinete muy considerado en Sevilla. Ayer era domingo. Y hoy todavía no son ni las ocho. Por cierto, si no te das prisa, llegarás tarde a la universidad.

—Tienes razón. Aunque no seré capaz de concentrarme.

—Haz un esfuerzo. ¡Vete, ya! Quiero dormir un rato.

La chica le da un beso y otro abrazo y sale de la habitación. Celia se tapa la cabeza con la almohada y se ríe. La niña se le ha vuelto a enamorar. Lo que se temía. Niko solo les ha traído problemas, y ese puede ser el mayor de ellos. Aunque le gusta ver ilusionada a Triana.

Solo consigue dar una cabezada. Antes de las nueve, ya está otra vez en pie. Es inútil tratar de dormir más. Va hasta la cocina y se prepara un café. No le echa leche ni azúcar. Se lo toma aún hirviendo mientras ve las noticias en la televisión.

> ... La víctima se llamaba Ángela Diosdado y pertenecía al cuerpo de la Policía Nacional de Sevilla. La mujer tenía treinta y dos años y era natural de Écija. La encontraron en un vivero abandonado en la carretera de Dos Hermanas. Aún no hemos sido informados de las causas de la muerte. El cuerpo de Ángela está ahora mismo en el anatómico forense de Sevilla...

A Celia se le atraganta el café. ¿La mujer que ha aparecido muerta no es la que le filtraba la información confidencial a Blanca? Al final de la conexión, la periodista explica que Ángela Diosdado pertenecía al equipo de Javier Montesorín, encargado del caso Chopin. Rápidamente, la detective deja la taza sobre la mesa del salón y envía un mensaje a la periodista. Mientras espera su respuesta, va a darse una ducha.

Bajo el agua caliente, las ideas y las preguntas se le van amontonando. ¿Estará ese crimen relacionado con los dos anteriores? ¿Qué sabía Ángela o qué había hecho para que alguien se haya visto obligado a matarla? ¿Cuándo había muerto?

¡Maldita sea! Espera que no culpen a Niko también de ese asesinato.

Lo primero que hace cuando sale de la ducha, aún desnuda y solo cubierta con una toalla, es llamar al gabinete de abogados. Habla con una secretaria que le pasa al hombre que está buscando. Vicente Ortiz es de Burgos, aunque de niño se fue a vivir a Sevilla. Ahora trabaja en uno de los despachos más importantes de la ciudad. Era amigo de Lolo, porque de jóvenes ambos vivían en Reina Mercedes. A ella siempre le cayó muy bien, aunque cada vez que se veían acababan discutiendo de Semana Santa, fútbol o política. Hacía tiempo que no oía su voz.

—¡Celia! ¡Qué alegría escucharte! ¿Cómo estás?

—Seguro que peor que tú. En especial en lo económico.

El hombre se ríe y le recuerda que no se ven desde el funeral de Manuel. Después hubo algún que otro mensaje esporádico, pero el contacto se perdió.

—¿A qué debo tu llamada?

—Verás. Necesito que me ayudes en algo muy importante. Aunque ahora no tengo dinero para pagarte...

La mujer le cuenta la historia de Niko. Cómo se ha visto envuelto en una trama que se ha ido enredando hasta llegar al punto de estar acusado de doble asesinato. Vicente escucha con atención hasta que Celia acaba. Carraspea y le sorprende su respuesta:

—Es un caso complicado y del que se está hablando día y noche en algunos medios, pero nos encantaría que Niko fuese nuestro cliente.

—¿Así de fácil?

—No, tengo que consultarlo con el gabinete. Pero ya te adelanto que nos interesa. Sobre los emolumentos no te preocupes. Lo trataremos más adelante.

—¿Entonces aceptas?

—En principio, sí. Déjame unas horas para que me den el visto bueno. No trabajo solo, y estamos metidos en mil cosas.

—Muchísimas gracias. Espero tu llamada.

—Celia, solo una cosa —le dice Vicente bastante serio—. Tal y como me lo has contado, de alguna forma tú y tu hija estáis implicadas en el caso. A partir de ahora, ni os acerquéis a Niko, por favor. Manteneos al margen. Dejad que nosotros trabajemos y analicemos bien el caso y ya llegará vuestro momento. ¿De acuerdo?

—De acuerdo. Lo que tú ordenes.

—Y ve pensando en otro trabajo, porque seguramente te retirarán la licencia.

Celia está feliz de que el gabinete de Vicente Ortiz quiera aceptar la defensa de Niko. Seguro que ellos tienen más posibilidades de ayudar al joven que ella. Sin embargo, le inquietan dos temas: quedarse en paro y que Triana no se aguante las ganas de hablar o de ver al joven polaco del que se ha enamorado. También le angustia la falta de dinero y no poder pagar a los abogados, pero su amigo le ha dicho que no se preocupe por ese asunto. Seguro que la factura final es estratosférica.

Luego hablará con su hija y se lo dejará claro. No pueden perder esa oportunidad por un nuevo impulso romántico. A Triana le dolerá tener que olvidarse de Niko por un tiempo, pero comprenderá que, para ayudar a su chico, debe controlar sus sentimientos.

Se sirve otro café solo para intentar despejarse. Tiene que llamar a Blanca para ver cómo quedan. Le va a pedir que vaya a verla. Está a punto de marcar su número cuando recibe la llamada de la periodista.

—Estamos sincronizadas —dice Celia a modo de saludo—. Acababa de coger el móvil para llamarte. ¿Qué signo eres?

—Cáncer.

—Yo Escorpio. Muchos piensan que es la mejor combinación de todo el zodiaco.

—No creo en nada de eso, pero mejor que combinen bien a que se odien —comenta Blanca, a la que no se le ve con ganas de bromear—. Lo de Ángela Diosdado es horrible. Acabo de oír en la radio de El Guadalquivir que creen que la ahorcaron con un cinturón, una cuerda o algo por el estilo.

—¿Cómo? No he oído nada de eso.

—No sé. Lo ha dicho una de mis compañeras. Es una periodista veterana bastante fiable.

Celia resopla. No es el estilo del otro Chopin, pero no puede descartar que no sea la misma persona que asesinó a Mesa y Cuevas.

—Celia, ha venido a verme la hermana pequeña de Ángela. Me ha dado un sobre que iba a mi nombre. No quiero pecar de optimismo, pero puede que estemos al final de esta historia.

—¡Qué dices! ¿Qué te ha contado?

—¿Sabes dónde está la biblioteca Infanta Elena?

CAPÍTULO 54

NIKO

Sevilla, lunes 14 de octubre de 2019

El abogado de oficio que le han asignado no le gusta. Es un tipo sin sangre, cuadriculado y que parece cansado de ejercer su profesión. Niko ha estado hablando con él durante un buen rato y la única conclusión que ha sacado es que aquel hombre no lo salvará de que lo condenen por doble asesinato. Ojalá Celia consiga a alguien que pueda defenderlo con ciertas garantías. Triana se lo anunció en su visita. Verla y hablar con ella ha sido como encontrar un oasis en medio del desierto. Desde que apareció, está más animado, a pesar de la difícil situación por la que atraviesa y la incertidumbre de su futuro. ¡No se va a rendir! Ella se ha convertido en la mejor razón para pelear hasta el final. Lo primero que hará cuando quede en libertad será pasear por Sevilla con ella de la mano. En las últimas semanas es lo único positivo que le ha pasado. Le encanta cómo besa. Sí, sus besos son increíbles. Necesita muchos más besos de Triana, a la que se muere por ver otra vez. Tendrá que esperar, aunque no sabe cuánto tiempo ni en qué condiciones.

Aquel calabozo es terriblemente frío, y el aire que se respira resulta bastante desagradable. Durante la noche, encerraron a tres personas en otras tantas celdas; desde entonces, no han parado de chillar y de protestar. Culpan de su detención al Estado y a la policía. Por supuesto, no han dejado de gritar que son inocentes. Niko se tapó la cabeza con la almohada y pudo dar alguna que otra cabezada, aunque la mayoría del tiempo ha estado despierto. Por suerte, ninguno de ellos lo reconoció cuando pasaron por delante. Todavía no sabe qué imagen se está creando de él fuera. ¿La gente creerá que es un asesino?

Lo más complicado de estar desprovisto de libertad es la parte mental. La cabeza va a su ritmo, y son muchas horas de soledad, sin poder salir. Por si fuera poco, las cervicales y el cuello le siguen doliendo por culpa del golpe que le propinó Muriel. Pidió una pastilla, pero no se la llevaron. Ha tenido que acostumbrarse al dolor, y ve las estrellas cada vez que se tumba. El subinspector sabía lo que hacía cuando le soltó aquel puñetazo.

Niko no es capaz de calcular qué hora es, pero ya se ha hecho de día. Oye que alguien se acerca y se pone de pie para ver de quién se trata. Es uno de los policías que custodia los calabozos de la comisaría. Cree que se llama Ernesto. Se para delante de su celda y abre la puerta.

—Las manos, por favor.

—¿Es necesario?

—Sí, lo siento.

Niko le muestra las muñecas y el policía le coloca las esposas. Odia ese procedimiento, pero no hay otra. El chico no le lleva la contraria, y camina esposado junto al agente.

—¿Me van a interrogar otra vez?

—No lo sé. A mí solo me han pedido que te saque del calabozo y te lleve arriba. Te están esperando.

—¿Ha venido alguien a verme? ¿Un nuevo abogado?

—No he visto a ningún abogado.

Al chico no le da buena espina. Se supone que a partir de ahora no pueden hablar con él si no es en presencia de su abogado, por muy poco que le agrade el que le han asignado de oficio. ¿Lo van a llevar a disposición judicial? No tiene ni idea, pero se está poniendo nervioso.

—Buenos días, muchacho —lo saluda Montesorín, que se está comiendo un bollito de leche y huele a loción de afeitar—. ¿Cómo has dormido? ¿Has podido descansar?

El chico no responde. Se limita a girar la cabeza y mirar hacia otro lado. No piensa ponerle las cosas fáciles.

—Ya me han contado que ayer tuviste visita —continúa diciendo el inspector jefe, que se fija en la sudadera que lleva Niko—. Veo que Triana te ha traído ropa limpia, ¿no?

Niko sigue sin hablar. Al lado de Javier Montesorín está Muriel. El subinspector le sonríe, pero el chico aparta la mirada.

—Vamos a continuar donde lo dejamos ayer. ¿Qué me dices?

—No voy a declarar nada sin mi abogado presente —les advierte Niko cada vez más tenso.

—Ya lo hemos avisado. No te preocupes, llegará pronto. El tráfico en Sevilla es horroroso por la mañana. Esta reunión es para que Gerardo y tú os sigáis conociendo. ¿Entramos en la sala y hablamos un poco?

—Por mí, encantado —responde Muriel, que le guiña un ojo al chico.

En esta ocasión, Javier pide que le quiten las esposas a Niko, algo que el joven agradece.

—Me vais a perdonar, pero tengo un par de llamadas importantes que hacer. Me uniré luego a vosotros. Nikolai, te dejo en buenas manos.

Montesorín le da un toquecito al joven en el hombro y se marcha. A Niko aquello cada vez le resulta más inquietante. Se sienta en una silla, a petición de Gerardo, y mira hacia abajo. No entrar rápidamente en contacto visual le parece básico para que no le coaccione.

—Bueno, Nikolai, me alegro de estar de nuevo contigo. Eres muy joven, ¿no? Creo que he leído en tu ficha que solo tienes diecinueve años. ¡Menuda pasada que un chaval de tu edad haya formado todo este jaleo! ¡He oído que ha venido a Sevilla hasta la CNN a hablar de Chopin y sus crímenes! ¿No te parece una puta locura?

Niko no sabe si aquel tipo está hablando en serio o no. Si lo dice para mofarse o le parece una hazaña. En cualquier caso, él no ha cometido ningún crimen, y le importa muy poco que la CNN o Radio Móstoles le acusen de algo que no ha hecho.

—Oye, una curiosidad, ¿por qué te pusiste Chopin? Podrías haber sido Mozart, Beethoven, Bach...

El joven no responde a la pregunta de Muriel. No piensa decir ni una palabra hasta que no venga su abogado, aunque aquel hombre tampoco vaya a solucionarle el problema.

—Vale. No me vas a contestar. Bien. Que no se diga que no estoy intentando ser amable y considerado contigo

—dice el policía, que se sirve un vaso de agua—. ¿Quieres uno? Prometo que esta vez no te lo tiraré. Hoy vengo más calmado que ayer.

Niko está sediento y tiene los labios secos. Acepta con la cabeza y Gerardo le da un vaso de plástico lleno. Al joven le viene a la mente el recuerdo de lo que pasó ayer y se lo bebe con precaución, sin apartar la mirada de aquel hombre.

—Te voy a contar algo. Una vez estuve en Polonia —le revela Muriel mientras se seca la boca con la mano después de beber—. Joder, chico, qué frío hacía. Fui con la que era mi mujer en pleno mes de diciembre. Varsovia es preciosa. Una maravilla de ciudad. Además, la gente es muy amable y todo a mitad de precio. Me gasté mis buenos eslotis y regresé con una maleta extra repleta de compras. ¿Por qué os vinisteis tu abuelo y tú a Sevilla? ¿El viejo no era feliz en tu país?

A Niko no le gusta que aquel hombre haya nombrado a su abuelo. Está muerto, y no es asunto suyo las razones por las que emigraron a España. ¿Quiere provocarlo? No lo va a conseguir. No hablará ni aunque meta a su abuelo.

—Dariusz Olejnik. Risto me habló de él. Pobrecillos. Los dos están ahora en el otro barrio con San Pedro o la madre que lo parió —dice Muriel sonriendo—. Tu abuelo era un buen prenda. Pero el tío se las apañó para que nunca lo detuviéramos. ¡Y sabíamos de su existencia! Creo que pagaba a otros para que se declararan culpables por él. ¿Sabías eso? Es un rumor de la calle.

Miente. Su abuelo no hacía ese tipo de tratos. Esa acusación es totalmente falsa.

—Un día el ciego me contó que había mucha gente en

Sevilla que le tenía ganas a Dariusz y que, cuando murió, algunos brindaron con champán. Qué cabrones, ¿verdad?

—Mi abuelo era respetado por la mayoría —dice por fin Niko rompiendo su silencio.

—¡Ya hablas! ¡Bien! ¡Lo que cuesta que te arranques! —exclama Gerardo Muriel al tiempo que levanta los brazos en señal de triunfo—. Es probable que Risto se inventase gran parte de lo que nos contaba a nosotros y quizá también de lo que le decía a la chusma que tenía como socios. Aunque gracias a él llegamos a ti. Y mira, aquí estás. Acusado de dos asesinatos que no reconoces.

—Porque yo no los he cometido.

—¿De verdad, Nikolai? ¿No has asesinado a nadie en tu mísera y desgraciada vida?

—¡No! Llevo repitiéndolo desde que me encerrasteis —contesta Niko alterado.

No puede contenerse ni esperar más a su puto abogado de oficio.

—¿Entonces? ¿Quién es Chopin, el asesino de las partituras? ¿Yo?

—¿Cómo dices? No te entiendo.

—Alguien tuvo que ser, ¿no? A lo mejor, a Cuevas y a Mesa me los cargué yo después de interrogarlos.

La risa de Muriel contrasta con el desconcierto del muchacho. No sabe a dónde quiere llegar. Todo lo que está diciendo carece de sentido.

—Era una broma, tío. ¿Cómo voy a matar yo a alguien? Aunque he disparado a personas varias veces. Es extraño. Da como poder. Pero no conviene usar el arma sin que te veas obligado. ¿Tú has disparado una pistola alguna vez?

—¿Yo? No.

—Claro, lo tuyo es golpear a la gente hasta que muera. Eso dicen los forenses y los de la científica, que nunca se equivocan.

—No he matado a nadie.

—¡Por supuesto que sí! Solo falta que lo confieses.

Niko se fija en el rostro de aquel policía. Esboza una sonrisa macabra. No le gusta.

Entonces Gerardo hace algo que lo desconcierta. Saca el arma de la cartuchera y se la lanza. La pistola acaba en las manos de Niko. El hombre le guiña un ojo y va hacia él. Lo levanta en volandas, lo empuja contra una de las esquinas y empieza a gritar:

—¡Me ha quitado el arma! ¡Ayuda, por favor! ¡Tiene mi arma!

El chico asustado, con la pistola en la mano, observa que Montesorín y Letizia Costas entran en la sala. Ambos sacan su arma reglamentaria.

Niko jamás olvidará aquel sonido y el dolor inhumano que vino después. Tampoco las palabras que le susurra al oído el inspector jefe al acercarse para esposarlo de nuevo antes de llevarlo al hospital.

—La próxima vez apuntaré a otra parte y no fallaré, Chopin. Ten cuidado.

CAPÍTULO 55

BLANCA

Sevilla, lunes 14 de octubre de 2019

Llega bastante pronto a la biblioteca pública Infanta Elena en la que ha quedado con Celia. La detective le ha enviado un wasap para decirle que se retrasará un poco. Blanca se sienta en uno de los bancos que hay en la entrada del edificio y aprovecha para llamar a Mercedes Reinoso. Hace un rato le ha mandado un mensaje para confirmarle que se iba a tomar esos días libres, pero la mujer no le ha respondido. Sin embargo, esta vez le coge el móvil.

—Perdona, Blanca. Está siendo una mañana de locos. Me parece genial tu decisión. Tómate hasta primeros de noviembre y ya ajustaremos tu calendario cuando regreses. No te preocupes por nada. Descansa y recupera fuerzas.

Las palabras de Mercedes la tranquilizan. Aunque había sido la directora la que se lo había propuesto, temía que se arrepintiera con el exceso de información que se estaba produciendo y no la liberara esas dos semanas.

—Muchas gracias, jefa. ¿Qué tal va todo?

—Ya ves. A tope. Con lo de la policía muerta ya tenemos una historia más que cubrir. Vamos a contratar a dos personas más para el periódico. Ahora tengo la entrevista con una chica de tu edad.

—¿Vais a reforzar la plantilla?

—Sí. Y cuando regreses hablaremos de tu contrato y de tus funciones en *El Guadalquivir*. Creo que te mereces algo mejor de lo que te estamos dando.

—Gracias, Mercedes. Pero no hace falta que...

—Blanca, te tengo que dejar. Vamos hablando y desconecta todo lo que puedas. Llámame si necesitas cualquier cosa.

Cuando la mujer le cuelga, la chica se queda pensando. Se siente un poco mal por irse ahora que están hasta arriba de trabajo. No habría decidido hacerlo si la directora no se lo hubiera dicho y si no tuviera la misión de salvar a Nikolai Olejnik y encontrar al verdadero asesino del caso Chopin. Aunque durante un par de semanas no investigue para el periódico, lo hará de manera personal, al lado de Celia. Forman un buen equipo y se entienden a la perfección.

Mira la hora y se da cuenta de que el retraso ya es de más de media hora.

¿Dónde se ha metido la detective?

Blanca comienza a impacientarse. La llama por teléfono, pero lo tiene apagado. Le extraña muchísimo y se preocupa. Por suerte, anoche, antes de marcharse de su casa, le dio el número de Triana. A lo mejor su hija sabe dónde está y por qué no aparece.

—¿Sí? ¿Quién es?

—Hola, Triana. Soy Blanca Sanz, la periodista.

—¡Ah! ¡Hola! ¿Qué tal? ¿Cómo tienes mi móvil?

—Tu madre me lo dio ayer. Me dijo que a veces el suyo

no tiene cobertura en vuestra casa o se queda rápidamente sin batería.

—Sí, es verdad. Tiene que cambiárselo. Es bastante viejo.

—¿Está contigo?

—¿Quién? ¿Mi madre?

—Sí. Había quedado con ella, pero todavía no se ha presentado.

—No. Yo debería estar en la universidad —responde Triana, a la que empieza a notar preocupada—. Pero después de la primera clase me he largado. No era capaz de concentrarme. Así que he ido a recuperar mi moto y tenía la intención de ir a comprar un casco.

Blanca conoce esa parte de la historia. Celia le explicó que su hija había tenido que abandonar su vespa cerca de donde vivía Niko y que el casco se lo dejó en su casa. Ahora lo tenía la policía y habían averiguado que era de ella. En cualquier momento podían citarla para declarar.

—¿La has llamado al móvil?

—Sí, pero lo tiene apagado. Por eso te he llamado a ti. Para ver si sabías algo de ella.

—La última vez que la he visto ha sido esta mañana en casa antes de irme a la universidad. Es muy raro. Joder, espero que no le haya ocurrido nada.

—Seguro que aparece pronto, tranquila.

—¿A qué hora habíais quedado?

—De diez y media a once.

—Dios. Son las doce menos veinte. Como le haya pasado algo... No es posible. Hay un loco suelto por ahí y mi madre está intentando atraparlo. Dios. Es que... no es posible. Me muero si le pasa algo.

La periodista se arrepiente de haber llamado a su hija.

Triana habla sin cesar, muy nerviosa. Se acuerda de su padre fallecido y de todo lo que ha tenido que sufrir durante esos cinco años. A Blanca le da mucha pena escucharla y desea calmarla a toda costa.

—¿Por qué no vienes hasta aquí y así no estás sola? Además, todavía no nos conocemos.

—¿Dónde estás?

—En la biblioteca Infanta Elena. ¿La conoces?

—¿La del parque María Luisa?

—Sí. Esa.

—Aún no tengo casco, así que tendría que dejar la moto en algún lado y coger un taxi.

—Te espero aquí. A ver si mientras tanto aparece tu madre.

—Vale. Enseguida voy y, por favor, avísame si tienes noticias de ella.

—Claro. Hasta ahora, Triana.

Blanca cuelga y respira hondo. Aquello no puede estar pasando. Vuelve a llamar a Celia. Su móvil sigue apagado. La preocupación es máxima al recordar las terribles experiencias de Risto y Ángela. No puede haberle pasado lo mismo. ¡A ella no! ¿Entonces? Seguro que hay una razón lógica que explica lo que está sucediendo. Como le contó anoche, su móvil se queda sin batería con facilidad y a veces pierde la cobertura. O a lo mejor se ha olvidado el teléfono en casa. Pero ¿por qué no ha llegado ya? ¿Dónde puede estar?

Los minutos pasan y todo sigue igual. Constantemente mira el móvil para comprobar si tiene algún mensaje de Celia. Continúa llamándola, pero el resultado siempre es el mismo.

Por otro lado, los medios digitales van aportando más

información acerca de la muerte de Ángela Diosdado. Dan casi por seguro que la asesinaron estrangulándola, aunque no se ha determinado el objeto que usaron. La prensa también afirma que, aunque el cadáver ha aparecido en las últimas horas, empezaba a mostrar señales de descomposición. Eso es síntoma de que la asesinaron a mediados de la semana pasada. El miércoles o el jueves. El vivero donde la encontraron llevaba bastante tiempo abandonado. Lo acababa de adquirir un matrimonio que fue el que halló el cuerpo de Ángela detrás de unas macetas. De los medios que ha leído, *El Guadalquivir* es el único que insinúa que también podría atribuirse a Chopin, ya que a Olejnik lo detuvieron ayer, y esa policía estaba en el equipo que investigaba el caso.

Le entran ganas de llamar a la periodista que ha firmado el artículo en la web y explicarle que está metiendo la pata hasta el fondo. Pero no lo hace. Cuando se sepa la verdad, muchos tendrán que pedir disculpas.

Triana tarda un poco más de lo que pensaba. Cuando la ve, se queda con la boca abierta. Es muy guapa y le encanta cómo va vestida. Lleva un vestido largo blanco y una cazadora vaquera. Se nota que es muy joven, aunque solo le saca cuatro años. Sin que se lo espere, le da un abrazo como saludo.

—¿Nada?

—Nada, Triana. La he llamado varias veces y su móvil sigue apagado.

—Yo también la he llamado y le he mandado varios mensajes. ¿Qué le ha podido pasar?

—Espero que nada.

—Joder, Blanca. Estoy muy asustada. Todo el rato me viene a la cabeza lo de mi padre y me pongo a temblar.

—Te comprendo. Pero te toca ser fuerte y esperar noticias de ella. Seguro que hay una explicación para todo esto —le dice la periodista agarrándole la mano. Su piel es fría, pero muy suave—. Tengo que entrar en la biblioteca a por algo. No será mucho tiempo. ¿Vienes conmigo o prefieres quedarte aquí por si aparece?

—Te acompaño.

—Bien. Vamos entonces.

Las dos entran en la biblioteca Infanta Elena, no sin antes llamar de nuevo a Celia. El rostro de Triana refleja su angustia. Blanca la mira de vez en cuando de reojo. Es una chica preciosa. No le extraña que a Niko le guste, como le contó la detective. Harán muy buena pareja.

—¿Qué tienes que hacer?

—Buscar un libro. Puede que en su interior haya información del caso Chopin.

—¿En serio?

—Sí. Esta mañana ha venido a mi casa Fátima, la hermana de Ángela Diosdado.

—¿La policía que ha muerto? Lo he visto en el móvil hace un rato.

—Exacto. Era mi confidente en la policía, la fuente que me pasaba la información. Antes de desaparecer, le dejó un sobre a su hermana para mí por si le sucedía algo. Dentro había una nota con la dirección de esta biblioteca y el nombre de un libro. Vamos a por él.

Blanca conoce a la bibliotecaria que está en el mostrador. Inés se alegra mucho de su visita y le dice que la ha visto varias veces en la televisión. Las dos recuerdan el tiempo que se pasaba la chica estudiando en aquellas mesas. Como en su casa era imposible concentrarse, muchas tardes iba allí después de dar un paseo por el parque María Luisa.

—Inés, estoy buscando un libro. A ver si lo tenéis.

—Dime cuál.

—Se llama... *Chopin, raíces de futuro.* Su autor es Justo Romero.

—De la editorial Antonio Machado Libros —añade la mujer, que está consultando en el ordenador—. ¿No estará relacionado con el caso del que tanto escribes?

Blanca y Triana se miran. La periodista le dice a la bibliotecaria que no puede hablar del asunto, que es un tema confidencial para *El Guadalquivir.* Inés no insiste y le indica dónde encontrarlo. Está en una de las estanterías en las que tienen los libros sobre música clásica. No lo han sacado de la biblioteca y debería seguir allí.

La chica le da las gracias y van a buscar ese ejemplar.

—Estoy ansiosa por saber qué hay en ese libro.

—A lo mejor nos da una pista de quién es el asesino —dice Triana, que se pone a temblar—. Espero que mi madre no haya hecho ninguna tontería y haya ido ella sola a buscarlo por su cuenta.

—Seguro que no. Aparecerá. Confía en ella, ¿vale?

La estudiante de Bellas Artes suspira y asiente. Blanca le acaricia el brazo y le sonríe. Las dos se miran y emprenden de nuevo el camino hacia la estantería donde se supone que encontrarán ese libro sobre la vida de Chopin.

Llegan a la zona de música clásica y no tardan en verlo. Es un ejemplar rojo, bastante grueso. El título está en blanco, muy pequeñito.

—Bien, veremos qué se esconde aquí —dice Blanca, que coge el libro de la estantería.

La periodista lo abre y Triana se acerca a ella para no perderse nada. Huele muy bien, a algo parecido a vainilla. Pero debe concentrarse en lo que ha ido a hacer a la biblioteca, que tanto la vio sufrir en épocas de exámenes. Agita el libro, esperando que aparezca alguna nota, pero no cae nada.

—Espero que nadie haya cogido el libro antes y se haya llevado lo que dejara Ángela.

Cuando Blanca comienza a hojear el libro, Triana se da cuenta de algo. Hay varias letras metidas en pequeños círculos trazados con un bolígrafo negro. Pasa las páginas y comprueba que son muchas las palabras marcadas.

—Increíble. Es como una especie de sopa de letras —dice Triana señalando con el dedo varias letras metidas en circulitos en la página cincuenta y cinco.

—Hacer esto le habrá llevado horas. Creo que tenemos mucho trabajo por delante. Lo mejor será sacar el libro de la biblioteca y repartirnos la tarea. Podemos resolverlo juntas. ¿Te parece?

—Sí. No quiero estar sola. Vamos a mi casa, a ver si mi madre se ha quedado dormida y sigue allí. Algunas veces el despertador le juega malas pasadas.

Blanca asiente con una sonrisa. Le parece buena idea, aunque cada vez es menos optimista respecto a la detective Mayo. Pero tienen que ir paso a paso y no adelantar acontecimientos. Si no encuentran a Celia, no tiene ninguna duda de quién es el responsable de su desaparición. La misma persona que mató a Mesa, a Cuevas y, muy probablemente, a Ángela Diosdado. Quién sabe si en aquel jeroglífico de letras y círculos aparecerá el nombre del culpable.

Les toca jugar a ellas. Y deben darse prisa.

CAPÍTULO 56

—

TRIANA

Sevilla, lunes 14 de octubre de 2019

Llegan a la casa del barrio de Santa Cruz y su madre no está. La preocupación aumenta en Blanca y Triana. La joven se sienta en el despacho y se cubre la cara con las manos. Tiene ganas de llorar. La periodista intenta consolarla abrazándola por detrás, pero es inútil.

—Tranquila, Triana.

—Le ha pasado algo. Estoy segura.

—No lo sabemos. Tu madre es una persona que se sabe cuidar.

—Es que no entiendo nada. ¿Dónde se ha metido? ¿Por qué tiene el móvil apagado?

—No lo sé. Vamos a esperar un poco. Si no aparece, iremos a la policía, ¿vale?

—No creo que nos ayuden. Ahora mismo tenemos en la comisaría a más enemigos que amigos.

—Seguro que alguien nos echa una mano. Montesorín es buen amigo de tu madre.

—Ya no sé qué pensar.

Triana no las tiene todas consigo, ni con él ni con ninguno de los que fueron compañeros de su padre. Quizá deba hablar con la policía que anoche le permitió ver a Niko. Letizia fue muy amable, y le dijo que tenía en gran consideración al inspector Velázquez, pese a no haber coincidido con él. A lo mejor ella es la única persona de la que ahora puede fiarse.

—¿Quieres que empecemos ya con lo del libro? Así no te comes la cabeza durante un rato —le dice Blanca, que no ha soltado ni un segundo el ejemplar que han sacado de la biblioteca.

—Vale. ¿Cómo lo hacemos?

—Una puede ir leyendo las letras marcadas en voz alta y la otra las va apuntando en un papel. Veremos si sale algún mensaje.

—Me parece un buen plan.

Blanca se sienta en la otra silla del despacho y se arrima a la mesa. Abre el libro por la primera página en la que ve una palabra con círculo, la catorce. Triana coge un bolígrafo y el cuaderno en el que su madre toma notas para la siguiente novela.

—¿Empezamos? ¿Lista? —pregunta la periodista, a la que Triana percibe emocionada por lo que puedan encontrar en aquel libro.

La chica también lo está, pero tiene en mente la presunta desaparición de su madre. No se le va esa horrible sensación de angustia que pesa sobre ella, e incluso en ocasiones ha notado que se asfixia. Los recuerdos del día que murió su padre le vienen inmisericordes a la cabeza.

—Espera un momento —dice Triana, que se levanta y sale apresuradamente del despacho.

A pesar de que se da mucha prisa, ni siquiera logra

llegar al cuarto de baño. En el pasillo, se agacha y vomita. Blanca se acerca a ella, aunque no dice nada. Cuando la chica termina, la periodista aparece con un cubo y una fregona que ha encontrado en la cocina y se pone a limpiar.

—Lo siento mucho. No me encuentro bien. Lo de mi madre me está afectando.

—Es normal, Triana.

—No puedo dejar de pensar en que le ha pasado lo mismo que a mi padre. Que nunca más la veré. Estoy muy asustada.

—No hay que precipitarse. ¿Quieres que vayamos a la policía?

En ese momento, las dos pegan un brinco cuando suena el móvil de la periodista. Blanca corre hacia el despacho, donde lo ha dejado, para ver de quién se trata. Triana va detrás con la esperanza de que sea su madre. Sin embargo, aquel mensaje ni es de Celia ni son buenas noticias.

—Joder. No puede ser.

—¿Qué sucede? No me pongas más nerviosa. ¿Es algo sobre mi madre?

—No, sobre Niko.

—¿Qué pasa? ¿Está bien?

Blanca le lee a la chica el wasap que acaba de recibir de Mercedes Reinoso:

Mercedes Reinoso
Querida Blanca. Siento molestarte. No te llamo por si estás ocupada con algo importante. No sabes cómo me fastidia tener que interrumpirte para

pedirte el favor de que acudas al
hospital Virgen Macarena. Me he
quedado sin gente en el periódico y
necesito a alguien allí. Por lo visto, han
herido de bala a Nikolai Olejnik en un
altercado ocurrido esta mañana en la
comisaría. Te lo compensaré. Avísame
con lo que sea. Es muy urgente.
Muchas gracias y de nuevo disculpa
las molestias.

—¿Qué? ¡Han disparado a Niko! ¿Está bien?

—Solo sé lo que pone en este wasap.

—¡Dios mío! ¡Voy a perder a los dos el mismo día! ¡Esto es una maldita pesadilla! ¡Me voy a quedar sola!

—No vas a perder a nadie. Cálmate, por favor —le ruega la periodista, que también se ha puesto muy nerviosa—. Voy a llamar a mi jefa para decirle que iré al hospital. Le preguntaré cómo está Niko. Pero tranquilízate.

Triana no puede calmarse. Mueve los brazos sin control, se toca el pelo y la cara y no para de repetir que Niko y su madre van a morir, como ya lo hizo su padre cinco años atrás. Blanca la agarra con fuerza y, a empujones, la lleva hasta su habitación. La obliga a tumbarse en la cama y se sienta a su lado.

—¡Ni Niko ni tu madre van a morir! ¿Me oyes? Voy a llamar a Mercedes y a ver si puede darme más datos de lo que ha pasado en la comisaría.

—Quiero ir al hospital. Por favor, llévame contigo a ver a Niko.

—¡Espera a que hable con mi jefa! Ahora vemos qué

hacemos. Por favor, Triana, tienes que tranquilizarte. Estás muy nerviosa.

Casi no distingue lo que Blanca le está diciendo. Triana se retuerce en la cama y murmura sin parar que quiere ir al hospital a ver a Niko.

—Niko se muere. Se muere... —susurra mientras se abraza a la almohada.

A su lado oye que Blanca llama por teléfono a la directora de *El Guadalquivir* y le dice que no se preocupe y que cuente con ella. Sale para el hospital ahora mismo. Luego escucha que la periodista pregunta cuál es el estado de salud de Niko y dónde le han disparado.

—Vale. Te voy avisando de todo. Escribiré en la web lo que me vayan contando.

Blanca se despide de Mercedes y cuelga. Triana se la queda mirando. Está temblorosa, pero ha conseguido dominar su cuerpo. Apenas le sale un hilo de voz cuando habla:

—¿Cómo está Niko? ¿Es muy grave?

—No. Está bien. Parece que la bala le ha dado en la rodilla, pero ni siquiera ha sido de lleno. No lo han tenido que operar, aunque lo han metido en una habitación custodiada para hacerle pruebas.

—¿Entonces no es grave?

—No. Aunque Mercedes no sabía mucho más sobre el tema.

—Dios. Menos mal. ¡Qué susto! —exclama más tranquila. Esta vez las lágrimas son de alivio—. ¿Te ha dicho qué ha pasado para que le disparasen?

—No. Aún no hay un comunicado de la policía. Voy a ir al hospital para averiguarlo. A ver si nos dicen algo de manera oficial o consigo que me cuenten la verdad.

—Voy contigo.

—No, Triana. Te vas a quedar aquí tumbada descansando. No estás en condiciones de venir. Además, me da miedo que la líes en el hospital.

—Te prometo que me portaré bien.

—No —dice Blanca contundente—. Voy a trabajar. Niko está bien y seguramente no te dejarán verlo. Haces más aquí, pendiente de si tu madre regresa o hay noticias de ella. En el hospital solo lo pasarás mal sin poder hacer nada.

A Triana le cuesta aceptar lo que le pide la periodista, pero se da por vencida. Es verdad que no se encuentra bien y que, si va con ella, será un estorbo. Ojalá pueda ver pronto a Niko. De momento, tendrá que esperar.

—Me voy ya. No quiero ser la última en llegar al Virgen Macarena. Por cierto, me llevo el libro de Chopin. A ver si tengo tiempo para unir todas las letras y resolver lo que Ángela me dejó.

—Vale. Avísame cuando tengas cualquier noticia, por favor.

—Por supuesto. Te digo lo mismo. Si sabes algo de tu madre, llámame.

Blanca se acerca a ella y le da un abrazo. Le susurra al oído que no se preocupe, que todo saldrá bien. Luego se marcha de la habitación prometiendo mantenerla informada. Segundos más tarde, la oye salir de la casa.

La chica se gira en la cama y se coloca sobre el lado derecho, con las manos juntas pegadas a la mejilla. Ya no tiembla, pero aquel silencio la está desquiciando. Se pone a pensar en Niko y en su madre. Tiene muchas ganas de verlos. ¿Por qué la vida es tan complicada? Después del verano era feliz. Todo lo que podía después de la muerte de su padre. Empezó una carrera que le gustaba, mantenía una relación con un chico que la quería y había cumplido la mayoría de edad. Ese mes de octubre todo había cambiado.

A punto de quedarse dormida, Brenda le envía un wasap. Le dice no sé qué de Cayetano. Eso la espabila un poco y lee el mensaje con más atención. Por lo visto, su exnovio no ha perdido el tiempo y la ha invitado a salir el fin de semana. Su amiga le ha contestado que no. De momento. Luego le responderá, aunque no sabe cuál es su papel ni lo que tiene que decir en esa historia. Ninguno de los dos tiene pareja y son libres, aunque ella es una conexión demasiado fuerte entre ambos.

Cayetano, fue bonito mientras duró. Ahora su mente está puesta en Niko. ¿Qué pasaría en la comisaría para que le dispararan?

De nuevo, suena un teléfono. Sin embargo, esta vez es el del despacho. Triana, inconscientemente, casi grita para que su madre lo coja. El dolor y la angustia que siente son tan grandes que le vuelven a entrar ganas de vomitar. Esta vez consigue contenerse. Se levanta y corre hacia el despacho.

—¿Sí?

—¿Hola? ¿Celia?

—No está. Soy Triana, su hija.

—Hola, Triana. Soy Vicente Ortiz, del gabinete de abogados JESICO. ¿Cómo puedo contactar con tu madre? No me coge el móvil, y he encontrado este número en Internet. Tengo que hablar con ella.

La chica nunca ha conversado con ese hombre, aunque recuerda que sus padres lo nombraron varias veces. Era un amigo de la adolescencia, uno de los que asistieron al funeral.

—No sé dónde ha ido, Vicente. Estoy esperándola en casa desde hace un rato.

—Entiendo. Ya la llamaré luego.

—¿Es sobre el tema de Niko? —se atreve a preguntar la chica antes de que le cuelgue.

—Sí, Celia me contactó esta mañana para hablar de ese asunto.

—Lo sé. Yo se lo pedí. Me alegro mucho de que vayáis a representarlo vosotros. Es inocente de lo que se le acusa. Ahora está en el hospital porque...

—Triana, perdona —le interrumpe el hombre—. Al final, no podremos llevar su caso. Díselo a tu madre, aunque intentaré ponerme en contacto con ella de nuevo.

—¿No vais a llevar su caso? ¿Por qué?

Vicente guarda silencio unos segundos y finalmente se decide a responder a la pregunta que le ha hecho la chica:

—Porque no nos han dejado.

—¿Quién no os lo ha permitido? —dice Triana, que se ha quedado perpleja con esa respuesta del abogado.

—No estoy autorizado a decírtelo. Lo siento mucho. Espero que Niko tenga la mejor defensa posible. Y, sobre todo, cuidaos mucho, por favor.

CAPÍTULO 57

—

NIKO

Sevilla, lunes 14 de octubre de 2019

A pesar de lo que digan los médicos, la rodilla derecha le duele mucho. El susto todavía le dura. ¡Montesorín le ha disparado! No imaginaba que pudieran llegar a tanto. Primero, la simulación como que le había quitado la pistola a Muriel. Después, la entrada del inspector jefe hiriéndole en la pierna de un disparo. ¿Se han vuelto completamente locos?

Nunca había sentido tanta impotencia y que su vida corriera peligro. Sin embargo, en esa ocasión, cuando oyó el estruendo del disparo y sintió la sangre empapando su pantalón, vio el final muy cerca. Era la segunda vez que pisa un hospital en nada de tiempo. De vez en cuando siente alguna punzada en la zona donde Agustín y Sasaki lo apuñalaron. Por suerte, son heridas ya cicatrizadas y no han vuelto a sangrar.. Si sale de esa, promete cambiar de vida y alejarse de cualquier asunto relacionado con la delincuencia.

—Hola, perdona un segundo —le dice una enfermera que entra en la habitación en la que está ingresado.

Es bastante joven. Seguramente esté de prácticas o haya empezado a trabajar hace poco. Lleva una libreta y un bolígrafo en la mano. ¿Será una periodista disfrazada que se ha colado? Imposible, hay dos tipos en la puerta vigilando quién entra y sale de aquel cuarto en el que lo han aislado.

—Sí, dime.

—¿Estás bien? ¿Necesitas algo?

—Si me puedes traer una almohada un poco más dura, te lo agradecería.

—Perfecto. Ahora mismo voy a por ella —dice la enfermera con una sonrisa—. Tú eres Chopin, el que sale por la tele, ¿verdad? El ladrón de las partituras.

Niko no sabe qué responderle. Se queda atónito con la pregunta de la chica. Sigue pensando que puede tratarse de una periodista infiltrada, pero enseguida despeja sus dudas.

—Es que soy fan. Eres como Lupin. ¿Me puedes firmar un autógrafo?

La enfermera le da el bolígrafo y la libreta y saca un móvil para hacerse un selfi con él. Incrédulo, le firma, pero le pide, por favor, que no le haga fotos. La joven se disculpa y se guarda el teléfono.

—Perdona. Imagino que no querrás que nadie sepa que estás aquí —comenta la muchacha, que no pierde la sonrisa—. No te preocupes, no diré nada. ¡Ah! Somos muchos los que pensamos que eres inocente, que no has cometido esos crímenes. En los foros casi todos opinamos lo mismo.

—Gracias. Supongo.

—Me voy, que se van a enfadar los polis de fuera. Un placer. Mucho ánimo. Ahora te traigo la almohada.

La chica se va sonriente y feliz de que Niko le haya dado un autógrafo. Aquello sí que no lo esperaba ni lo podía imaginar. ¡Lo ha tratado como si fuese un futbolista o un cantante! De repente, suelta una carcajada y se tapa la cara con la sábana. No deja de reír hasta que una voz irrumpe en sus oídos. Le resulta familiar.

—Oye, Nikolai, ¿qué coño estabas soñando que no paras de reírte?

El joven abre los ojos y se encuentra el rostro del agente Muriel encima. Se mueve un poco para alejarse de su cara y nota el dolor intenso en su pierna derecha. Lanza un improperio y resopla.

—Ya veo que estás bien jodido.

—Me han disparado. ¿Cómo quieres que esté?

—En el fondo, has tenido suerte. Si llega a darte en la rótula, podrías haber perdido la pierna o quedarte cojo para siempre. Montesorín no quería hacerte daño.

—¿Que no quería hacerme daño? ¡Me ha disparado a conciencia! ¡Sin que yo hubiera hecho nada!

—Tenías una pistola en la mano. Eras muy peligroso.

—¡La tenía porque tú me la habías lanzado, cabrón! —exclama Niko indignado.

Gerardo sonríe y se sienta al borde de la cama dándole la espalda. El hombretón ocupa gran parte de la esquina izquierda del colchón.

—Tienes que declararte culpable, Nikolai. Hasta que no lo hagas, esto no acabará. Es mi consejo.

—Soy inocente. No he hecho nada.

—Yo no lo sé, y si te soy sincero me importa muy poco. A mí me contaron que eras como el mismísimo demonio. Una especie de Manson polaco —señala Muriel con un tono de voz bastante más tranquilo que cuando lo interrogó—. Te voy a confesar algo y tómatelo como quieras. Yo cumplí con mi tarea. Solo hice lo que me ordenaron. Lanzarte el arma y gritar que me la habías quitado. Pero no me contaron que te dispararían.

—No te entiendo.

—Estaba todo pactado. Yo hacía mi papel y luego entrarían Montesorín y Costas y te verían con la pistola. El objetivo era meterte más presión y encerrarte en un sitio aislado. Luego se filtraría a la prensa lo que había sucedido para que todos supieran cómo se las gasta Chopin.

—Es increíble.

—Solo quieren que te declares culpable y cerrar el caso.

—¿Quién te metió en este lío? ¿Montesorín?

—No. El comisario, Arturo Gaviria.

Niko escucha lo que le dice Muriel y no entiende nada. ¿El comisario está detrás de su detención y de aquel insoportable interrogatorio?

—Gaviria está obsesionado contigo.

—¿Por qué? ¿Qué le he hecho?

—Imagino que no es nada personal, pero eres un caramelito para esta gente. El tuyo se ha convertido en un caso muy sonado, y el que te meta en la cárcel tendrá premio. Hace tiempo que se rumorea que el comisario quiere adentrarse en el mundo de la política. Así que, si se apunta este tanto, imagino que la gente lo verá con buenos ojos —comenta Gerardo, que vuelve a ponerse de pie—. Si hubiera sabido que te iban a disparar, no me habría prestado a ese teatro. Solo tenía que lanzarme sobre ti y arrebatarte la pistola, pero no me dio tiempo.

—Letizia entró con Montesorín en la sala. ¿Sabía algo de vuestro plan?

—No creo. Ella era el testigo que necesitábamos para que quedara constancia fiable de que tú tenías mi arma y que, por tanto, te habías vuelto aún más peligroso.

Y así se justificaría todo lo demás... Menuda trama se habían inventado para seguir dañando su imagen y convencer a la gente de que era un asesino despiadado capaz de cualquier cosa.

—Nikolai, sigo pensando que lo mejor sería que te declararas culpable. Hazme caso. Con un poco de suerte, te ahorrarás unos años de prisión, dependiendo de la manera en que digas que mataste a esos tipos. Además, ese abogado que te han asignado es un inútil. Lo conocemos bien. No te va a ganar la inocencia completa.

El chico intenta no caer en el pesimismo, pero Gerardo le está dejando las cosas muy claras. Van a por él, y conseguirán lo que pretenden les cueste lo que les cueste.

—Me has preguntado por Letizia. También está aquí y quiere verte.

—¿Va a seguir con el interrogatorio?

—No. Creo que viene en son de paz. Y te trae comida.

—Menos mal que alguien cuida de mí.

—Hacemos nuestro trabajo, Nikolai. No lo olvides.

Aquel hombre ya no le parece tan mal tipo, aunque no sabe si le ha mentido y lo han obligado a decir todo aquello. No se fía ya de nadie. Minutos después de que se marche, entra Letizia Costas. Va vestida con el uniforme y lleva una bolsa.

—Te he traído un sándwich de jamón y queso, unas

magdalenas y un par de zumos —comenta la mujer dejando la comida sobre la mesita que tiene al lado de la cama.

—A partir de ahora, cada vez que te vea me voy a alegrar porque sé que vienes con comida.

—Cada uno tenemos una función en la vida.

Ese comentario le arranca una sonrisa. Le cae bien esa mujer. Letizia fue la que permitió que se viera con Triana, aunque fue bastante estricta con el tiempo y el contacto entre ellos. Al menos pudo decirle lo que sentía y darle un beso a través de los barrotes de la celda.

—¿Te duele mucho la pierna?

—Bastante. Cuando he ido al baño, me he dado cuenta de que estoy completamente cojo. Espero que solo sea una secuela momentánea.

—Los médicos dicen que te recuperarás por completo en poco tiempo.

—A ver si no se equivocan.

—No suelen fallar. Siento que las cosas estén así, Nikolai.

—Tus compañeros no me quieren mucho.

—Es normal. Piensan que eres un asesino. En la policía no nos gustan los criminales.

—Yo no soy un asesino. Lo he repetido miles de veces desde que me detuvisteis —se queja Niko harto de que lo acusen siempre de lo mismo—. ¿Han pillado ya al que mató a tu amiga Ángela?

—No. Aún no han dado con ese hijo de puta.

—Sabes que no fui yo, ¿verdad?

La mujer mira para otro lado y saca un teléfono móvil del bolsillo.

—¿Eres de los que memorizan teléfonos? —le pregunta Letizia, que ha cambiado el semblante y ahora sonríe.

—Tengo buena memoria, aunque he ido perdiendo facultades. ¿Por qué?

—Si te sabes el número de Triana, te dejo cinco minutos para que hables con ella.

—¿Me lo dices en serio?

—Del todo. Tu novia me cayó bien. Aunque no se lo digas a los jefes o me llevaré una gran bronca.

—Creo que me lo sé.

—De todas maneras, te lo he conseguido. Pero ya veo que no te hace falta pedir el comodín del público.

—¿Puedo llamarla de verdad?

—De verdad. Toma —le dice la mujer, que le entrega el teléfono—. Yo vigilaré fuera para que no te molesten. Tienes cinco minutos exactos.

El joven le da las gracias emocionado y espera a que Letizia salga del cuarto para llamar a Triana. Se aprendió su móvil en cuanto se lo dio. Es lo que tiene ser un ladrón y memorizar horarios, claves wifi, números de cajas fuertes...

Niko marca el número y espera a que Triana responda. Está deseoso de oír su voz.

—¿Sí? ¿Quién es?

—¡Triana! ¡Soy yo!

—¿Niko? ¡Niko! ¿Eres tú de verdad?

—¡Sí! Pero tengo poco tiempo. Solo cinco minutos —le advierte el chico, que intenta hablar lo más deprisa que puede—. Estoy en el hospital.

—Ya me lo han dicho. Te han disparado. ¿Estás bien?

—¿Ya ha salido la noticia en la prensa o te han llamado de la policía?

—Lo sé por Blanca Sanz, una amiga periodista de *El*

Guadalquivir—responde la joven, que parece aturdida, algo de lo que se da cuenta—. ¡Dios mío, qué alegría oírte!

—Te noto muy rara. ¿Te encuentras bien?

—Regular. Me he tomado varias pastillas para calmar los nervios. Me están haciendo efecto ahora.

—¿Y eso? ¿Qué ha pasado?

—Cuando me enteré de que te habían disparado, me puse histérica. Además, mi madre... ha desaparecido.

Triana le explica lo que ha sucedido con Celia. Desde esa mañana no sabe nada de ella y su móvil está apagado. Teme que le haya ocurrido algo, como a Risto o Ángela.

—Debes tranquilizarte, Triana. Seguro que tu madre está bien y aparecerá en cualquier momento.

—No lo sé. Tengo mucho miedo. Esta historia es horrible. No sé cuándo va a terminar.

—Acabará pronto. Ya lo verás.

—No lo tengo claro. Solo quiero que mi madre vuelva a casa y que tú te cures y que la gente sepa que eres inocente.

—Lo primero seguro que sucede. Lo referente a mí...

—¿Seguro que estás bien?

—Me duele la pierna, que es donde me disparó Montesorín. Pero solo ha sido un rasguño. En unos días ya no cojearé ni me dolerá.

—¿Por qué te disparó? ¿Les hiciste algo?

—Es una larga historia, Triana. Ya te lo explicaré cuando pueda. Ahora no dispongo de mucho tiempo. ¿Sabes si voy a tener un nuevo abogado? El que me han asignado es una mierda. No creo que me sepa defender.

—Tengo malas noticias sobre eso —se lamenta Triana, que arrastra las palabras al hablar—. Mi madre habló con un gabinete muy bueno, pero han rehusado defenderte.

—¿Por qué?

—No me han dado explicaciones. Solo sé que alguien se lo ha prohibido.

Niko chasquea la lengua. Por lo que se ve, hay gente empeñada en que sea culpable de algo que no ha hecho. No van a parar hasta tener lo que pretenden. Le preocupa que Celia no aparezca. Y le asusta que a la detective o a Triana les pueda pasar algo. La culpa es suya, por acudir a ellas. Las ha metido en un lío del que no tiene pinta de que vaya a salir. Como le ha advertido Gerardo Muriel, solo hay una solución para que termine aquella historia. No hay otro camino para que las cosas no sigan empeorando.

—Triana, escucha bien lo que te voy a decir. No puedo darte más explicaciones. Se me ha acabado el tiempo. Ahora llamaré a Montesorín y me voy a declarar culpable de doble asesinato.

—¿Qué? ¡No puedes hacer eso! ¡Eres inocente!

—No van a detenerse, cariño. Declararme culpable es lo único que evitará que la pesadilla dure más tiempo y se haga más grande.

CAPÍTULO 58

—

BLANCA

Sevilla, lunes 14 de octubre de 2019

Una decena de periodistas espera en el hospital Virgen Macarena a que alguien comunique algo respecto a la salud de Nikolai Olejnik y de cómo se ha producido la reyerta en la comisaría. Una de ellas es Blanca Sanz. Sin embargo, la joven de *El Guadalquivir* tiene un asunto entre manos que podría cambiar el futuro del caso Chopin. Sentada en el suelo, a las puertas del edificio, descifra el mensaje que Ángela le dejó en aquel libro. Está perpleja. Le cuesta digerir la información oculta en esas páginas. ¿Todo eso es cierto? Letra a letra, ha ido formando frases que se lo han aclarado todo. Ahora tiene que hacer una llamada urgente. Marca el número y espera a que la atiendan. Una mujer responde al otro lado.

Mientras habla por teléfono, ve que se le acerca Luna González, que también está en el hospital para cubrir la noticia del ingreso de Niko. Va a decirle algo, pero Blanca le hace un gesto para que espere. ¿Se le notará que acaba de unir la última pieza que le quedaba de aquel enrevesado puzle? Cuando cuelga, está muy excitada. No puede esperar para contarle a Triana lo que ha descubierto. Le manda un wasap y resopla.

—¿Va todo bien, Blanca? —le pregunta Luna, que seguro que se ha percatado de su repentina exaltación.

—Sí, perfecto. Mejor que nunca.

—Ah. Me alegro por ti. Yo no estoy tan bien.

La periodista de El Guadalquivir TV se sienta en el suelo a su lado. A Blanca le incomoda su presencia, pero no le dice nada. En realidad, tiene cosas muy importantes que hacer y debe solucionarlas cuanto antes. Ya lo sabe todo. Pero ¿cómo gestionarlo? ¿A quién debe acudir?

—Creo que debo ir a la policía —dice Luna, que baja la cabeza. Parece hundida.

—¿A la policía? ¿Para qué?

La joven no responde a la pregunta de Blanca. Se iba a marchar, pero aquello le interesa. No sabe a qué se refiere, aunque le da la impresión de que debe de ser importante.

—¿Por qué debes ir a la policía? —insiste la chica—. ¿Te han robado? ¿Alguien te ha hecho algo?

—No, nada de eso. Es por el tema del explosivo en el periódico... Lo mejor es que sepas la verdad: lo hizo Blas.

—¿Blas? Pero ¿no decías que estabas segura de que no había sido él?

—Es duro saber que si puso esa bomba fue por mi culpa. Yo lo animé a hacerlo. De hecho, los restos y materiales con los que fabricó el explosivo están en mi casa.

Las palabras de Luna dejan de piedra a Blanca, que aparca lo que acaba de descubrir y la invita a que le cuente lo que pasó.

—Sé que Blas estaba obsesionado contigo. Lo conocía

bien y lo noté desde el principio. Pasábamos mucho tiempo juntos, pero cuando tú llegaste cambió de objetivo. Se cansó de mí y empezó a ir contigo. Me sustituiste en un abrir y cerrar de ojos. Casi ni me hablaba, y solo nos veíamos un ratito algún que otro fin de semana. Pero yo seguía enamorada de él.

—¿Continuabas queriéndole?

—Sí, como una estúpida. Un padre de familia, mucho mayor que yo y que encima ya ni me hacía caso. Fui una gilipollas —se queja Luna, que prosigue su relato—. El jueves tres vino a mi casa. Tú acababas de anunciar que Chopin era el asesino de Enrique Mesa. Esa noche Blas estaba muy mal. Completamente ido. Decía cosas muy raras y todas eran sobre ti.

—¿Te hablaba mucho de mí?

—Sí, todo el tiempo. Ya te digo que se obsesionó contigo, aunque eso ya lo sabes. Esperaba que se le pasara algún día, pero todo fue a peor. Me explicó que tú no le hacías caso y que veía imposible que le dieras una oportunidad. Entonces... metí la pata.

—¿Qué pasó?

—Le solté muy enfadada que se convirtiera en Chopin, que seguro que así empezarías a interesarte por él.

—Dios mío. ¿Y por eso hizo lo que hizo?

—Fue el detonante. Se lo tomó al pie de la letra. No tenía la cabeza en su sitio, Blanca. Al día siguiente empezó a planearlo todo y se pasó el fin de semana ocupado fabricando el explosivo. Era una chapuza de artefacto, según me contó después. Algo muy casero que vio en Internet, pero que serviría para llamar tu atención y, de paso, darle un buen susto a Mercedes Reinoso.

—¿Y por qué no le impediste que lo enviara a la redacción?

—Porque me enteré después, Blanca. No tenía ni idea de que lo iba a hacer —dice Luna sollozando—. Si hubiera sabido que iba a enviar una bomba, no se lo hubiese permitido.

—¿Y cómo es que tienes los restos del explosivo en tu casa?

—Porque cuando sucedió todo, enseguida supe que había sido él. Blas me lo confirmó y me pidió si podía guardar el material en mi casa. Yo vivo sola, y allí no habría riesgo de que nadie lo viera hasta que tuviera tiempo de deshacerse de él.

—¿No habría sido más fácil tirarlo en cualquier lado que cargarte a ti con esa responsabilidad?

—No lo sé. A veces era imposible meterse en su cabeza. Había cosas que no entendía, pero le seguía la corriente. Imagino que le daba miedo que ese material acabara en manos de la policía y encontraran sus huellas. Pero no tengo ni idea de las razones. Solo cumplí con lo que me pidió porque soy imbécil y hubiera hecho cualquier cosa por él.

Blanca se ha quedado asombrada. Blas puso una bomba que casi mata a dos personas para convertirse en Chopin y despertar su interés por él. Al rechazarlo, enterarse de que era lesbiana y darse cuenta de su locura, se suicidó. Una trama de película de miedo en la que ella era una de las protagonistas.

—Harías bien en ir a la policía.

—Lo sé. Tengo miedo de que me puedan acusar de cómplice o de instigadora del atentado. No puedo dormir desde que aquel artefacto explotó en la redacción. Me siento culpable.

—La culpa fue de él. Tú no eres responsable de sus actos.

Luna se encoge de hombros y se pone de pie. Blanca la observa de arriba abajo. Es increíble que esa chica salga cada día en la tele sin que se le note la presión que carga a sus espaldas.

—Perdona por hacerte dudar. Te dije que no creía que Blas fuera el responsable.

—¿Por qué lo hiciste? La policía lo tenía muy claro.

—No me gusta la imagen que ha quedado de él. No estaba bien. En mi opinión, sufría alguna enfermedad mental que no se trató, pero era un buen tipo. No me habría enamorado de Blas si hubiese sido una mala persona. Quería que, de alguna manera, no estuviera claro que él había enviado ese paquete a Mercedes, y eso empezaba por hacerte dudar a ti.

La razón que le da Luna no es demasiado convincente. Tiene la sensación de que la periodista tampoco está bien, y que debería buscar ayuda. Quizá Blas no fuera el único que se había obsesionado con ella.

El murmullo en la puerta del hospital indica que ha llegado alguien. Luna y Blanca corren hacia donde se amontonan sus compañeros de la prensa. En las escalinatas del Virgen Macarena aparece el comisario Gaviria, el inspector jefe Montesorín y dos policías nacionales, un hombre y una mujer, que van uniformados.

—Buenas tardes. Seré muy breve —dice Arturo Gaviria, que toma la palabra—. Esta mañana, en la comisaría del distrito Sevilla Centro, se produjo un altercado mientras el subinspector Gerardo Muriel hablaba con Nikolai Olejnik, presunto asesino de Enrique Mesa y Evaristo Cuevas, en el que vosotros, la prensa, habéis denominado *caso Chopin.*

El hombre hace una pausa para girarse y señalar a un policía alto y fornido que tiene detrás. Indica que él es Gerardo Muriel y continúa:

—En un momento de zozobra, Nikolai Olejnik arrebató el arma al subinspector y lo amenazó. Rápidamente, el inspector jefe Montesorín y la inspectora Costas entraron en la sala al auxilio de su compañero. Al ver al joven armado, Javier hizo uso de su arma reglamentaria y disparó contra Olejnik, dándole en la pierna derecha. De inmediato, lo trasladamos a este hospital, en el que ha sido tratado por los fabulosos médicos con los que cuenta el Virgen Macarena. Por suerte, la bala no impactó de lleno en la rodilla del joven y se repondrá sin secuelas. No ha hecho falta operación y Nikolai ya descansa en una habitación.

En ese instante, Blanca se fija en Montesorín, que sonríe con satisfacción porque varios periodistas lo miran y le hacen fotos.

—Esto ha sido lo que ha sucedido. El chico se encuentra bien. Pasará unos días en el hospital custodiado por nuestros agentes. Luego es probable que sea puesto a disposición judicial. Quiero dar las gracias a nuestros magníficos profesionales por su buena labor. Una vez más, han realizado un trabajo perfecto. Dentro de un rato les pasaremos una nota oficial y esta tarde daremos una rueda de prensa en la comisaría, en la que aclararemos las dudas que tengan sobre este incidente o cualquier otra cuestión relacionada con el caso que nos ocupa. Muchas gracias a todos.

Los cuatro hacen un corrillo y dialogan un instante. Después se dan la vuelta y entran en el hospital sin permitir que los medios de comunicación hagan preguntas. Los periodistas se dispersan y empiezan a recoger sus cosas y a marcharse. Blanca es la única que va tras los policías. Sale corriendo y consigue burlar la escasa vigilancia que hay en la puerta.

—¡Un momento, por favor! —grita la joven, que intenta llamar su atención—. ¡Necesito contaros algo! ¡Es muy urgente!

El cuarteto de policías se detiene y observa que Blanca se acerca a ellos. La chica jadea a consecuencia de la carrera que se ha dado por las escalinatas, y toma aire antes de hablar. La miran confusos.

—Tengo novedades sobre el caso Chopin. Noticias muy importantes.

—¿Qué estás diciendo, muchacha? —pregunta el comisario Gaviria desconcertado—. ¿Quién eres?

—Soy Blanca Sanz, periodista de *El Guadalquivir* a la que Ángela Diosdado le filtraba la información policial del caso.

Gaviria abre los brazos y consulta inquieto a Montesorín. El inspector jefe le hace un gesto a Muriel para que la saque de allí. Sin embargo, la chica grita algo que los sorprende antes de que Gerardo la neutralice.

—¡Ángela Diosdado lo sabía todo! ¡Sabía quién era el responsable de este cúmulo de maldades y eso le costó la vida! ¡Ángela había descubierto que el otro Chopin, el que se hizo pasar por Nikolai Olejnik y mató a Mesa, a Cuevas y a la propia Ángela, era Javier Montesorín!

CAPÍTULO 59

MONTESORÍN

Sevilla, lunes 14 de octubre de 2019

Las palabras de la joven impactan de lleno en el cuarteto de policías. Todos miran a Montesorín, al que le entran ganas de estrangular a esa estúpida entrometida.

—¿Qué estás diciendo, desgraciada?

—Lo sé todo, inspector jefe. Ángela lo dejó escrito por si le pasaba algo y le pidió a su hermana que contactara conmigo. No tengo ninguna duda y cuento con varias pruebas de que tú eres el asesino que se ha hecho pasar por Chopin.

—¿Qué pruebas son esas? —pregunta el comisario Gaviria.

—Está todo aquí, en este libro. No os voy a leer el mensaje entero, porque es muy largo, pero os voy a resumir lo que dice.

Blanca empieza su relato, que Montesorín escucha incrédulo y con el rostro descompuesto:

—Lo primero que quiero decir es que Ángela Diosdado era una persona maravillosa, y que se la jugó para descubrir a su querido Javier, por lo que aún le dolió más. Sí,

Ángela tenía un rollo con Montesorín, al que admiraba desde que entró en el cuerpo de la Policía Nacional. No eran novios, pero se acostaban juntos desde hacía un tiempo. Ella empezó a notarlo raro desde el jueves tres de octubre, el día después de que asesinaron a Enrique Mesa. No dio importancia a que no hubiese querido quedar la noche anterior, en la que se produjo el crimen, ni tampoco en la que mataron a Evaristo Cuevas. Se extrañó de que no quisiera verla, pero tampoco era algo que la hiciera sospechar que él fuera el asesino. Sí quedaron la noche del lunes siete de octubre, la de la explosión en *El Guadalquivir.* Ángela vio una herida en el brazo de Javier cuando se quitó la camiseta que llevaba. Le preguntó por el rasguño, que parecía reciente, y le dijo que no sabía cómo se lo había hecho. Inconscientemente, le vino a la cabeza algo que había sucedido horas antes. El inspector jefe mandó sacrificar al perro de Evaristo. Ángela se sorprendió mucho y le dijo que el animal podría tener restos de piel o cabello del asesino en los dientes o en las uñas. Había que hacerle pruebas para descartarlo. Sin embargo, Javier se negó sin darle motivo alguno. Por suerte, ella convenció al policía que custodiaba al animal y se lo llevó... Jazz, que así se llama el perro de Evaristo, ha sido clave en la resolución del caso. Ángela encontró piel en las uñas del labrador y mandó a analizar la muestra a un laboratorio privado de Sevilla, junto a un cabello de Montesorín. Ella no llegó a saber si los ADN coincidían porque el resultado se retrasó. He llamado hace un rato al laboratorio y me han confirmado que la piel encontrada en las uñas de Jazz es de Javier. Quizá el perro intentó proteger a su dueño y lo arañó. Por eso quiso que eliminaran al animal. Fue su gran fallo en este caso...

Todos se quedan boquiabiertos con la exposición de Blanca. Sus tres compañeros tienen los ojos puestos en Montesorín, cada vez con peor cara y más nervioso.

—¿En serio? ¿Por un puto perro y sus sucias garras vais a creeros a esta loca «conspiranoica»? ¡Yo no he matado a nadie, coño!

—Hay más —comenta Blanca, que se siente eufórica y sigue con su acusación—. Ángela, mientras esperaba los resultados del laboratorio, analizó unas cuantas cámaras de vigilancia de establecimientos cercanos a las casas de Mesa y Cuevas. Consiguió las grabaciones del día de los crímenes. En varias de esas cintas aparece el inspector jefe en el margen horario que encaja con las horas en las que se cometieron los asesinatos. Los *pendrives* con las imágenes están en casa de Ángela, guardados debajo de su cama.

—¡Gilipolleces! ¡Eso no prueba nada!

—¡Estás acorralado, Montesorín! Fuiste tú. La estuviste presionando para que me dijera que el Chopin que había robado en las cuatro primeras casas y el que había cometido los asesinatos eran la misma persona —le replica la periodista—. Ella te repitió una vez tras otra que no era así. Pero tú le insististe de manera agresiva y autoritaria. ¡Eras su superior! ¡Lo detalla todo en el mensaje que dejó en este libro! Querías que la prensa lo pregonara, que la gente creyera la historia que habías montado. Así tú te librarías y condenarían a Niko cuando lo encontraran. Ya te encargarías después de que se confesara culpable. Tienes tus artimañas, y puedes resultar muy convincente con tus malas artes. Un plan perfecto que te salió mal porque Ángela fue más lista que tú.

—Un juez no se creerá nada de esto. No tienes pruebas

de nada. Es todo una farsa. ¡La patraña más grande que me han contado en la vida!

Montesorín deja atrás a sus compañeros y a la periodista y avanza hacia la puerta del hospital. En ese instante, entra una chica a la que conoce. Sus ojos y los de Triana coinciden. La mirada de la joven está llena de ira. Entonces, la hija de Celia Mayo y de Manuel Velázquez le enseña una pistola y la dirige hacia él.

—¿Dónde coño está mi madre? ¿Qué le has hecho, hijo de puta?

—¿Qué dices? ¡Yo qué sé dónde está tu madre!

—La has hecho desaparecer, cabrón —dice Triana con lágrimas en los ojos—. Espero que no la hayas matado como a los otros. ¿Dónde está?

—Yo no he hecho nada.

—¡Sí lo has hecho! Has asesinado a todas esas personas, has disparado a Niko a sangre fría y has secuestrado a mi madre. ¡Confiesa, hijo de puta, o te pego un tiro! ¿Dónde está mi madre?

—No-lo-sé.

—¡Sí que lo sabes!

—¡No lo sé! ¡Dispara si tienes ovarios! ¡Vamos! ¡Dispárame!

Triana suelta un grito devastador ante la mirada de todos los que están en la recepción del hospital Virgen Macarena. Aprieta el gatillo de la pistola de su padre, pero esta no se dispara. Montesorín, sudando, suelta una carcajada, que va entre lo macabro y la locura. No se lo piensa y saca su pistola, apunta hacia la chica y se oye un estruendo. Blanca, el comisario Gaviria y el subinspector Muriel corren hacia ellos. La única que permanece inmóvil, con el arma en la mano recién disparada, y llorando a lágrima viva es Letizia Costas.

—No podía dejarte pasar que mataras a mi amiga Ángela, malnacido.

¿Es el final? Javier oye voces. Siente un terrible dolor en el pecho. La boca le sabe a sangre y no puede moverse. Todo se está tornando en negro.

De repente, ve el gimnasio en el que boxeaba cada tarde. Le llamaban Orangután. Ahí comenzó todo. Fue donde conoció al hijo de puta de Enrique Mesa, Grillo, con el que colaboró muchos años en diferentes circunstancias. ¿Qué pretendía ese cabrón cuando le pidió más dinero?

—Necesito la pasta. Si no, empezaré a largar todo lo que me has pedido. Yo ya estoy muerto, Javier. Vienen a por mí. O me das dinero o lo confieso todo.

Había que quitarlo de en medio lo antes posible. Esta vez tendría que ensuciarse las manos. Le tocaba. ¿Cómo hacerlo sin que se dieran cuenta? La suerte se puso de su lado y un día encontró la forma. Su compañera y amante Ángela Diosdado le dio la pista.

—Javi, me dicen nuestros compañeros de la Científica que se ha producido otro robo en Sevilla. Tiene características parecidas a dos anteriores. Y no te lo pierdas. El tipo que roba deja partituras de Chopin en las casas. Menudo friki.

Lo que le contó Ángela era justo lo que necesitaba. Su

cabeza empezó a funcionar rápido, como la de John Nash en *Una mente maravillosa,* su película preferida. Pidió los informes del caso y lo filtró a la prensa. Necesitaban a alguien que no fuera a dar problemas. Una recién llegada que se limitara a cumplir con lo que le decían.

—Se llama Blanca Sanz, tiene veintidós años y trabaja en *El Guadalquivir.* Serás su fuente, Ángela. Apenas acaba de empezar y escribirá lo que queramos.

Una vez que la gente ya conocía a Chopin, llegaba la segunda parte del plan. Asesinar en su nombre. Consiguió el mismo papel que él utilizaba para las partituras, e incluso la misma tinta. Por si acaso, esa información se la reservaron por si había que usarla más adelante. A la opinión pública le bastaba con saber que la policía y los medios consideraban que el asesino de Mesa era el mismo que el que había robado en aquellas casas. ¡Había que insistir día y noche! ¡Martillear sus cerebros! ¡Y que el Ayuntamiento de Sevilla fuera en la misma línea! Todo el puto mundo tenía que creer que solo existía un Chopin. No había ni una sola opción de error.

El dolor es cada vez más intenso. ¿Se va a morir? Encontrará a Risto en el infierno, del que seguro que no se libra ninguno de los dos.

El ciego lo llamó aquel domingo para decirle que Nikolai Olejnik le había confiado que era Chopin. ¡Qué sorpresa! El nieto del cabrón de Dariusz. De tal palo, tal astilla. Menos mal que tenía pinchado su móvil desde hacía tiempo. Ese tipo jugaba a dos bandas y no sabía cuándo podría traicionarlo. No tardó en hacerlo, porque esa misma noche se puso en contacto por teléfono con Niko para quedar al día siguiente. Sabía lo que le iba a decir y no podía permitírselo. Esa madrugada cometió su segundo crimen como Chopin, aunque el perro guía del ciego se abalanzó sobre él y le hizo un buen arañazo en el brazo. Tuvo que sacar al bicho de la casa de una patada y cerrar la puerta. Hasta que no se largó, no salió de la vivienda de Risto, que ya estaba muerto.

Todo lo que hizo fue necesario. Había mucho en juego. Demasiado. Pero el crimen más duro de los tres fue sin duda el de Ángela. ¿Estaba enamorado de ella? No, aunque le gustaba pasar el tiempo juntos. Fue una pena que lo descubriera. Siempre se creyó más listo que ella. Sin embargo, no se dio cuenta de que iba siguiendo sus pasos. Se enteró de lo de las cámaras de seguridad y de lo del perro. No le quedó más remedio que asesinarla. Fue en su propia casa. La estranguló con un cinturón y después la llevó en su coche hasta un vivero abandonado en la carretera de Dos Hermanas. Por allí nunca pasaba nadie, y si encontraban su cuerpo, sería dentro de bastante tiempo.

Montesorín abre los ojos. Alguien que no conoce lo está subiendo a una camilla. A su lado está el comisario. Ve que grita, pero no lo oye. Javier tiene un segundo de lucidez y pide perdón a todos los que ha podido hacer daño. Luego cierra los ojos de nuevo. Ya no los volverá a abrir.

CAPÍTULO 60

—

TRIANA

Sevilla, jueves 17 de octubre de 2019

Es el cuarto día desde que Celia desapareció. Llevan más de setenta y dos horas sin saber de ella. Triana no pierde la esperanza de encontrarla, pero cada minuto que pasa es menos optimista. Esas últimas noches Blanca se ha quedado a dormir en su casa para que no esté sola, y la policía le permite ver a Niko en el hospital. Los momentos que pasa con él son los únicos en los que no llora o se viene abajo.

—Cuando salga de aquí, te ayudaré en todo lo que pueda —le dice el chico, que todavía siente dolor en la pierna derecha y cojea al caminar.

—Tú lo que tienes que hacer es recuperarte. ¿A qué hora te dan el alta?

—Por la tarde. No me han dicho nada más.

—¿Te llevarán al juzgado?

—Me temo que sí. Aunque espero que me dejen en libertad. Ya te avisaré con lo que sea.

De momento, aguanta con el abogado de oficio que le asignaron. Se ha librado de la acusación de asesinato, pero lo tienen que juzgar por los robos y por otros presuntos delitos que ha cometido. Sin embargo, ya no le tiene miedo a la cárcel, porque sabe que el castigo que le va a caer no será muy grande.

—Esta tarde he quedado con Brenda para poner carteles en el centro.

—Ojalá alguien la haya visto y dé alguna pista fiable.

—Han llamado un montón de veces al despacho. Muchas eran de broma y otras colgaban sin hablar. Pocos han intentado ayudar.

—La gente es idiota.

—¿Dónde estará? Espero que Montesorín no la metiera en ningún zulo o algo parecido. Y, sobre todo, que tenga agua. No me puedo imaginar por lo que estará pasando.

—Me alegro de que ese cabrón esté muerto —comenta Niko mientras la abraza.

—No sé qué decirte. Si estuviera vivo, tendríamos más posibilidades de saber dónde está mi madre.

—Seguro que la secuestró él, ¿no?

La chica no recuerda muy bien lo que sucedió hace tres días. Su memoria ha borrado parte de los acontecimientos que ocurrieron en el hospital. Pero no se ha olvidado de la expresión del inspector jefe, que pareció muy sorprendido cuando le preguntó dónde tenía a su madre. Quizá fingía, pero su reacción le hizo dudar.

—Sí. No hay otra alternativa.

—¿La policía no ha triangulado su móvil para comprobar los movimientos de ese día?

—Sí. Lo hizo. Me lo ha dicho el grandullón, ese amigo tuyo, Gerardo. No salió del centro de Sevilla. Están buscando por garajes, pisos abandonados y trasteros de las calles por las que pasó el lunes. Es decir, por media ciudad.

—Es como buscar una aguja en un pajar.

—Si mi madre no hubiera tenido el móvil apagado, sabríamos hacia dónde se fue. Pero su teléfono no ha aparecido y la señal se pierde en la calle en la que vivimos.

—Eso significa que alguien fue hasta tu casa y la secuestró, ¿no?

—O le pidió que le acompañara bajo amenaza. No lo sé, Niko. Todo es muy confuso.

Triana ha dado muchas vueltas al asunto. No sabe qué pensar. Ha rastreado todas las habitaciones de su casa de arriba abajo buscando alguna pista o algo fuera de lugar que pudiera servir para dar con su madre.

—¿Puedes acercarte un momento? —le pregunta el chico, que le hace un sitio en la cama.

—Claro —responde Triana ocupando el hueco libre—. Tengo ganas de que salgas de aquí. Esta cama es muy incómoda.

—Te aseguro que más ganas que yo, no.

—Ya te digo yo que sí.

—Cómo te gusta llevar la razón. ¿Me das un beso?

—¿Con lengua?

—Ya veremos. A ver qué sale.

Triana busca la boca de Niko y une sus labios a los de él. Los dos se besan con pasión. A pesar de lo mal que están las cosas, se tienen el uno al otro. Eso les está permitiendo sobrevivir, sobre todo a ella, que no deja de pensar en que su madre ha desaparecido y que cabe la posibilidad de que no la vuelva a ver.

Un par de minutos después, alguien tose desde el umbral de la puerta. Los chicos se giran y ven a Blanca.

—Si no llego a tiempo, encargáis el niño en el hospital.

—¡Qué dices! —exclama Triana, a la que la periodista la está ayudando mucho—. Solo han sido cuatro besos mal dados.

—¿Mal dados? —protesta Niko.

—Perdona, amor. Han estado muy bien, pero tendremos que seguir practicando.

La joven le da un último pico en la boca y sale de la cama.

—Tenemos que irnos. Me ha llamado el comisario Gaviria. Quiere que vayamos a verlo —dice Blanca tirando del brazo de Triana para que se aleje de su novio.

—¿El comisario quiere veros? ¿Para qué?

—Imagino que para alguna formalidad relacionada con Montesorín.

—¿Vais a declarar en el juicio a Letizia?

—Si nos lo piden, ahí estaremos. Gracias a ella estoy viva —comenta Triana, que se acerca corriendo para besarlo, esta vez sí, por última vez—. Te llamo luego. Cuídate y no te levantes mucho.

—No te preocupes. Ánimo, cariño. Sé fuerte.

La joven estudiante de Bellas Artes sonríe con tristeza y sale de la habitación junto a Blanca. Las dos deciden ir caminando hacia la comisaría. Por la calle San Juan Ribera y después por Relator, tardan unos quince minutos.

—Veo que la cosa con Niko va bien.

—Sí, es lo único que me alegra un poco el día. Es un alivio que ya no piensen que es el asesino de las partituras. Aunque se le quede para siempre lo de Chopin.

—Intentaré que en el periódico le hagan una entrevista para lavar un poco su imagen. Seguro que todavía hay personas que piensan que es el culpable de todo.

—¿Tú crees?

—Estoy convencida. Además, es extranjero. Hay gente que los odia, aunque no hayan hecho nada malo.

—Niko, por desgracia, sí lo ha hecho.

—Es una circunstancia que jugará siempre en su contra.

—Lo sé. Pero el pasado es el que es y él no supo hacerlo de otra manera. Fue lo que aprendió de su abuelo.

—¿Por qué no devuelve lo que ha robado? Imagino que en algún lado tiene las joyas, el dinero y el resto de las cosas que se llevó de las casas.

A Triana no se le había ocurrido. Niko le contó que guardaba lo que robaba en una especie de trastero, por el que no tenía ni que firmar documentos de alquiler. Casi con seguridad, todo seguirá allí.

—Se lo comentaré, a ver qué me dice.

—Si solo lo juzgan por los robos, si devuelve lo que se llevó, a lo mejor la pena es menor. ¿O estoy diciendo una tontería?

—No lo sé. Estudio Bellas Artes, no Derecho —responde Triana, a la que aquel plan de Blanca le parece muy acertado—. Se lo preguntaré a su abogado. Imagino que eso sí lo sabrá.

A la periodista se le escapa una carcajada. Si de alguien han hecho bromas durante esos días ha sido del abogado de Niko. No es que se rían del hombre, es que el pobre no se entera de nada. Es un tipo muy peculiar, al que incluso le han cogido cariño.

—Bueno, creo que ya puedo decírtelo. Tengo una noticia —le suelta Blanca cuando están a punto de llegar a la comisaría de la Alameda de Hércules.

—¿El qué? No me asustes, por favor.

—He roto con Ana. En realidad, no sé si salía con ella o no.

—¿Lo habéis dejado?

—Sí. Me gusta, pero como amiga. No creo que me convenga seguir adelante. Me da miedo que se vaya a enamorar o se obsesione conmigo. No le voy a corresponder porque no la veo como pareja.

Triana escucha lo que Blanca le cuenta y le da la sensación de que esa ruptura también tiene que ver con lo que le sucedió con Blas. En esas noches que han dormido juntas en su casa, no ha parado de lamentarse de que las cosas terminaran tan mal. La conversación que tuvo con Luna tampoco la ayudó. Por lo visto, el periodista se colgó de ella desde que entró en *El Guadalquivir.* No lo vio, y cuando se enteró del problema, no lo supo manejar. Ella no es la culpable, está claro. Sin embargo, la solución la tenía en sus manos. La tragedia acabó con un suicidio, dos personas graves y un montón de heridas que siguen abiertas, incluida la de Blanca.

—Ya encontrarás a esa persona a la que veas como tu pareja y la quieras mucho. Eres una tía espectacular en todos los sentidos.

La chica que va a su lado sonríe y suspira, pero no dice nada más sobre el tema. Prácticamente han llegado al edificio de la Alameda de Hércules.

En la comisaría del distrito Sevilla Centro las recibe el subinspector Muriel. El hombre las saluda como si fueran amigas de toda la vida. Triana le manda recuerdos de Niko y Gerardo dice que luego se pasará por el hospital para llevarlo hasta el juzgado.

Enseguida las guía hasta el despacho del comisario, que está esperándolas.

—Sentaos, chicas —les pide Arturo, que no se levanta de su butaca—. ¿Cómo estás, Triana?

—Regular. No le voy a engañar.

—Es lógico. Quiero que sepas que estamos haciendo todo lo posible para encontrar a tu madre. Hemos desplegado a un gran número de agentes por toda la ciudad y alrededores, y se han implicado todos los departamentos de esta comisaría. Además, hemos pedido ayuda a varias comisarías de otras zonas de Sevilla. Vamos a por todas.

—Muchas gracias por el esfuerzo. Ojalá sirva de algo.

—Aparecerá, te lo aseguro, Triana. Tengo ese pálpito —dice el hombre, que mira algo en su ordenador—. Os he llamado por dos temas. Uno es que me gustaría que testificarais a favor de Letizia Costas. Estabais allí y sabéis lo que sucedió. Hay una comisión que ya está analizando lo ocurrido a nivel interno.

—Claro, comisario. Cuente conmigo —le asegura Blanca.

—Conmigo también. Si no llega a ser por ella, hoy no estaría aquí sentada.

El hombre asiente y les da las gracias. Después vuelve a mirar la pantalla de su portátil. Se queda callado casi un minuto. Triana y Blanca no comprenden a qué espera para continuar, pero tampoco se atreven a decir nada. Después de recibir una patadita de Triana, la periodista se lanza:

—Señor. ¿Y el segundo tema por el que nos ha hecho venir?

Arturo Gaviria asiente y mira fijamente a Triana. Niega con la cabeza y se centra una vez más en el ordenador. Parece que hay algo que lo inquieta. Al final, lo suelta:

—Hace unos días nos enteramos de algo —le comenta

a Triana—. No os lo queríamos comunicar hasta estar seguros.

—¿De qué se trata, señor?

—Después de la muerte de Enrique Mesa, entramos en su casa y rastreamos cada rincón en busca de pistas o detalles que pudieran darnos luz en el caso Chopin. El registro nos llevó hasta unos documentos escondidos bajo una losa en el suelo del patio. No te voy a explicar todo lo que descubrimos de ese delincuente, pero puedo confirmarte que Enrique Mesa asesinó a tu padre.

Triana se pone pálida. Siente que está a punto de desmayarse. Blanca se da cuenta y rápidamente le acerca una botella de agua que lleva en el bolso. La chica bebe, ante la preocupación de su amiga y del comisario.

—¿Te encuentras mejor?

—No lo entiendo. ¿Cómo que ese hombre asesinó a mi padre? ¿Es verdad? ¿Lo habéis comprobado?

—Sí, Triana. Te lo puedo confirmar al cien por cien.

—Joder. ¿Y por qué lo mató?

—Esa es la segunda parte de la historia —dice el comisario Gaviria muy serio después de frotarse la frente con la mano—. Estamos seguros de que quien ordenó y pagó a Mesa para que asesinara a tu padre fue Javier Montesorín... Aunque no fue solo él.

EPÍLOGO

Han transcurrido tres semanas exactas desde que Celia Mayo desapareció sin dejar rastro. Las televisiones empiezan a dejar atrás la noticia, aunque Triana sale todos los días a poner carteles por Sevilla. Ha dado varias entrevistas en los medios de comunicación, rogando que, si alguien sabe algo de su madre, se ponga en contacto con la policía.

A pesar de que intenta no perder el ánimo, sus fuerzas ya están al límite. Se le hace durísimo no escuchar su voz o no verla cuando está en casa. Por las noches no puede dormir, y tiene pesadillas casi a diario. Ha soñado varias veces con el suceso del hospital, pero en ocasiones su pistola sí se disparaba y en otras el que conseguía dispararle era Montesorín.

—¿No vas a comer más? —le pregunta Niko durante el desayuno de aquel primer lunes de noviembre.

—No me entra nada. Perdona.

El chico se ha esforzado en prepararle un desayuno de los que le gustan: huevos revueltos, beicon y tostadas con mantequilla. Sin embargo, Triana apenas ha probado bocado.

—Tienes que alimentarte para coger fuerzas. Si no comes, no tendrás energía durante el día.

—Ya lo sé. Me lo has repetido mil veces. ¿Crees que estoy así por gusto? Si no me entra, no me entra, joder.

Niko asiente y recoge el plato de su novia. No va a discutir. Tira la comida a la basura y se pone a fregar. Él también lamenta que las cosas no vayan bien, a pesar de su felicidad por haber quedado libre sin fianza, a la espera de juicio. Prácticamente ya no cojea y va recuperando la masa muscular que había perdido en la pierna derecha. También ha podido volver a su piso, aunque se pasa gran parte del tiempo en casa de Triana.

—¿Esta tarde irás con Brenda a poner carteles?

—Sí, hemos imprimido doscientos más.

—¿Quieres que vaya y os ayude?

—Da igual. Tienes planes después, ¿no?

—Pero puedo anularlos.

—No hace falta. Ve, tranquilo.

Triana se refiere a que de vez en cuando se acerca a la iglesia de El Salvador a ver a su amigo, el padre Salvador. Por supuesto, no solo acude para charlar con el cura y confesar algún pecado que otro. No hay día de visita que no se dedique un buen rato a tocar aquel órgano tan magnífico. A pesar de todo, Niko no le ha cogido manía a Chopin, y se deja llevar en cuanto se pone frente al teclado para interpretar sus composiciones. F. F. C. siempre será su ídolo y ahora también el sobrenombre por el que algunos lo llaman. Si su abuelo levantara la cabeza, no se lo creería.

—¿Sabes quién me ha enviado un mensaje para desearnos ánimos y darnos todo su apoyo con lo de tu madre? La señora Matilde.

—Esa mujer y su marido son dos trozos de pan. No sé cómo te atreviste a robarles.

—Ya. No estoy orgulloso de lo que hice. ¡Pero les he devuelto hasta la última gargantilla de oro! Que era preciosa, por cierto.

Matilde Ferraz y Pedro Martínez forman el matrimonio que vive con su hija en la calle Teodosio, en una de las cuatro casas en las que robó Niko. Al chico le pareció muy buena la idea de Blanca y regresó a sus dueños absolutamente todo lo que se llevó de sus viviendas. Eso le gustó al juez, que lo vio como un acto de cooperación.

Triana se levanta de la mesa y va hasta donde Niko sigue fregando los cacharros que ha usado para preparar el desayuno. La chica lo rodea por detrás y lo besa en el cuello.

—Perdóname. Sé que estos días estoy muy tonta. A veces, no me aguanto ni yo. ¿Me sigues queriendo?

—Sí, aunque pierdes puntos cuando no te comes lo que te preparo.

—Es que no me entra nada, de verdad. Pero prometo alimentarme mejor.

—Te lo digo por tu bien, Triana. Necesitas energía para afrontar esta historia de la mejor manera.

—Sé que tienes razón. Me esforzaré.

El joven se da la vuelta y sus caras se quedan a escasos centímetros. Se besan mientras se acarician. La tensión que ambos viven a menudo se transforma en pasión. Empiezan a entenderse y a saber lo que quiere el otro. Triana apoya las manos en sus hombros y Niko la levanta a pulso para sentarla sobre la encimera. Ya hicieron el amor en la cocina una noche, pero no les importa repetir. Sin embargo, el teléfono del despacho suena y les corta el rollo.

—Tengo que cogerlo. Ya sabes.

—Lo sé, lo sé. Pero no tardes, que esto hay que continuarlo con urgencia.

Se dan otro beso en los labios y Triana corre hacia el despacho, donde el teléfono sigue sonando. Con las prisas, ni se fija en que es un número desconocido. La joven contesta:

—¿Sí? ¿Hola? —Pero nadie responde. La chica se pone nerviosa, pero no cuelga e insiste—. ¿Hola? ¿Hay alguien? ¿Quién es? ¿Me puedes decir quién eres?

Entonces, al otro lado de la línea escucha un mensaje de voz que la hace gritar:

Hola, cariño, ¿cómo estás? Ve
cenando tú, que voy a llegar un poco
tarde. He pasado a ver a Gertrudis,
que ha puesto mis novelas en el
escaparate de la papelería. ¡Ojalá
vendamos alguna! Luego nos vemos.
Te quiero.

—Tranquila, mamá. Es que te preocupas de más. Solo será un paseo.

—¡En helicóptero! ¿Qué necesidad tienes de montarte en un cacharro de esos?

—Me han invitado, y me apetece.

—Tu hermano dice que hay más accidentes de helicópteros que de coches.

—Mi hermano es imbécil.

No se cansará de repetírselo una vez tras otra. Blanca

sabía que aquello no les iba a hacer gracia a sus padres. Pero ¿cuántas veces tiene una la oportunidad de ver Sevilla desde el aire?

—No hables así de Sergio. Está en una edad muy difícil.

—Cuento, eso es lo que tiene Sergio. Mucho cuento —dice la periodista, a la que están avisando para que cuelgue—. Mamá, me tengo que ir. Luego hablamos.

—Rezaré por ti a nuestra señora María Santísima del Mayor Dolor y Traspaso.

—Qué exagerada eres. Deja tranquila a la Virgen, que tendrá mejores cosas que hacer.

—Te has vuelto una blasfema, hija.

—Adiós, mamá. Saluda a papá de mi parte.

Blanca no da pie a más réplicas por parte de su madre y le cuelga. Se pone muy pesada cuando algo no le gusta o quiere llevarle la contraria. No iba a dejar de vivir esa experiencia porque a ella y a su padre no les gustase que subiera a un helicóptero.

Ella fue la primera sorprendida cuando Mercedes Reinoso se lo propuso. Como premio a su labor, la había elegido para acompañarla en aquella ruta en el aire por toda Sevilla. Era un servicio turístico que el ayuntamiento de la ciudad estrenaría dentro de poco.

—¿Estás preparada? —le pregunta Mercedes cuando se acerca hasta ella.

—No, pero será divertido.

Las dos suben al aparato, se sientan en la parte trasera y se atan los cinturones. Pasan diez minutos hasta que llega el piloto. En ese tiempo, Blanca le cuenta a su jefa cómo ha pasado las tres semanas de vacaciones. La mujer le dice lo que la ha echado de menos y lo que les está costando coger el ritmo a los nuevos. El caso Chopin y la desaparición de Celia Mayo los ha arrollado. Mucha información para una redacción que ha perdido a Blas Hernández, tenía a Nina todavía de baja y a Blanca de permiso.

—¿Están listas? —les grita el piloto alzando el dedo pulgar.

—Nosotras sí, pero falta Santiago de Gomar —responde Mercedes consultando su reloj.

—El alcalde al final no puede venir.

—¿No? ¿Le ha pasado algo?

—Ni idea. Me han llamado desde el ayuntamiento hace un rato y me han dado la orden de que vuele con vosotras a pesar de su ausencia. Solo seremos tres.

Mercedes se extraña de que no la hayan avisado, pero imagina que luego la informarán de qué le ha pasado al alcalde.

—Entonces podemos irnos —indica la directora de *El Guadalquivir.*

—Perfecto. Colóquense los cascos y pónganse bien el cinturón, por favor. ¡Disfruten del vuelo!

El hombre enciende el motor y las palas comienzan a girar. El helicóptero tarda un par de minutos en despegar; al principio, sube muy despacio.

—¿Estás nerviosa? —le pregunta Mercedes a Blanca.

—Un poco, pero merecerá la pena.

—Seguro. Si Sevilla ya es bonita cuando paseas por la calle, imagina verla desde el aire. ¡Qué emocionante!

Su jefa tiene razón. El helicóptero se eleva hasta el cielo de la ciudad y Blanca no se pierde ni un detalle de todo lo que tiene a sus pies. Intenta reconocer y dar nombre a cada monumento, a cada iglesia y cada zona por donde pasan. Lo va comentando con Mercedes, que también está impresionada. Las dos hacen fotos con el móvil, pues piensan usarlas para un artículo que escribirá la joven.

Durante varios minutos, sobrevuelan el río Guadalquivir. Distinguen a un buen número de personas practicando el remo y contemplan el crucero que va hasta Doñana.

—¿Les gusta? —pregunta el piloto acercando el aparato a la Giralda para que sus pasajeras puedan verla de cerca—. Tenemos la ciudad más bonita del mundo.

—¡Es maravilloso! —exclama Mercedes.

—¡Me encanta! ¡Es de lo más bonito que he visto en mi vida!

Mientras festejan la majestuosidad de las vistas, algo las deja en *shock*. El piloto deja de hablar y se dan cuenta de que su cabeza está extrañamente inclinada hacia el lado derecho. ¿Se ha desmayado? El helicóptero se descontrola. Blanca intenta no perder el equilibrio por el movimiento del aparato y golpea el hombro del piloto, pero este no responde.

—¡Está inconsciente! —exclama horrorizada la joven—. ¡Nos vamos a estrellar!

Mercedes comienza a gritar desesperada. Blanca también lo hace. El terror se refleja en el rostro de ambas. Las dos saben que van a morir.

—¡Siento mucho todo lo que he hecho! ¡Dios, perdóname! ¡Perdóname, por favor! —dice la mujer, que junta las manos y reza.

Blanca la observa inmóvil. Las lágrimas caen en cascada por sus mejillas. Se pone las manos en la cabeza y espera el impacto. Solo pasan unos siete u ocho segundos. El aparato en el que van las dos periodistas se estrella de forma inapelable contra la torre más emblemática de la ciudad. El terror se dibuja en el rostro de todos los que presencian el suceso. Ese día, la imagen de la Giralda, con el helicóptero incrustado en su campanario, recorrerá el mundo entero.

FIN

NOTA DE AUTOR

Todos los personajes de esta novela pertenecen a la ficción (alcalde, policías, periodistas...), al igual que las acciones, sucesos y escenas que aparecen. Cualquier parecido con la realidad es pura coincidencia.

La mayoría de los lugares, los establecimientos, las calles, las plazas, los restaurantes y los monumentos son reales. He querido enseñar mi Sevilla, en la que tan buenos momentos pasé, sobre todo de niño.

Mi máximo respeto y admiración por la Policía Nacional sevillana.

El medio de comunicación *El Guadalquivir* es fruto de mi imaginación.

AGRADECIMIENTOS

No me puedo creer que esté escribiendo los agradecimientos de esta novela. Hace unos días no sabía si iba a conseguir terminarla. Ha sido duro. El libro más difícil de los que he publicado, por diferentes razones que no voy a nombrar para no aburrir a nadie. Al fin y al cabo, todos tenemos problemas. El virus nos ha afectado a la mayoría de una manera u otra y hay gente que ha tenido menos suerte que yo y ha perdido a alguien o ha estado enfermo de gravedad. Yo me contagié, a pesar de tener mucho cuidado, vacunarme y ponerme la mascarilla hasta para ir a tirar la basura. Los que me seguís en mis redes sociales lo sabéis. Pero caí y me pasó factura. Ahora estoy bien, sano y recuperado. Sigamos adelante.

Esta novela es especial por estar ambientada en Sevilla. Sé que a mis padres les hace ilusión que haya elegido la ciudad donde nacieron y crecieron y que tanto quieren. En gran parte, lo hice por ellos. Escribir sobre las calles, plazas, monumentos o iglesias del lugar más bonito del mundo me ha traído muchos recuerdos de cuando era pequeño. Por eso he disfrutado tanto escribiéndola. Papá, mamá, gracias por echarme una mano con la documentación y por describirme con tanto cariño la Sevilla que tan bien conocéis. Ojalá haya sabido recrearla como la sentís. Para ellos dos y para mi hermana, como siempre, va dedicada esta novela. Ánimo y fuerza para los tres en estos tiempos extraños de Covid.

Qué de emociones estamos viviendo juntos. No podría tener mejor pareja de baile y eso que yo no sé bailar. Ni sabemos cantar, pero cantamos todas esas canciones que ya son nuestras. Cuántos sitios hemos conocido juntos y los que soñamos con conquistar cuando la situación lo permita. Hemos dado el paso que nos faltaba y soy inmensamente feliz con el mejor «sí quiero» de la historia. Lo mejor no está por llegar, porque sería infravalorar la cantidad de momentos increíbles que ya hemos disfrutado. Con tacones rojos o sin ellos, siempre serás la niña de mis ojos. Gracias por tu autenticidad y tu amor infinito, Ester.

Otra Navidad sin poder ver a mis tíos y a mis primos, pero me acuerdo mucho de vosotros y también os he tenido muy presentes en esta novela tan sevillana. Espero que os guste cuando la leáis. Tito Mario, sueño muchas veces contigo y se te echa de menos.

También me quiero acordar de la familia de Ester, que tan bien me trata siempre.

Si normalmente les doy las gracias a mis editoras de Planeta, en esta ocasión el agradecimiento es doble. Es la primera vez que entrego tres semanas más tarde de lo acordado en un principio y sé lo que supone para la editorial que un autor no cumpla con sus plazos. Gracias, Puri y Raquel, por vuestro apoyo, vuestro cariño y por saber entenderme y darme esa tranquilidad. Lo he hecho lo mejor posible y me he dejado la piel en esta novela. Espero haber estado a la altura. También quiero agradecer hasta el infinito y más allá a Javier Sanz y a María Juncosa todo lo que están haciendo y consiguiendo con mis libros. Estáis alcanzando metas que jamás hubiera imaginado. Este 2022 promete.

Trabajo con el mejor equipo y eso no tiene precio. Gracias, Isa, Laura, Lolita, Laia, Silvia, Belén, Lidia, Paco..., y a todos los que formáis la Editorial Planeta. Sois como mi segunda familia y mis libros no podrían estar en un lugar mejor. Gracias al equipo de Booket, al de Planeta Cómic, al de Columna y La Butxaca y a todos los que forman parte de Planeta Latinoamérica. Es un lujo y un honor para mí trabajar con vosotros.

En estos últimos meses ha aparecido en mi vida Katherine K. Gracias por tantos buenos momentos, por los consejos y sobre todo por las risas y el buen rollo. ¡KK, contigo casi empezó todo!

Se viven experiencias nuevas y especiales de la mano de Pedro Oriol y Morena Films. Muchísimas gracias por confiar en mis historias y darles otra vida.

En un libro más quiero dar las gracias a los chicos de Afortunados de Blue por el gran trabajo que hacen y por estar siempre al pie del cañón. ¡Francesc, eres como un sobrino para mí! Paula, no cambies. También millones de gracias para quienes formáis parte de Bluejeaners México, con la gran Saraí a la cabeza. Sois increíbles. Muchas gracias también al fantástico Pedro Vásquez de Perú, por todo tu cariño. Y a Elena, por su ayuda en la Feria del Libro de Madrid. ¡Eugeni, te quiero ver en las próximas firmas! Niko Yordanov, no te quejarás del nombre del protagonista.

Agradecimiento muy especial en estas páginas para Alicia, Rocío, Geli y Yai, vosotras sabéis el motivo.

En representación de todos los lectores, gracias a Judit

Moreno, Kathryn Broncano, Sara Gutiérrez, Mafer Napán, Dina Patow, Diana Seguí, Ceci Martínez, Ana Valdera, Luana Ludeña, Flavia Aranda, Marta Hurtado, Álvaro Santamaría, Aimara Martín, Abril Neukirchen, Marta Lan, Milly Vargas, Mercedes García, Michelle Calle, Ariana Cobain y Elisa Rodríguez.

Hay una leyenda que recorre el mundo entero y que en este último año me está haciendo vibrar. Gracias a la vida por hacerme del Betis. Especial agradecimiento a dos *cracks*: Borja Iglesias y Sergio Canales, por ser como son. También gracias a la familia de Onda Bética, por dejarme formar parte de ellos.

He vuelto a retomar mi pasión por el ajedrez y en buena parte ha sido gracias a Chess24. Así que gracias a Pepe Cuenca y a Divis —también a Adriana Palao— por hacerme pasar tan buenos ratos.

Hasta aquí *Los crímenes de Chopin*, mi decimoquinta novela publicada. Guau. ¿Nos veremos pronto? Posiblemente. Estad muy atentos a mis redes sociales porque las novedades van a ir sucediéndose. Espero que hayáis disfrutado de esta novela tan especial para mí y que os haya dejado un buen sabor de boca. Prometo seguir con esta ilusión, estas ganas y dar el máximo en el próximo libro. Muchas gracias por seguir ahí.

Sigue este QR para escuchar la *playlist* oficial de *Los crímenes de Chopin*

Continúa la historia en
La última melodía de Chopin

—¿Ya has completado el trabajo?

—Sí. Todo listo. En unos minutos tendremos el resultado.

—Bien. Espero que no hayas metido la pata.

—¿Por quién me tomas? Soy un profesional.

¿Acaso dudan de él? El día que se canse de tanta mierda, empezará a largar. Se llevaría a mucha gente por delante; la de peces gordos que caerían. Pide poco dinero para las tareas que le encargan. La misión de aquella mañana, sin duda, ha sido de las más importantes de su carrera como asesino a sueldo.

—Bien. En cuanto pase, acércate al lugar acordado para que cobres tu parte.

—Allí estaré. No me hagáis esperar mucho. Quiero irme a dormir.

—Tranquilo, será rápido. Adiós.

A Zorro, como lo llaman sus amigos, se le escapa un bostezo mientras guarda el móvil en un bolsillo. No ha pegado ojo en toda la noche. Parece mentira, pero todavía se pone nervioso en las horas previas. ¡Ni que fuera su primer asesinato!

Saca una pequeña libreta y arranca la página en la que había apuntado el nombre de aquel pobre infeliz. Tras hacer con ella una bola, la tira a la papelera más cercana. Aquel tipo todavía no ha muerto, pero no tardará en hacerlo.

—Lo siento, Francisco —susurra mientras se santigua. Después reza un padrenuestro y vuelve a santiguarse. «Dios lo tenga en su gloria», piensa.

Nunca le había tocado deshacerse de un piloto. Aunque ese hombre no era el objetivo principal del encargo. Por lo visto, viaja gente importante en el interior del helicóptero que su objetivo está pilotando ahora mismo y que sobrevuela el cielo de Sevilla. El contacto no había querido revelarle la identidad del resto de pasajeros. Y él ha aprendido a no hacer preguntas; cuanto menos sepa, mejor.

—¡Mira! —le grita un niño a su madre, muy cerca de él—. ¡Se está cayendo!

Zorro alza la vista hacia donde el muchacho señala y contempla cómo un helicóptero ha perdido el control. El aparato vuela sin dirección y termina estrellándose contra el cuerpo de campanas de la Giralda. Un fuerte estruendo sacude la torre y una gigantesca nube de humo gris no tarda en cubrir la zona de impacto.

—Joder. Mierda —se dice para sí. Se palpa la frente y comprueba que está sudando. Se ha puesto muy nervioso.

¿Cómo es posible que el helicóptero del piloto al que ha envenenado haya acabado chocando con el edificio más emblemático de la ciudad? Maldita sea. No había previsto nada parecido.

A su alrededor todo el mundo se ha puesto a gritar.

Aunque se encuentra a cierta distancia del lugar del siniestro, puede atisbar que el caos es absoluto. Algunos hablan de atentado terrorista; otros simplemente corren. Quieren huir lo más lejos posible.

Zorro, en cambio, permanece inmóvil, en *shock.* Sabe que, tal y como se ha producido, la repercusión de aquel accidente será mayúscula. Le tiemblan las manos, pero se obliga a reaccionar. Irá a cobrar el dinero que le deben y se marchará a su casa, de donde no saldrá en varios días. Por lo menos hasta que cese el previsible terremoto mediático.

Ha quedado en un sótano cerca del río. Camina deprisa. No puede quitarse de la cabeza la imagen del helicóptero impactando contra la Giralda. Ruega a Dios que el edificio no se desplome. Tiene muy presente lo que sucedió el 11S con los aviones que destruyeron las Torres Gemelas.

—Si es que no puede ser. ¡Me cago en...!

Maldice la desafortunada trayectoria del helicóptero y al que le convenció de que aceptara aquel trabajo. Le habían asegurado que el recorrido que haría el piloto sería por las afueras de Sevilla, por zonas despobladas. ¿Qué hacía ese puto aparato sobrevolando el centro de la ciudad?

El sonido del móvil interrumpe sus pensamientos. Alguien lo llama, pero Zorro decide no responder. No está para charlas. Quien sea insiste un par de veces más. Finalmente, saca el teléfono del bolsillo y observa en la pantalla que se trata de su madre. Ahora no se encuentra en condiciones de hablar con ella. Lo siguiente que recibe es un mensaje de audio. La voz quebrada de una mujer septuagenaria le pone la piel de gallina.

AUDIO DE LA MADRE DE ZORRO

Hijo, ¿dónde estás? He oído una
fuerte explosión. Se ve mucho humo
desde casa. ¿Estás bien? Dinos
algo, por favor.

El hombre resopla. Sus padres viven a apenas un kilómetro de la zona cero del accidente. Si supieran que el responsable de aquella catástrofe es su propio hijo... Pero ellos ignoran que es un asesino a sueldo. Ni lo sospechan. Piensan que trabaja haciendo chapuzas que cobra en negro. Ese es el único pecado que sus progenitores podrían achacarle y que pasan por alto. ¿Lo querrían si supieran que es un sicario y que carga a su espalda con una docena de cadáveres?

Se detiene un instante y les envía un escueto wasap para que se tranquilicen. Cuando pase un rato y lo haya solucionado todo, los llamará.

Aunque es pleno otoño en Sevilla, continúa haciendo calor. Pero si Zorro no deja de sudar mientras camina, no es solo por la temperatura. Su estómago parece una centrifugadora y siente ganas de vomitar. Por fin, llega hasta un viejo edificio. Allí le esperan. Baja las escaleras hasta el sótano e intenta abrir la puerta metálica. Está cerrada. Llama y enseguida oye unos pasos acercándose y, a continuación, el ruido de un cerrojo poco engrasado en movimiento. Ante él aparece por fin un tipo grandote al que nunca había visto. Lleva sombrero oscuro, una chaqueta negra demasiado estrecha y tirantes encima de una camisa grisácea. Parece sacado de una película mala de mafiosos.

—¿Quién eres?

—Vengo a cobrar lo mío.

—¿Zorro?

—Sí. ¿Necesitas algún tipo de identificación?

El tipo de los tirantes sonríe y niega con la cabeza. Le pide que entre y cierre la puerta. Zorro obedece. Los dos se dirigen hacia un pequeño salón. El silencio del lugar le intimida. No hay ni un solo objeto decorativo y las paredes están repletas de desconchones. Huele a cañerías y da la impresión de que nadie pasa la mopa por el suelo desde hace años.

—La has liado bien.

—He hecho mi trabajo. ¿Dónde está mi dinero?

El hombretón echa la mano hacia atrás y busca algo en el bolsillo trasero de su pantalón. Pero, en lugar de dinero, saca una pistola. Sin cruzar ni una sola palabra más con él, apunta a la frente de Zorro y aprieta el gatillo.

Nadie sabrá jamás del hombre que provocó el accidente del helicóptero que se estrelló contra la Giralda.

booket

www.booket.com

www.planetadelibros.com